Bernd Schulz

Regenmord

BERNDT SCHULZ veröffentlichte mehrere Biografien und erfolgreiche Titel mit zeitgeschichtlicher Thematik. Er lebt in Frankfurt am Main und Nordhessen.

Im Aufbau Taschenbuch Verlag erschien bisher mit *Engelmord* ein Roman um den Ermittler Martin Velsmann.

Martin Velsmann, der ehemals beste Mann der Kripo Fulda, ist aus dem Polizeidienst ausgeschieden. Er möchte seine Frau Andrea zurückgewinnen und fährt mit ihr zum Kloster Eberbach, um Konzerte zu besuchen und zu entspannen. Doch bald kommt in Velsmann der Ermittler wieder zum Vorschein. Nach heftigen Regenfällen wird aus den Gewölben des Klosters eine Leiche gespült. Und dann brauchen seine ehemaligen Kollegen in Fulda dringend Hilfe: Einer Frau, die offensichtlich niemand kennt, werden brutal die Augen ausgestochen. Velsmann entdeckt, daß es zwischen beiden Fällen eine Verbindung gibt, die tief in die Vergangenheit reicht.

BERNDT SCHULZ

Regenmord

ROMAN

aufbau taschenbuch

Vorspruch

Dies ist ein Roman. Die Katastrophe ereignete sich an den angegebenen Orten tatsächlich. Die Spielhandlung erfand der Autor mit der gebotenen Zurückhaltung. Aber der Herrgott erlaubt sich, es regnen zu lassen, wie es ihm gefällt.

ISBN 978-3-7466-2344-3

Aufbau Taschenbuch ist eine Marke der Aufbau Verlag GmbH & Co. KG

2. Auflage 2009

Umschlaggestaltung Mediabureau Di Stefano, Berlin
unter Verwendung eines Fotos von Daniel Wetzel
Druck und Binden CPI Moravia Books, Pohořelice
Printed in Czech Republic

www.aufbau-verlag.de

Er wirft seinen Hagel wie Brocken herab,
die Wasser erstarren vor seinem Frost.
Er sendet sein Wort und schmilzt sie auf,
läßt seinen Tauwind wehen.
Und die Wasser fließen.

»Vespro della Beata Vergine«,
Antiphon des zehnten Teils.

ERSTER TEIL

Musik

1.
Sonntag, 24. April 2005

Es war ein verzauberter Abend. Martin Velsmann rechnete nicht damit, *das Andere* könnte noch einmal Gestalt annehmen und sich vor ihm aufbauen. Der Zauber hatte von allem Besitz ergriffen.

Es war mild. Es duftete. Der Winter war zu Ende. Andrea blickte zu ihm empor, als sei ihr etwas gelungen. Sogar ein Pirol mischte seine drei vollendeten Töne in die Harmonie. Sie schritten durch die Dunkelheit, als gehörte der aufatmende Garten ihnen allein. Die anderen Besucher besaßen das Leben nicht wirklich, sie simulierten es, ihr Schatten, den das gleißende Scheinwerferlicht gegen die Eingänge der Sakristei warf, blieb haften, wenn sie weggingen. Sie selbst verloren sich spurenlos in der Nacht.

Eine solche flüchtige Wahrnehmung ist gefährlich, sie macht unvorsichtig. Martin Velsmann wußte es aus Erfahrung. Der Polizist in ihm würde jeden eindringlich davor warnen, aber an diesem Abend war er selbst anfällig. Die Dinge, die sein Leben bisher bestimmt hatten, konnten ihn nicht mehr bedrohen. Dieses ganze Elend war vorbei.

Als die Fanfaren vom Tonband erklangen, dreimal, faßte er den Arm seiner Frau so fest, daß sie leise aufschrie. Er flüsterte mit ihr. Martin Velsmann hatte genug Dunkelheit gesehen und Distanz gehabt, und sie kehrten aus dem Park mit seinen Lauben aus niedrig hängenden Ästen von Lebensbäumen und Kegeln von Taxus zurück, dorthin, wo das gleißende Licht war. Und ihre Schatten bewegten sich mit ihnen.

Martin Velsmann verspürte für einen Moment ein Glücksgefühl, das er festhalten wollte, um sich später daran zu erinnern. Doch schon war es vorbei, als jemand mit einem nachhaltigen Parfümgeruch ihn anstieß. Er versuchte, die Erschütterung nicht an Andrea weiterzugeben. Velsmann balancierte zwei Gläser Wein, im Kapitelsaal der Mönche fiel sein Blick auf ein schreiendes Gesicht, das aus einem steinernen Blattwerk herausgearbeitet war. Die einzige Säule mitten in dem quadratischen Raum mit den umlaufenden Sitzbänken aus Stein stand mächtig da. Sie tranken langsam. Dann stellten sie die Gläser auf den alten Sandstein in der Fensteröffnung der Arkade, es klirrte dünn, welch ein Sakrileg eigentlich, und sie gingen den Kreuzgang hinunter. Sie mußten in der Menge mit Trippelschritten über holprige Steinplatten in Richtung des Eingangs gehen, aus dem ein Rauschen zu hören war. Die Basilika war dunkel, und der Ton stand darin stärker, Martin Velsmann konnte aber keine Ursache dafür erkennen.

Andrea dirigierte ihn mehr als er sie, und so gingen sie durch den Mittelgang bis zur Reihe mit der Nummer vierzehn. Wieder erhob sich das Rauschen. Es kam von den eintausenddreihundert Zuhörern, eine Zahl, die der Veranstalter gerade vom Bühnenpodest herab stolz verkündete. Sie bewegten sich im gleichen Augenblick, setzten sich oder erhoben sich wieder. Martin Velsmanns Blick ging in die Höhe, wanderte an der Decke mit den Gurtbögen entlang, in der er Risse und schadhafte Stellen entdeckte. Überall ruhiges Kerzenlicht an den ehrwürdigen Pfeilern der Basilika. Noch war nur Licht anstelle von Musik, aber der Echohall, die Abweichung, das wußte er, würde 0,075 Sekunden betragen.

Hier saßen sie also richtig, nahe am echten Ton, und die Verzögerung würde sie nicht erreichen. Die Musik würde alles Feste verflüchtigen, so hatte es Andrea ausgedrückt. Das Ende alles Materiellen. Velsmann war glücklich darüber. Das Ende aller Dienstvorschriften, dachte er. Er sah Andrea immer wieder an, als könne er kaum glauben, daß sie tatsächlich da war. Wie immer ging von ihr eine innere Kraft aus, sie besaß eine gesunde, gebräunte Gesichtsfarbe, ihr Haar war durch Wind und Wetter gebleicht, etwas in ihr war in Bewegung wie eine strömende Quelle. Velsmann hatte am Morgen bewundert, wie geschmeidig sich ihr noch immer junger Körper trotz der schwerer werdenden, fraulichen Formen bewegte. *Surge, amica mea, et veni! Steh auf, meine Freundin, und komm!*

Jetzt betraten die Musiker die Bühne. Ein Schwarm von schwarzweiß gekleideten Instrumententrägern, von denen Velsmann nur wußte, daß sie die besten der Welt waren. Ihnen folgten die Sänger. Als letzter der Dirigent. Velsmann beteiligte sich am allgemeinen Beifall. Alle traten in die besondere Sphäre ein. Gleich würde etwas Neues entstehen, ein innerer Klangraum, aus dem niemand mehr herauskonnte. So hatte Andrea es ihm angekündigt.

Mal was anderes, dachte der ehemalige Hauptkommissar und blickte ergeben zur Seite auf das Programmheft, das Andrea in der Hand hielt. Ein mächtiger, bärtiger Kopf, die großen dunklen Augen durchdrangen den Blick des Betrachters, weißer Stehkragen, lange Hände, die sich auf Notenblätter legten. Der alte Komponist.

Dann erhoben sich schon die ersten Töne, sie waren schön, aber nicht das, was Velsmann erwartete. Sie schmeichelten nicht, sie weckten nicht sehnsüchtige Gefühle wie in Schlagern, sie türmten sich auf zu einer unerbittlichen Anklage. *Er richtet Völker. Er häuft die Toten und zerschlägt die Häupter weit übers Land.* Velsmann rutschte unruhig auf seinem Stuhl herum. Er wollte sich wohl fühlen, genießen, aber er merkte, daß der Polizist in seinem Inneren ihm zusetzte. Der Polizeidienst hatte tiefere

Spuren hinterlassen, als er sich eingestehen wollte. Denn da war es wieder, er hatte es vergessen wollen. Die Drohungen und der kurze Weg bis dorthin, wo daraus Gewalt wird. Er begann sofort in einem instinktiven Impuls, sich innerlich zu versperren.

Andrea jedoch, die das bemerkte, legte ihm die Hand auf den Arm. Hier ging es nur um Musik. Velsmann blickte sich dezent um. Hier saßen nicht die Täter mit den eingefrorenen Gesichtern, in deren Inneren unsichtbare Flammen loderten. *Seine Linke ist unter meinem Haupte, und seine Rechte hält mich umfangen.* Velsmann war dankbar für die Berührung seiner Frau. Ja, dachte er, ich brauche das tatsächlich nicht mehr, diesen Kampf, diese ständige Bereitschaft. Ich muß das loswerden.

Ich muß den Polizisten in mir zum Schweigen bringen.

Und die Musik kam ihm jetzt entgegen, sie stimmte in einem sofort folgenden Antiphon Versöhnung an, mit sechs sphärenhaften Stimmen im Chor, ohne Musik. Velsmann beruhigte sich. Und bevor er über sich nachdenken konnte und Selbstmitleid in ihm aufstieg, eine Art Opfer zu sein, das drei Jahrzehnte lang aussichtslos gegen das Verbrechen gekämpft hatte, riß ihn die nächste Woge der Musik mit sich fort. Wieder war es eine gesungene Gegenrede, bevor der Psalm einsetzte. *Mein Geliebter strahlt hell und rot!* Die kraftvollen Töne und hellen Stimmen stiegen dort auf, wo sie saßen, nahmen sein Unbehagen mit sich und erfüllten den hochfahrenden Raum. Velsmann fühlte sich aufgehoben, jetzt war es gut, er war angekommen in dem inneren Bereich aus Klängen, von dem Andrea gesprochen hatte. *Schon ist der Winter vergangen. Der Regen ist vorbei und versiegt.*

Die mächtig vorwärtstreibende Musik umspielte die Psalmen, angetrieben vom Cembalo, gekontert von Flöten und Posaunen, darin der reine Klang von Stimmen, die sich im Preisen ekstatischer Gefühle ergingen. Velsmann verspürte plötzlich den Wunsch, »Amen« zu sagen. Es war ihm peinlich, doch als der Hymnus *Ave maris stella* ertönte, Velsmann den lateinischen Text aus dem Programmheft übersetzte und verstand, fühlte der ausgeschiedene Polizist plötzlich ein anderes Gefühl in sich aufsteigen. *Löse das Band der Sünde. Spende Licht den Blinden. Allem Bösen wehre. Alles Gute begehre.* War es das, was er wollte? Eine erbauliche Welt?

Er spürte erneut Widerspruch, er wollte nicht eingelullt werden.

Was willst du also, verdammt?

Es ist ein schöner Abend!

Denke nicht an den Tod! Denke nicht an die Erlösung! Du ermittelst nicht mehr an Tatorten!

Bevor er mit sich im reinen war, ergriff ihn die Musik wieder. Und der ehemalige Polizist dachte: Warum nicht? Wenn es eine solche Musik gibt, dann vielleicht auch die Gegenwart des Guten. Vielleicht beginnt sie nach Dienstschluß. Ich bin in meinem Feierabend angekommen.

Martin Velsmann atmete tief durch und überließ sich der Musik.

Und er verließ ihren inneren Raum tatsächlich nur noch einmal für kurze Zeit und dann nicht mehr. Sein Nachbar zur Linken war damit beschäftigt, sein Programmheft in der Jackentasche zu verstauen und es sofort wieder herauszuholen, um es im Kerzenlicht zu studieren, er stieß Martin Velsmann mehrmals an. Velsmann knurrte innerlich, aber die Zuschauermenge verschmolz zu einer Art morphogenetischem Feld, in dem er schließlich keine Einzelwesen mehr wahrnahm. Auch sich selbst empfand er nur noch als Teil der Menge, leise wogend in Musik. Für einen Polizisten, der argwöhnisch das einzelne Gegenüber zu beobachten gewohnt war, für einen sturen Ermittler, ein Abgleiten.

Trompeten, mächtige Cornetti, schmelzende Violinen, Stimmen in einem sehnsüchtigen Gespräch vertieft. *Sicut erat*, wie es war.

Martin Velsmann schloß die Augen. Als eine Stunde später der letzte Akkord im aufbrausenden Magnifikat mit Cornetti, Dulzian, Orgel und Streicher verlöschte, das *Deo gratias* mit sieben Stimmen und Sopran ohne Instrumente schlicht verklang, ging durch den Raum ein großes Aufatmen.

»Ach, schön!« sagte Andrea beim Hinausgehen. Unter ihren seegrünen, ruhigen Augen bildeten sich Fältchen. »Du mußt dich übrigens verändert haben, Martin, bisher konntest du nur Musik ertragen, bei der du den Takt schlagen und mitwippen konntest.«

»Ich war Polizist, der Bursche rumort noch immer mächtig in mir, das ist mir gerade klargeworden«, erwiderte Velsmann, jetzt erleichtert.

»Laß ihn einfach stehen«, sagte Andrea.

»Ich hatte keine Ahnung, daß ich auch genießen kann!«

Sie ließen sich hinaustreiben. Jetzt wurden sie in der Menge durch den Klostergarten geschoben. Sie überquerten den Parkplatz bis zur Klostermauer, dort warteten kleine, blaugelbe Shuttle-Busse. Weil beinahe jeder Zuhörer mit dem eigenen Auto gekommen war, hatte Velsmann außerhalb parken müssen.

Man fuhr den Kilometer bis zur Klinik Hohen Eichen, dann gingen sie durch den nächtlichen Hospitalpark unter Kiefern und suchten das Auto. Die abschüssige Wiese, auf der es mit hundert anderen Fahrzeugen stand, war feucht, und Velsmann hatte Mühe, das Gefährt mit durchdrehenden Sommerreifen auf den Parkweg zurückzufahren. Sie erreichten den Stau, der sich inzwischen gebildet hatte. Velsmann hatte Gelegenheit, aus dem Seitenfenster die erleuchteten Häuser der Psychiatrie wahrzunehmen. Er sah Villen und Sanatoriumsgebäude wie Herrenhäuser im vollen Lichterglanz. Hinter beinahe jedem Fenster brannte festliches Licht. Das mußten die Häuser der Ärzte sein. Oder feierten die Patienten?

Sie genossen es, nichts weiter als Belanglosigkeiten auszutauschen. Velsmann stellte das Autoradio an, drehte den Verkehrsfunk aber gleich wieder ab. Er mußte auf die enge, dunkle Straße aufpassen. Als sie nach der Fahrt durch die Weinberge eine halbe Stunde später den Gasthof im Gottesthal erreichten, war er nicht mehr beleuchtet. Sie bogen auf eine Schotterstraße ein. Am Weg lagerten zwei angekettete, braune und schwarze Kamerunschafe, die mit schrägen Augenschlitzen in die Autoscheinwerfer starrten. Martin Velsmann parkte den Wagen hinter dem Haus, unmittelbar vor einem quer verlaufenden Weinberg, der wie ein grünes Band vor dem Rheintal lag.

Die Luft war trotz der frühen Jahreszeit weich und mild. Sie tranken ein letztes Glas Wein auf dem Balkon, der nach hinten hinausging, zu einem Gebüsch aus Brombeerhecken. Sie wollten auch jetzt nicht über ihre Gefühle sprechen und auch nicht über ihre Arbeit. Nicht über die Kinder, nicht über den Stand ihrer Ehe. Es sollte keinen Anlaß für Vorwürfe geben.

Andrea seufzte. »Bisher der schönste Tag im Jahr. Warum machen wir so was nicht öfter!«

»Ich habe jetzt Zeit«, sagte Velsmann. »Ich kann mir alles erlauben, aber irgendwie steckt mir der Dienstausweis immer noch in der Tasche. Ich muß mich auf mein neues Leben erst einstellen. Das geht nicht so fix.«

Andrea schwärmte den Nachthimmel an. »Himmlische Musik«, sagte sie. »Aber ich fragte mich die ganze Zeit, ob man überschäumende Gefühle zu liturgischen Texten spielen kann? Liebessehnsucht statt Erbauung? Was dachte sich Monteverdi dabei?«

Martin Velsmann war kein Experte. Er wollte die Schultern zucken, doch dann sagte er: »Mir gefällt jede gute Musik, wie du weißt. Bei dieser hab ich was gehört, das nicht auf Trennung aus ist. Ein Miteinander wie auf einer guten Teamsitzung im Präsidium, wovon es beileibe nicht viele gab.«

Andrea war noch immer im Bann der Musik. »Ohne Orgel«, sagte sie, »wäre es noch inniger gewesen.«

»Manchmal müssen Gefühle gewaltig sein«, widersprach Velsmann. »Sie müssen aufrütteln.«

»Tatsächlich?« fragte Andrea mit gerunzelten Augenbrauen.

»Ich brauche keine Harmonie«, sagte Martin Velsmann. »Im Konzert ist mir das aufgefallen. Ich wollte einfach nur die Musik hören, und plötzlich haben mich tausend Sachen gestört. Ich brauche aber auch keine Bedrohung, darauf kann ich noch mehr verzichten.«

»Es war doch nur Musik!«

»Weiß ich schon. Ich komme noch nicht klar mit meinem Abschied«, gab Velsmann zu. »Außerdem bin ich diesen Genuß nicht gewohnt. Ich besitze keine Sinne dafür. Fünfunddreißig Dienstjahre lassen sich nicht ausknipsen. Am Anfang des Konzertes wußte ich überhaupt nicht, wie ich auf die Musik reagieren sollte. Ich fühlte mich richtig hilflos – schlecht für einen Polizisten. Mich haben eben andere Dinge geprägt als die Kunst.«

»Kann ich dir helfen, mit deiner neuen Situation klarzukommen?«

»Meine neue Situation ist die alte«, sagte Velsmann. »Es geht um Standpunkte.«

»Meiner ist im Moment nur der«, sagte Andrea launig und hob ihr Glas zum Himmel, »daß dieses untergeschobene Ritornello von Heinrich Bone im elften Stück Gefühlsduselei darstellt, im Gegensatz zur Reinheit der Marienvesper!«

»Was? – Ich fand alles nur schön, auch das Sitzen und Schauen in dieser Kirche.«

»Wie wäre es, wenn wir morgen noch einmal nach Eberbach fahren?« meinte Andrea. »Es ist so wunderschön dort.«

»Ah, ist das ein gutes Gefühl!« sagte Velsmann und räkelte sich. Er streckte alle viere von sich. »Morgen? Gibt es einen weiteren Tag ohne Bürozeiten? – Unfaßbar!«

Vom Rheintal her fächelte kühler Wind herüber.

Andrea sagte: »Es ist spät. Laß uns zu Bett gehen.«

Velsmann überwand das Gefühl der Distanz und der damit verbundenen Mutlosigkeit, das ihn ergriffen hatte. Wir sind weit auseinander, mußte er denken.

Er riß sich zusammen. Als er aufstand, zitierte er mit der Geste eines Schauspielers: »*Schon ist der Winter vergangen. Der Regen ist vorbei und versiegt. Steh auf, meine Freundin, und komm.*«

Sie gingen hinein, und es gelang ihnen, die Nacht ganz eng um sich zu legen.

2.
Montag, 25. April 2005

Muß man sechzig werden, um das zu erleben, dachte Janne van Lent. Daß man so abschließen kann. Aber was heißt das schon – abschließen! Noch ist so viel zu vertuschen. Was aufgeklärt sein wollte, muß jetzt versteckt werden, denn es wäre unerträglich, es anzusehen. Schlimmer als das Medusenhaupt, vor dem man Auge in Auge erstarrt.

Aber wie sehnte sie den Tag herbei, an dem es gezeigt werden konnte. Sie selbst würde es tun. Und alle sollten es anschauen müssen.

Der holprige Pfad führte schon eine Weile bergauf. Janne drehte sich um und sah ihre Fußabdrücke auf dem feuchten

Boden. Sie erschrak. Im ersten Moment war sie versucht, hinter sich aufzuwischen. Sie wollte ihre Spuren auslöschen, instinktiv wie ein Tier, niemand sollte sie verfolgen können. So hatte sie es immer getan.

Aber dann nahm sie sich zusammen. Hier war sie sicher. Sie zog die Postkarte aus der Jacke. Jetzt ging es um etwas anderes.

Janne hielt die Postkarte vor sich, blickte in die Runde. Sie mußte noch weitergehen, spürte den inneren Antrieb. Sie hatte keine Zeit. Immer plagte sie diese Vorstellung, durch das Dunkle gehen zu müssen, um es eines Tages endlich zu schaffen, eines Tages wird alles besser – dahin, bis zu diesem fernen, hell erstrahlenden Ort mußte sie unbedingt.

Aber im Moment ging es nur darum, auf den Berg zu gelangen, so dicht wie möglich an den Himmel heranzukommen. Denn von dort hatte sie diese Nachricht erhalten, da war sie geschrieben worden. Das Bild zeigte alles. Und sie wollte es sehen. Am Himmel zogen wieder Regenwolken auf.

Rechter Hand lag die Kuppel der Abhöranlagen eines Geheimdienstes. Ein riesengroßes, halbrundes Ohr, das unaufhörlich lauschte. Kinder kamen plötzlich schreiend aus der glänzenden Aluminiumhaut gelaufen. Janne blieb stehen. Was war da los, wurde die Anlage jetzt nicht mehr genutzt? Bei ihrem letzten Aufenthalt waren noch Uniformierte hinter Stacheldraht herumgegangen. Alles ändert sich, dachte sie. Aber tut es das gründlich? Vielleicht ändern sich nur die Bilder.

Sie ging weiter. Die schreienden Kinder verschwanden in einem Waldstück, vor dem ein handgemaltes Schild mit dem Aufdruck *Märchenwiese* prangte.

In der Ferne stand das Gipfelkreuz, von diesem Teil der Kuppe wußte sie, daß er Pferdskopf hieß, er besaß auch diese Form. Dahinter ging es steil bergab. Aber so weit mußte sie wohl nicht.

Janne van Lent registrierte beim Aufstieg die Fernsicht nach allen Seiten, aber sie genoß sie nicht. Sie stieg höher, aber sie hatte den Eindruck, die Täler und kleinen Dörfer glitten wie auf einem unsichtbar bleibenden Lastenaufzug in die Tiefe und verschwanden bald im Schatten. Die Sonne vor den heranziehenden Regenwolken erzeugte ein milchiges, dramatisches Licht, wie einen betonten Hinweis, der nicht zu übersehen war.

Janne war es lästig. Sie wollte nicht abgelenkt sein.

Die Fußgängerin atmete heftig, leise keuchend. Sie wußte, sie besaß nicht die beste Kondition. Dann erblickte sie das Denkmal, es tauchte hinter dem Gipfel in einer kleinen Senke auf. Auf einem kegelförmigen Steinhaufen der mächtige Steinadler. Wieder hielt sie sich die Postkarte vor die Augen. Sie war am Ziel. Sie drehte die Karte um. *Ihr Lieben zu Hause, wir ziehen weiter, es ist schön in Deutschland. Uns geht es gut. Wir sehen uns bald wieder.*

Sie erreichte das Denkmal. Daneben stand eine Bank vor einem klobigen Tisch, und Janne ließ sich schwer atmend nieder. Sie sah an dem Schaft empor, der aus dem Steinhaufen wuchs, bis zu dem Vogel, der seinen Kopf mit den Stirnwülsten, dem scharf gebogenen Schnabel nach Westen reckte. Alle waren getäuscht worden, das wußte sie jetzt. Man hatte sie vielleicht gerade an jenem Tag festgehalten, an dem sie diese Karte mit diesem Abbild schrieben. Warum war ihnen gerade dieses Bild wichtig gewesen?

Sie blickte um sich. Kein Mensch weit und breit. Und das Licht nahm zu, obwohl es Abend war und die Sonne bald versinken würde. Janne fühlte sich, als säße sie auf einer Bank in den Wolken.

Sie versuchen mir einzureden, daß ich einsam bin, dachte sie, ohne dabei erregt zu sein, daß ich unfähig bin, über mich selbst zu sprechen. Ich spreche unaufhörlich, dachte sie, ich spreche mit mir selbst, höre die Stimmen, die mir etwas bedeuten. Und ich antworte. Wer kann mir sonst schon etwas sagen?

Janne wendete die Postkarte hin und her. Ja, es war vielleicht derselbe Tag der Tat gewesen, vielleicht derselbe Augenblick, und die Verbrecher hatten die Karte in der Hand gehalten, vielleicht neben den Opfern geschrieben, den Blick auf sie gerichtet, vielleicht die Füße auf ihren Leibern, vielleicht lachend.

Wo hatte man sie verscharrt!

Janne rückte unruhig auf der Bank herum. Sie hatte es vor sich selbst nicht mehr vertuschen können. Irgendwann war es zu spät, und sie hatte es nicht mehr ausgehalten. Sie mußte einfach handeln. Sie hätte die menschlichen Überreste, das Grab, finden müssen, sie nach Hause bringen müssen. Sie fing an zu zittern. Sie ließ ihre Eltern in deren Obhut, Menschen, die keinen Seelenfrieden fanden, bewacht von laut lachenden, gefühllosen Tätern.

Wie hatte sie das zulassen können! Wie konnte sie damit weiterleben! Es war nicht wiedergutzumachen!

Janne wußte insgeheim, sie hatte tatsächlich zu wenig darüber gesprochen. Über alles. Man hatte sie überall fragend angeblickt, herausfordernd, auch wütend. Jemand hatte ungeniert einen Verdacht geäußert. Aber sie schwieg. Sie wußte einfach nichts zu sagen. Sie hatte längst beschlossen, auf eigene Faust zu handeln. Deshalb vertuschte sie ihre Spuren von Anfang an. Am Ende würde man schon erkennen, warum das nötig war.

Dann sollte man sie richten. Dann sollten alle über sie herfallen. Aber nicht jetzt. Vor allem nicht jetzt, wo noch so vieles zu tun war.

Janne van Lent griff in die Brusttasche ihrer weiten, hellblauen Leinenjacke und zog das Handy hervor. Sollte sie anrufen und sagen, daß sie kurz vor dem Ziel war? Aber mit wem sollte sie sprechen? Sie starrte das Handy an, blickte auf das

Display wie in einen Spiegel, sah sich aber nicht. Dann wollte sie es wieder einstecken, aber sie traf die Innentasche nicht, das Gerät fiel in den Sand. Janne hielt eine Hand vor den Mund und stieß einen kindlichen Schrei aus.

Ich muß mir das abgewöhnen, dachte sie. Sie kannte das. Immer wieder diese halb ausgeführten Gesten, abgebrochene, fahrige Handlungen. Es war schon immer so gewesen. Wenn sie jemandem etwas geben wollte, schaute sie nie genau hin, ließ es schon los, bevor der andere es wirklich in der Hand hatte. Sie konnte nichts wirklich übergeben.

Man schimpft mit ihr. Und sie weint.

Aber jetzt wollte sie nicht weinen. Statt dessen zog sie aus der anderen Brusttasche eine flache Flasche Oude Genever mit einem aufgeschraubten Plastikglas als Verschluß. Sie füllte das Glas, hob es gegen den Raubvogel aus Stein, murmelte etwas und trank, den letzten Tropfen ließ sie mit zurückgelegtem Kopf in den Mund hineinlaufen. Dann schenkte sie noch einmal nach. Trank ruckartig. Und dann noch einmal. Als sie die Flasche wieder einsteckte, fühlte sie es warm werden. Das war schön. Es war eine Täuschung, die sie kannte, aber es war schön. Mit so wenig ließ sich eine Illusion erzeugen.

Janne van Lent ertappte sich plötzlich dabei, daß sie ruhig wurde, für einen Moment einverstanden war, daß alles einen Sinn ergab. An diesem Platz kam alles zu einem Ende.

Auch das war jedoch eine Täuschung. Sie hatte diese lange Spur durch dieses Land gezogen. Sie hatte viele Spuren hinterlassen, die sie bedauerte. Aber sie war vorangekommen. Und das nicht, um jetzt zufrieden zu sein, sie hatte nicht alle diese Toten angesehen, um sich an den Anblick zu gewöhnen. Nein, das hörte nicht auf. Es würde weitergehen, und sie war mitten darin – die Schuldige, die Täterin. Die alles hatte geschehen lassen.

Man hatte nie auch nur die geringste Spur von ihnen gefunden. Und doch suchten alle nach ihnen. Mit Fotos, auf langen Namenslisten, mit Steckbriefen, mit Kameras der Medien, es hatte sogar einen Dokumentarfilm über sie gegeben. Der berühmte Arzt, der die falsche Frau geheiratet hatte und sich weigerte, sie jetzt zu verlassen. Nur Janne suchte nicht. Sie verschloß sich davor so lange, bis in ihrem Inneren alles wund war und herumschrie bis in ihre Träume hinein, und nichts mehr war in ihrem Leben an seinem Platz.

Nun mußte sie aufräumen.

Wenn man Dinge zu lange mißachtet, dachte sie, entfalten sie ein Eigenleben. Sie bekommen plötzlich kranke Auswüchse und fallen über einen her. Ja, man wird krank, wenn man die Dinge nicht in der Zeit bewegt, in der sie fällig sind.

Jetzt war es aber anders. Sie war allein übriggeblieben, nur sie suchte noch nach den Vermißten, und alle anderen hatten die Suche endgültig eingestellt. Es gab so viel anderes zu tun, das schnellen Erfolg versprach, den man vorzeigen konnte.

Wieder sah sie auf, blickte um sich, die Sonne stand jetzt so tief, daß sie übernatürlich lange Schatten warf, und noch immer war keine Menschenseele zu sehen. Unten im Tal lagen die Dörfer im blauschwarzen Schatten, hier oben saß sie in einem weißen, geheimnisvollen Licht. Die Regenfront schien abzuwarten, lauerte dunkel im Westen.

Die Frau mit den weißen, straff nach hinten gebundenen Haaren kramte Briefe aus einem roten Rucksack, sie breitete sie vor sich aus. Wie konnte es sein, dachte sie, daß es so viele Zeugen gab? Wo doch alles so tief in der Nacht geschehen war. Alle hatten es gesehen, auch der Bruder und der Freund des Bruders. Und sie selbst hatte nur geschrien und hatte nichts denken können außer daran, daß jetzt durch den Lärm ihre Puppe aufwachte und nicht wieder einschlafen würde, und dann war sie selbst eingeschlafen, während die Eltern unter Schlägen aus dem Haus getrieben worden waren. Die Nachbarn hatten es später erzählt.

Sie hatte versagt, sie war nicht auf der Hut gewesen. Seit dieser Nacht schlief sie nicht mehr wirklich.

Als die ersten Tropfen fielen, kamen sie Janne van Lent vor wie Tränen. Wer weinte da? Sie blickte zum Himmel. Die Sonne war hinter den dunklen Wolken verschwunden.

Verdammt, dachte sie, wer weint da oben!

Der Regen wurde stärker. Janne blieb sitzen.

Sie kramte noch einmal den Genever hervor und goß den Becher voll. Der Regen lief in das Gefäß, doch Janne war es gleichgültig. Der Regen lief an ihrem Gesicht herunter. Sie schob die Unterlippe vor. Sie spürte, wie der Regen in ihren Mund lief. Sie trank den Regen. Er schmeckte nach Tränen.

Sie konnten den Park bei Tageslicht genießen. Im blühenden Garten hinter dem gelben Gebäude der Orangerie ließen sie sich auf einer Decke nieder. Vor ihnen breiteten sich die ehemaligen Fischteiche aus, die abgestuften Baumterrassen endeten vor dem Himmel mit einer dunkelgrünen, breit gesäumten Verzierung von dicht belaubten Kronen.

Andrea trug ein den warmen Temperaturen angepaßtes Kleid unter einem burgundroten Oberteil, ihre weißblonden Haare hielt sie mit einer Spange. Sie zückte ihren digitalen Fotoapparat und nahm Velsmann vor der Orangerie auf. Er merkte, daß sie unbedingt das vorkragende Schieferdach, das die Sonnenstrahlen auf zehn hohe Glasfenster darunter lenkte, mit ihm zusammen ins Bild bringen wollte. Sie probierte lange, dann drückte sie auf den Knopf.

Andrea sagte nicht, was sie empfand, aber er kannte sie genau, ihre Augen leuchteten verräterisch. Sie kramte eine Bastschale mit den ersten Erdbeeren des Jahres aus ihrer Handtasche und hielt Velsmann eine besonders schöne hin. Er fragte, ob sie ihn zu irgendwas verführen wolle. Zum Hineinbeißen, sagte sie. Sie sah ihm zu, wie er die süße Frucht in den Mund gleiten ließ. Dann legte sie den Kopf in den Nacken.

Martin Velsmann entspannte sich und blickte zu einem jungen Paar hinüber, das gerade die Wiese unter den blühenden Obstbäumen mit großen Gesten und lauten Stimmen betrat. Das Paar wirkte wie zitternd vor Vorfreude auf ein Ereignis. Die junge Frau öffnete eine Wasserflasche aus Plastik. Es zischte. Er zog seine Schuhe aus, blies Staub fort und lachte. Sie legte sich hin und streckte die halbnackten Arme über den Kopf. Er begann, in einem Programmheft zu lesen. Sie setzte sich wieder auf. Er legte das Heft zur Seite. Als Velsmann wieder hinübersah, lagen beide nebeneinander. Sie hatte ihr rechtes Bein über seinen Unterleib gelegt.

Andrea sagte: »Das ist Gänsefingerkraut. Es bringt Glück.«

Velsmann nahm den fünfblättrigen Stengel entgegen. »Verwechselst du das nicht mit Glücksklee?«

»Nein, es unterscheidet sich ganz und gar, siehst du das nicht? Es besitzt eingeschnittene, gemaserte und geriffelte Blättchen.«

»Und Klee?«

»Auch. Aber es ist kein Klee.«

Die Sonne schien warm, aber im Hintergrund tauchten Wolken auf. Ein Eichelhäher stieß einen schrillen Warnruf aus. Velsmann mußte fast im gleichen Augenblick an den Tod denken. Er schämte sich dafür. Du bist im Ruhestand, sagte er zu sich selbst, dann gib auch endlich Ruhe. Er schaute wieder zu dem glücklichen Paar hinüber. Sie wirkten noch immer erregt. Die Frau lag jetzt auf dem Bauch und las im Programmheft. Der Mann kehrte ihr im Sitzen den Rücken zu und sprach. Velsmann konnte nicht verstehen, worüber. Seine Stimme klang dunkel. Sie lachte einmal hell auf. Jetzt begriff Velsmann, daß er telefonierte, sein Handy am rechten Ohr mußte sehr klein sein. Er sprach unaufhörlich. Die junge Frau drehte sich zur Seite, legte den Kopf auf ihre nackten Arme und schloß die Augen.

»Wußtest du«, fragte Martin Velsmann, »daß die Zisterziensermönche beim Essen eine geheime Zeichensprache entwickelten, um sich zu verständigen und das Sprechen zu vermeiden?«

»Nein. Warum?«

»Die Klosterregel bestimmte es, beim Essen bedeutete verbotenes Sprechen den Verlust einer Mahlzeit. Man versuchte, das zu umgehen. Heute sprechen wir viel zuviel, vielleicht weil das nicht mit dem Entzug von Nahrung bestraft wird.«

Andrea hatte einen Grasfleck auf ihrem hellen Kleid und wollte gehen. Sie erhoben sich. Von Osten her, dort, wo das Gebirge lag, näherte sich die dunkle Wolkenfront.

Als sie an großen Tontöpfen mit noch nicht blühenden Fuchsiensträuchern und Rhododendron vorbeigingen, fielen erste Tropfen. Schon wenig später troffen bereits die mächtigen *Thujas plicatas* vor dem Eingang zur Sakristei, ein nasser Vorhang. Sie konnten sich nicht mehr im Kreuzgang aufhalten, weil der einsetzende Regen auf die alten Steine spritzte. Es war wie ein Überfall.

Andrea zog Velsmann in die Klosterkirche. Dort hatte man den Konzertsaal inzwischen in den Andachtsraum zurückverwandelt, nur noch das vordere Drittel des Mittelschiffes war bestuhlt. Bis dorthin, wo der Echohall einsetzte. Andrea hatte ihm während der Herfahrt erzählt, daß die klösterlichen Baumeister Akustik und Verzögerung bewußt eingebaut hatten, denn der Hall diente den Gesängen der Mönche und den liturgischen *Responsien*, den Antworten.

Sie setzten sich an den Rand. Auch das weiße Licht, das durch die Obergadenfenster einfiel, war gewollt, es war das klösterliche Licht der Zisterzienser.

Es waren nur wenige Kirchenbesucher da. Die Musik war seit gestern verstummt. Jetzt war nur noch die Architektur zu bewundern, die nackte, graue Basilika auf dem Grundriß des lateinischen Kreuzes. Aber in Velsmann stieg die Musik des Vorabends auf, er merkte, wie sehr ihn das Erlebnis nachträglich ergriffen hatte, vor allem die hellen Stimmen und Instrumente strahlten noch immer. Am schönsten war es gewesen, wenn die alten Instrumente mit ihrem ungewöhnlichen Klang einzeln klar zu vernehmen waren.

Martin Velsmann staunte selbst darüber, daß er plötzlich über das Individuelle dieser Töne zum Zeitpunkt der Komposition nachdachte. Das Jahr 1610 war sicher keine Zeit für Egotrips gewesen, aber er wußte nichts darüber. Diese Musik sprach davon, daß es auf jeden einzelnen ankam. Wieder stellte sich Martin Velsmann eine Teamsitzung im Präsidium vor – das war sein Erfahrungshorizont. Alle redeten durcheinander, wenn sie nicht zurechtgewiesen wurden oder eine anwesende Autorität den Ton angab. Vor allem Poppe hielt sich nie an Regeln. Wie mochte es seinen Assistenten gehen, Tosca Poppe und Alfons Freygang? Aber er verdrängte den Gedanken, das war weit entfernt. Es war aus einem anderen Leben.

Während sie andächtig in der Basilika saßen und ihre Blicke schweifen ließen, das Licht sich langsam veränderte, entstand ein neuer Ton. Er kam von draußen. Das Rauschen des Regens wurde lauter. Velsmann hatte Mühe, es zu überhören. Es ist mehr als ein Rauschen, dachte er, wenn die Musik noch spielte, würde das *Ave maris stella* noch gewaltiger klingen. Er stellte sich eine Regensinfonie vor und sah, wie es spritzte.

Plötzlich hörte Velsmann einen spitzen Schrei. Unruhe entstand ein paar Reihen seitlich von ihm. Jemand stand auf und beschrieb mit den Armen einen Halbkreis. Stühle wurden verrückt. Velsmanns Nachbar, ein paar Stühle weiter zur Linken, beugte sich vor und starrte wie betäubt zu Boden. Martin Velsmann nahm in diesem Moment wahr, wie Wasser seine Füße umspülte.

»Siehst du das?« fragte er leise.

Auch Andrea schrie auf. »Du meine Güte! Woher kommt das!«

»Es regnet«, sagte Velsmann.

Er bemerkte, daß immer mehr Wasser von einer Seite aus eindrang, von dort, wo sich die Klostergasse zwischen Basilika, Bibliothek und Laienrefektorium befand. Auf diesem Hof erhob sich plötzlich aufgeregtes Geschrei, das bis in die Kirche drang. Jetzt standen die Besucher in der Basilika auf. Ein Prasseln nahm zu.

Der letzte Ton, den Velsmann von der längst abgebauten Bühne wahrzunehmen glaubte, waren zwei pikante, hohe Männerstimmen im sechsten Stück. Dann sprang er auf, weil eine Welle heranschoß. Im gleichen Moment brach die Musik in seinem Kopf ab.

Um Andrea und Velsmann herum sprudelte es. Unter der Auslegware, die im Mittelgang die alten, rotbraunen Fliesen bedeckte, quoll mit verhaltenem Blubbern dunkles Wasser heraus. Blasen bildeten sich zu den Füßen der Besucher. Schmatzende Geräusche entstanden, als genieße jemand die Situation. Die ersten leeren Stühle schwammen durch das rechte Seitenschiff davon.

Velsmann packte die Hand von Andrea und zog seine Frau mit sich. Vor ihnen stolperten Besucher davon.

Ein Programmheft vom Vorabend trieb vorbei, darauf Claudio Monteverdi mit wäßrigem Bart. Jemand begann zu weinen.

Ein Mann schrie eine grobe Verwünschung. In den Eingängen tauchte eine junge Frau der Klosterstiftung in blauweißer Kleidung mit rotem Halstuch auf, sie breitete die Arme aus.

»Keine Panik! Bitte, keine Panik! Um Gottes willen ... !«

Jemand stieß die Hosteß zur Seite. Sie stolperte über die ausgelegte Rampe, die zur erhöht liegenden Ausgangstür führte. Sie stürzte Martin Velsmann vor die Füße. Er half ihr auf die Beine. In ihren Augen stand ein Entsetzen, das Velsmann für übertrieben hielt. Wir sind nicht auf der Titanic, dachte er.

Auf dem Klosterhof, zwischen Fraternei, Refektorium der Konversen und dem darüber liegenden Dormitorium, schäumte ein wildes, reißendes, braun gefärbtes und gefährlich sprudelndes Wasser. Schlamm ergoß sich von allen Seiten in den Hof, klatschte gegen die Mauern des Laienrefektoriums und rutschte zur anderen Seite über die Treppen hinab in den Kreuzgang. Kaskaden von Wasser schossen über das natürliche Gefälle hinab in das Tal des Gartens mit dem Brunnen und suchte sich einen Weg in Richtung Orangeriegarten, wo sie vorhin noch gesessen hatten. Notenblätter trieben den Hof hinab, eingekeilt in Geröll, Äste und Unrat.

In der Mitte der Klostergasse sprudelte in einer langen Linie das Wasser wie aus einem Brunnen empor.

Andrea stand im Nu bis zu den Oberschenkeln im Wasser, Martin Velsmann bis zu den Knien. Und das Wasser stieg schnell. Neben ihnen brach in einer Mauer ein mannshohes Loch auf, das Wasser schoß gurgelnd hinein. Andrea mußte sich an Velsmann klammern, um nicht fortgerissen zu werden.

Jemand in der Klostergasse hatte plötzlich ein Schlauchboot. Er paddelte mit den Händen. An der offenen Tür zum Kabinettkeller verkeilte sich das Gefährt und schien zu kippen, der Mann in der blauen Montur eines Hausmeisters sprang heraus, fiel ins Wasser und verschwand im Keller. Velsmann griff geistesgegenwärtig nach dem Schlauchboot, in dem mehrere Spaten lagen. Andrea ließ sich einfach hineinfallen, Velsmann stieg dazu. Dann schoß das Gefährt auch schon in den Kabinettkeller.

Martin Velsmann konnte nur schwer mit beiden Händen lenken, er griff nach einem der Spaten, damit ging es leichter. Sie wurden in die weite Halle des Laienrefektoriums hineingespült. Jetzt nutzte der Spaten nichts mehr, es ging in rasender Fahrt durch die langgestreckte, düstere Halle, vorbei an den mächtigen Dockenkeltern aus geschwärztem Eichenholz, gegen die das Boot ebenso stieß wie gegen die klobigen Mittelsäulen. Das Boot drehte sich um sich selbst, ein Strudel nach dem anderen ließ es umhertanzen.

Velsmann sah den Mann in blauer Montur im Wasser, er hielt jetzt eine Rohrzange mit langen Griffen in der Hand, bevor Velsmann ihn auffordern konnte einzusteigen, drehte er sich ab und wurde fortgerissen. Andrea schrie immer wieder auf, Velsmann hörte sich fluchen. Er versuchte, das Gefährt von den rauhen, mit Schimmel der Jahrhunderte besetzten Wänden so abzustoßen, daß er die Richtung bestimmen konnte. Vergeblich.

Jetzt wurden sie wieder in die Klostergasse hinausgespült, der Sog war unwiderstehlich, Velsmann warf den Spaten ins Wasser, sie drehten sich mehrmals um sich selbst, dann ging es über Stufen hinunter durch das Doppelportal in den Kreuzgang.

Das Schlauchboot trieb, ohne daß Velsmann es jetzt noch steuern konnte, vom Gang in die abschüssige Fraternei, dann auf den Kassenraum zu. Martin Velsmann nahm wahr, daß die Kassiererinnen von Uniformierten in Rettungssitzen herausgehoben wurden. Auch ein Besucher wurde gerettet. Hier mußte das schäumende Wasser zuerst eingedrungen sein, es stand besonders hoch und wirbelte in Strudeln. Es stieg unaufhörlich.

Aussteigen war unmöglich, wäre auch zu gefährlich gewesen. Das fragile Boot bot immerhin den Schutz einer festen Außenhaut. Möbelstücke und Verkaufsmaterial aus dem Kassenraum und Flaschen aus den Vitrinen schossen vorbei, von Strudeln hin und her gerissen. Dann trieb das Schlauchboot hinaus in den Park.

Auf allen erhöht liegenden Zufahrtswegen erschienen Feuerwehrfahrzeuge mit jaulenden Sirenen und wirbelndem Blaulicht. Die Parkwege standen unter Wasser, aber die Strömung war hier nicht mehr so stark. Irgendwo schien das unaufhaltsame Wasser abfließen zu können.

Die letzte Etappe waren die Steinstufen zum noch tiefer liegenden Teil des Gartens. Das Schlauchboot drehte sich, schlug gegen die Sandsteinfassung des Portals und dahinter gegen eine Mauer aus Bruchsteinen und holperte mit dem weißen Strom des Wassers über die Treppen. Die schäumenden Kaskaden trugen es mit Schlägen über jede einzelne Stufe hinunter. Es strandete in Rosensträuchern.

Andrea verfing sich mit ihrem Kleid in den Sträuchern, und Velsmann sprang aus dem Schlauchboot und befreite sie. Er mußte den Rock ihres Kleides zerreißen. Sie setzten sich außer Atem auf eine Bank und sahen hinüber zu den Gebäuden, aus denen noch immer das gurgelnde Wasser schoß. Sie merkten nicht, wie fest sie sich umklammerten.

Vor der Sakristei, zwischen altem Hospital und Kirche und zu allen Seiten des Parks trieben Menschen dahin, versuchten zu fliehen, taumelten, richteten sich auf und stürzten.

Wie auf der Titanic, dachte Martin Velsmann fassungslos.

3.
Dienstag, 26. April 2005

»Freygang, Freygang«, sagte Tosca Poppe. Sie hielt sich dabei die Nase zu, so daß es wie eine Lautsprecherdurchsage klang. »Bitte zurücktreten von der Thekenkante.«

»Mal sehen, was gibt's denn – ah! Beefsteak von Tartar! Wie auf der Polizeihochschule! Was ist denn los, sonst gibt's doch hier nur rohe Karotten?«

»Der Präsident soll auf eine Visite kommen, der braucht was Kräftiges.«

»Was will der hier?«

»Überprüft alle Polizeidienststellen in Hessen, seitdem der betrunkene Inder in der Ausnüchterungszelle zu Tode gekommen ist.«

»In Kassel?«

»In der Ausnüchterungszelle.«

»Ißt er denn mit uns?«

»Wer? Der Inder?«

»Tosca, Tosca! Dir ist wohl gar nichts heilig! Respekt vor den Toten!«

Sie waren an der Kasse angelangt und suchten sich in der vollen und lauten Kantine einen Platz an der Wand. Tosca erregte wie immer Aufsehen bei den Beamten. Sie trug ihre Lieblings-Zebrastreifenhosen, knalleng, mit goldenem Gürtel, darüber etwas Wuscheliges aus lila Plüsch. Beim Gehen durch die Reihen wackelte sie provokant mit dem Hinterteil. Freygang ruckte verlegen mit dem Kopf, als trüge er einen Schlips, der ihm zu eng war. Seit er Ehemann war, hatte er seine Lockerheit verloren. Jetzt war ihm plötzlich manches peinlich.

Warum eigentlich?

»Warum eigentlich«, sagte Tosca spitz, »muß man sich dauernd sagen lassen, was man lassen soll? Von dir beispielsweise. Kann ich das nicht selber entscheiden? Bin ich etwa nicht aus Thüringen?«

»Und welches Recht gibt dir das? Lernt man da mehr als anderswo?«

Sie setzten sich. Tosca stützte den rechten Ellenbogen auf und aß, indem sie die Gabel wie ein Messer hielt, das sie in die Beute stach. Es schien ihr zu schmecken. Schon nach wenigen Bissen legte sie die Gabel klirrend auf den Teller und lehnte sich zurück.

»Ich sag dir was, Alfons ...«

»Inspektor Freygang, Vorgesetzter ...«

»Laß dir was von deiner Assistentin gesagt sein ...«

»Das Essen schmeckt dir.«

»Nein. Mir fehlt der Hauptkommissar! Irgendwie ist da eine Leerstelle, verdammt noch mal. Velsmann gehört doch einfach zum Team! Warum ist er ausgebüchst!«

»Tosca! Bist du dreizehn, oder was? Er ist nicht ausgebüchst! Er hat den Dienst quittiert, weil er nicht immer rohe Karotten in der Kantine ...«

»Jetzt bist du dreizehn! Ich weiß schon, warum er aufhörte. Aber ich empfinde es als Davonrennen. Wir sind doch auch im Dienst geblieben, hier, bei all den Karottenschälern, Quenglern, Nörglern, Besserwissern in ihren zu engen Unterhosen. Und bei den Massenmördern, die draußen herumschleichen. Warum konnte also er es nicht, verdammt!«

Einige Kollegen wendeten den Kopf und blickten kauend herüber. Freygang versuchte, seine Assistentin zu beruhigen.

»Schrei nicht so! Wir sind nicht allein. Sie warten doch nur drauf, Velsmann was dafür anzuhängen, daß er den Dienst einfach vorzeitig quittierte, und sie selbst dürfen es nicht. Liefere ihnen bloß keine Anregungen.«

»Ich schreie, wie es mir ... ja, schon gut. Ich vermisse ihn eben einfach.«

»Meinst du, ich nicht? Zum Glück haben wir im Moment nur Hühnerdiebstähle und Kleinkram, aber ich weiß nicht ...«

»Du nennst die Vergewaltigungen in Künzell Kleinkram?«

»Nein, Hühnerdiebstahl!«

»Komm du nach Hause, Inspektor!«

Als sie ihre Mahlzeit beendet hatten, war die Mittagspause noch nicht vorbei, aber sie standen auf und gingen hinaus. Tosca wollte rauchen.

Endlich regnete es nicht mehr, doch die Luft dampfte, für die Jahreszeit zu warm und zu dick. Tosca Poppe, die ihren Namen nach der Heirat behalten hatte, und Alfons Freygang, der nach Velsmanns Abschied zum jüngsten Inspektor Fuldas aufgestiegen war, überquerten den Platz zum Bonifatiusdenkmal und setzten sich unter eine schon blühende Kastanie in den Garten des *Café Palais.* Es war nicht das nächstliegende Café, aber das schönste. Sie behielten die Uhr im Auge, überflogen gemeinsam die gerade eintreffende Nachmittagsausgabe der Zeitung und bestellten Cappuccino. Tosca sog den Rauch ihrer filterlosen Zigarette wie eine Verdurstende ein und schnippte das abgebrannte Streichholz auf den Sandboden. Alfons Freygang legte eine Hand auf den Oberschenkel seiner jungen Frau.

»Ich glaube«, sagte er und schüttelte den Kopf, »ich sollte auch den Dienst quittieren.«

»Und ich kriege eine Migräne«, sagte Tosca, »wenn ich all diesen Scheiß hier lese.«

Ich werde dich töten, dachte Janne van Lent. Jetzt bin ich auf deiner Spur. Und wenn ich auch Angst habe vor dem, was mich erwartet, ich werde es tun. Du entkommst mir nicht.

Während sie diesen ersten Gedanken an einem trüben Morgen

dachte, versuchte sie, wach zu werden. Sie schlief nie wirklich, aber zwischen Dunkelheit, Vergessen und dem heller werdenden Licht von draußen gab es immerhin Abstufungen, jetzt war sie wieder bei Sinnen. Sie blickte auf die Armbanduhr. Kurz nach sieben. Ein neuer Frühlingstag. Es regnete nicht mehr.

Janne hatte das Gefühl, in einen Tag hineingeboren zu werden, der so sinnlos war wie die vergangenen. Alles schien ihr gleich weit entfernt. Nichts zum Greifen nah. Sie hätte einfach liegenbleiben können. So lange, bis der Tod einsetzte.

Aber sie richtete sich auf. Tat das, womit sie es schaffte, in den Tag hineinzukommen. Es war wenig genug. Immerhin konnte sie ihre Glieder jetzt frei bewegen.

Sie schaute durch die leicht beschlagenen Fenster nach draußen. Am linken Seitenfenster hatte sich eine Perlenschnur aus Regentropfen gebildet, die sich langsam nach unten bewegte. Klirrte es nicht sogar leise? Janne kurbelte das Seitenfenster herunter. Ringsherum Grün.

Als sie in der Nacht den Waldweg gesucht hatte, bog sie von der Straße nach Fulda ab, kam durch eine kleine Ortschaft namens Döllbach und hatte die Schneise gesehen, die der Feldweg in den Wald hinein schlug. Sie achtete darauf, weit genug von der Straße entfernt zu sein, aber nicht so weit, daß es Verdacht erregen konnte, falls jemand sie sah. Darauf achtete sie immer.

Aber wer sollte sie schon sehen? Sie war daran gewöhnt zu denken, daß sich für sie niemand interessierte. Und die Spuren verwischen, das hatte sie inzwischen gelernt.

Sie rutschte über die Rückbank und stieg aus dem Auto. Dann reckte sie sich. Auf den jungen, Ende April noch zartgrünen Blättern lag Tau, oder war es Regenwasser? Janne streifte die Feuchtigkeit von den Zweigen ab und strich sie mit flachen Händen über ihr Gesicht, dessen Haut sich spannte. Es erfrischte. Sie wiederholte den Vorgang, verbarg ihr Gesicht in den Händen. Nach einem Moment spürte sie ein Brennen im Gesicht. Sie versuchte, das Brennen mit dem Tau der Blätter abzuwaschen, aber es verstärkte sich noch.

Sie ging zum Auto und blickte in den Seitenspiegel. Sie erschrak. Ihr Gesicht war fleckig und rot.

Sie spritzen die Sträucher, dachte sie. Ich habe mir ihr Gift in die Haut eingerieben!

In einem Anflug von Panik öffnete sie ihren Rucksack, der auf dem Beifahrersitz lag, holte eine große Plastikflasche Mineralwasser heraus und ließ es über ihr Gesicht laufen. Die Flüssigkeit lief ihr in den Hemdkragen hinein. Sie hörte nicht auf, bis die Flasche leer war. Nach einer Weile ließ das Brennen nach. Janne blickte wieder in den Rückspiegel. Die Rötung blieb. Sie setzte die Sonnenbrille auf.

Janne setzte sich auf den Platz hinter dem Steuer. Sie blickte aus der Frontscheibe in den Waldweg hinein. Es war still, doch allmählich setzte ein Geräusch ein, das sie in den letzten Tagen begleitet hatte. Erst schlugen einzelne Tropfen auf das Autodach, als trommelte jemand mit den Fingerknöcheln, dann wurde das Pochen weicher, und es begann zu rauschen.

Sie schlug die Seitentür zu. Der Regen wurde im Nu so dicht, daß Janne nicht mehr hinaussehen konnte. Sie fühlte sich wie in einer automatischen Waschanlage. Sie blieb sitzen, legte dann langsam den Kopf auf die Hände, die das Steuerrad umfaßten. Sie bewegte den Kopf leicht hin und her. Sie fror.

Wann wird das vorbei sein? dachte sie. Wann kann ich dieses Land wieder verlassen? Ich werde ihn finden. Und töten. Aber auf diesem abschüssigen Weg darf ich nicht verzweifeln. Ich muß mich an die Äußerlichkeiten halten. Ich darf nicht absinken.

Ich werde mir ein Hotel suchen, beschloß sie, ein gutes

Hotel. Nur für den letzten Tag. Auch das ist wichtig. Wenn man jemanden umbringen will, dachte sie, ist auch das Wohlbefinden wichtig.

Sie wußte jetzt ganz genau, wen sie suchte. Es hatte lange gedauert, aber jetzt wußte sie es. Es würde ein Wettlauf werden. Er oder ich, dachte sie. Aber wer so lange wie ich eine Spur verfolgt hat, kann nicht mehr verlieren.

Sie hatte sich an ihn gehängt, und er wußte es nicht. Er konnte es nicht wissen. Das war ihr Vorteil. Er wiegte sich in Sicherheit, das war ihr klar.

Die Spur führte genau hierher, in diese Region. Sie wußte jetzt, wo er wohnte. Erst vor wenigen Tagen hatte sie ihn gesehen, und er sah arglos aus. Es war allerdings im westlichen Teil des Landes gewesen, ungefähr zweihundert Kilometer von hier. Dort hatte er früher eine leitende Stellung eingenommen. Irgendwann war er dann fortgezogen. Hierher. Sie hatte den Eintrag im Meldeamt eingesehen. Und sie hatte ein paar Seiten darüber geschrieben, denn er war der Haupttäter auf ihrer Liste. Einer Liste, die jetzt abgearbeitet werden mußte.

Sie wußte inzwischen, der Observierte besaß morsche Knochen, irgendeine Art Gicht, die bei nassem Wetter unangenehm wurde. In diesen Tagen litt er also. Und sie wünschte es ihm, sie wünschte, daß der Regen noch stärker würde. Sonst wirkte er wie ein Mann ohne Sorgen. Ein Mann, für den die Welt ein Vorhof war, über den er schritt. Er wußte noch nicht, daß hinter dem Eingang der Schrecken lauerte.

Oder konnte es doch sein, daß er mich nur in Sicherheit wiegen will? dachte Janne. Habe ich etwas übersehen? Habe ich einen Fehler gemacht?

Sie erschrak jäh bei diesem Gedanken. Unwillkürlich sah sie sich nach allen Seiten um. Aber die Autoscheiben blieben beschlagen, und im Wald blieb alles ruhig.

Ich will nicht in seine Falle tappen, dachte sie. Mit dem Fallenstellen ist er ja berüchtigt geworden.

Wenn ich ihn töte, dachte sie, will ich das namenlose Erstaunen in seinen Augen sehen. Und dann die späte Ahnung, das Erkennen im Moment des Todes. Seine Augen werden brechen, und das Entsetzen darüber, doch noch eingeholt worden zu sein, wird darin erfrieren, und es wird stehenbleiben bis in alle Ewigkeit.

Das ist es, was ich will.

Sie hatte lange gebraucht, um diesen Wunsch zu begreifen. Sie benötigte manchmal sehr viel Zeit, um sich über die eigenen Motive klarzuwerden. Woher kam das? Litten andere Menschen auch darunter?

Lange Zeit hatte sie nur abgewartet. Dabei hatte sie überhaupt nichts empfunden außer einer dumpfen Angst. Und ein bohrendes Schuldgefühl. Stimmen hinter ihr hatten gemahnt. Dann begriff sie, daß sie es war, die handeln mußte. Es kam auf sie an. All dieses Furchtbare um sie herum konnte nur aufhören, wenn sie etwas tat. Sie mußte sich in Bewegung setzen. Dann würde sie begreifen, wer sie selbst war.

Es war immer so gewesen. Sie sah sich selbst nicht deutlich. Wenn jemand mit dem Finger auf sie zeigte, erschrak sie zu Tode.

Sie war sich fremd, nicht eins mit sich. Nicht daran gewöhnt, etwas zu entscheiden.

Aber jetzt, in diesem verregneten Land, wurde ihr vieles klar.

Sie frühstückten auf der überdachten Terrasse, an die Rebstöcke stießen, die Trauben waren trotz des milden Klimas noch klein wie blaßgrüne Erbsen. Der Blick ging über den Rhein bis zu den rheinhessischen Weinbergen. Der Schrei eines Vogels war zu hören, in der Ferne ein Zuggeräusch, es war schön, keine Autos zu sehen.

Es regnete noch leicht, die Feuchtigkeit saß überall, aber drinnen im Gastraum war es stickig, außerdem störten Andrea dort die goldgerahmten Aquarelle und bestickten Wandmatten auf Rauhputz. Draußen war die Luft warm. Jemand putzte eine trockene Fensterscheibe, und es hörte sich an wie Frauenkichern. Die Wirtin ging vorbei und grüßte im Dialekt, sie trug etwas Undefinierbares, das einem Schlafanzug glich.

Martin Velsmann atmete tief ein, die Luft schmeckte weich, nach Erde und Wasser. Als die junge Bedienung in Schwarz zu ihnen kam, ein frisches, blondes Mädchen, das lange schaute und sich am Arm rieb, bestellten sie. Wenig später kam das Frühstück, und die Bedienung stellte auch zwei kleine Flaschen Wasser *Black Forest* auf den Tisch. Martin Velsmann hätte geschworen, daß es aus dem Schwarzwald kam, konnte aber das Etikett nicht entziffern.

»Es ist doch unglaublich«, entfuhr es Velsmann. »Was ist eigentlich los in diesem Land!« Er rieb sich schmerzende Stellen an Armen und Schulter.

Andrea hatte die Morgenzeitung aufgeschlagen. In dem Aufmacherartikel kamen sie vor, zwei in einem Schlauchboot. Es hatte ein paar Verletzte gegeben, zum Glück aber keinen Toten. Unter Schock waren vier ältere Klosterbesucher in das benachbarte psychiatrische Krankenhaus eingeliefert worden.

»Wir haben schweres Glück gehabt«, sagte Andrea und tastete nach ihrem Pflaster, das ihre rechte Stirnseite bedeckte. »Die Schlammlawine hat das halbe Kloster begraben. Sie befürchten, es ist für immer verloren.«

»Ach, es ist Weltkulturerbe«, sagte Velsmann und trank *Black Forest*, »sie werden es schon retten. Dafür wird immer Geld aufgebracht.«

»Es steht alles unter Dreck und Wasser!«

»Wie kann so was passieren?« sagte Velsmann kauend. »Es

regnet doch nicht zum erstenmal in Hessen. Ich dachte die ganze Zeit: Das kann nicht wahr sein, ich träume! Das gibt es doch einfach nicht!«

Andrea las den Artikel. »Die Zeitungsschreiber haben Humor. Es ist allerdings auch nicht ihr Schaden«, sagte sie und griff nach der Kaffeetasse. »›Wasser zu Wein! Staatsweingut Kloster Eberbach überschwemmt!‹«

»Lies mal vor.«

Andrea stellte die Kaffetasse ab. »›Der Kisselbach ist normalerweise ein Bächlein. Ein beschauliches Gewässer, das aus dem Taunus in die Weinberge des Rheingaus gluckert. Und keinesfalls ein Strom, von dem gravierende Hochwasserwellen zu erwarten wären. Wohl auch deshalb werden sich die Mönche des Zisterzienserklosters oberhalb von Eltville nur wenig Gedanken um mögliche Fluten gemacht haben, als sie um das Jahr 1750 beim Bau des neuen Krankenhauses den Bach nicht nur kanalisierten, sondern in einem Gewölbe unter dem Kloster hinweg führten. Den spärlichen historischen Bauzeichnungen zufolge ist das gemauerte Halbrund mal nur 50 Zentimeter, mal aber auch fast zwei Meter hoch. 350 Jahre lang ging das gut. Bis Montagabend.‹«

»Aha«, murmelte Martin Velsmann. »Und ausgerechnet wir müssen dabeisein.«

Andrea trank einen weiteren Schluck Kaffee, blickte dann über die Weinberge und las weiter.

»›Starkregen, der auf den Kleinen Feldberg im Taunus innerhalb von 24 Stunden mit elf, auf dem Frankfurter Flughafen sogar zweiundzwanzig Litern in 24 Stunden niederprasselte, ließ den Kisselbach anschwellen. Ein wilder, reißender, braun gefärbter, gefährlich sprudelnder Bach entstand. Doch das allein hätte die Überschwemmung mit ihren Massen von Schlamm, die sich über das Klosterareal ergossen, noch nicht verursacht.

Irgendwo in dem mehr als hundert Meter langen Gewölbe muß es eine Blockade gegeben haben. Vielleicht ist ein Teil des Kanals eingestürzt, vielleicht haben sich irgendwo Geröll, Äste, Unrat verkeilt und einen Rückstau ausgelöst. Bis gestern nacht wußten das die Feuerwehr und die Leitung der Stiftung Kloster Eberbach noch nicht. Denn an den eigentlichen Ort des Unglücks war noch kein Herankommen.‹«

»Unglaublich«, brummte Martin Velsmann. »Das ist mal ein Tatort. Zum Glück geht es mich nichts an. Ich kann einfach hier sitzen bleiben und in mein Brötchen beißen.«

»›Soviel steht fest‹«, las Andrea weiter, »›mitten auf dem Hof zwischen dem Hospital und der Fraternei mit dem darüber liegenden Mönchsdormitorium hatte sich der Bach mit Gewalt einen neuen Ausgang gesucht und war sprudelnd an die über einen halben Meter darüber liegende Oberfläche geschossen.‹ – Na ja, den Rest kennen wir.«

»Irgendwas in dem Gewölbe hat eine Blockade bewirkt?« fragte Velsmann. »Kein Wunder, sollte es seit 1750 nicht mehr gewartet worden sein.«

»Wahrscheinlich kann man nur in einem Boot unten hindurchpaddeln«, vermutete Andrea.

»Laß uns mittags noch mal rüberfahren«, schlug Velsmann vor. »Wandern ist sowieso nicht drin bei den aufgeweichten Wegen zwischen den Weinbergen. Und wir können nicht den ganzen Tag Winzerplatten essen. Ich will mir das noch mal gründlich ansehen.«

»Sie werden alles abgesperrt haben«, vermutete Andrea.

»Ich kenne den Verwalter von einer früheren Ermittlung. Ein Herr Reinhard. Er wird uns schon reinlassen. Stell dir bloß mal vor, der Weinkeller wird überspült, dann treiben die ganzen teuren Flaschen davon!«

»Fast schon komisch«, meinte Andrea. »Aber das Lachen

bleibt einem im Hals stecken. Denn hier steht ja, daß einige Leute mit einem Schock ins Krankenhaus gebracht werden mußten. Und einen Monteur aus Kiedrich hat es am übelsten erwischt, er hat sich beide Beine gebrochen.«

»Den haben wir doch vorbeitreiben sehen«, meinte Velsmann. »Ich habe versucht, nach ihm zu greifen ...«

»Er stürzte immer wieder ins Wasser«, erinnerte sich Andrea und schüttelte sich. »Ich sehe das Bild noch vor mir.«

»Hat es im Kloster nicht früher einmal einen Mord gegeben? Ich meine, etwas darüber gelesen zu haben. Irgendein Abt. Aber es kann auch in einem anderen Kloster gewesen sein.«

»Kloster Eberbach, ein Ort des Verbrechens!« sagte Andrea und beschrieb mit der Hand eine Schlagzeile in Augenhöhe. »Aber du bist nicht mehr im Dienst, komm nicht auf die Idee, da irgendwas umzugraben.«

»Versprochen.«

»Es ist doch ungefährlich, wenn wir uns das ansehen?«

»Mal bloß den Teufel nicht an die Wand«, sagte Martin Velsmann.

Tosca Poppe hatte an diesem Nachmittag Besuch. Zuerst von Gedanken über ihren frisch Angetrauten. Ihm fehlt der Ehrgeiz, dachte sie und mußte lächeln, das ist vielleicht ein Alfons, er will gar keine Karriere machen, er ist Velsmannschüler. Unser lieber Hauptkommissar hat ihn geprägt.

Dann kam auch ein leiblicher Besucher. Revierleiter Friedrich, wie immer mit geröteten Wangen, die dünnen Haarsträhnen sorgsam über den Schädel verteilt, schob einen jungen Mann mit gelbem Hahnenkamm durch die Tür. Tosca wunderte sich über dessen schlechtsitzende Hosen, Jeans, die mindestens drei Nummern zu groß waren und augenblicklich in die Kniekehlen abzurutschen drohten. Sie selbst trug gern enge Hosen.

»Der junge Mann hat Ihnen etwas zu erzählen, nehmen Sie es bitte auf«, sagte Friedrich und verschwand wieder.

Tosca deutete auf einen freien Stuhl. »Also los.«

»Ich habe gestern nacht jemanden gesehen«, erklärte der junge Mann mit beleidigter Stimme.

»Aha«, sagte Tosca. »Wie heißen Sie übrigens?«

»Peter Kippers. Ich wohne in Döllbach, in der Rhön.«

»Aha«, sagte Tosca.

»Ich fuhr mit dem Fahrrad vorbei. Es war so um Mitternacht, Geisterstunde, ich kam vom Doppelkopf ...«

»Ein Berg in der Rhön?«

»Ein Kartenspiel. Da sah ich ein Auto, irgendein Japaner, kann nicht sagen, was für einer. Ich stand gerade hinter den Bäumen, weil ich dringend ...«

»Einen Neger abseilen wollte ...«

»Nein, nur klein. Jedenfalls fuhr der Wagen von der Straße ab, direkt in den Waldweg rein, in dem ich stand.«

»Hinter Bäumen.«

»Na klar. Und als ich heute morgen wieder daran vorbeifuhr, stand das Auto immer noch da.«

»Aha«, machte Tosca, jetzt doch interessiert. »Und was haben Sie noch gesehen?«

»Sonst nichts.«

»Das Kennzeichen vielleicht?«

»Irgendeine Mietnummer mit HH, sonst nichts.«

»Saß jemand in dem Auto?«

»Na, von allein wird es nicht gefahren sein.«

»Schon, aber haben Sie jemanden darin gesehen? Den Fahrer? Einen Beifahrer? Hat im Rückfenster der Plastikhund mit dem Kopf gewackelt?«

»Nein, nichts.«

»Hm, hm«, machte Tosca. »Und Sie haben den weiten Weg

von Döllbach her, wo man sich hinter Bäumen so schön verstecken kann, bis nach Fulda ins Präsidium unternommen? Haben den Schutz der Bäume verlassen, um diese Beobachtung mitzuteilen? Das ist lobenswert.«

»Ich arbeite in Fulda, gleich gegenüber in der Buchhandlung.«

Bücher, lebhafte Phantasie, dachte Tosca, sagte aber nichts, nickte nur.

»Ich packe da aus«, erklärte Peter Kippers. »Versand. Und dachte, vielleicht sollte ich das der Polizei zu Protokoll geben.«

»Wenn man schon mal am Auspacken ist, gell«, bestätigte Polizeiaspirantin Tosca Poppe. »Ich schreibe ein klitzekleines Gesprächsprotokoll, und Sie bestätigen es dann, okay? Es dauert nicht lange. Und beschreiben Sie uns noch die genaue Stelle, wo Sie die Beobachtung gemacht haben.«

Nach dem Ende der Prozedur, als sie den jungen Kippers in dem beschriebenen Buchladen gegenüber verschwinden sah, dachte Tosca Poppe nach. War es wichtig? Sie würde einen Polizisten hinschicken. Sie griff zum Telefon und rief in Döllbach an. Zwei Wachtmeister würden sich in Bewegung setzen. Tosca blieb sitzen und blickte durch die Bürofenster in den Nebenraum.

Alfons Freygang redete dort. Seine Hände vollführten ausgiebige Gesten. In seinem blassen Gesicht hatten sich dunkle Bartschatten gebildet. Mal wieder zum Gerät greifen, dachte Tosca. Aber warum eigentlich? Alle Männer sollten Bärte tragen. So wie eine Zeitlang der Hauptkommissar. Hatte ihm gut gestanden. Wenn Tosca sich Velsmann vorstellte, trug er eigentlich immer eine Art von Bart. Es wirkte so vertrauenerweckend.

Gegen elf Uhr lenkte Martin Velsmann das Auto an den weißen Außenmauern der Psychiatrie vorbei. Er warf einen Blick zurück. Hatte in Hohen Eichen nicht einmal ein Mediziner gewirkt, eine Autorität der Hirnpathologie, der dem Land eine Sammlung vermacht hatte? Velsmann versuchte, den Sachverhalt aus dem Dunkel seiner Erinnerung zu rekonstruieren. Ging es nicht um menschliche Skelette, um wissenschaftlichen Handel mit menschlichen Knochen? Um Knochenhandel, Reliquienhandel wie im Mittelalter? Hier ein Kieferknochen eines Märtyrers, dort das Hüftgelenk eines Stifters. Der Fall hatte damals großes Aufsehen erregt.

Nein, keine Skelette, jetzt fiel es ihm wieder ein. Die Sammlung Werner Kubik, 666 menschliche Schädel, nein, auch falsch, entnommene Gehirne, so war es gewesen. Entnommene Gehirne. Und der Wissenschaftler hatte sie nicht dem Land, sondern dem Frankfurter Max-Planck-Institut vermacht. Eine bedeutende Sammlung, einzigartig. Es mußte in den sechziger Jahren gewesen sein.

Martin Velsmann steuerte in die Einfahrt des Klosters. Er kam aber nicht weit. Das Gelände war mit weißroten Bändern abgesperrt, überall standen Feuerwehrautos. Uniformierte stapften umher. Über dem Klostergelände lag ein weißer Dunst.

»Siehst du, wir kommen nicht rein«, sagte Andrea.

»Abwarten! Ich rufe Reinhard an.« Velsmann zückte sein Handy und tippte die Nummer ein. Er erwischte den Verwalter sofort und trug seinen Wunsch vor.

»Ich kann Sie außen herumführen, Herr Hauptkommissar«, sagte die schnelle Stimme Reinhards, »aber ins innere Gelände kommt im Moment keiner rein, außer Polizei und Feuerwehr.«

»Es ist wohl besser, wir kommen ein andermal wieder«, sagte Velsmann. »Sie haben Streß.«

»Nein, kommen Sie nur! Ich bin froh, wenn ich von meinem Papierkram wegkomme. Im Moment geht natürlich alles drunter und drüber. Ich hole Sie ab.«

»Wir stehen hier auf dem unteren Parkplatz.«

»Unterhalb des Lehrpfades?«

»Ja.«

»Ich bin gleich da!«

Dr. Thomas Reinhard war ein schlanker, mittelgroßer Mann im Maßanzug, mit kahl rasiertem Schädel und leutseliger Miene. Velsmann stellte seine Frau vor. Reinhard deutete einen Handkuß an. Dann machte er eine Geste über das Klostergelände, die alles einschloß.

»Es ist eine Katastrophe! So was habe ich noch nicht erlebt. Die Feuerwehr hat aus zehn Schläuchen, die zwölf Zentimeter dick sind, Bypässe gelegt, insgesamt rund dreihundert Meter lang. Sie pumpen wie die Berserker und haben den ganzen Bach umgeleitet. Aber im Hof sprudelt es immer noch wie aus einer Wunderquelle. Ich hoffe, hier entsteht kein Wallfahrtsort. Jetzt wollen sie die Bachöffnungen mit einer Art Blase verschließen. Aber vorher muß geklärt werden, was den Stau auslöste.«

»Können wir sehen, woher der Bach kommt?« fragte Velsmann. »Es ist für mich unvorstellbar, daß dieses harmlose Gewässer einen solchen Schaden anrichtet.«

»Das begreift niemand!« sagte Reinhard mit einem Seufzen. »Wir wissen gar nicht, ob wir das Rheingau Musik Festival am 26. Juni eröffnen können! Man wird uns die Gelder sperren, weil die Sicherheit der Besucher nicht gewährleistet ist. Unser Innenminister ist da ganz rigoros. Aber kommen Sie mit mir!«

Vor den Gebäuden standen zwei blaue Autos eines Fernsehsenders, die Räder verschwanden im Wasser. Das Wasser in den Höfen stand noch immer hüfthoch. Die schwere Pforte zum neuen Krankenhaus war geöffnet. Die Steinplatten des Hofes waren aufgebrochen geworden, mit Brettern hatten Arbeiter einen provisorischen Bachlauf quer durch das Gebäude gezimmert.

»Sehen Sie«, sagte Reinhard. »Es sprudelt noch immer. Wir gehen außen an der Absperrung herum bis zur Klostermauer.«

Reinhard stapfte vor ihnen her, ab und zu schüttelte er den Kopf und murmelte vor sich hin. Kurz vor der Pforte befand sich der ehemalige Garten des Irrenhauses. Hinter der Mauer, dort, wo der Wald begann und sich alte, schief stehende Grabsteine befanden, die Gräber des ehemaligen Irrenhauses markierten, hielt Reinhard an.

Velsmann bat um einen Moment Geduld. Er ging zu den Grabsteinen und las auf dem einzigen, der eine leserliche Inschrift trug:

»Hier ruht in Gott Clara Falker, geborene Eller, geboren zu Alzey 1807, gestorben in Hohen Eichen am 8. August 1865.«

Velsmann prägte sich gewohnheitsmäßig die Inschrift ein. Irgend etwas daran störte ihn, er überlegte einen Moment, kam aber nicht darauf, was es war.

Reinhard drängte zum Weitergehen. Er erklärte: »Da oben ist eine zusätzliche Quelle, die alles noch schlimmer machte, wir haben also eigentlich zwei Bäche, die unter dem Kloster durchgehen. Oben haben wir erst vor kurzem eine Schleuse im Wald entdeckt, die lange verloren geglaubt war. Am Kleebogen mit Ornamenten erkannten wir die Stelle wieder. Hier ist der Zufluß des Baches, unter der Mauer durch. Das Wasser geht bis zur Schreinerei. Wir können wieder reingehen. Dort ist ein Schieber, der das Wasser aufhält, unglücklicherweise gestern aber nicht. Das Wasser schoß in den Gang hinein, schob Geröll und anderes Zeug, Zweige, Äste, Laub hinein. Und der Gang wird enger und niedriger, die Wucht sprengte dann die Steine vor dem Krankenbau.«

Velsmann blickte sich um. Rechter Hand, nahe der Klostermauer ein hübscher Garten mit Spalieren für Tomaten und Bohnen. Überall floß Wasser, eine braune, glucksende Brühe.

»Wir werden warten müssen, bis man in die Röhre einfahren kann, dann sehen wir, wo der Stau sich befindet«, erklärte Reinhard.

»Eine solche Katastrophe gibt es hier sicher zum ersten Mal?« fragte Andrea.

»Es gab schon in früheren Jahrzehnten Klagen. Sogar bis zurück in das 18. Jahrhundert wissen wir, daß der Boden der Basilika des öfteren feucht war durch schlechte Wartung der beiden Bäche. Aber jetzt ist irgendwas Besonderes dazugekommen. Wir müssen es uns ansehen.«

»Können wir mit einfahren, wenn es soweit ist?«

Reinhard blickte Velsmann an. »Warum wollen Sie das sehen? Da ist nur Schmutz und Feuchtigkeit.«

»Ich bin – ich war Polizist, wie Sie wissen!« sagte Velsmann. »Ein Tatort interessiert mich immer. Und ich muß ja nicht ermitteln. Ich blicke auf das Unheil mit einem rein theoretischen Interesse.«

»Laß es doch lieber, Martin«, sagte Andrea. »Du holst dir nur feuchte Schuhe.«

»Wenn Sie unbedingt wollen!« meinte Reinhard und blickte Andrea entschuldigend an. »Ich kann aber nicht sagen, wie lange es noch dauert, bis das ganze Wasser weg ist.«

»Warum wurde der Bach überhaupt unter das Kloster hindurchgeleitet?« wollte Velsmann wissen. »Eine solche Gefahr schafft man doch nicht mutwillig.«

»Die Zisterzienser brauchten Wasser dringend. Ihre Weltsicht gründet sozusagen auf Wasser«, erklärte Reinhard. »Sie brauchten es für die Brunnen – wenn Sie am ehemaligen Brunnenhaus im Kreuzgang stehen, sehen Sie die sechzehn Abflußhähne –, sie brauchten es für das Ritual, aber auch für die Landwirtschaft. Die Mönche waren ja exzellente Anbauer, sie bewässerten alles mit hoher Kunst. Außerdem brauchten sie den Bach, damit Unrat und Abfall weggeschwemmt werden konnten. Unter der Küche geht der Bach für Küchenabfälle durch, dort fließt er sogar offen. Am alten Krankenbau geht er ebenso wie am Schlachthaus und an den Latrinen vorbei, Sie können sich denken, warum.«

»Ist dem Wein etwas passiert?« fragte Andrea.

»Das ist die andere Katastrophe!« sagte Reinhard. »Wenn ich auch sagen muß, daß wir Riesenschwein gehabt haben. Denn die Schatzkammer war vom Kisselbach überflutet. Hier lagern Tausende von Flaschen, ein Millionenwert! Die älteste Flasche ist aus dem Jahr 1806, der ist teuer, allerdings nicht mehr trinkbar, die ältesten trinkbaren Weine stammen aus 1893! Können Sie sich vorstellen, was wir mit Wein für Gewinn machen? Unser Önologe Ralf Bengel erzählte mir noch heute morgen, daß wir rund 25000 Flaschen eingelagert haben. Und nun halten Sie sich fest: Alle Flaschen liegen noch in ihren Fächern, keine einzige wurde aufgeschwemmt, obwohl das Wasser hier wie verrückt schäumte. Aber die Flaschen sind schlammig und verdreckt und müssen gesäubert werden. Hätten die Fluten die Flaschen aus den Fächern gespült, wäre der Schaden ungeheuer gewesen. Denn sie sind nicht etikettiert, Jahrgang und Herkunft können also nur über die Lage im numerierten Fach bestimmt werden.«

»Daran habe ich heute morgen auch gedacht«, meinte Martin Velsmann. »Da haben Sie Glück gehabt.«

»Unser Chef der Klosterstiftung hat heute morgen einen Schwächeanfall erlitten, als man ihm die gute Nachricht überbrachte. Inzwischen ist allerdings ein anderer Verdacht aufgetaucht. Es könnte sich nämlich um Absicht handeln.«

»Wie meinen Sie das?«

»Es ist ein heikles Thema, und man darf einen solchen Verdacht eigentlich gar nicht laut äußern. Jemand aus der Marketingabteilung, dessen Namen ich nicht nennen will, vermutet ein Attentat. Jemand hat aus bestimmten Gründen den Tunnel verstopft – bei Nacht und Nebel sozusagen.«

»Um dem Staatsweingut zu schaden?«

»Genau so.«

»Und wer könnte daran ein Interesse haben?« warf Andrea ein. »Ein Streich dummer Jungen?«

»Die Vermutung geht in eine andere Richtung«, sagte Reinhard mit gesenkter Stimme. »Winzer unterliegen einem zunehmend harten Konkurrenzkampf. Rheingauer Weine gehen gut, und wir vermarkten sie auch gut, aber wir bewegen uns im oberpreislichen Bereich. Man wirft uns vor, wir produzieren und verkaufen Weine für Reiche. Das ruft Neid und Mißgunst hervor.«

»Aha!« sagte Andrea. »Ein Winzer könnte also ...«

»Kein einzelner Winzer!« unterbrach Reinhard. »Eine ganze Region. Genauer gesagt: Rheinhessen.«

»Ach! Tatsächlich!« entfuhr es Velsmann.

»Die Absatzprobleme dieser Weinbaugebiete sind ja bekannt. Es wird zuviel Wein produziert und zu viel billiger Wein. Unsere Weine dagegen stellen ja einen ständigen Qualitätsaufruf dar, eine ständige Mahnung! Es könnte sein, daß man sich auf der anderen Rheinseite dieses lästigen Konkurrenten entledigen wollte.«

»Zumindest, was dessen Bestand betrifft«, sagte Andrea. »Denn die Weinberge sind ja nicht betroffen.«

»Das ist richtig, verehrte Frau Velsmann! Vielleicht hoffte man, wir würden nach dieser Katastrophe aufgeben. Aber vergessen wir diesen Verdacht im Moment. Unsere Herren werden sich damit zu beschäftigen haben. Gehen wir doch weiter!«

Reinhard führte seine Besucher an der Klostermauer entlang nach Süden. Von hier aus hatten sie einen Überblick über das ganze Gelände. Es glich eher einem großen See. Dort, wo Velsmann und Andrea noch am Vorabend auf den Wiesen im Garten vor der Orangerie gesessen hatten, stand ein Wasserspiegel, in dem sich die Wälder auf den umliegenden Hügeln abbildeten.

Es sah verzaubert aus. Aber das war es nicht.

Man hatte sich geweigert, mit ihr zusammenzuarbeiten. Jeder, der sich so verhielt wie sie, machte sich in dieser Zeit verdächtig.

»Sie wollen irgend jemanden anschuldigen?« hatte die Angestellte des Archivs gefragt. »Dabei können wir Ihnen nicht helfen, das müssen Sie allein machen. Aber wenn ich Ihnen einen Tip geben kann – Sie verhalten sich so feindselig und auch so ungeschickt, daß ich mit der Sache nichts zu tun haben will. Ich überlege mir, ob ich nicht die Polizei einschalte. In diesen Tagen weiß man ja nie, mit wem man es zu tun hat!«

Und später, als sie noch einmal an der Ausleihe vorbeiging, hörte sie, wie jemand flüsterte: »Eine Journalistin – sie scheint etwas verbergen zu wollen. Gibt vor, jemanden zu suchen. Aber dabei leiht sie uralte Bücher aus. Kommt mir verdächtig vor, könnte sich um einen politischen Hintergrund handeln.«

»Wieso? Was plant sie?« flüsterte eine andere Stimme. »Was hat sie getan?«

»Keine Ahnung, aber sie will Akten über bestimmte Fälle ausleihen. Sie wühlt in Akten, als wolle sie sich in ein anderes Leben hineinbohren.«

»Terroristin?«

Janne hatte einen Schrecken bekommen und den Saal verlassen. Am nächsten Tag war sie zurückgekehrt und hatte ihre Unterlagen zurückverlangt. Der Ausleiheakt wurde beendet. Die ausgefüllten Formulare steckte sie ein und ging. Unterwegs zerriß sie die Papiere und warf sie in einen Mülleimer.

Janne wußte, daß ihr Schuldgefühl sie verdächtig machte. Sie verhielt sich unsicher, das merkte jeder. Man sah ihr an, daß sie etwas zu verbergen hatte. Als der Leiter eines anderen Archivs – es war wieder auf der westlichen Seite gewesen, am Rhein – sie einmal scharf ansah und eine mißtrauische Frage stellte, hatte sie mit einer schnellen Bewegung zur Achsel gegriffen, als trüge sie dort eine Waffe. Dann war sie regelrecht geflüchtet.

Ich muß ruhiger werden, dachte sie. Als sie am Abend im Hotelbett erwachte, fühlte sie die dröhnenden Kopfschmerzen. Ich habe zu viel getrunken, ich kann mich einfach nicht halten, dachte sie. Wenn man schon am Nachmittag eine Fahne hat, ist man jedem verdächtig. Und das Hotel am Schloß war so gediegen, daß sie sich schon schuldig fühlte, als sie den Meldezettel ausfüllte. Sie nannte einen falschen Namen und gab eine erfundene Adresse an. In Deutschland überprüfte das niemand, das wußte sie. In diesem Land wollte niemand den Verdacht aufkommen lassen, ein Spitzel zu sein.

Während sie jetzt im Bett lag und nach draußen sah, wo jenseits der hohen Barockfenster die Regenschleier wogten, dachte sie daran, wie alles angefangen hatte. Sie hätte nicht sagen können, wann es war, Jahreszahlen waren für sie ein Geheimnis, ein Jahr glich dem anderen, floß in das vorherige hinein und wurde vom nächsten eingeholt. Aber wie es anfing, daran erinnerte sie sich genau.

Eines Tages hatte sie in einem Restaurant am Meer gesessen. Es war eines jener Strandetablissements mitten in den Dünen, die mit Glaswänden den ständigen Wind abhielten. Janne hatte über Strand und Meer geblickt. Das Meer besaß ein öliges, blaues Aussehen, der Himmel war aufgerissen, und die Sonne malte die Wolken in unterschiedlichen Farben. Der Wind hatte an den Aufbauten gerüttelt, und plötzlich hatte Janne eine Stimme im Wind gehört.

Es war eine tiefe und tönende Stimme, aber sie besaß eine Narbe. Janne hatte immer bewußter hingehört, bis zu dem Punkt, wo diese Stimme ihren Kopf ausfüllte.

Die Narbe bestand aus einem Schlürfen. Daran änderten auch die gutturalen Konsonanten nichts, die aus einem Dialekt stammten, den Janne nicht kannte. Sie verstand Deutsch, konnte aber keine Sprachfärbungen unterscheiden. Also mußte es Hochdeutsch sein. Die Stimme war gewohnt, zu sprechen und Zuhörer zu haben. Die Zuhörer stießen hin und wieder Laute der Zustimmung aus.

Und dann hörte sie den Satz, der sie erstarren ließ. *Von seinen Zielen darf man durch nichts in der Welt abzubringen sein, wir haben alles richtig gemacht, die Opfer wollten es nicht anders.*

Janne war aufgestanden und hatte sich die Stimme angesehen. Ein unauffällig wirkender Mann im Kreis von anderen unauffällig wirkenden Männern. Helle Sommerkleidung, Strohhüte. Niemand wirkte verdächtig. Deutsche Touristen in Holland, in einem Seebad Anfang September.

Aber in Janne van Lent war in diesem Moment etwas entstanden, das sie nicht mehr bannen konnte. Sie war beinahe ohnmächtig geworden an diesem Tag, war hinausgerannt aus dem Lokal und den Strand entlang. Als sie nicht mehr weiterkonnte, hatte sie sich einfach in den Sand gelegt. Sie hatte versucht nachzudenken, aber das Weinen war gekommen. Sie hatte geweint. Hinterher fühlte sie sich wie zusammengefallen, ohne jede Kontur. Es war ein schreckliches Gefühl gewesen.

Sie hatte nicht gewußt, was sie tun sollte. Erst am Abend war sie zu sich gekommen und konnte ins Hotel hinter den Dünen zurückgehen.

Von diesem Tag an hatte sie begonnen zu schreiben. Erst mit der Hand in Tagebücher. Dann auf Manuskriptpapier. Schließlich kaufte sie sich einen tragbaren Computer. Und sie hatte sich alle Fotos angesehen. Seit diesem Tag gab es nichts mehr, was sie mehr interessiert hätte. Und nach der Scheidung mietete sie allein eine Wohnung, ihr Mann blieb in ihrem gemeinsamen Haus. Sie begann zu trinken. Es mußte vor sieben Jahren gewesen sein.

Sie hatte den Mann mit dem Schlürfen in der Stimme noch einmal gesehen. Das war in der Hafenstadt. Sie hatte in einer Schlange gestanden, um eine Schiffspassage zu buchen. Und er stand weiter vor ihr. Sie hatte ihn angestarrt, als könne sie mit Blicken etwas aus ihm herausziehen. Er hatte sie nicht bemerkt und war auf dem Schiff verschwunden.

Während der Überfahrt hatte Janne ihn nicht mehr gesehen. Als die Fähre anlandete, sah sie ihn noch einmal. Man holte ihn ab. Er fuhr mit dem Auto weg, Janne ging zu ihrem Fahrrad, mit dem sie zu ihrer Wohnung fuhr. Sie vergaß den Mann, es war nur eine zufällige Begegnung gewesen. Aber sie hatte etwas in ihr ausgelöst, das nun ein Eigenleben gewann.

Und Janne van Lent begann an diesem Tag nach ihren Eltern zu forschen.

»Jemand, der auf Durchreise ist und am Abend zu müde wird, um weiterzufahren. Er hält also an. Und er nimmt sich kein Hotelzimmer«, berichtete Freygang, der den Anruf des Kollegen aus Döllbach entgegengenommen hatte. »Könnte ein Terrorist sein, eine dunkle Existenz, jedenfalls ein Superverdacht.«

»Also nichts, wenn ich deine verworrenen Sätze richtig deute?« fragte Tosca nach.

»Ein paar Reifenspuren im aufgeweichten Sand, ein paar gebrochene Zweige und eine überfahrene Spitzmaus, das ist alles.«

»Gut, dann vergessen wir das und können uns um folgendes kümmern: In Eichenzell hat es einen Selbstmordversuch gegeben, jemand hat so lange an sich herumgesäbelt, bis Blut herauskam. Nachbarn fanden die Frau im Gartenschuppen.«

»Fährst du hin?«

»Ich schicke unseren Neuen, den kleinen Baumann. Wenn man schon einen Aspiranten hat, sollte man ihn auch gebrauchen.«

»Der Aspirant bist du doch, Poppe!«

»Ich bin eine Aspirant*in*! Den Unterschied noch nicht bemerkt?«

Büroleiter Friedrich trat schwungvoll ein. Freygang und Poppe erkannten sofort, daß er eine kleine Rede vorbereitet hatte. Sie steckten die Hände in die Hosentaschen – Tosca beließ es bei einem Versuch – und lehnten sich erwartungsvoll gegen die Fenster. Friedrich blieb so stehen, daß Sonnenlicht ihn überflutete.

»Kollegen, jetzt, wo nicht viel zu tun ist, müssen wir – sollten wir über eine neue Büroordnung sprechen. Diesbezüglich habe ich etwas festgelegt. Natürlich in Schriftform. Es geht an alle Mitarbeiter. Ich mag den Papierkram gewöhnlich nicht, wie ihr wißt, aber am Anfang von etwas Neuem muß es manchmal sein ...«

Ist doch klar, dachte Poppe.

»Die Idee ist, daß wir unsere Arbeitsabläufe optimieren, alles muß effizienter werden. Wir kriegen dann auch neue Computer, sind immer online, und DSL wird auch verbessert. Aber im Tagesablauf soll es mehr Transparenz geben, dazu müssen wir bereit sein, das betrifft uns alle. Wir müssen als Menschen flexibler sein und mehr kommunizieren – und die Aktenschränke werden schmäler.«

»Sagt man nicht schmaler, Chef?« warf Poppe ein.

»Im sprachlichen Ausdruck ist sie empfindlich«, assistierte Freygang. »Aber sonst nicht. Die Kollegin Poppe will sagen ...«

»Hören Sie zu, Inspektor Freygang! Wir reißen hier einfach mal die Wände der Dienstzimmer ein, was halten Sie davon? Wir schaffen ein Großraumbüro, das gibt es in anderen Dienststellen schon längst. Dann genügt ein Wink ...«

»Und Sie kommen schon rüber, Chef«, interpretierte Tosca.

»Wie? Nein, Sie sind es, die den Winken folgt, verehrte Aspirantin Poppe«, stellte Friedrich klar. »Aber wer auch immer winkt, die Abläufe sollten schneller erfolgen, alles muß schneller gehen.«

»Sagen wir das den Verbrechern auch?« fragte Poppe unschuldig.

»Sie machen manchmal unwesentliche Bemerkungen, Kollegin! Sie haben verstanden, was ich meine?«

»Hundertprozentig«, erwiderte Alfons Freygang an Toscas Stelle. Er strich sich über die blonden Haare, die wie dicke Fäden auf seinem flachen Kopf lagen. »Das mit dem Großraumbüro würde ich mir trotzdem überlegen. Manchmal braucht man einfach eine intime Gesprächssituation.«

»Nicht jeder sitzt mit seiner Ehefrau im selben Büro, Freygang«, meinte Friedrich. »Verallgemeinern wir das also nicht.«

»Ich meinte ein Verhör«, stellte Freygang richtig. »Manche Klienten reden offener, wenn nicht jeder zuhören kann.«

»Ach so meinen Sie das. Nun, da ist schon was dran. Ein separates Verhörzimmer könnten wir ja behalten. – Überlegen wir uns das noch mal. Jedenfalls müssen wir bei zukünftigen Kapitalverbrechen gewappnet sein – auch ohne den verehrten Kollegen Velsmann. Wir stehen hier in Fulda genauso an der Front wie etwa in Frankfurt. Eher noch stärker, denn wir sind der geographische Mittelpunkt des vereinigten Deutschlands.«

Freygang überlegte, ob das stimmte. Er konnte seinem Revierleiter nicht recht geben.

»Jeden Moment können Mörder zuschlagen. Delikte am

Menschen, die mehr sind als der Raub einer Handtasche oder so etwas. Sie verstehen?«

»Sicher!« sagte Freygang.

»Acht Mitarbeiter sind wenig. Aber wir werden es schaffen. Unser Revier wird mustergültig sein«, sagte Friedrich.

»Logisch!« sagte Freygang.

»Wie ist es übrigens mit diesem Selbstmord in Eichenzell?«

»Selbstmordversuch«, erklärte Poppe. »Die Frau lebt noch.«

»Kein Wunder, wenn man versucht, sich mit einem Löffel die Pulsadern aufzuschneiden«, meinte Freygang.

»Hat die Frau das getan? Nun egal. Wer guckt sich das an?«

»Baumann!«

»Gut, schicken Sie ihn hin. Und dann warten Sie auf die angekündigten Papiere und lesen sie. Ich erwarte eine schriftliche Erwiderung auf die Vorschläge bis – sagen wir – fünf Uhr.«

»Ist gemacht, Chef!« entgegneten Poppe und Freygang wie aus einem Mund.

Friedrich donnerte die Tür zu. Die Scheiben in den Trennwänden klirrten leicht. Poppe legte in gespielter Befürchtung ihre flachen Hände dagegen, um sie vor dem Zerspringen zu bewahren.

»Das ist vielleicht ein Friedrich, unser Revierleiter«, seufzte sie.

Freygang ging dicht hinter ihr vorbei und gab ihr einen Klaps auf das Hinterteil.

»Ich kann nur hoffen, daß hier bald wieder mehr los ist«, flüsterte er. »Sonst kommt es aus schierer Langeweile zu erotischen Handlungen mitten auf der Wachstation. Ich sehe schon die Überschrift: ›Kommissar dringt in Geheimnis einer Aspirantin ein.‹«

»Wage das nicht«, sagte Poppe süßlich. »Sonst rufe ich die Polizei.«

Bis hierher hatte sie die Spuren verfolgen können. Es hatte Jahre gedauert. Und sie fühlte etwas wie Stolz in sich aufsteigen, ein ganz neues Gefühl. Sie hatte sich nicht entmutigen und nicht abschütteln lassen.

Stolz war ihr nicht eingeimpft worden.

Während Janne van Lent ihren graugrünen Japaner, ein Fluchtauto, wie sie das Auto selbst bezeichnete, nicht zu identifizieren, über die Straße durch die dichten Wälder steuerte, schossen ihr Gedanken durch den Kopf, die nicht zusammenpaßten.

Vor allem muß ich mich in der Gegenwart zurechtfinden, dachte sie. Und nicht in der Vergangenheit. In der Gegenwart, mit ihren Verkehrsregeln. Der Straßenverkehr ist nicht mehr von damals. Hier in diesem Land ist er sowieso unberechenbar. Er lullt einen ein. Dann kommen sie plötzlich von allen Seiten und fallen über einen her. Und es gibt massenweise Täter am Steuer. In ihrer Heimat war ihr das noch nie aufgefallen.

Sie fuhr schon eine Weile durch diese Wälder. Was konnte man darin nicht alles verbergen! Ging hier jemals einer durch? Selbst das Moordorf, das sie am Morgen gesehen hatte, mitten im Wald, war erst vor kurzem entdeckt worden. Und doch war es vierhundert Jahre alt! Kroaten hatten es im Dreißigjährigen Krieg verwüstet. Von den Bewohnern war nur Staub geblieben, aber die Fundamente ihrer Häuser waren noch zu sehen und die Einfassung eines Brunnens und schmalen Wasserlaufs bis zu einer in den Stein eingeschliffenen Stelle, wo Frauen gekniet und Wäsche gewaschen hatten.

Vielleicht sollten wir uns um nichts mehr kümmern, dachte Janne. Wir haben so wenig Zeit! Wenn man sich bewußt wird, daß man anfängt, ist es schon so gut wie beendet! Wozu noch die Mühe!

Aber in einem Leben sollten doch die Mörder zur Rechenschaft gezogen werden, dachte sie. Dann war es das wert.

Endlich erreichte Janne die Kreuzung. Es wurde heller. Zur Linken sah sie, was sie suchte. Sie parkte das Auto auf einem Sandstreifen und stieg aus. Sie verschloß die Türen nicht. Wenn sie hier das getan haben, was ich vermute, dachte sie, dann stehlen sie nichts aus Autos. Damit halten sie sich nicht auf.

Sie ging ein paar Schritte und legte eine Hand auf ihren Bauch. Sie spürte darin einen Schmerz, der nicht wich.

Im Moor gab es kleine, ausgelegte Holzplatten, nach einer Weile hörte der Weg jedoch auf. Janne ging dennoch weiter. Sie erreichte ein Portal, neben dem eine Gedenktafel hing, die sie schon kannte. Sie war vor fünf Jahren zum ersten Mal hiergewesen.

Als sie die Holzplanken verließ, bekam sie ein mulmiges Gefühl. Hier hörte der Untergrund auf vertrauenerweckend zu sein. Jetzt begann der gefährliche Teil. Und sie mußte ihn vor Einbruch der Dunkelheit hinter sich gebracht haben. Was sie vorhatte, war Unsinn, aber sie wollte es unbedingt tun.

Ein Schatten ging hinter ihr her. Janne drehte sich um. Nichts. Der Schatten jedoch blieb. Er war aber nicht zu sehen.

Janne fuhr sich mit dem Handrücken über die Stirn. Es war ein solcher Tag, wie sie ihn schon oft erlebt hatte. Die Schatten der Vergangenheit waren da. Sie selbst war es, die ihnen Gestalt verliehen hatte. Seitdem wurde sie verfolgt.

Natürlich war alles nur Einbildung. Phantasien wurden lebendig – scheinbar lebendig. Und die Ahnen stehen plötzlich vor einem auf.

Sie blieb stehen. Ein kleiner Tümpel kam ins Blickfeld, umstanden von dünnen Birken, die sich leicht im Wind bogen. Die Fundamente von Hütten erschienen im schwarzen Moor. Eine Hütte war noch intakt. Hier hatten einst Menschen gelebt. Hier hatten sie gearbeitet.

Laut sagte sie: »Kommt nur raus! Ich kann es ertragen! Ich kenne euch doch inzwischen!«

Der Wind säuselte in den Birkenzweigen, die jungen Blätter klapperten und tuschelten leise.

Janne van Lent sagte in die Leere hinein: »Hier irgendwo seid ihr. Ich weiß es. Man hat es mir gesagt. Ich kann euch sogar spüren. Vielleicht ist es wirklich nur Einbildung, aber ich habe das Gefühl, ihr seid hier. Nicht ganz nah, nicht um mich herum, aber irgendwo in diesem Moor. Und warum nicht an dieser Stelle? Weiter kann ich ja nicht gehen, also wartet hier auf mich. Ich komme.«

Sie lauschte. In der Ferne schrie ein Vogel. Unter ihren Füßen plätscherte schwarzes Wasser.

Janne trat einen Schritt zurück. Dann noch einen. Sie stieß rückwärts an etwas. Erschreckt schrie sie auf und drehte sich um. Es war nur das Geländer aus rohem Birkenholz, das um das kleine Podest gelegt war. Janne drehte sich einmal um sich selbst.

Im Moor gibt es kein Leben, dachte sie. Es ist ein schmatzender, großer Friedhof. Alles, was hier je gelebt hat, ist gestorben.

Die Geister der Toten sind das einzige, das übrigblieb.

»Ich möchte mit euch sprechen«, sagte sie laut.

Etwas rauschte dort, wo der nächste, schwarze Teich entstand. Etwas schrammte über eine weiche Fläche. Wahrscheinlich rieben sich Blätter an Zweigen, am Stamm oder wehten über die Erde. Das Moor, dachte Janne, hat eine ganz eigene, ganz eigentümliche Sprache. Es ist die Sprache der Stille, eines tiefen Schweigens während des Erschreckens vor sich selbst.

Denn im Moor sind zu viele schlimme Dinge geschehen, die niemand erträgt, kein einziges Lebewesen. Es muß vertuscht werden. Und dafür war ich bestimmt. Ich war das Medium.

Aber das ist jetzt vorbei.

Janne vollführte eine Geste, als wolle sie etwas segnen, brach sie aber ab. Sie wußte nicht, ob es half, was sie tat. Aber sie hatte das Gefühl, dieses Gespräch zu brauchen. Ihre Ahnen waren anwesend, und sie hörten ihr zu. Sie gaben ihre Kraft weiter.

Sie drehte sich um. Als sie auf den Brettern zurückging, fuhr ihr durch den Kopf, daß sie vergessen hatte, ihren Ahnen ihren gegenwärtigen Aufenthaltsort zu verraten. Sie blieb stehen und wollte schon zurückgehen.

Ach, dachte sie dann, das begreifen sie schon. Wer mich erreichen will, der schafft das auch. Sie haben andere Organe dafür als wir Lebenden. Es wäre ja nicht das erste Mal.

Sie kam zum Parkplatz zurück. Er war leer bis auf ein weiteres Auto.

Janne blickte flüchtig hinüber.

Das Auto hatte bei ihrer Ankunft noch nicht dort gestanden. Da war sie ganz sicher.

Sie ging ein paar Schritte auf das Gefährt zu und konnte ins Wageninnere blicken. Dort war niemand.

Janne wußte, rund um das Moor war nur Wald. Die nächste Siedlung war mehrere Kilometer entfernt. Und jetzt lag die tiefe Dunkelheit schon über allem.

4.
Mittwoch, 27. April 2005

»Schauen Sie sich hier um, ist das das Paradies?«

»Nein! Aber wir sind hergerannt!«

»Jetzt ist die Sintflut tatsächlich bei uns angekommen. Der ganze Vorplatz ist überflutet.«

»Deshalb sind wir ja hier. Jetzt wird abgepumpt. Sagen Sie den Kirchenbesuchern, sie sollen im Inneren bleiben. Auch die

Türen müssen geschlossen bleiben, sonst garantiere ich für nichts!«

»Wie lange wird das dauern?«

»Mindestens zwei Stunden, so wie das hier aussieht.«

Der Sakristan nickte den Feuerwehrleuten zu. Nachdenklich stapfte er durch das Wasser zum Seiteneingang. Als er zurückblickte, sah er, wie über die breiten Treppen des Domplatzes, dort, wo sich in früheren Jahrhunderten das Paradies des alten Ratgar-Doms befunden hatte, ein Wasserfall rauschte.

Es war unfaßbar. Was geschah hier? Wurden jetzt die alten Prophezeiungen wahr? Es regnete schon ununterbrochen seit mehr als vierundzwanzig Stunden, und der Himmel im Westen wurde immer dunkler.

Verzeih uns, Herr! flehte der Gottesmann. Wir haben tatsächlich gesündigt. Wir hätten diese Frau nicht verängstigen dürfen. Denn sucht sie nicht nach der Wahrheit? Auch wenn diese uns nicht gefällt, wir hätten sie bei ihrer Suche unterstützen müssen. Sie ist eine verirrte Seele, die auf der falschen Seite steht. Und wir geben sie dem Schrecken preis. Denn sie ist einsam. Niemand ist auf ihrer Seite. Und auch wenn sie Schuld auf sich lud, was gewiß ist, und auch wenn sie nicht das Gebot der Vergebung befolgt, so hätte unser Bund sie nicht abweisen dürfen.

Der Sakristan schlug ein Kreuz und verschwand im Kircheninneren. Die weiße, kalte Pracht des Doms versetzte ihn an diesem Morgen in ein Gefühl des dauernden Fröstelns. Es war feuchte Kälte, die da vom Himmel kam. Und im ganzen Kinzigtal, von Westen her bis nach Fulda hatte die Sintflut mittlerweile Schäden angerichtet.

Wir werden eine Notmesse abhalten, dachte der Sakristan. Das wird die Menschen versöhnen. Der Gedanke beruhigte ihn. Er ging unwillkürlich schneller.

Wir werden den Menschen sagen, daß wir alle schuldig sind, dachte er. Und daß der Herrgott uns vergeben wird. Der Bischof selbst wird die Messe halten, es sei denn, seine Verstrickungen in den Fall sind zu groß. Dann bedarf es eines sehr reinen Herzens.

Was wird noch alles auf uns zukommen, dachte der Kirchenmann. Und er beeilte sich, in die Sakristei zu gelangen, wo jemand auf ihn wartete, den er auf gar keinen Fall verärgern wollte.

»Kommen Sie her, wenn Sie noch interessiert sind! Die Regenfront beginnt nach Osten abzuziehen, die Bypässe tun langsam ihre Wirkung, das Wasser fällt. Wir fahren heute in den unterirdischen Gang ein!«

Martin Velsmann stimmte sofort zu. Er kündigte sich in einer Stunde an.

Andrea wollte ihn nicht begleiten. »Dein Hang für das Absonderliche hat nicht nachgelassen! Du bist außer Dienst, aber es läßt dich nicht los!«

»Ermittlungen sind vertrautes Terrain, das mußt du verstehen. Ich halte mich aber zurück.«

Sie verabredeten ein Treffen am Abend, Andrea wollte eine Wanderung in den Weinbergen bei Vollrads unternehmen. Martin Velsmann würde sie zum Abendessen in einem Terrassenrestaurant von Eltville treffen. Er nahm den Wagen.

Auf dem Weg nach Eberbach mußte er an seine beiden ehemaligen Assistenten denken, die inzwischen geheiratet hatten. Ob das gutgeht? dachte Velsmann. Beide im gleichen Dienstalltag? Ist es nicht besser, man hat Bereiche im Leben, die getrennt sind? Andrerseits war es bei ihm und Andrea kein Vorteil, denn Velsmann beschlich gerade in diesen Tagen das Gefühl, sie hatten sich weiter auseinandergelebt, als er anfänglich befürchtete.

Vielleicht tue ich zu wenig, dachte er. Hatte Andrea nicht recht, wenn sie ihn aufforderte, nach Barth oder Rostock zu ziehen? Was hielt ihn im Kinzigtal, was in Fulda? Jetzt, dachte er sarkastisch, wo nicht mal mehr Mörder ihre Untaten planen in der Hoffnung, von mir gefaßt zu werden! Ich kann weggehen! Eigentlich bin ich schon weg. Innerlich.

Als er auf das Klostergelände einbog, stand Reinhard schon am hinteren Ausläufer des Parkplatzes, dort, wo der Weinlehrpfad begann.

»Sie können weiterfahren und hinten im Hof parken«, instruierte ihn Reinhard. »Der Kahn wartet schon, es ist gegenüber dem Schlosserbau. Ich bin wahnsinnig gespannt.«

Der Verwalter ging voraus. Velsmann folgte mit dem Wagen und parkte an der angegebenen Stelle. Linker Hand erblickte er zwei Männer im signalroten Overall. Als er näher ging und sich per Handschlag mit den beinahe wie Zwillinge aussehenden Herren Fink und Monstrau bekannt machte, erblickte er auf den braunen Fluten im Graben das flache, breite Boot mit zwei Sitzreihen und eingelegten Stangen.

»Dann können wir wohl«, sagte Reinhard.

Sie stiegen die schmale Treppe hinunter. Das Boot schwankte beim Einsteigen. Die beiden Kanalexperten saßen vorn und staksten mit den Stangen. Eine Strömung war noch geringfügig vorhanden, deshalb war Steuern nicht nötig, sie ließen das Boot langsam in die Röhre eingleiten. Vorn wurden Handscheinwerfer angemacht. Dann schloß sich die Röhre um sie.

»Wir fahren zum Schlachthaus, bis dahin geht es eigentlich geradeaus, kein Stau zu vermuten«, erklärte Fink. »Hinter dem Schlachthaus, in Richtung neue Wirtschaftsgebäude wird die Röhre enger und tiefer, dort gibt es auch einen Knick. Da könnte die Krisenstelle sein.«

Langsam glitt das Boot weiter. Die beiden Lichtquellen

warfen tanzende Schatten an die Betonwände. Das Wasser gluckerte leise, Blasen tanzten an die Oberfläche und zerplatzten. Einmal entstand ein Strudel, der das Boot zur Seite drückte, es prallte gegen die Röhrenwand.

»Keine Panik! Es geht weiter!« sagte Fink, sich halb umwendend. »Da vorn kommt der Knick.«

Jetzt mußten sie die Köpfe einziehen. Die Röhrenwände schlossen sich um sie. In der Dunkelheit konnte man keine drei Meter voraus sehen.

»Da ist es! Die Fundamente des Schlachthauses«, sagte Monstrau und deutete voraus. »Achtung jetzt!«

Das Boot näherte sich der angegebenen Stelle. Hier veränderten sich die Steine. Grobe, roh zusammengefügte Quadern lagen übereinander, darunter, etwa in Höhe der jetzigen Wasseroberfläche längliche, rote Ziegel, sorgsam verfugt, damit kein Kanalwasser in die Gebäudefundamente einsickern konnte.

Dann erblickten sie den Stau.

Ein Wehr hatte sich gebildet, dort schäumte noch jetzt das Wasser, es bildeten sich Strudel. Im Wasser lagen bis zur Decke der Röhre Äste, die sich ineinander verkeilt hatten. Darauf hatten sich Abfall und Schutt gelagert, von einer dichten Schicht von Schlamm zusammengehalten.

»Donnerwetter! Man sollte nicht glauben, was sich hier ansammelt! Sehen Sie sich das bloß an!« rief Monstrau.

»Ein richtiges Schleusentor, leider geschlossen!« sagte Fink. »Wie kriegen wir das wieder weg?«

»Versuchen Sie es mit den Ruderstangen«, sagte Reinhard. Er beugte sich seitlich aus dem Wasser und spähte nach vorn.

Die Arbeiter stocherten eine Weile herum. Monstrau fluchte, weil seine Stange im Schlick steckenblieb.

»Aussichtslos!« meinte Fink nach einer Weile. »Herr Reinhard, da müssen richtige Geräte ran! Das sitzt tief und fest! Es ist beinahe wie Beton.«

Monstrau gelang es dennoch, den dicksten Ast aus dem Wehr herauszuschlagen. Der Ast stellte sich quer und tanzte auf der Stelle. Jetzt floß das Wasser durch eine kleine Öffnung hindurch. Und der Sog riß andere Äste mit sich. Das Wasser floß jetzt schneller, wenn auch in einem dünnen Rinnsal.

»Na also«, brummte Monstrau. Beide Kanalexperten arbeiteten heftig weiter.

Martin Velsmann konnte nicht helfen, nur zusehen.

»Das treibt jetzt unter dem gesamten Kloster durch bis zum Orangeriegarten«, sagte Reinhard. »Dort kommt der Bach wieder an die Oberfläche. Ich will hoffen, daß sich da kein neuer Stau bildet.«

»Trotzdem, die Röhre muß gründlich gereinigt werden!« erklärte Fink. »Es sollte auch ein Taucher ins Wasser. Es ist hier zwar nicht sehr tief, aber wer weiß, was sich am Grund noch alles festgeklemmt hat, das wir nicht erkennen können. Wir müssen es gründlich säubern, sonst kann so was immer wieder passieren.«

»Schutt von Jahrzehnten, vielleicht von Jahrhunderten!« sagte Reinhard. »Niemand hat hier in den letzten zweihundertfünfzig Jahren saubergemacht.«

Seitlich im Wehr, dort, wo der Unrat gegen die Mauer drückte, sah Velsmann plötzlich eine Vertiefung. Die Nische wurde von schwappendem Wasser verschüttet und wieder freigelegt. Es schien so, als würde das Wasser angesaugt und dann wieder mit Wucht zurückgestoßen werden. Die Äste tanzten auf und nieder.

Plötzlich glaubte Martin Velsmann etwas zu erkennen, das nicht in dieses Wehr gehörte. Es war ein Fremdkörper, der nicht hierhin paßte. Er vermutete zuerst, einer Täuschung zum

Opfer zu fallen, die tanzenden Schlagschatten irritierten ihn. Er schaute weg und dann wieder hin. Nein, er täuschte sich nicht. Im Gerippe aus Zweigen und Ästen war etwas anderes erschienen. Es verbarg sich im Dunkeln. Nur hin und wieder huschte der Lichtschein darüber.

Velsmann konnte es nicht genau erkennen, aber es mußte etwas sein, das irgendwie organischer zusammenhing als Geröll und Äste. Er versuchte, seine sitzende Position so zu verändern, daß er besser hinüberspähen konnte. Er beugte sich aus dem Kahn, der dadurch gefährlich schwankte. Vorne stieß jemand einen Warnruf aus. Reinhard hielt ihn am Arm zurück.

Noch immer verstand Velsmann es nicht. Es war irgend etwas Befremdliches. Er sah den Fremdkörper im Zwielicht, und er kam ihm plötzlich vertraut vor. Es war etwas, das er schon einmal gesehen hatte.

Er wischte sich über die Augen. Sahen das die anderen auch? Reinhard beugte sich jetzt zur anderen Seite aus dem Kahn, um nach vorn zu spähen. Velsmann riß die Augen auf und starrte ins Halbdunkel.

Wieder bewegte es sich, tanzte auf und nieder. Sie fuhren näher heran. Und jetzt begriff Velsmann.

Was er im Zwielicht der Handscheinwerfer vor sich hatte, ließ ihn erschauern.

Es war ein menschliches Skelett. Und darüber ein Schädel.

Martin Velsmann nahm ihn jetzt eindeutig wahr. Ein Menschenschädel mit leeren Augenhöhlen, der sich über dem Skelett befand, erst knickte er vor, dann wurde er zurückgeworfen. Er hing an einem Rückgrat.

Es war ein schauerliches Bild. So als wollte das Skelett, das dort offensichtlich in Schlamm und Schutt festgeklemmt war, ihnen zuwinken. Es beugte ergeben den Schädel und hob ihn wieder, hob sich mit seinen klappernden Knochen und sank wieder zusammen.

»Da drüben!« stieß Velsmann hervor. Seine Stimme war belegt. »Sehen Sie das?«

»Was denn?«

»Da!«

Velsmann deutete auf die Stelle. Die drei Männer starrten voraus. »Leuchten Sie mal dort hin!«

Die Männer sahen nun, was er meinte. Sie hörten sofort auf, nach dem Wehr zu schlagen.

In der Sakristei herrschte Zwielicht. Es fiel durch die alten Fenster, in denen rote und weiße Glassplitter Blut und Unschuld zeigten. Der Meister des Ordens vom Heiligen Valentinus legte den Siegelring beiseite, mit dem er einen Brief beschwert hatte. Er studierte das Papier eine Weile mit düsterer Miene, dann verschloß er es zusammen mit dem Ring in einer Schatulle, die ein Madonnenrelief aus Elfenbein schmückte.

Einen Augenblick verharrte der Kirchenmann. Er öffnete ein Hausaltärchen, das drei geschnitzte Reliefs trug. Er liebte diesen Gegenstand, den ihm der inzwischen verstorbene Bischof Dyba geschenkt hatte. Auf dem mittleren Relief sah man die Geburt Christi mit der Verkündigung an die Hirten, auf den Flügeln die Verkündigung an Maria und die Anbetung durch die Heiligen Drei Könige. Auf der Predella war das Schweißtuch der heiligen Veronika zu sehen, das von zwei Engeln gehalten wurde. Die Malerei auf den Außenflügeln stammte von einem alten deutschen Meister.

Der Ordensmeister öffnete eines der Fenster und atmete tief ein. Die Frühlingsluft duftete. Jenseits des Doms erhob sich in diesem Moment ein Schwarm Zugvögel – waren es Kraniche? Der Kirchenmann konnte es nicht genau erkennen. Die Vögel verdunkelten aber einen Moment lang den strahlenden Aprilhimmel – welch eine Freude, ein kurzer lichter Moment inmitten der Regengüsse, wie von Zauberhand, war das ein Zeichen! –, und der Beobachter dachte an die Orte seiner Jugend. Er seufzte bei dem Gedanken, wie oft er als kleiner Junge in Pommern gewünscht hatte, auf dem Rücken solch majestätischer Vögel bis nach Jerusalem, ins Heilige Land fliegen zu können, um dort als neuer Heiland Einzug zu halten und verehrt zu werden.

Diese Träume waren lange her. Heute hatte er ganz andere Sorgen.

Der Ordensmann begann unter seinem Gewand mit dem Granatapfelmuster zu schwitzen. Er wollte jedoch den Mantel nicht ablegen. Er kam sich behütet und gleichzeitig mächtig vor in dieser kostbaren Robe aus Seidensamt. Er strich mit den Fingerspitzen über den Mantelsaum am Hals. Der schwere, purpurfarbene Stoff behagte ihm.

Er seufzte. Sein Orden war in Schlaglichter geraten, die ihm nicht gefallen konnten. Deshalb war er hier.

Wo nur der Sakristan blieb!

Überhaupt geriet die Kirche in ein Licht, das fragwürdig war. Zuviel Aufmerksamkeit konnte nicht gut sein. Alle diese Autoren, die sich plötzlich bemüßigt fühlten, nach kirchlichen Geheimbünden zu graben! Woher kamen die alle! Dieses Geschmeiß, das niemals an die Wahrheit dachte, sondern nur ans Geldverdienen! Letzte Dinge? Davon hatten sie keine Ahnung. Sie wollten die Sensation, diese Browns, Lincolns, Baigents, Leighs! Sie waren von der Bestsellergeilheit befallen wie Vieh in der Paarungszeit!

Der Meister legte seine Stola aus grünem Seidenlampas ab, die er nach seiner eigenen Vorstellung deshalb trug, um das Joch des Herrn auf seinem Nacken zu empfinden. Manchmal kam ihm selbst der Gedanke, dies sei eine vermessene Vorstellung und habe mit unziemlicher Eitelkeit zu tun. Wieder kamen ihm die Browns, Lincolns, Baigents, Leighs in den Sinn. Aber er wehrte diesen Zusammenhang unwirsch ab. Er war unpassend.

Es klopfte. Zugleich schlüpfte ein Mann herein. Der Meister fuhr herum. Dann schloß er schnell das Fenster. Es war nicht der Sakristan.

Der Besucher hob die Hand. Selbst auf die Entfernung bemerkte der Ordensmeister, daß sie schmutzig war. Er sah voller Abscheu auf den Angekommenen, der ein durchtriebenes, frettchenhaftes Gesicht besaß.

»Es ist etwas geschehen!«

»Nun – und?«

»Jemand interessiert sich für bestimmte Akten!«

Brown, Lincoln, Baigent, Leigh, durchfuhr es den Kirchenmann. Es wurde ihm heiß, aber er sagte nichts.

»Jemand wühlt in Unterlagen. Im bischöflichen Archiv hat sich eine Journalistin – jedenfalls gibt sie sich dafür aus – an die Dokumente der Güterverwaltung gemacht.«

»Das ist nicht verboten, sie sind öffentlich zugänglich«, sagte der Kirchenmann.

»Wartet, Exzellenz! Besonders Eure Akten sind Gegenstand des Interesses.«

Das vergeistigte, leicht gebräunte Gesicht des Meisters wurde eine Spur bleicher. Er merkte nicht, daß seine Finger das vor ihm auf dem Tisch stehende Korporalkästchen umklammerten, in dem das Leinentuch lag, auf dem während der Messe Kelch und Patene stehen.

Sein Besucher beobachtete ihn mit einem durstigen Gesichtsausdruck. Der Meister wurde sich bewußt, daß er jenes Kästchen umklammerte, in dem das Sinnbild der leinenen Grabtücher Christi lag. Welch ein Frevel, dieses Kästchen im

Angesicht dieser schäbigen, weltlichen Dinge zu berühren! Er zuckte zurück.

»Warum ich!« stieß er hervor. »Ich meine, warum sollte sich jemand für meine Vergangenheit interessieren? Es liegt doch alles auf dem Tisch, alles ist aufgeklärt!«

»Sie sah sich die Akten von St. Valentinus an.«

Der Kirchenmann nickte. Er hatte in der Kiedricher Anstalt als Seelsorger gewirkt. Er meinte, es sei segensreich gewesen.

»Sie lassen nicht locker!« fuhr sein ungebetener Besucher fort. »Ich weiß ja nicht, wer hinter dieser Journalistin steht! Vielleicht diese ... diese Literaturmafia! Was wollen sie noch alles hervorzerren! Wen wollen sie noch verleumden!«

»Ja, schon gut, mir ist das alles unangenehm. Damals war eine andere Zeit. Aber was soll ich tun? Was sollen wir als Kirche tun? Wenn wir uns verteidigen, sind wir doch verloren, man wird auf uns zeigen und uns der Geheimbündelei verdächtigen. Nein, wir müssen schweigen. Und darüber hinweggehen. Der Herrgott und der Regen werden diese unangenehmen Dinge hinwegspülen.«

»Der Regen? Nun, das ist kein schlechtes Stichwort. Denn diese Leute spitzeln gerade jetzt. Jetzt! Wo dieser Regen fällt. Ist das ein zufälliger Zusammenhang? Wir müssen also augenblicklich handeln, das duldet keinen Aufschub.«

»Was können wir tun?«

»Nun, man kann – diese neugierige Schlange behindern.«

»Behindern?«

»Aus der Bahn werfen – Ihr wißt schon, Eminenz.«

»Das schlägst du vor?«

»In Eurem Interesse!«

»Damit will ich nichts zu tun haben. – Was wäre dein Lohn?«

Der Blick seines Besuchers wanderte scheinbar gelangweilt durch den Raum. Er streifte die Wirkteppiche mit Marienszenen an der Wand, die kleinen, kostbaren Altaraufsätze, die liturgischen Altargeräte der *vasa sacra*, die überall herumstanden. Sein Blick blieb am Ciborium aus schierem Gold hängen, in dem die Hostien aufbewahrt wurden. Es hatte einen Sechspaßfuß, einen gedrungenen, sechsseitigen Turm und gravierte Schindeln. Er ließ seinen Blick weiterschweifen.

»Wie wäre es mit … dem Vortragskreuz da drüben. Es hat so schöne Edelsteine. Das könnte mir gefallen.«

Der Ordensmeister wollte sich auf ihn stürzen und ihn schlagen. Er fühlte das Aufwallen seines Blutes, die wilde Absicht, diesen unverschämten Handlanger zu züchtigen, der seine schmutzigen Gedanken durch heilige Gegenstände geadelt sehen wollte. Doch er wurde sich seiner Würde bewußt. Und seiner Müdigkeit.

Der Herrgott hatte am Ende eines langen Lebens Müdigkeit für ihn bereitgestellt.

»Nein«, sagte er. »Nicht dieses Altargerät, es ist Gott geweiht. Und auch kein anderer Lohn. Wir sind Kirche! Wir haben nichts zu verbergen. Und wir begeben uns nicht auf die Ebene unserer Feinde!«

»Wie Ihr meint, Eminenz!«

»Und nun geht besser! Verrichtet Eure Arbeit zum Wohle der Gemeinde und der Gemeinschaft, aber laßt ab von solchen Gedanken und Absichten! Wir müssen alle unsere Sünden sühnen.«

Wortlos drehte sich der Besucher um und verschwand.

Der Meister atmete auf. Diese Existenzen, dachte er. Sie sind nicht nur von ihren niederen Instinkten getrieben, unberechenbar und gefährlich, sie stinken auch nach Ausdünstungen. Man muß sie sich vom Leib halten. Gerade die Kirche muß das tun.

Der Meister schüttelte diese Gedanken ab. Er sah zum Himmel empor, genauer gesagt, zur Decke der Sakristei und schlug mit einer knöchernen Hand das Kreuz. Der Herr möge uns vergeben, dachte er. Aber alles, was geschieht, geschieht ja nur zu seinem Ruhme. Daß ich mich am Ende mit dem Dreck solcher Gedanken besudeln muß, um seinen Namen zu ehren, und dabei doch stark und fest bleibe, fest im Glauben, im Rot und Weiß meiner Ideale, anständig und gut, das ist mein ganz persönliches Ruhmesblatt.

Besänftigt und stolz strich er über seinen Samtmantel. In diesem Moment kam endlich der Sakristan.

»Es ist der Abt!« rief Reinhard. »Mein Gott, es ist der ermordete Abt! Wir haben lange nach dem Beweis gesucht. Hier ist er!« Er begann hysterisch zu lachen.

»Wovon sprechen Sie, Reinhard?« wollte Velsmann wissen, der sich über den Anfall des Verwalters wunderte.

»Der Abt!« rief Reinhard noch einmal. »Hier wurde einst ein Abt ermordet. Da ist seine Leiche.«

»Das gab es also tatsächlich in Eberbach? Ich habe neulich schon daran gedacht, wußte aber nicht, ob es in Eberbach passierte. Hier ist tatsächlich ein Abt ermordet worden?«

»Ja! Da drüben haben wir ihn.«

»Das muß sich erst bestätigen, Herr Reinhard«, sagte Monstrau. »Dann müßte das Skelett ja wirklich sehr alt sein.«

»Kaum denkbar«, warf auch Fink ein.

»Wir werden es herauskriegen!«

Sie starrten auf das Schauspiel. Dann sagte Velsmann: »Das ist jetzt eine Angelegenheit der Polizei, würde ich sagen.«

»Natürlich«, sagte Reinhard. »Ich werde unverzüglich in Eltville anrufen. Das wird ja hier immer bunter.«

»Diese Nische da!« Fink deutete hinüber. »Kann dahinter irgendeine Kammer liegen? Ich verstehe sonst nicht, wie sich diese Einbuchtung erklären läßt. Das muß ja einen Sinn ergeben.«

»Auch dieser Sog ist mir unverständlich«, assistierte Monstrau.

»Mir ist nichts bekannt von einer solchen Nische oder Kammer«, erwiderte Reinhard. »Man müßte sich die Bauzeichnungen noch mal ansehen. Aber auf den Papieren, die ich kenne, ist in diesem Verlauf nichts Derartiges eingezeichnet.«

»Der Stau muß erst mal beseitigt werden, das macht die Feuerwehr«, sagte Monstrau. »Wenn das Wasser wieder normal fließt, können wir die Stelle ohne Mühe untersuchen.«

»Die Frage ist aber doch«, meinte Fink, »ob das Skelett als Teil des Staus anzusehen ist oder ob es einen eigenen Tatbestand darstellt.«

»Seien Sie nicht so spitzfindig, Fink!« sagte Reinhard, sichtlich genervt. »Das kann uns doch überhaupt nicht interessieren. Sollen Feuerwehr und Polizei das klären.«

Martin Velsmann hielt sich wohlweislich aus der Diskussion heraus. Aber wenn er noch im Dienst gewesen wäre, hätte er erwidert, daß die Polizei den Vorrang hatte. Denn es handelte sich wohl offensichtlich um ein Gewaltverbrechen. Daran änderte auch nichts die Tatsache, daß es möglicherweise schon lange zurücklag. Vielleicht fiel das sogar in den Bereich des Landeskriminalamtes in Wiesbaden.

Er schwieg jedoch. Die Männer im Boot begannen, in aller Eile zurückzurudern. Sie mußten gegen den Strom ankämpfen, der jetzt wieder stärker geworden war. Als sie aus der Röhre heraus waren, sahen sie auch den Grund dafür.

Es hatte wieder begonnen, stark zu regnen. Der graue Himmel drückte gegen die aufgeweichte und überschwemmte Erde.

Sie hatten damals diesen Humor. Janne hatte darüber nachgedacht und es nie verstanden. Nein, sie besaßen keinen Humor. Was war es dann, das sie so erfinderisch machte, ihre Taten in einem bestimmten Licht erscheinen zu lassen? Sie schmückten damit die Tore. Warum? Sie hätten es nüchterner haben können. Sachlicher. Sie waren doch die Meister der Buchhaltung, des ordentlichen Aufrechnens von Tod und Leben. Noch die Schuhe, die man den Insassen in einem Lager für die Laufprüfstrecke der Schuhindustrie anzog, damit sie diese einlaufen konnten, bis sie tot umfielen, mußten sie vorher quittieren.

Warum also?

Vielleicht war der Sinn den Tätern selbst verborgen geblieben. Vielleicht dachten sie, es sei Vorsehung, der sie zur Wirklichkeit verhalfen.

Janne wußte an diesem Tag, als es erneut heftig zu regnen begann, wie sie es tun mußte. Sie hatte sich einen Moment ausgesucht und einen Ort. Und sie hoffte, dafür stark genug zu sein.

Es würde hier geschehen. Vor seiner Wohnung, in dem kleinen Parkstück, das er jeden Morgen durchquerte, um im Café des Schlosses zu frühstücken, bei warmem Wetter auf der Terrasse.

Jeden Morgen Punkt acht trat er diesen Weg an. Er verließ seine Wohnung im Klosterweg, unterhalb des Frauenberges, ging dann quer durch den kleinen Park der Hundeshagen-Anlage bis zur Umgehungsstraße, betrat die Altstadt, machte einen kleinen Umweg über das Eichsfeld, ging weiter an der Michaelskirche vorbei bis zum Kanzlerpalais, von dort aus bis zur Häuserzeile an der Stadtpfarrkirche, dann bog er nach links ab in Richtung Dom und erreichte das Residenzschloß und den angrenzenden Park.

Gegenüber dem Bonifatiusdenkmal würde er den Park über eine Steige betreten. Er würde vor der Floravase stehenbleiben oder sie einmal umrunden, wobei er den Kopf vorreckte, um die Einzelheiten der Ornamente zu studieren, obwohl er sie schon auswendig kennen mußte, und schließlich stieg er die breite Freitreppe zur Orangerie hinauf. Dort besaß er einen reservierten Tisch. Bei schlechtem Wetter frühstückte er in den eleganten Räumen.

Janne wußte noch nicht, ob sie es vorher oder nachher tun würde. Aber dort würde sie ihn stellen.

Bei dem Gedanken daran begann sie zu zittern. Das Gefühl großer Einsamkeit überfiel sie. Wie konnte sie das schaffen! Es war unmöglich! Sie konnte doch keinen Menschen töten, auch wenn er ein Ungeheuer war!

Janne erhob sich vom Bett ihres Hotelzimmers am Schloß. Sie holte sich die Flasche und ein Glas. Und sie begann zu trinken. Sie hatte noch einen Abend und eine Nacht Zeit, um sich alles ein weiteres Mal zu überlegen. Erst bei Sonnenaufgang mußte sie funktionieren, bis dahin konnte sie sich treiben lassen. Und sich Mut antrinken. Aber sie durfte nicht übers Ziel hinausschießen. Denn für die Tat brauchte sie eine sichere Hand.

Sie trank noch einen großen Schluck. Dann ließ sie ihre Gedanken laufen.

Das Auto von gestern nacht hatte sie schon wieder vergessen. Im ersten Moment hatte sie ein seltsames beunruhigendes Gefühl beschlichen. Und als sie den Parkplatz am Moor verließ und auf der Landstraße in die Nacht hineinfuhr, hatte sie auch den Eindruck gehabt, ein Auto biege hinter ihr auf die Straße ein und folge ihr, ohne Licht. Aber als sie auf der Autobahn in Richtung Fulda fuhr, war der Verkehr dicht geworden, ein Verfolger war nicht auszumachen gewesen. Und wer hätte es auch sein können?

Sie war überzeugt, ihre Spuren verwischt zu haben.

In Fulda hatte sich Janne dann noch ein paarmal umgeschaut, um zu sehen, ob ihr jemand zu Fuß folgte. Das war nicht der Fall gewesen.

Obwohl …

Als sie vor dem Hotel *Kurfürst* gestanden hatte, sah sie in der Scheibe der Eingangstür jemanden auf der anderen Straßenseite, der in einer Haustür stand und zu ihr herüberstarrte. Aber das war wahrscheinlich jemand, der sich für das Hotel interessierte. Vielleicht sogar ein wartender Hotelgast.

Janne hatte den Gedanken daran verloren. Sie wollte sich nichts einreden.

Sie hatte alles dafür getan, unentdeckt zu bleiben.

Sie ging noch einmal das Geschehene durch.

Im Westen des Landes war sie auf seine Spur gekommen. Durch einen Zufall blickte sie in die richtigen Akten. Und als sie begonnen hatte, an ihrem Buch zu schreiben, mußte sie eine Detailfrage klären, die zu ihm führte. Es war ihr damals wie Schuppen von den Augen gefallen. Das war der Mann! Er mußte es einfach sein, denn er hatte sich mit all diesen Dingen beschäftigt!

Und sie hatte weitergeforscht.

Die Spur führte in eine Klinik. Die Schwestern dort waren sehr freundlich. Und der Klinikmanager gestattete ihr Einblick in Akten. Sie konnte sich bald alles zusammenreimen. Und dann lernte sie einen jüngeren Arzt kennen, der ihr erzählte, was er wußte. Es war erschreckend gewesen. Sie hatte es zuerst nicht glauben wollen. Daß man so grausam die Taten der Vergangenheit kopieren konnte, mit lebenden Menschen! Es war jedoch eindeutig. Die Protokolle sprachen ihre eigene Sprache.

Schon vor mehr als hundert Jahren hatte man mit dieser Praxis angefangen. Und seitdem hielten sie daran fest. Sie fragte sich, ob sie es heimlich bis heute taten.

In einem Restaurant der Innenstadt hatte sie an diesem Abend gegessen, und dabei war ihr schlecht geworden. Sie hatte sich auf der Toilette übergeben müssen. Ihr Gesicht im Spiegel ein Leichentuch mit dunklen Augenhöhlen. Sie hatte gezahlt und war gegangen. Jetzt wußte sie alles.

Und was fing sie damit an?

Sollte sie nicht aufgeben?

Wie viele Jahre blieben ihr noch? Konnte sie ihr Leben nicht zu Ende leben wie andere Menschen auch! Sie hätte es gern getan. Aber sie wußte, es würde ihr nicht gelingen.

Sie hatte zuviel gesehen. Die Schatten der Vergangenheit hatten sich zu dicht um sie gelegt. Und sie waren höchst lebendig geworden. Sie konnte nicht mehr entkommen.

Janne van Lent verglich ihr Leben mit dem anderer Menschen, die sie kannte. Es kam ihr so vor, als sei es völlig aus der Bahn gerutscht. Darin gab es nicht diese Entwicklung, diese Lernprozesse, das allmähliche Reifwerden. Bei ihr stand alles roh nebeneinander, und sie taumelte von einem Abschnitt in den nächsten, ohne Trost und Halt.

Und Schutz hatte sie nie besessen.

Janne blickte vom Hotelbett aus nach draußen. Sie sah die Regenschleier über den Dächern. Es wurde langsam dunkel. Sie trank noch mehrere Gläser, wobei sie winzige Schlucke nahm. Sie fing an zu schwitzen.

Als sie zum Schreibtisch hinüberblickte, bekam sie Lust, etwas mit Tinte und Feder zu schreiben. Sie war aber schon zu betrunken, es würde keinen Sinn ergeben.

Sie blieb liegen und wartete auf die Dunkelheit. Auf das Dunkle draußen und in ihrem Inneren. Allmählich wurde sie müde und ruhig. Schließlich schlief sie ein. Zum ersten Mal seit sehr langer Zeit ruhig.

Am nächsten Morgen erwachte sie jedoch mit einem panischen Gefühl. Sie richtete sich im Bett auf. Träume hatten sie verfolgt. Hatte nicht soeben jemand an der Tür gerüttelt? Janne stand auf, angezogen, wie sie war, und öffnete die Tür. Der Gang lag verlassen im trüben Licht der Nachtbeleuchtung.

Sie blickte auf die Uhr.

Noch blieb ihr eine Stunde Zeit.

Sie entkleidete sich und ging unter die Dusche. Dann zog sie frische Wäsche und Kleider an. Die schmutzigen Sachen steckte sie in die Handtasche. Den Koffer und ihren Laptop hatte sie schon am Vortag, kurz nach dem Einchecken im Hotel in einem Schließfach am Bahnhof verstaut. Nach der Tat würde sie sofort abreisen. Sie würde in das Auto steigen und spurlos verschwinden.

Ihre Kopfschmerzen hielten sich in Grenzen. Sie würde hinuntergehen und eine Tasse Kaffee trinken. Essen konnte sie morgens nichts.

Sie nahm das Etui aus der Handtasche und öffnete es. Darin lag, was sie bald brauchen würde. Sie steckte das Etui mit dem Messer in die Brusttasche und achtete darauf, daß es richtig saß.

Als sie den Kaffee getrunken hatte, war es Viertel vor acht. Janne verließ den Frühstücksraum, in dem sich nicht viele Gäste aufhielten. Sie bezahlte ihre Hotelrechnung, die schon ausgedruckt vorlag, und ging hinaus. Außer der handschriftlichen Anmeldung und der Rechnung hoffte sie keine Spuren zu hinterlassen. Sie wollte einen sauberen Tatort. Ganz zu vermeiden würden die Spuren des Mordes natürlich nicht sein, aber nichts sollte zu ihr führen.

Draußen war es trüb, aber es regnete nicht. Und die Luft war ungewöhnlich mild. Trotzdem fröstelte Janne und hüllte sich in ihren leichten Mantel. Dann ging sie los. Sie nahm den Autolärm wahr, in ihrem Kopf saß ein dumpfer Druck. Jenseits der Ausfallstraße wurde es wieder ruhiger, hier lagen zwischen frischem Grün die balkongeschmückten Bürgerhäuser.

Acht Uhr.

Der andere erschien pünktlich in seinem Hauseingang. Er setzte seinen Spazierstock. Er trug wie immer einen dunklen Anzug und heute darüber einen hellen Regenmantel. Eine

Hornbrille mit dicken Gläsern saß vor seinen Augen, und Janne hatte für einen Herzschlag lang das Gefühl, er blicke sie an.

Aber dann ging er los, an ihr vorbei. Und sie hörte ihn pfeifen. Janne kannte die Melodie und versuchte sich zu erinnern, wo sie das Lied schon einmal gehört hatte.

Nein, es war kein Lied, es stammte aus einem großen Werk. Etwas Langsames und Todtrauriges. Janne fiel aber nicht ein, aus welcher Symphonie.

Der Mann vor ihr kannte sie nicht, sie mußte also keine Entdeckung fürchten. Dennoch ließ sie ihm genügend Vorsprung.

Er ging mit Schritten, als müsse er dem Untergrund mißtrauen. Er war knochig und groß, eigentlich kräftig, wirkte aber eingesunken. Sein Gang kam Janne einstudiert vor, irgendwie motorisch. Und er schien immer in zu enger Kleidung zu stecken, manchmal ruckten seine Glieder, als müsse er sich aus etwas befreien. Der weiße Kittel lag unsichtbar um ihn.

Janne van Lent folgte ihm. Es ging jetzt wieder in die Richtung, aus der sie gekommen war. Bald erreichten sie das Paulustor. Der Mann ging heute weiter, als Janne angenommen hatte. Er machte seinen üblichen Umweg. Dennoch kam der mögliche Tatort immer näher.

Jetzt bog er in den Schloßpark ein. Linker Hand lag die Orangerie. Er ging weiter durch eine breite Baumallee. Ein Duft von Blüten streifte Janne, sie nahm das Blumenmeer an der alten Mauer wahr, ließ den Mann aber keinen Moment aus den Augen.

Janne zog das Etui aus ihrer Brusttasche. Sie öffnete den Deckel und holte die Waffe heraus. Es war ein Messer von *Elless*, sie hatte lange danach gesucht. Sie verstaute das Etui wieder sorgfältig.

Jetzt überquerte der Mann vor ihr den oberen Parkteil. An einer Wegekreuzung blieb er stehen und sah sich um. Auch Janne blieb stehen.

Sie bemühte sich jetzt nicht mehr darum, einen Sicherheitsabstand einzuhalten. Allmählich näherte sie sich dem Verfolgten.

Als sie den Abgang zum unteren Schloßpark passiert hatten, mußte der Mann vor ihr erneut stehenbleiben, denn eine Schar Kinder, die von Schwestern betreut wurden, kreuzte seinen Weg. Er winkte die kaum zu bändigende Schar mit einer unwilligen Geste vorbei.

Dann ging es weiter. Der Mann erreichte den hinteren Schloßpark. In der Ferne erblickte Janne die Kuppel des Doms.

Sie schloß jetzt dicht zu ihm auf. Sie gingen an dem langgestreckten Teich mit den Plattformen für die Enten vorbei. Plötzlich tat der Mann etwas Ungewöhnliches.

Er setzte sich auf eine Bank und starrte auf das Wasser. Das hatte er noch nie getan, solange ihn Janne beobachtete.

Worüber dachte er nach? Hatte er ausgerechnet an diesem, seinem letzten Morgen keinen Hunger?

Janne ging hinüber auf die andere Teichseite, setzte sich ihm genau gegenüber, zog die *Fuldaer Zeitung* aus dem Mantel und breitete sie aus. Verstohlen beobachtete sie den Mann. Er sah zufrieden aus, mit sich im reinen.

Und jetzt nahm er die Hornbrille ab und schaute zu ihr hinüber.

Janne begriff es erst nach einem Moment.

Er starrte sie an!

Er meinte sie!

In Janne schrillten Alarmglocken. Sie überlegte, was sie tun sollte. Bleib einfach sitzen, bleib ruhig!

Aber mitten in diesen Gedanken hinein trat jemand hinter sie. Janne spürte es genau, obwohl sie niemanden sah.

Ein Luftzug entstand. Eine Bewegung war zu hören, etwas Weiches, Rutschendes. Bevor sie sich umschauen konnte, legte sich eine Hand um ihre Stirn. Die Hand zog sie nach hinten. Ihr Hinterkopf stieß an etwas.

Der Mann auf der Parkbank gegenüber starrte sie noch immer unverwandt an, die Hornbrille in den Händen.

Dann sah Janne das Blitzen vor ihren Augen.

Sie hörte einen scharfen Ton, dann ein Rauschen, einen unterdrückten menschlichen Laut.

Und der scharfe Schmerz, der dem folgte, fuhr in ihre Augen. Er durchdrang ihren Schädel und löschte alles aus.

Noch bevor sie die Bitterkeit wirklich empfand, die in ihr aufstieg, gab es ein Geräusch, als klappe jemand eine Tür zu.

Das war das letzte, was Janne van Lent empfand.

5.
Donnerstag, 28. April 2005

Die Nachricht von einer Frau, die offensichtlich einer Gewalttat zum Opfer gefallen war, erreichte Alfons Freygang um neun Uhr morgens. Er war gerade in die Dienstzimmer getreten und hörte das Telefon klingeln. Tosca hatte über Nacht eine fiebrige Erkältung bekommen und war im Bett geblieben. Freygang nahm den Hörer ab und meldete sich.

»Inspektor, es gibt Arbeit. Wir haben eine Leiche.«

»Wie schön«, sagte Freygang.

Er ließ sich das Nötigste erklären und zog seine Jacke wieder an.

»Trommeln Sie unsere Leute zusammen.«

Freygang meldete sich bei seiner Sekretärin ab, winkte der Telefonaufnahme zu und lief in den Hof. Sein Dienstwagen brachte ihn mit Blaulicht von der Polizeidirektion an der Dalbergstraße durch mäßigen Verkehr zum nahen Tatort.

Die Kollegen von der Spurensicherung waren noch nicht eingetroffen. Rund um den Tatort hatten sich Spaziergänger angesammelt. Zwei Wachtmeister waren aus der nahen Stadtwache im Schloß, die nur einen Katzensprung durch den Park entfernt war, herübergekommen. Sie bemühten sich, die Menge zu zerstreuen. Freygang bahnte sich einen Weg.

»Was haben wir?« fragte er einen der Wachtmeister.

»Eine weibliche Leiche«, sagte der Polizist. »Jugendliche haben sie entdeckt und meldeten es in der Stadtwache. Da hinten sitzt sie. Kommen Sie.«

Freygang starrte auf das Bild.

Vor sich sah er eine weißhaarige Frau, wahrscheinlich knapp vor dem Rentenalter. Beide Augen waren ausgestochen. In den Höhlen hatte sich Blut gesammelt, das jetzt bläulich und schwarz aussah. Winzige Fliegen umkreisten ihren Kopf.

Freygang hielt den Atem an.

»Wer macht so was, verdammt!«

Der Polizist zuckte die Schultern. Es war auch keine Frage gewesen.

»Sind Gerichtsmedizin und Techniker auf dem Weg?«

»Werden gleich hiersein.«

»Scheuchen Sie die Meute fort, Wilhelmsen.«

Der Wachtmeister führte die Anweisung aus. Die Schaulustigen ließen sich jedoch nicht einfach vertreiben. In der Menge bemerkte Freygang zwei Kirchenmänner im roten Talar, die sich bekreuzigten. Sein Blick wanderte nur widerwillig zu der Leiche zurück.

Freygang begann, die Bank mit der Toten zu umkreisen. Wie hatte Velsmann immer gesagt: *Jeder Tatort trägt ein individuelles Gesicht. Jeder Tatort will uns etwas sagen. Und wir müssen in der Lage sein, es zu verstehen.*

Was sagte ihm dieser Tatort?

Bevor die Routine der Spurensicherung einsetzte, war er als Ermittler dem Mord am nächsten – und damit auch dem Mörder. Er kannte den Mörder nicht, aber er betrachtete die Art seiner Arbeit. Jetzt konnte er ihm begegnen – an diesem Punkt lernte er ihn kennen. Das Opfer trug die Visitenkarte des Mörders auf dem Leib.

Die Tat besaß ein Gesicht. Würde Velsmann sagen.

Welchen Ausdruck konnte er darin lesen?

Alfons Freygang ging noch einmal um die Tote herum. Sie saß kerzengerade auf der Bank. Nur der Kopf mit dem offenen Mund hing nach hinten. Es sah so aus, als blicke die Tote angestrengt zum Himmel. Jetzt, wo Freygang hinter ihr stand, war der Eindruck besonders abstoßend. Leere Augen. Betonte blinde Blicke. Das war immerhin etwas, das zu verwerten war. Eine Art ferner Botschaft.

War sie gewollt?

Oder drückte sich darin nichts weiter aus als der Haß des Täters auf sein Opfer?

Hatte das Opfer in etwas hineingeblickt, das es nicht sehen durfte?

Alfons Freygang fiel noch etwas ein, was Martin Velsmann gesagt hatte. *Ich betreibe Mordermittlung, krieche an Tatorten herum, zu mehr habe ich es nicht gebracht.* Freygang dachte einen Moment darüber nach, ob darin der Grund für den Abschied des Hauptkommissars lag. In dieser Ernüchterung.

Freygang blickte auf die Tote. Er fühlte, wie aufgeregt er war. Es war nicht deprimierend. Er war fasziniert von dem, was er sah.

Die Frau war hingerichtet worden.

Zu ihren Füßen lag ihre Brille. Die Gläser waren zersplittert und blutverschmiert.

Als er zur Seite blickte, nahm er die eingetroffenen Techniker wahr, in ihren weißen Overalls mit aufgesetzten Kapuzen wirkten sie wie heranschwebende Astronauten. Er begrüßte die Kollegen und trat zwei Schritte zurück. Auch der Mediziner kam und nickte Freygang zu. Schonlage war jung, begabt und unfähig, einen Tatort als Ort von Emotionen zu sehen. Er klappte seinen Koffer auf. Er streckte den Kopf vor und roch an der Toten.

Jetzt verwandelte sich der Tatort.

Vom Täter verloren sich die Spuren. Seine Tat verlor sich im Gewühl der Aufklärung, das würde den Spurensicherern niemals verständlich sein. Erst viel später würden die Spuren wieder sichtbar werden. Dann nämlich, wenn der Weg vor den Augen der Ermittler erschien, der von der Tat zum Täter führte. Das würde unweigerlich einsetzen. Und dann gehörte auch der Fall wieder dem Ermittler, dem Mann, der den Täter nicht kannte, aber ihn kennenlernen mußte. Aber ab jetzt gehörte die Tat einzig den verschiedenen Laboren.

Freygang seufzte. Er sah zwischen den Technikern hindurch auf die Tote.

Der Tatort war mit rotweißen Bändern gesichert, dahinter standen die Gaffer. Laboranten und Techniker gingen umeinander herum wie Tänzer. Drei spezielle Spurenleser in gelben Ganzkörperanzügen krochen über den Boden, einer legte sich unter die Bank und spähte nach oben. Mit Pinseln, Pinzetten und Lupen wurden die kleinsten Spuren gesichert und in Plastiktütchen verfrachtet.

Der Polizeifotograf schoß seine Aufnahmen. Freygang ging hinter ihm her, nahm seine Blickwinkel ein. Später würde er nur noch die Fotos kennen, jetzt aber sah er noch das Original. Und es fiel ihm auf, wie lebendig es aussah.

Erst auf den Fotos waren Tote wirklich tot.

»Inspektor?«

Freygang drehte sich zu der Stimme um. Einer der Spurensucher winkte ihm.

»Schauen Sie sich dieses Etui an!«

Der Techniker hielt in seiner behandschuhten Rechten einen länglichen Kasten, er öffnete ihn. Ein Messer mit gebogener Schneide und Horngriff kam zum Vorschein. Freygang pfiff durch die Zähne.

»Die Mordwaffe?«

»Nein. Jedenfalls gibt es keine Spuren darauf.«

»Das Opfer trägt ein Messer? Was soll das bedeuten?« Freygang dachte laut. »Eine Frau trägt ein Messer mit sich herum, das wie eine Tatwaffe aussieht? Zum Kartoffelschälen eignet es sich jedenfalls nicht.«

»Es eignet sich zum Stechen, nicht zum Schneiden.«

»Sie meinen, das Opfer hatte eine dementsprechende Benutzung vor?«

Der Techniker zuckte die Schultern. »Keine Ahnung.«

»Was plante sie mit diesem Messer? Ist es nur ein Souvenir? Ein Geschenk? Wollte sie jemanden töten?«

»Sie ist das Opfer.«

»Eben. Sehr aufschlußreich«, knurrte Freygang.

»Ich lege es zu den anderen Dingen. Die Brille beispielsweise. Ich stelle mir den Tathergang folgendermaßen vor: Der Täter kommt von hinten. Er sticht in ein Auge. Beim Herausziehen der Tatwaffe bleibt die Brille haften. Er sticht erneut zu, diesmal in das andere Auge. Dann schüttelt er die Brille ab, sie liegt jetzt links neben der Toten am Boden. Er wischt seine Tatwaffe hier ab, an der Jacke des Opfers. Sehen Sie?«

»Ja«, erwiderte Freygang. »Ich sehe es.«

»In der Jackentasche fand ich übrigens noch das hier. Sagt Ihnen das was?«

Der Techniker entfaltete einen Zettel. Er besaß Linien, wie eine Seite aus einem Schulheft. In Balkenschrift war etwas quer darübergeschrieben.

»*Lachen tötet die Furcht*«, las Freygang vor. »*Aber ohne Furcht gibt es keinen Glauben und keine Reue.*«

»Sagt Ihnen das was?« wiederholte der Kollege.

Freygang schüttelte den Kopf. Er sah zu den Zuschauern hinüber, die beiden Kirchenmänner in den roten Talaren waren verschwunden. Vielleicht hätten sie ihm diesen Ausspruch erklären können. *Ohne Furcht kein Glaube.* Was bedeutete das? Stammte dieser Satz vom Täter oder vom Opfer?

»Diesen Zettel müssen wir jedenfalls besonders sorgsam behandeln«, sagte Freygang. »Ich mag solche kryptischen Sachen überhaupt nicht, aber es könnte sich immerhin um einen Hinweis handeln, den uns der Mörder geben will.«

»Mörder geben keine Hinweise«, sagte in diesem Moment der zuständige Staatsanwalt, der soeben eingetroffen war.

»O doch! Viele sogar! Der Mord selbst ist ein solcher.«

»Zugegeben!« sagte Dr. Keuper. »Aber nur wenige Täter wollen, daß solche Hinweise verstanden werden und bis zu ihnen führen, nicht wahr?«

»Da kenne ich Ausnahmen«, sagte Freygang.

Keuper winkte einen Assistenten heran und sagte ihm etwas.

»Können wir schon was zur Identität der Toten sagen?« wandte sich Freygang wieder an den Techniker.

»Bisher haben wir nichts Persönliches gefunden, keine Ausweispapiere, keine Geldbörse, keine Handtasche, kein Handy. Nur ein verknülltes Papiertaschentuch, ein Knopf, der nicht zur Kleidung der Toten paßt, ein Stück Zelluloidpapier, ein hellblauer Mundstift der Marke *Onbia*.«

»Jemand hat also alles, was auf die Person verweisen könnte, aus den Taschen entfernt.«

»In der äußeren Jackentasche steckte noch eine *Fuldaer Zeitung*, die das Opfer offenbar noch vor kurzem gelesen hat.«

»Haben Sie die Zeitung genau angesehen? Ist eine Seite aufgeschlagen, irgendwas angemerkt, angestrichen, ausgeschnitten?«

»Nein. Sie ist ordentlich zusammengefaltet, Deckblatt nach oben.«

»Die heutige Ausgabe?«

»Ja.«

»Alles, was ein Beweisstück ist, kommt zur Untersuchung ins Präsidium.«

»Was sagt der Arzt?« wollte der Staatsanwalt wissen.

»Noch gar nichts. Aber er müßte gleich fertig sein.«

Der Techniker verschwand wieder. Freygang und Keuper gingen gemeinsam in Richtung der Ermordeten.

»Sieht nicht schön aus«, murmelte der Staatsanwalt. »Das gibt ordentlich harte Arbeit.« Er blickte Freygang aus den Augenwinkeln an, er wendete nie den Kopf. »Ich frage mich, was die vielen Kinder da drüben zu suchen haben. Ist heute schulfrei?«

»Die kommen vom Winfried-Gymnasium da drüben.«

»Man soll sie in die Klassenräume verfrachten. Außerhalb dieser Räume haben sie am Morgen nichts zu suchen, das sind wir unseren Steuerzahlern schuldig, die ihre Ausbildung bezahlen.«

Freygang trat auf den Mediziner zu, der gerade seine Tasche schloß. »Haben Sie was?«

Der Mediziner wiegte den Kopf. »Der Mord liegt keine Stunde zurück. Der Tod ist natürlich durch das Durchbohren der beiden Augenkammern eingetreten. Die Stiche wurden von unten nach oben ausgeführt, wahrscheinlich zuerst ins linke Auge, die Mordwaffe durchstach auch einen Teil des Gehirns, muß also lang gewesen sein.«

»Ein Linkshänder?« wollte Freygang wissen.

»Wie? – Nicht unbedingt. Könnte aber sein.«

»Noch was?«

»Vorerst nicht. Sie kriegen später alles nach der Obduktion.«

»Gut. Dann können wir die Leiche abtransportieren lassen?«

»Von mir aus ja, ich glaube aber, die Technik ist noch nicht soweit.«

Zwei Presseleute der örtlichen Zeitungen kreuzten auf. Peters von der *Fuldaer Zeitung* und Jansen von den *Kinzigtal-Nachrichten*. Freygang bat darum, daß sie jenseits der Absperrung blieben. Jetzt erschien auch Freygangs unmittelbarer Vorgesetzter, der Leiter der Mordkommission Hubert Gell, der in der Probstei Johannesberg auf einer Tagung gewesen war. Freygang erstattete Bericht.

»Grauenvoll!« sagte Gell und rückte seinen grauen Schlips zurecht. »Wie kann so was mitten in Fulda passieren? In aller Öffentlichkeit!«

»Tja«, erwiderte Freygang.

»Wer ist die Tote?« fragte Gell.

»Wissen wir noch nicht. Keine Anhaltspunkte bisher.«

»Okay, machen Sie mir eine erste Tatortbeschreibung und Tatanalyse, Freygang. Wir treffen uns in zwei Stunden im Präsidium, dann wird wohl auch die Gerichtsmedizin soweit sein, uns einen Befund zu liefern. Zur Presse vorerst nichts.«

»Klar, Chef.«

Die Techniker beendeten ihre Arbeit. Einer sagte zu Freygang: »Jede Menge Fingerabdrücke. Was davon von der Toten ist und was nicht, müssen wir erst noch klären. Auf dem Messer jedenfalls ist nur ein Abdruck, der immer wiederkehrt, wahrscheinlich vom Opfer, aber das wird noch überprüft.«

»In Ordnung.«

»Dann bis später im Präsidium.«

Alfons Freygang ging zur Seite und rief Tosca an. Sie meldete sich schläfrig und heiser. Er berichtete, was vorgefallen war. Sie brummte nur. Er kündigte an, daß es spät werden würde, vielleicht besuchte er sie zwischendurch kurz. Sie brummte erneut. Er beendete das Gespräch.

Die Tote wurde abtransportiert. Der Wagen der Gerichtsmedizin fuhr davon. Freygang ließ den Tatort noch einmal sichern, machte sich einige Notizen in ein aufklappbares Notizbuch, wie es amerikanische Kollegen benutzten. Nachdem er noch eine Weile darüber nachgedacht hatte, was er gesehen hatte, und zu keinen rechten Schlüssen gekommen war, klappte er den Notizblock schwungvoll zu und ging zu seinem Auto. Er schüttelte die Journalisten ab und fuhr los.

Jeder fragte sich, warum der Konferenzraum mit der gelb gestrichenen Decke so niedrig war. Wenn alle zusammenkamen und einige rauchten, mußte man sofort die Fenster aufreißen. Rauchen war erlaubt. Freygang blickte aus einem der Fenster in den Hof hinunter. Über den Dächern sah er die Spitzen des Doms, an der die bischöfliche Fahne schlaff herunterhing.

Die Kollegen hatten schlechte Laune. Revierleiter Friedrich hatte von Hauptkommissar Hubert Gell die Anweisung bekommen, jeden Urlaub bis auf weiteres zu streichen, davon waren einige Polizisten und eine Schreibkraft betroffen.

Die Kollegen sprachen leise miteinander. Jeder spürte, wenn der Tod anwesend war. Jetzt war er hier, er hatte seine Visitenkarte in den Mauern der Stadt abgegeben.

Als Hubert Gell eintrat, sagte er sofort: »Fassen Sie zusammen, Herr Freygang!«

Die zurückliegenden beiden Stunden waren ein Warten auf Hinweise gewesen. Von dem oder den Tätern gab es keine Spur. Kein Zeuge. Niemand hatte etwas gesehen. Die Tote schien aus dem Nichts aufgetaucht zu sein. Die Jugendlichen, die sie zuerst gesehen hatten, waren kurz vor halb neun über den

Parkweg gekommen, hatten sie sitzen gesehen, zuerst nicht auf sie geachtet, dann hatte einer die Tatspuren bemerkt. Kein Verdächtiger war in der Nähe gewesen.

Man hatte inzwischen einen Aufruf an die Bevölkerung gedruckt, der verteilt werden mußte, und die Radiostationen der Region informiert. *Wer hat zur vermuteten Tatzeit etwas bemerkt oder sich in der Nähe befunden?* Freygang erläuterte den mutmaßlichen Tathergang und die vorliegenden Notizen zum Tatort in knappen Worten. Als er fertig war, klappte er sein Notizbuch zu.

»Nicht viel«, sagte Hubert Gell, der sich inzwischen die dunkle Anzugjacke ausgezogen hatte. »Die Medienmeute will gefüttert werden. In einer Stunde ist eine Pressekonferenz angesetzt, bei der der Herr Oberbürgermeister Gerhard Möller anwesend sein wird.«

Der Staatsanwalt sah mißmutig drein. »Wir müssen mit Hochdruck ermitteln. So was darf hier in Fulda einfach nicht passieren. Schon gar nicht, wo jetzt das Bonifatiusfest ansteht.«

»Sagen Sie das den Mördern, die draußen rumschleichen, Doktor Keuper!« Freygang starrte den Staatsanwalt an, der starrte zurück.

Gell sagte: »Was ist mit diesem ominösen Spruch? Was soll das bedeuten?«

Freygang erwiderte: »Wir müssen klären, ob es ein Zitat ist. Oder eine Erfindung des Mörders – eine Art poetischer Fingerabdruck. Oder ob der Satz mit dem Opfer in Verbindung steht. Hat sich die Ermordete in irgendeiner Weise schuldig gemacht, und der Mörder übte Rache? Hat es mit irgendeinem religiösen Fundamentalismus zu tun? Bevor wir nicht wissen, woher der Spruch kommt, können wir nur spekulieren.«

»Bloß nichts Religiöses!« stöhnte Hubert Gell. »Dann brechen hier die Dämme.«

»Die brechen auch so!« sagte ein Beamter. »Der Domvorplatz steht völlig unter Wasser.«

»Davon rede ich nicht. – Sonst noch was, bevor der Mediziner kommt?«

Keiner sagte etwas.

Freygang drehte sich um und blickte wieder in den Hof hinunter. Die Brutalität des Mordes kam ihm noch einmal zum Bewußtsein. Was drückte sich darin aus?

Ging es um ein Ritual? War ein solcher Tathergang schon einmal vorgekommen? Er mußte es überprüfen lassen. Ist der Hintergrund tatsächlich ein religiöser? *Ohne Furcht kein Glaube.* In dieser Stadt fragt alles zuerst danach, dachte Freygang, und ich will zumindest nicht zuletzt danach fragen.

Als Dr. Schonlage endlich mit wehendem Kittel eintrat, verstummten alle, stellten die Pappbecher mit dem Kaffee auf die Tische und blickten ihn erwartungsvoll an.

»Was haben wir«, sagte Dr. Scheffer und zog seine Unterlagen aus der Tasche. Er befeuchtete zwei Finger an seinen auffallend roten Lippen. »Wir besitzen ein ungefähres Personenprofil und ein ziemlich eindeutiges Zeitschema. Die Leiche einer Frau von etwa sechzig Jahren. Getötet durch zwei Messerstiche mit einer langen Klinge, vermutlich Stilett. Zweifellos Mord, der ziemlich genau gegen 8.30 Uhr am heutigen Morgen begangen wurde. Die Tat ereignete sich dort, wo die Leiche gefunden wurde. Die Obduktion ergab die üblichen allgemeinen Indizien, aber wenig zur Person. Die Tote trug künstliche Zähne rechts unten und links oben. Sie besaß ein Muttermal an der Innenseite des rechten Schenkels. Ihre Leber ist stark vergrößert, vermutlich aufgrund übermäßigen Alkoholkonsums. Papiere, die auf ihre Identität hindeuten, gibt es keine. Wir haben Fingerabdrücke von der Waffe genommen, die sie bei sich trug. Das Messer trug keine Spuren, die für einen DNA-Abgleich tauglich wären. Die

Fingerabdrücke darauf stammen sämtlich von dem Opfer, sie tauchen in keiner Datei auf.«

»In keiner deutschen jedenfalls«, warf Freygang ein. »Vielleicht war sie Ausländerin?«

Der Arzt räusperte sich. Jemand machte sich eine Notiz. Der Arzt fuhr fort.

»Ihr Mageninhalt deutet darauf hin, daß sie längere Zeit nichts gegessen hatte, wahrscheinlich seit dem Nachmittag vor der Tat. Am Morgen scheint sie nur Kaffee getrunken zu haben. Im Blut sind Restspuren von Alkohol.«

Keuper nestelte an seiner randlosen Brille. »Doktor Scheffer, sagen Sie uns um Himmels willen etwas, was uns weiterhilft!«

»Wir untersuchen noch Speichel, Haare und Hautteile, bestimmen die Blutgruppe. Dann können Sie versuchen, jemanden zu finden, der uns sagt, wer diese Frau war.«

»Sehr ermutigend«, sagte Gell.

Alfons Freygang fragte: »Können wir die Fotos der Leiche haben, wie immer in allen Einzelheiten? Vielleicht ist die Frau ja in den optischen Fahndungsdateien der Computer. Und der Zeichner für den Suchdienst wartet schon.«

»Sicher. Wann kann ich die Leiche für die Feuerbestattung freigeben?«

»Später«, sagte Gell. »Wir sagen es Ihnen. Oder Herr Freygang?«

Alfons machte eine entsprechende Geste.

Der Mediziner nahm einen Schluck Kaffee aus dem Becher, den ein Kollege vor ihm hingestellt hatte, nickte ins Ungefähre und verließ mit wehendem Mantel den Raum. Freygang fühlte sich an alle früheren Sitzungen dieser Art erinnert, in denen es um Gewaltverbrechen gegangen war. Der nüchterne Ablauf. Er griff nach Papieren, die auf dem Tisch lagen.

»Hier ist der vorläufige Bericht des Hundeführers. Es gibt so gut wie kein Ergebnis. Immerhin liegt der Tatort in einem öffentlichen Park. Der Hund ist fast ausgeflippt.«

Jemand lachte.

Ein Abteilungsleiter der Spurensicherung fragte: »Sollen wir nicht Interviewer losschicken? Irgendwelche Studenten, die ein paar Tage lang jeden befragen, der durch den Park geht? Ich meine, wer das tut, tut es wahrscheinlich regelmäßig, weil es eben sein Weg ist. Jemand muß doch was gesehen haben.«

»Veranlassen Sie das!« sagte Hubert Gell.

Keuper sagte: »Im Grunde haben wir also nur die Leiche. Wir müssen herauskriegen, wer die Frau ist. Die DNA-Analyse wird kaum große Aufschlüsse ergeben.«

»Verlassen wir uns auf die Computer!« sagte Revierleiter Friedrich, der sich bei solchen Sitzungen immer zurückhielt.

Freygang hörte an dieser Stelle die Stimme von Martin Velsmann. *Ein Computer besitzt nicht so etwas wie ein moralisches Gewissen. Ich und der Täter schon. Und wenn es auch nur eines mit Defekten ist. Deshalb komme ich ihm auf die Spur.*

Ja, dachte Freygang, der Ermittler begegnet dem Täter immer ganz persönlich.

Andrerseits haben Ermittler Macken und private Schwierigkeiten, dachte Freygang, manchmal sind sie auch einfach zu müde. Das schafft Fehler im Erkennen und in der Analyse. Freygang reckte sich, er fühlte sich unausgeschlafen, weil die erkrankte Tosca sich die halbe Nacht im Bett herumgewälzt hatte. Er hatte ihr kalte Umschläge gemacht und Pfefferminztee gekocht. Wie viele Mörder sind uns schon durch die Lappen gegangen, weil wir schlechte Laune hatten oder Streit mit dem Partner und uns nicht konzentrieren konnten? So wie jetzt, dachte er. Ich grübele nicht über den Mord nach, sondern denke an meine kranke Frau. Und schon verschwindet der Täter.

»Dann schließen wir fürs erste diese Sitzung. Wir bleiben in Bereitschaft. Kollege Friedrich wird die Dienste einteilen. Guten Tag!«

Hubert Gell griff nach seinen Utensilien und verschwand.

Die Kollegen standen langsam auf, Stühle wurden gerückt, Türen auf- und zugemacht. Am Ende stand Alfons Freygang allein in dem verrauchten Raum. Er blickte zum benachbarten Zimmer durch die Trennscheibe. Dort hatte Martin Velsmann gesessen. Jetzt war es sein Büro.

Das wird eine verdammt harte Nuß, dachte er.

Martin Velsmann durfte auf Initiative von Reinhard auf dem Gelände des Klosters bleiben. Er hatte natürlich keine Ermittlerbefugnisse. Er sah zu, wie die Polizei aus Eltville anreiste. Der blau und silbern gespritzte Wagen hielt direkt vor dem Schlossergebäude. Gemeinsam schritt man zum Eingang des Bachlaufes. Reinhard erklärte den Beamten alles. Einer rief daraufhin bei seiner vorgesetzten Direktion in Wiesbaden an und bekam Anweisungen. Zwei Polizisten begannen damit, in die Röhre hineinzurudern. Fink begleitete sie.

Während Velsmann, Reinhard und zwei Angestellte der Klosterstiftung, darunter der für den Garten und die Organisation zuständige Michael Palmen, gemeinsam mit Feuerwehrleuten und Polizisten aus Kiedrich oberhalb des Bachlaufs warteten, hörten sie aus der Röhre Rufe. Gespannt lauschten sie.

Reinhard fragte: »Wie würden Sie in diesem Fall handeln, Herr Velsmann? Wie geht man mit einem Skelett um, man kann es ja nicht als Abfall entsorgen. Setzt sich jetzt der ganze Ermittlungsapparat in Gang?«

»Ich befürchte das«, erwiderte Martin Velsmann. »Der erste polizeiliche Verdacht geht immer in Richtung Gewaltverbrechen. Es muß geklärt werden, wie alt das Skelett ist. Es muß geklärt werden, ob jemand im fraglichen Zeitraum vermißt wird. Können wir herauskriegen, um wen es sich handelt? Zumindest wird die Polizei die Bergung des Fundes sorgfältig betreiben müssen, denn es handelt sich um einen Tatort. Da kommen Sie nicht drum herum.«

»Das kann lange dauern«, stöhnte Reinhard. »Und der Regen hört nicht auf.« Er zog den Kopf ein.

Velsmann blickte zum Himmel. »Na, zum Glück haben wir im Moment eine Regenpause.« Er lockerte seinen Hemdkragen.

»Der Imageschaden wird gewaltig sein«, prophezeite Reinhard. »Wenn ich an die Sponsoren der Stiftung denke, wie empfindlich die sind, dann wird mir angst und bange. Erst die Sintflut, dann die Leiche! Ich kann es nicht fassen!«

»Der Regen hört wieder auf, und die Identität der Leiche wird geklärt werden«, beruhigte Velsmann. »Das Kloster wird keinen weiteren Schaden nehmen.«

»Haben Sie eine Ahnung! Was meinen Sie, wieviel Geld Konzerne, Mittelstand und vermögende Einzelpersonen hier reinpumpen! Selbst der Verteidigungsminister, ein bekennender Rheingauer, spendet regelmäßig. Das tun die alle doch nicht in ein Unternehmen, das von einer Katastrophe in die nächste stolpert!«

Organisationsleiter Palmen nickte, er wirkte so bedrückt, daß er kein Wort sagen konnte.

»So dramatisch ist es nicht«, meinte Martin Velsmann ruhig. »Ich verstehe zwar Ihre Sorgen, aber ich teile sie nicht. Das wird alles geklärt und wieder vergessen.«

»So was gab es noch nie. Ich dachte immer: Was habe ich für einen phantastischen Arbeitsplatz! Kloster Eberbach ist das Paradies!«

»Das ist es«, bestätigte Velsmann. »Ich kenne keinen Ort in

Hessen, der weiter von einem Tatort entfernt ist als Eberbach. Jetzt müssen eben einige Dinge geklärt werden.«

»Da kommt das Boot mit den Kollegen!« sagte der Kiedricher Polizist.

Die kleine Expedition tauchte aus der Röhre auf. Fink legte am Rand des Baches an, die Polizisten krabbelten an der Uferböschung empor. Sie blickten betont finster.

»Und?« rief Reinhard. »Was sagen Sie?«

»Hier wird alles abgesperrt«, verkündete ein Beamter. »Und den Stau behebt die Feuerwehr erst, wenn das Skelett geborgen ist. Das hat absoluten Vorrang, übersteigt aber unsere Befugnisse. Wer weiß, was wir da noch alles finden! Wir fordern geeignetes Personal von unserer vorgesetzten Dienststelle in Wiesbaden an.«

»Aber das dauert Tage!« rief Reinhard. »Es kann nicht sein, daß Kloster Eberbach von Polizei und Feuerwehr besetzt bleibt!«

»Wieso nicht? Haben Sie was zu verbergen?«

Reinhard blickte den Fragenden fassungslos an. Er konnte nicht antworten. Palmen machte eine abwiegelnde Handbewegung.

Einer der Beamten sprach lange in sein Handy. Die anderen begannen damit, ihre rotweißen Bänder auszuspannen. Der Einlauf des Baches wurde großräumig zum Tatort erklärt. Besucher, die sich eingefunden hatten, wurden aufgefordert weiterzugehen.

»Kann die Feuerwehr nicht wenigstens den Stau beseitigen?« fragte Reinhard erregt. »Das Wasser steigt ja schon wieder. Die nächste Regenfront kündigt sich schon an. Es kann eine neue Überschwemmung geben. Wir können doch einen Abfluß in das Wehr hindurchstoßen!«

»Nein«, entschied der ängstliche Polizist. »Wir machen gar

nichts. Da müssen die Kollegen aus Wiesbaden ran. Es könnten ja entscheidende Spuren vernichtet werden.«

»Leider hat der Kollege recht«, sagte Martin Velsmann. »Bevor nicht die Spurensicherer ihre Arbeit gemacht haben, wäre es fahrlässig, was zu verändern. Die Fachleute sehen an einem solchen Tatort mehr als wir anderen. Sie lesen ihn. Und dazu trägt jede Kleinigkeit bei.«

»Ja, schon gut.« Reinhard seufzte. »Ich weiß, daß Sie recht haben, aber es ist so entnervend. Ich denke, ich ziehe mich in mein Büro zurück und warte ab. Kommen Sie mit? Wir trinken einen Kaffee zusammen.«

Martin Velsmann war einverstanden. Die übrigen Herren des Klosters zerstreuten sich.

Sie gingen gemeinsam über den Hof, auf Planken, die von der Feuerwehr dort verlegt worden waren, wo das Wasser inzwischen abgesunken war. Die von der Flut betroffenen Gebäude waren mit gelb gemaserten Spanbrettplatten ausgekleidet worden, darüber spannte man Planen aus durchsichtigem Plastik. Alles mußte trockengelegt werden. Von überall her drangen Motorengeräusche, es wurde gesaugt, gepumpt, ausgebaggert.

Als sie am ehemaligen Irrenhaus ankamen, stellte Reinhard fest, daß er den Schlüssel vergessen hatte, er mußte die weiße Klingel der Stiftsverwaltung drücken, die an einem braun gestrichenen Holzpfahl angebracht war. Velsmann staunte über die ultramoderne Innenausstattung mit Fahrstuhl, Konferenzsälen und Lichtverkleidungen. Seit den Tagen der Konversen hatte sich weiß Gott viel verändert.

Velsmann fragte sich, ob es zum Vorteil geschehen war.

Als Alfons Freygang in ihrer gemeinsamen Wohnung am Petersberg ankam, starrte ihm Tosca verschwitzt entgegen. Sie hatte Fieber, ihre Augen waren wie von einem wäßrigen Schleier überzogen.

»Wie geht es dir, Schätzchen?« fragte Freygang und trat ans Bett. Er legte ihr einen Rosenstrauß auf den Bauch.

»Komm mir bloß nicht zu nahe!« keuchte Tosca, dann mußte sie husten.

»Willst du was, brauchst du was, hast du die Medikamente eingenommen?«

»Soviel Fragen kann ich nicht auf einmal beantworten«, seufzte Tosca. »Ich fühle mich wie ausgekotzt.«

»So riecht's hier auch, ich mache mal das Fenster auf«, meinte Freygang.

»Was war draußen los?« wollte Tosca wissen. »Geht der Wahnsinn weiter?«

»Immer weiter«, sagte Freygang und öffnete das Fenster. »Mörder morden, Diebe stehlen, Regen regnet, Frauen bewegen sich aufreizend weiblich. Eine große Comedy-Show läuft ab, und wir spenden unseren Beifall. Was sagt dir der Ausspruch: *Lachen tötet die Furcht, aber ohne Furcht gibt es keinen Glauben und keine Reue*?«

»Nix. Mit solchem Schweinskram beschäftige ich mich nicht.«

»Das hatte eine Frau in der Jackentasche, die heute morgen im Schloßpark ermordet wurde.«

»Heute morgen?«

»Gegen 8.30.«

»Aber da warst du doch hier in der Wohnung.«

»Wenn du schon wieder Witze machen kannst, bist du auch nicht mehr krank. Also aufstehen, such dir einen Job! Frauen sollten mitverdienen und den Mann entlasten.«

Tosca richtete sich ächzend auf. »Gib mir mal das Glas Wasser. Ich vertrockne sonst.«

»Dieser Spruch in der Tasche der Toten klingt irgendwie

cool, gleichzeitig beängstigend. Ich denke, ich muß hier ansetzen. Ich ahne, wir haben hier eine Botschaft erhalten, der wir nachgehen sollen. Wir sind in Fulda. Ich stelle mir durchaus vor, daß in irgendwelchen düsteren Hinterzimmern von Stadtpalästen vermummte Gestalten zusammensitzen und eine Strichliste führen. Heute kommt die dran, morgen der und vor allem alle schwarzen Katzen. Denn alle sind Ketzer.«

»Katzen sind Ketzer?«

»Die besonders!«

»Quatsch! Die Zeiten der Inquisition sind vorbei. Wir haben nicht mehr Mittelalter. Obwohl, so wie ich mich fühle ...«

»Denk doch nur an diese neuen Theorien, die jetzt auftauchen. Daß Jesus nicht am Kreuz starb, daß er Maria Magdalena heiratete und mit ihr Kinder zeugte, daß sie ein Blutsband fortsetzten, das bis auf den jüdischen König David zurückgeht ...«

»Brown, Lincoln, Baigent, Leigh!« sagte Tosca.

»... daß sie bis in unsere Gegenwart wirken. Die Nachfolger von Jesus Christus. Sie bilden eine geheime Sekte, bis in die höchsten Ämter und Stellen hinein. Eine Art Verschwörung von gigantischem Ausmaß!«

»Und in Fulda ist ihre Hauptgeschäftsstelle! Dann müssen wir nur die Öffnungszeiten herauskriegen.«

»Genau! – Ich meine, nein, nicht unbedingt. Aber im Schloßpark saß heute morgen eine Frau, der man beide Augen ausgestochen hat. Was sah sie, das jetzt ausgelöscht werden sollte? Übrigens! Da fällt mir was ein! Verdammt, ich habe nicht darauf geachtet! Aber jetzt wird es mir klar!«

»Was ist denn, mein Alfons.«

»Die Tote saß so, daß sie den Kirchenbezirk im Blick hatte. Also, der Mörder hatte ihr die Möglichkeit genommen, ihn zu sehen, klar. Sie saß jedoch in der richtigen Richtung. Und im Tod blickte sie zum Himmel auf, ich meine, verdammt, wie soll man so was ausdrücken? *Ihre leeren Augen starrten zum Herrgott empor*, oder wie?«

»Du bist vielleicht ein Alfons, mein Mann!« sagte Tosca. Ihr Gesicht verzog sich zu einem Lächeln.

»Hilf mir lieber! Wie siehst du das?«

»Wackerer Polizist!«

»Und du bist Polizistin! Also?«

Tosca hustete und wischte sich mit einem Papiertaschentuch den Mund ab. »Du willst also andeuten, daß es eine große, kirchliche Verschwörung gibt und daß die Ermordete damit irgendwas zu tun hatte.«

»Es ist natürlich nur ein Verdacht – neben anderen Verdachten.«

»Sagt man nicht: Verdächten?«

»Wie? Egal. Es ist eine Spur, und ich muß sie im Auge behalten.«

»Du glaubst doch nicht im Ernst an diese religiösen Verschwörungstheorien? Prieuré de Sion, Katharer, Schatz der Templer und dieses Zeugs?«

»Warum nicht? Ist doch eine geile Vorstellung, daß irgendwo in Fulda der Nachfolger Christi herumschleicht! Er geht zu *Karstadt* am Jesuitenplatz, kauft sich einen Regenmantel oder ein Fotoalbum für seine Kindchen mit Maria Magdalena …«

»Hör auf, du Ketzer! Ich überantworte dich dem Scheiterhaufen!«

»Ich werde immerhin veranlassen, daß die Kircheninstanzen eingeschaltet werden. Der neue Bischof ist ein liberaler Mann, wie man hört, im Gegensatz zum alten, der sogar trommelschlagende und fahnenschwenkende Neonazis auf den Domplatz ließ. Vielleicht haben sie unter ihren Angestellten einen Weisen, der den Spruch deuten kann.«

»Na gut«, sagte Tosca.

»Hör mal, willst du nicht aufstehen? Ich mache uns einen Happen zu essen. Dann muß ich wieder abschwirren.«

»Ach, ich bleibe lieber liegen, mir ist so komisch zumute.«

»Die liegende Polizeiaspirantin – eigentlich eine schöne Vorstellung«, sagte Freygang.

»Liebende schreibt man mit b, nicht mit g«, sagte Tosca.

»Ach, Schätzchen!« seufzte Alfons. »Du bist eine.«

»Ja«, sagte Tosca.

Velsmann und Reinhard erhoben soeben ihre Kaffeetassen, da platzte der Ministerpräsident in das Büro. Er wurde begleitet von zwei Bodyguards und einer Referentin. Auf dem Weg nach Köln hatte er von der Katastrophe und dem Fund in der Röhre gehört und war ausgestiegen. Er trug wie immer einen blauen Anzug, ein blauweiß gestreiftes Hemd und einen roten Schlips. Er ließ sich den Tatbestand erläutern.

Während der recht fassungslos wirkende Reinhard seinen holprigen Bericht erstattete, überlegte Martin Velsmann, warum der Ministerpräsident immer aussah, als käme er geradewegs aus dem Bett, wozu seine tadellose Frisur allerdings einen starken Kontrast darstellte. Als Reinhard geendet hatte, schüttelte der Ministerpräsident den Kopf.

»Und was ist mit dem Wein?« fragte er in seiner unnachahmlichen Sprechweise, gleichzeitig schläfrig und hellwach.

Reinhard erläuterte.

Der Ministerpräsident starrte ihn durch seine randlose Brille an, um seine fleischigen Lippen zuckte es, dann sagte er launig: »Sie wissen ja, ich bin bekennender Weintrinker. Die Rheingauer Weine sind für mich die besten. Sie haben also mein tiefstes Mitgefühl. Glauben Sie, daß Sie bis zum nächsten Weinverkauf im Laiendormitorium alles im Griff haben? Ich hatte eigentlich vor zu kommen.«

»Selbstverständlich!« beeilte sich Reinhard zu versichern. »Alles wird reibungslos verlaufen. Die Aufräumungsarbeiten sind ja schon voll im Gange.«

»Wenn Sie Hilfe brauchen, kann ich ein paar Gelder für Notfälle lockermachen.«

»Ich komme darauf zurück«, versprach Reinhard. »Wenn ich auch glaube, daß der größere Schaden ein Imageschaden ist.«

»Ach, Unsinn!« sagte unverblümt der Ministerpräsident. »Eberbach bleibt Eberbach!«

»Danke!« sagte Reinhard matt.

»Bis in vier Wochen also!« sagte der Ministerpräsident. Er schüttelte Reinhard und Velsmann die Hand. Sein Gesicht verzog sich zu einem Lächeln, das die pausbäckigen Wangen verrutschen ließ, und schon rauschte er hinaus, gefolgt von seinem Troß.

»Ein netter Mann«, sagte Reinhard. Er wischte sich mit einem Taschentuch die Stirn ab.

»Bißchen glatt und keine Schönheit«, konstatierte Martin Velsmann.

»Aber ein brutalst möglicher Taktiker in der Politik! Und vor allem ein guter Kunde der Staatsdomäne«, sagte Reinhard. »Mein lieber Velsmann, können Sie hier nicht ein bißchen ermitteln? Sie sind doch der fähigste Kommissar, den Hessen je hatte, es wäre mir wohler, wenn ich Sie dabeihätte.«

»Aber wie stellen Sie sich das vor, Reinhard! Ich bin außer Dienst und habe keinerlei Befugnisse. Die Kripo verhaftet mich, wenn ich hier unbefugt an Tatorten herumschnüffle. Außerdem wartet meine Frau auf mich, wir sind ja im gemeinsamen Urlaub. Tut mir leid.«

»Überlegen Sie es sich!« beharrte Reinhard. »Niemand verzichtet doch freiwillig auf eine solche Spürnase, wie Sie es sind. Ich wette, Sie haben längst eine Theorie darüber, wer der menschliche Überrest in dieser verdammten Bachröhre ist.«

»Erzählen Sie mir was über diesen ermordeten Abt, Reinhard!«

»Der Abt? Ja, der Abt«, sinnierte der Verwalter. »Also soweit man das weiß, spielte sich damals folgendes ab: Die Laien im Kloster begehrten immer wieder gegen ihre verordnete Zweitklassigkeit auf. Dem Verbot, an der Abtwahl teilzunehmen, begegneten sie dann mit einem wütenden *Complot*, wie sie es nannten. Sie wählten einen eigenen Abt, unter Hinweis auf ihre Zahl und Bedeutung für das Kloster. Es kam zum Aufruhr. Im Jahr 1261 ermordete ein Konverse dann den Abt Werner. Seine Leiche wurde, wie schon gesagt, nie gefunden.«

Martin Velsmann rieb sich die Nase. »1261? Kann das Skelett seit dieser Zeit in der Röhre hängen?«

»Das wird uns die Untersuchung sagen.«

»Gab es nicht auch danach immer wieder mal Ärger im Kloster? Und kam das nicht von den unzähligen sachentfremdeten Nutzungen? War gerade hier, wo wir uns befinden, nicht sogar mal ein Irrenhaus?«

Reinhard nickte. »Das stimmt. Alle Klöster wurden ja in Hessen schon in der Reformation aufgelöst, also im 16. Jahrhundert, später nutzten Mönche es dann aber wieder. Offiziell wurde das Kloster erst 1803 geschlossen, mit dem Einfall Napoleons. Fünf Jahre später verlegte die Militärverwaltung ein Lager mit Pulver, Gewehren und Monturen nach Eberbach. In den Konversenbau und den Ostflügel der Klausur zog zwischen 1815 und 1849 die Landesirrenanstalt und die Korrektionsanstalt ein. Zusätzlich kam ein Frauenzuchthaus nach Eberbach, zeitweise gab es bis zu fünfhundert Häftlinge und das entsprechende Wachpersonal. 1830 wurden auch das Presbyterium, das Querhaus und der östliche Teil der Basilika der

Irrenanstalt als Gotteshaus zugewiesen. Der Rest stand landwirtschaftlichen Zwecken zur Verfügung. Damals – das muß man sich vorstellen – führte sogar eine Fahrstraße für Fuhrwerke quer durch das hintere Kirchenschiff. Nach dem Übergang an Preußen wurde 1873 das Korrektionshaus aufgelöst und dafür ein Strafgefängnis eingerichtet. Das existierte bis zum Ersten Weltkrieg.«

»Hat keine Kirchenverwaltung etwas gegen die dauernde Zweckentfremdung gehabt?«

»Nein, im Gegenteil. Denn das garantierte ja den Fortbestand des Klosters, zumindest der Anlage, ein Kloster war es da schon nicht mehr. Wir haben sowieso Riesenglück gehabt. Eberbach ist ja das einzige Kloster in Deutschland, in dem man noch unverfälschte, mittelalterliche Räume sehen kann. Das hat mit dem Dreißigjährigen Krieg zu tun. Damals vertrieben die Schweden alle Mönche, das Kloster lag verwaist. Zwar erlitt der Konvent durch die jahrelange Besetzung unermeßlichen Schaden. Es wurden die Mobilien, Kirchengeräte und Bücher verschleppt und zerstört, mittelalterliche Handschriften mißbrauchte man als Klopapier. Und auch die wertvollste Reliquie verschwand, die Kinnlade des heiligen Bernhard von Clairvaux. Dennoch verdanken wir dem Schwedeneinfall die Erhaltung der einmaligen Klosterräume. Abt Leonhard Klunkardt hatte bereits vierhundert Fuder Wein zurückgelegt, um von ihrem Erlös ein modernes Kloster im barocken Stil zu bauen. Das wurde jetzt hinfällig, der Wein verschwand in durstigen Soldatenkehlen. Eberbach verblieb im Besitz des schwedischen Kanzlers Axel Oxenstierna als Geschenk König Gustav Adolfs.«

»Nach dem Dreißigjährigen Krieg kehrten die Mönche aber zurück?«

»Schon vorher, 1635. Zwanzig Konventmönche nahmen das

zerstörte Kloster wieder in Besitz. Ich möchte nicht wissen, wie das damals hier ausgesehen hat. Durch die Schäden, die beinahe ein Jahrhundert lang behoben werden mußten, kam es zu keiner grundlegenden Neugestaltung. Eigentlich wären Mittel dafür später vorhanden gewesen, zumindest im 18. Jahrhundert, aber es geschah nichts dergleichen. Wirtschaftlich war dieses Jahrhundert für das Kloster die beste Zeit. Jetzt konnte sich der Abt sogar einen Kammerdiener leisten. Neue Höfe wurden erworben und bewirtschaftet, Mainz, Limburg, Boppard und ländlicher Besitz. Die Mönche waren so reich, daß sie sogar am Frankfurter Kapitalmarkt Anlagen tätigten. Erst mit den französischen Revolutionskriegen ab 1794 kam es zum erneuten Niedergang, schließlich zur zweiten Aufhebung.«

»Das schöne an Eberbach ist«, meinte Velsmann, »daß man den Gebäuden diese Geschichte noch ansieht.«

»Das ist es, was Eberbach so einzigartig macht. Und deshalb ist das, was jetzt passiert, eben so schlimm.«

»Das Kloster hat andere Zeiten überstanden, Reinhard!« sagte Velsmann. »Sie haben es ja gerade selbst geschildert.«

»Die beste Zeit des Klosters liegt noch viel länger zurück«, sagte Reinhard. Er war ans Fenster getreten, um zum Schlosserbau hinüberzublicken, wo die Aktivitäten im Gange waren, allerdings noch ohne die Wiesbadener Polizei. »Gleich nachdem Bernhard von Clairvaux hier mit zwanzig Mönchen seine erste Gründung im rechtsrheinischen Deutschland anlegte, wuchs das Kloster. Nach dem ersten Jahr 1136 wurden bald neue Klöster von unseren Zisterziensern gegründet. Es ist eine richtige Erfolgsstory.«

»Man sagt, die Klöster der Zisterzienser kamen zu ihrem Ansehen durch die Rücksichtslosigkeit ihrer Klosterzucht.«

»*Ora et labora!* Mehr Programm war nicht!« sagte Reinhard, fast schon wieder heiter. »Bald beteten und arbeiteten hier mehr als dreihundert Mönche. Und vor allem Laienbrüder schufteten für sie. Eine richtige Klassengesellschaft. Schon um 1200 kam es deshalb zu einem ersten Aufstand der Laien. Bei tätlichen Auseinandersetzungen floß Blut. Wenn man sich das vorstellt – die Konversen durften keine neuen Stiefel tragen, sondern mußten die alten der Mönche auftragen. Es kam zu einer Stiefelrevolte, die sogar der reguläre Abt Leonhard mittrug. Vom ermordeten Abt habe ich ja schon erzählt.«

»Die Konversen waren also die Arbeitstiere des Klosters?«

»Genau. Sie durften nicht mal Weißbrot essen. Es war streng. Und jeder Gewinn wurde sofort wieder investiert. Die Tüchtigkeit der Mönche vor allem auf landwirtschaftlichem Gebiet, ihre Innovationen als Folge der strengen monastischen Regel ließen den Wert ihres Besitzes ständig steigen. Vor allem der Weinanbau warf einen Riesengewinn ab. Wein war im Mittelalter eines der einträglichsten Wirtschaftsgüter. Man verschiffte die Weinfässer vom eigenen Hafen aus, dem Hof Reichardshausen zwischen Oestrich und Hattenheim, dort, wo sich heute die *European Business School* befindet, mit eigenen Schiffen. Eberbach genoß Zollfreiheit auf dem Rhein.«

Sie wurden aus ihrer Betrachtung gerissen. Von draußen drang der Klang einer Polizeisirene herein. Zwei Fahrzeuge der Wiesbadener Polizei bogen in den Hof ein und fuhren rasch zur abgesperrten Stelle.

»Jetzt kommt Schwung in die Sache«, sagte Martin Velsmann.

Am Abend lag über dem Rheintal ein wunderbares Licht. Zwar standen die Regenwolken noch immer dunkel und drohend am nordöstlichen Himmel, aber dazwischen schob sich das Strahlen des Sonnenlichtes, das die Wolken mit einer goldenen Gloriole versah.

Martin Velsmann fuhr die Weinberge hinunter, sah vor sich ausgebreitet das ganze Panorama des glitzernden Flusses mit seinen Nebenarmen. Auf dem funkelnden Strom lagen Inseln und Auen. Er genoß den Anblick, fuhr langsam und traf Andrea in einem Terrassenrestaurant am Rheinufer. Velsmann hatte nicht abgewartet, wie die Kripo Wiesbaden mit dem Fall umging. Er konnte sich den Ablauf ohnehin vorstellen. Die Polizei würde erst einmal eine völlige Nachrichtensperre verhängen und auch einen ehemaligen Kommissar nicht am Tatort dulden. Reinhard würde ihn am nächsten Tag über den Stand der Dinge informieren.

Andrea war jetzt wichtiger. Gleich nachdem sie sich an einen Tisch gesetzt, aus der Karte gewählt und bestellt hatten, sagte sie: »Ich gehe nach Barth zurück. Vorhin erhielt ich einen Anruf. Eine neue Theorie ist aufgetaucht. Man behauptet plötzlich, das alte Vineta sei nicht mit Barth, sondern mit Wollin identisch, wo es einen mysteriösen Silberberg gab, Quelle immensen Reichtums – der Grund für die Zerstörung der Stadt. Offensichtlich gibt es neue Beweise. Damit ist meine Arbeit natürlich in Frage gestellt. Die Kollegen in Barth stehen kopf!«

»Das tut mir leid für dich! Aber wie kann das sein? Ich habe die alten Mauern auf dem Meeresgrund doch mit eigenen Augen gesehen!«

»Es gibt da unten irgendwas, das ist klar. Aber ist es Vineta? Die ersten Funde waren ermutigend, dann jedoch geriet alles ins Stocken. Man hat beinahe das Gefühl, die Stadt versinke erneut. Wir kommen ihr nahe, und sie weicht immer mehr zurück. Heute habe ich selbst meine Zweifel.«

»Und du warst so enthusiastisch!«

»Außerdem habe ich nicht das Gefühl, daß wir beide weiterkommen, Martin.«

Velsmann wartete mit der Antwort, weil die Bedienung mit

den Vorspeisen kam. Er hatte Suppenterrine mit eingelegtem Tresterfleisch bestellt, Andrea ein Filet vom Saibling mit Salat. Nach dem ersten Löffel sagte Velsmann: »Es gehören zwei dazu, Andrea. Wenn du es sagst, klingt es immer wie eine Anklage.«

»So habe ich es nicht gemeint. Ich spüre nur, daß wir immer noch feststecken, es bewegt sich nichts.«

»Gib nicht so schnell auf, Andrea!« Velsmann spürte einen Kloß in seinem Hals, gleichzeitig wurde er wütend. »Du gehst einfach wieder nach Barth zurück, und das war's dann?«

»Ich muß arbeiten! Ob ich zwei Tage früher als geplant damit beginne, ist doch egal.«

»Das sind zwei Tage, die du ohne mich sein willst.«

»Begleite mich!«

»Jetzt sind wir wieder da, wo wir schon längst waren. Was soll ich in Barth? Du tauchst jeden Tag auf den Meeresgrund ab, und ich stehe am Fenster und warte darauf, daß du wieder auftauchst? Das ist nichts für mich.«

»Wir suchen uns ein schönes Haus! Wir richten es ein. Wir fangen beide noch einmal an, Martin!«

Velsmann kaute. »Das hört sich schön an, doch Mecklenburg liegt mir nicht. Komm zurück ins Kinzigtal, hier bin ich verwurzelt. Ich liebe die Menschen und die Landschaft, die paar Verbrecher, die es hier gibt, werfen keine langen Schatten. Oder wir kommen uns gegenseitig entgegen und suchen uns einen neutralen Ort. Wie wäre das?«

»Wo denn?«

Velsmann überlegte. »Brakel, Detmold? Nein, war nur ein Scherz, Berlin, beispielsweise. Da fühlst du dich doch auch wohl. Berlin könnte ich mir vorstellen.«

»Warum nicht Barth! Dort bin ich!«

»Ach, Andrea!«

Als der Hauptgang kam, Rebhuhnbrüstchen auf einem Pilzragout für Andrea, überbackene Flußkrebse für Velsmann, stocherten sie auf den lecker angerichteten Speisen herum. Es schmeckte plötzlich nicht mehr richtig.

»Erzähle mir lieber davon, was du in Eberbach erlebt hast, Martin. Sonst wird es traurig.«

»Wir machen es uns selbst schwer«, sagte Velsmann. »Wir kommen über einen bestimmten Punkt nicht hinaus.« Dann erzählte er vom Geschehen im Kloster.

Andrea schilderte, wie es in Schloß Vollrads gewesen war, ein Weingut mit den besten Lagen. Sie hatte an einer Führung teilgenommen und wußte jetzt alles über Weinbau.

»Es ist eine schöne Gegend hier. Diese Weingüter sind einfach klasse.«

»Wir könnten hier wohnen, wenn dir der Rheingau gefällt«, schlug Velsmann vor, und er spürte selbst, wie hilflos das klang.

»Ich brauche meine Arbeit«, sagte Andrea. »Ohne diese Beschäftigung fühle ich mich amputiert. Ich sage noch einmal, es liegt allein an dir, Martin. Du kannst zu mir ziehen, du bist frei.«

»Tibor und Laila würden sich freuen, das ist klar.«

»Sie brauchen dich! Sie sind jetzt in einem Alter, wo Weichen gestellt werden!«

Jetzt war der Moment da, um von den Kindern zu sprechen. Velsmann ließ sich alles erzählen. Als Andrea endete, hatten sie ein weiteres Glas Wein bestellt und ausgetrunken. In Andreas Augen stand ein wehmütiger Ausdruck.

»Tibor wird das erste Semester in Rostock studieren, der Nano-Fachbereich soll dort mit besonders guten Laboren ausgestattet sein. Laila macht Abitur und fängt im Herbst in Berlin ihr Kunststudium an. Dazu hast du ihr ja im letzten Jahr geraten, als sie dich in Fulda besuchte. Ich werde in Barth allein sein.«

»Neptun ist an deiner Seite, meine schöne Tiefseetaucherin.«

»Sei nicht sarkastisch.«

»Das war ehrlich gemeint. – Du hast dein Team um dich herum.«

»Das stimmt, ein Team ist wichtig.«

»Wann fährst du ab?«

»Morgen früh. Bringst du mich nach Frankfurt?«

»Ja, klar.«

Beide schoben ihre Teller zurück und sahen sich an. Dann blickten sie durch die Panoramascheibe auf den Rhein. Die Sonne streckte ihre allerletzten Strahlen nach dem Wasser aus, und es glänzte weiß und golden. Es war eine prachtvolle Landschaft.

In seinem Inneren kläffte ein Tier. Manchmal erinnerte es ihn auch an andere Töne, beinahe an Musik. Aber meistens waren es wilde, reißende Laute. Er konnte es nicht abstellen. Also sang er mit. Aber tonlos, wie jemand, der die Zähne zusammenbeißt und nur die Luft ausstößt, um sich nicht zu verraten.

Die Strecke, die vor ihm lag, war ihm bekannt, er war sie oft gegangen, im Grunde sein ganzes bisheriges Leben lang. Während er durch den Tunnel ging, ließ er seine Schritte dröhnen. Er wußte, niemand würde ihn hören. Aber er konnte auf diese Weise den ständigen Klang in seinem Kopf übertönen. Nur wenn er stehenblieb, war er wieder da.

Er stöhnte auf. Dann fand er eine Melodie, die den Lärm besiegte, er summte sie, dann sang er. Schließlich pfiff er. Die Musik in seinem gepeinigten Kopf schwoll an, todtraurig, mächtig. Als er nicht mehr weiterwußte, blieb er stehen und hielt sich die Ohren zu.

Nach einem Moment ging er weiter, jetzt wurde es abschüssig. Weg und Wände glänzten im Licht seiner Taschenlampe.

Wenn er in den hohen, weißen Mauern angekommen sein würde, war es ohnehin zu spät. Dann setzten andere Töne ein. Sie hatten mit diesem Ort zu tun. Dann wurde es noch lauter. Nur auf dem Weg zwischen den drei Orten, die sein Leben bestimmt hatten, zu unterschiedlichen Zeiten, aber mit dem immergleichen furchtbaren Geschehen, gelang es ihm für Augenblicke, Musik zu hören.

Er konnte diese Musik erzeugen, auf deren Grund der Lärm der Bestien lag.

Mißachtet und allein gelassen, dachte er. Und er wiederholte diesen Satz, bis er die Senke des Tunnels erreicht hatte. *Das haben wir gemeinsam.* Jetzt ging es über etliche Steinstufen wieder aufwärts. Aber noch immer kam von seiner Taschenlampe das einzige Licht.

Er glaubte manchmal selbst, daß er beim Gehen seine Knochen sehen konnte. Spüren konnte er sie jedenfalls immer. Der Schmerz verhinderte, daß er so ging, wie er wollte. Er mußte sich dem Schmerz beugen. Und besonders jetzt, wo es feucht und klamm war, wo die Sintflut ihm in die Quere kam, obwohl er die Dinge vergessen wollte, die bei Regen geschahen, jetzt tyrannisierten ihn seine Knochen.

Aber daß er sich nun dem Regen stellen mußte, das war ihm klar. Die Zeit des Vergessens war damit endgültig vorbei. Der Regen spülte alles an die Oberfläche. Er brachte den Geruch und die Geräusche mit sich, die er kannte. Der Regen versetzte ihn in Erregung.

Er wäscht mich ab bis auf das Skelett, dachte er.

Der Regen wäscht mich bis auf die Knochen.

Aber er reinigt mich nicht. Er macht mich nur kalt und naß.

Auf den Gängen durch diesen Tunnel oder durch andere, vergleichbare Tunnel gelang es ihm, sein Leben zu sehen. In diesem stillen, menschenleeren Halbdunkel trat es ihm klar in allen seinen Facetten, mit allen Irrtümern und Taten gegenüber. Wenn er oben auftauchte, in den hohen, weißen Mauern verschwand, dann stürzte alles andere auf ihn ein. Dann wurde er festgenagelt. Vom Lärm. Vom Dröhnen all der Dinge. Von den Aufgaben, die man von ihm erwartete.

Er hätte gern mit Humor darauf reagiert, mit Leichtigkeit, die ihm andere vormachten, aber es gelang ihm nicht. Er konnte keinen Humor aufbringen, eine unerklärliche Angst stand der Heiterkeit entgegen, manchmal dachte er, es sei die Angst, überführt zu werden. Er lauschte lieber, wartete ab, blickte um sich. Manchmal konnte er sich selbst beim Sprechen nicht rühren, stand wie angewurzelt.

Er durfte keinen Fehler machen.

War das ein charakterlicher Mangel?

Er empfand manchmal, wenn er durch die Dunkelheit und die Einsamkeit ging, solche Mängel ganz deutlich. Aber er fühlte sich intelligent genug, sie pausenlos ins Gegenteil zu verkehren. Dafür brauchte er seine Energie. Die Schmerzen seiner Knochen jedoch nahmen zu.

Er war am Ziel. Vor sich sah er die niedrige Eisentür auftauchen, die verschlossen war. Der Tunnel wurde nicht mehr gebraucht. Nur er nutzte ihn für seine langen Spaziergänge. Es war seine Schneise durch das Tosen hindurch. Hin und zurück.

Er stieg die Treppen empor und sperrte die Tür auf. Als er hindurchschritt und sie hinter ihm zufiel, er abschloß und sich umzog, begann der Lärm in seinem Kopf stärker zu werden. Die Bestien waren wieder da.

Und während er zu den hohen, weißen Mauern emporschritt, begann er zu glauben, daß der Zweikampf – so sah er es – nun begann. Ja, es hatte keinen Zweck mehr, es zu leugnen. Er war unausweichlich geworden.

Als sein Handy vibrierte, stand Velsmann auf und ging auf die Terrasse. Er meldete sich. Es war sein ehemaliger Assistent. Velsmann sah durch die Panoramascheibe in das Restaurant und winkte Andrea zu.

»Was gibt es?«

»Chef!« sagte Freygang. »Ich muß mit Ihnen reden. Hier passieren ein paar Dinge, mit denen wir nicht klarkommen. Wir brauchen Ihren Rat.«

»Leider kein passender Moment, Alfons, außerdem bin ich nicht Ihr Chef. Ich sitze gerade mit meiner Frau beim Essen.«

»Oh, dann will ich nicht stören.«

»Ich rufe Sie später zurück, wenn wir wieder im Hotel sind.«

»Okay!«

Velsmann steckte das Handy in die Anzugjacke. Er stand einen Moment lang an der Brüstung der Terrasse. Was für ein schöner Abend, dachte er, es hat aufgehört zu regnen, und Vater Rhein ist milde gestimmt.

Er drehte sich um. Andrea saß nicht mehr am Tisch. Velsmann erschrak übermäßig. Er beeilte sich, in das Restaurant zu kommen. Andrea war sicher nur zur Toilette gegangen.

Während er wartete, überlegte er, was Freygang ihm erzählen wollte. Ich habe doch noch ein Team, dachte er. Und einen Moment lang bedauerte er, seinen Polizeidienst aufgegeben zu haben. Abgesehen von den vielen bürokratischen Schwierigkeiten, die der Entschluß mit sich gebracht hatte, fehlten ihm jetzt die Bezugspunkte. Er war noch immer mit ganzer Seele Polizist! Ein Leben in Freizeit? Konnte er sich das wirklich vorstellen? Die Aussicht war schön gewesen, aber die Wirklichkeit auch, jetzt, wo alles eingetreten war?

Vielleicht sollte er tatsächlich nach Barth ziehen. Dort wartete zumindest eine Aufgabe auf ihn – die Ehe mit Andrea zu reparieren.

Seine Frau tauchte in diesem Moment wieder auf, frisch und lebendig. Sie tranken ihren Wein aus, und Velsmann erzählte, was er über den Rheingau wußte. Die Wiege der deutschen Weinkultur.

Plötzlich, ohne Übergang, fiel ihm ein, was ihn an dem Spruch gestört hatte, den er auf dem Grabstein hinter dem Kloster gelesen hatte. Warum war die Frau dort begraben, wenn sie doch in Hohen Eichen gestorben war! Er mußte Reinhard fragen.

Als sie später aufbrachen, war es stockdunkel. Sie fuhren in das Gottesthal zurück, morgen früh würden sie den Gasthof verlassen. Andrea legte Velsmann leicht die Hand auf den Arm. Sie summte die Melodie einer Bachsonate für Clavicord und Streicher mit, die gerade aus dem Autoradio kam.

Sie kamen im Gasthof an. Andrea zog sich ins Bad zurück, um sich aufs Schlafengehen vorzubereiten. Velsmann trat auf den Balkon, der zu den Brombeerhecken hinausging, und rief Freygang an.

»Wie geht es Tosca?« fragte er.

»Oh, sie liegt im Bett, Erkältung. Aber sonst ...«

»Schöne Grüße und Besserungswünsche!« bestellte Velsmann.

»Gebe ich dankend weiter!«

»Erzählen Sie mal«, sagte Velsmann.

Sein ehemaliger Assistent berichtete von dem Mordfall im Schloßpark. Er fragte Velsmann, ob er etwas mit dem Satz anfangen könne, den die Tote bei sich trug. Martin Velsmann überlegte, während Freygang weitersprach.

Freygang sagte am Schluß: »Diese Botschaft auf dem verdammten Zettel ist die einzige greifbare Spur, die wir bisher haben. Können Sie nach Fulda kommen, Chef? Tosca und ich brauchen Unterstützung.«

»Aber nein, ich bin außer Dienst. Wir können auch am Telefon darüber reden. Rufen Sie mich an, wenn Ihnen danach ist, es interessiert mich. Aber nicht genug, um nach Fulda zu kommen. Ich genieße im Moment Ferien mit meiner Frau im Rheingau. Außerdem sind wir hier nicht aus der Welt.«

Martin Velsmann berichtete seinem Ex-Assistenten von der Überflutung des Klosters und dem Fund des Skeletts.

»Hessen ist schon ein wüstes Land«, sagte Freygang. »Im äußersten Osten und im äußersten Westen zwei Tatorte und mittendrin Einwohner, die nicht wissen, wie ihnen geschieht.«

»Na, ganz so schlimm ist es nicht. Aber zurück zu Ihrem Mordfall. Die Spurensicherung muß doch irgendwas gefunden haben! Jeder Tatort hinterläßt irgendeine verwertbare Spur.«

»Wir haben viele Spuren gefunden, auch Fingerabdrücke. Und die anderen Dinge werden noch untersucht. Irgendwas bleibt sicher hängen. Aber das dauert, das wissen Sie ja. Im Moment gibt es nur diese Leiche. Und diese Botschaft – wenn es denn eine ist. Ich dachte, Sie hätten die Lösung des Rätsels gleich parat.«

»Schön wär's! Ich habe mich durch meine Fälle auch immer hindurchkämpfen müssen. Sie müssen sich konzentrieren, Alfons! Vergessen Sie alles andere, sogar Tosca. Wenn Sie sich nicht konzentrieren, wenn Sie unglücklich sind oder nervös oder überheblich, dann sehen Sie die Tat nicht richtig, Sie sehen sie mit Blicken, die nicht objektiv sind.«

»Das meine ich ja. Es ist mein erster Mord, den ich in eigener Regie aufzuklären habe. Und ich habe das Gefühl, Sie seien dafür zuständig.«

»Das war einmal. Sie müssen sich durchbeißen, Alfons.«

»Sagen Sie mir was Ermutigendes, Chef!«

»Sie schaffen es, Alfons! Davon bin ich überzeugt.«

»Noch mehr davon!«

»Hören Sie zu! Aus meinem unerschöpflichen Born an Altersweisheit! Machen Sie sich Gedanken über das Verhältnis zwischen sich und dem Mörder.«

»Wie meinen Sie das? Ich habe kein Verhältnis mit Mördern!«

»Ich meine es nicht witzig, Alfons. Ein Tatort ist keine Comedy-Show.«

»Yes, Sir!«

»Welches Verhältnis haben Ermittler und Täter? Sie scheinen die am weitesten voneinander entfernten Menschen zu sein. Aber das täuscht. Sie sind von Anfang an eng aneinandergekettet. Sie sprechen unaufhörlich miteinander. Über all das hinweg, was sie natürlich auch trennt, die Tat, der Schrecken, die Emotion, sehen sie sich doch unentwegt in die Augen. Können Sie mir folgen? Beide stehen auf Hügeln, zu ihren Füßen der Tatort im Tal, aber die Luftlinie zwischen ihnen, die nackte Entfernung, ist gering. Sie blicken sich an. Sind sie nicht sogar füreinander geboren? Jeder abhängig vom anderen, sinnvoll auf der Welt durch diesen Spiegel. Suchen sie nicht Bestätigung voneinander?«

»Ich weiß schon, was Sie meinen, Chef. Aber wie soll ich das umsetzen?«

»Überlegen Sie es sich, Alfons! Und wenn es nur dazu führt, daß Sie nur noch diesen Fall sehen! Vergessen Sie nicht, der Täter blickt Sie an!«

»Meine Güte, Sie können einem richtig angst machen. Ich muß meine Wohnungstür abschließen.«

»Versuchen Sie, die Tat klar zu erkennen. Ermittler haben immer, wie jeder Mensch, private Bedingungen, die ihre Analysen erschweren. Aber man muß versuchen, sich davon freizumachen. Das ist die Arbeit des Polizisten.«

»Könnte es sein, daß sich währenddessen die Lieben entfernen und verschwinden?«

»Das kann sein, jedenfalls für eine gewisse Zeit.«

»Und wenn Fall auf Fall auf den Polizisten einstürmt?«

»Ja, dann kann es eng werden. Dann sehen Sie unter Umständen eines Tages, daß Sie allein sind.«

»Das meine ich ja! Ist es das wert?«

»Das müssen Sie entscheiden!«

»Tut mir leid, Chef, daß ich Sie mit meinem Gejammer belästigt habe. Gehen Sie um Gottes willen sofort zu Ihrer Frau! Vergessen Sie alles, was ich gesagt habe.«

»Machen Sie es nicht so dramatisch, Freygang! Meine Frau weiß, daß sie mit einem Polizisten verheiratet ist.«

»Das hoffe ich. Frauen sehen manchmal die einfachsten Dinge nicht.«

»Ach? Sprechen Sie von Ihrer Frau?«

»Na ja ...«

»Sie können mich jederzeit anrufen. Und über diesen mysteriösen Satz werde ich nachdenken.«

»Okay, Chef!«

Martin Velsmann steckte sein Handy ein. Er blieb noch einen Moment in der milden Abendluft stehen. Obwohl es nicht regnete, war die Luft mit Feuchtigkeit vollgesogen. Velsmann fröstelte.

Andrea lag bereits in den Kissen. Sie hatte ein Buch aufgeschlagen und blickte ihm erwartungsvoll entgegen. Velsmann zog sich vor ihren Augen nackt aus. Dann schlüpfte er zu ihr unter die Bettdecke.

6.

Freitag, 29. April 2005

Sie standen auf einem der mittleren Bahnsteige des von mächtigen, halbrunden Dächern überwölbten Frankfurter Bahnhofs. Zwei Rollkoffer neben den Füßen von Andrea, eine Reisetasche zwischen den Beinen Martin Velsmanns. Sie wiegten sich in den Armen. Über ihnen schwebten das Getöse der Durchsagen, das Quietschen von Bremsen, das metallische Dröhnen von Gleisarbeiten, das Fauchen anfahrender Diesellocks, das Rauschen von silbernen Leibern der Expreßzüge. Der Lärm bildete ein Dach über ihnen, erreichte sie nicht und hielt alles andere auf Distanz. Sie hielten sich fest.

Der Zug fuhr ein, der Andrea nach Berlin und von dort aus nach Rostock bringen würde, dann mußte sie nach Barth umsteigen.

»Grüße meine Kinder«, murmelte Velsmann. »Laila soll nicht denken, Männer seien schlechte Kerle.«

»Das denkt sie nicht. Obwohl es Grund genug dafür gäbe.«

»Zumindest werden viele versuchen, es ihr einzureden.«

»Das ist nicht ihr Problem«, sagte Andrea. Sie sah entspannt aus. »Das war eher das Problem meiner Generation. Leute in Lailas Alter gehen pragmatisch mit solchen Sachen um. Karriere zählt.«

»Und Tibor soll weiter Sport machen. Mir gefällt die Vorstellung, einen Sohn zu haben, der eines Tages das Turnier in Wimbledon gewinnt.«

»Ich sag's ihm.«

»Und du warte auf mich.«

»Kommst du denn?«

»Ich überlege es mir ernsthaft. Freygang hat mich gestern abend mit einem nicht unwichtigen Gedanken konfrontiert. Nicht nur Chefs können ihren Assistenten raten.«

»Ich muß einsteigen. Paß auf dich auf, Martin. Es war trotz allem wunderschön mit dir im Rheingau.«

»Bis bald, meine Schöne aus Vineta!«

Andrea stand noch lange am Fenster und winkte ihm zu. Dann sah Velsmann sie hinter den spiegelnden Scheiben des

ICE nicht mehr. Er war ein Stück mitgerannt, jetzt blieb er stehen. Winkte. Wendete sich ab. Ging mit schlenkender Reisetasche in die Vorhalle.

Plötzlich überfiel ihn das Gefühl, ein Niemand ohne Reiseziel zu sein. Er blieb stehen.

Um sich herum sah er Menschen, die irgendeinen Plan verwirklichten. Jeder steuerte einen festen Punkt an. Martin Velsmann sah sich von oben her, durch einen Kamerablick vom Hallendach herab. Wie er da stand. Ein alleingelassener Mann, erstarrt in der Menge, die an ihm vorbeiflutete wie ein Tagesströmungsfilm, den der Wetterexperte erläuterte. Und jetzt schwappten die ersten Wogen über ihn hinweg.

Velsmann riß sich zusammen. Er ging auf die Tafel mit den Abfahrtszeiten zu, die über den Köpfen hing. Eigentlich hatte er vorgehabt, mit dem Zug nach Fulda zu fahren, um mit Freygang zu sprechen. Aber jetzt wußte er nicht mehr, ob das sinnvoll war.

Er stand in der Mitte zwischen zwei Möglichkeiten. Es war exakt die geographische Mitte, die er einnahm. Er konnte einhundert Kilometer mit dem Zug nach Osten fahren, nach Fulda. Oder mit dem Auto einhundert Kilometer nach Westen, in den Rheingau.

Plötzlich erschien ihm die letzte Möglichkeit verlockend. Er konnte ein paar Tage für sich sein, Spaziergänge einlegen, nach Kloster Eberbach fahren. Er würde über sich und Andrea nachdenken, darüber, was er tun konnte. Und er sah schon jetzt im Geiste die wogenden, spielerischen Vogelscharen über den Weinbergen. Ein Bild, mit dem er die Vorstellung von Freiheit verband.

Kurz entschlossen ging Martin Velsmann in die Tiefgarage des Bahnhofs. Er holte sein Fahrzeug, fädelte sich in den dichten Stadtverkehr ein und schlug den Weg nach Westen ein.

In Fulda drehte sich die Spirale der Aktivitäten mit jeder Stunde schneller. Am Morgen fand eine Pressekonferenz statt. Auch Fernsehkameras waren auf das kleine Podium gerichtet, Mikrofone reckten sich gegen die Sprechenden. Die knappe Pressemitteilung war vorher verteilt worden. Das halb bedruckte, gelbe DIN-A4-Blatt in der Hand, warteten die Journalisten auf die Eröffnung der Konferenz durch den Leiter der Mordkommission. Dann stellten sie ihre Fragen.

»Feuler, *Fuldaer Zeitung*. Ich wundere mich, daß die Polizei einen ganzen Tag nach dem Mord noch immer nicht mehr weiß, als sie auf diesem halben Blatt verkündet. Hat man noch immer keinen Verdacht?«

»Nein«, sagte Hubert Gell.

»Ist es Rache? Eifersucht? Welches Motiv kann hinter einer solchen grausamen Tat stecken?«

»Wir wissen es noch nicht«, erwiderte Hubert Gell.

»Groß, *Kinzigtal-Nachrichten*, wie bewerten Sie die Grausamkeit der Tat? Haben wir es mit einem besonders sadistischen Mörder zu tun?«

»Auch darüber können wir noch nichts sagen«, sagte Hubert Gell. »Es kann auch das genaue Gegenteil der Fall sein. Ein kaltblütiger Mord, der etwas Bestimmtes aussagen will.«

»Was denn?«

»Das wissen wir nicht.«

»Ja, du lieber Gott, dann sagen Sie uns unwissenden Tintenklecksern doch bitte, was Sie wissen!«

»Haben Sie die gelbe Pressemitteilung nicht gelesen?« warf Staatsanwalt Keuper ein.

»Doch. Aber da steht nichts drin.«

Alfons Freygang ergriff das Wort. »Ich verstehe schon, daß Sie ungehalten sind, weil der Ermittlungsstand so ungenügend ist. Aber stellen Sie sich vor, wir hätten gar keinen Pressetermin einberufen. Dann wären Sie womöglich noch ungehaltener. So haben Sie immerhin die Möglichkeit, uns vom Kommissariat zu sehen. Das erfreut Sie doch sicher.«

»Also das ist doch unerhört!« rief eine junge, schlanke Journalistin und stand auf. Sie pikste mit dem Zeigefinger in Freygangs Richtung. »Soviel überflüssige Arroganz können Sie sich sparen! Sagen Sie wenigstens, ob Sie vermuten, daß es sich hier um einen bedeutsamen Mord handelt, also um einen Mord, der überregionales Aufsehen erregen wird. Denn gerade jetzt beginnt die Vorbereitung auf die Touristensaison. So ein Mord paßt nicht dazu.«

»Jeder Mord ist bedeutsam«, sagte Freygang ungerührt. »Ein Mensch ist gegen seinen Willen getötet worden.«

»Also immerhin sind Sie zu der Erkenntnis gekommen, daß es sich um einen Mord handelt und nicht um einen Selbstmord oder Unfall.«

»Es ist ein Mord, ganz eindeutig. Solche tödlichen Wunden bringt sich niemand selbst bei.«

»Holger Dell, *Frankfurter Allgemeine*, Redaktion Rhein-Main. Über die Identität der Toten liegen keine Erkenntnisse vor?«

»Keine.«

»Was haben Sie versucht, um sie herauszubekommen?«

»Glauben Sie uns«, antwortete der Hauptkommissar anstelle Freygangs, »alles Menschenmögliche.«

»Rechnen Sie mit baldigen Ergebnissen?«

»Auf jeden Fall.«

»Noch Fragen?« wollte der Staatsanwalt wissen.

»Wenn Sie solche doch nicht beantworten können – wozu?« fragte die Journalistin.

Hubert Gell stand auf. »Wenn wir stichhaltige Erkenntnisse haben, benachrichtigen wir die Medien sofort. In jedem Fall findet morgen zur gleichen Zeit eine weitere Pressekonferenz statt. Wir halten regelmäßig Kontakt. Bis dahin gedulden Sie sich bitte.«

»Warum ist Hauptkommissar Martin Velsmann nicht mit dem Fall betraut worden? Er hat bisher alles gründlich aufgeklärt.«

»Martin Velsmann ist aus dem Dienst ausgeschieden«, erwiderte Gell. »Inspektor Freygang führt die Ermittlungen.«

»Na, das wird ja spannend!«

Alfons Freygang flüchtete beinahe. Die Fragen, die weiter gestellt wurden, bohrten sich in seinen Rücken. Der Staatsanwalt beruhigte die Meute.

Freygang ging in sein Büro. Tosca war noch immer krank. Er setzte sich an den Schreibtisch und starrte auf die Papiere, die vor ihm lagen. Zeugenaussagen, die sich widersprachen. Das Bild des Polizeizeichners von der Ermordeten, das jetzt als Steckbrief hinausging. Jemand wird diese Frau doch gekannt haben! dachte Freygang.

Und wenn sie eine Touristin war, dann ist sie irgendwo abgestiegen. Kurz entschlossen beorderte Freygang den Aspiranten Baumann ins Büro und trug ihm auf, mit diesem Bild die Hotels in Fulda und Umgebung abzuklappern.

Baumann stöhnte. »Wissen Sie, wie viele Hotels und Pensionen es in der Stadt gibt?«

»Nein, aber das ist auch egal«, sagte Freygang. »Sie nehmen sich diesen hübschen Zettel und gehen zu jedem einzelnen Etablissement hin. Lassen Sie sich vom Fremdenverkehrsamt im Palais Buttlar am Bonifatiusplatz komplette Unterlagen geben, oder ziehen Sie alles aus unserem Computer. Dann fangen Sie gleich hier um die Ecke mit dem Hotel *Maritim* am Paulustor an oder auch mit *Peterchens Mondfahrt*, dann der Reihe nach, von mir aus alphabetisch oder von Straßenzug zu Straßenzug.

Vergessen Sie nicht diese winzige Absteige in der Kleinen Marktstraße, die haben nur vier oder fünf Zimmer. Aber wie es der Teufel will, ist die Frau gerade dort abgestiegen.«

»Diese Pension gibt es nicht mehr, weiß ich zufällig, da ist jetzt eine Kneipe drin, *Zum Spitzbub im Fäßchen*.«

»Dann haben Sie's ja noch leichter.«

»Um welchen Zeitraum handelt es sich?«

»Das ganze zurückliegende Jahr. Das ist natürlich willkürlich, aber länger heben Hotels ihre Gästelisten ohnehin nicht auf. Sie sind jedenfalls nicht dazu verpflichtet. Das Personal soll darüber nachdenken, ob sie jemand beherbergt haben, auf den die Beschreibung zutrifft. Und nun los, Baumann!«

Als der Aspirant verschwunden war, rief Freygang Poppe an. Er wurde in der Mailbox abgelegt.

Freygang atmete tief durch. Hatte er bisher etwas übersehen oder überhört?

Er mußte bald eine Antwort finden. Er war es, der die Ermittlung leitete, die Öffentlichkeit erwartete Anhaltspunkte, denen die Polizei nachging. Sie mußte beruhigt werden. Gelang das nicht, würde der Druck ganz schnell zunehmen. Wenn nicht die Medien, dann würde der Staatsanwalt ihn in die Mangel nehmen.

Velsmann muß her, dachte Freygang, ich brauche seinen Rat. Oder ich fahre zu ihm. Oder Tosca schluckt ein Pfund Tabletten und reist in den Rheingau. Ob sich jeder Polizist bei seiner ersten eigenen Mordermittlung so fühlte? Oder war er besonders ängstlich, es nicht zu schaffen?

Geh einen Schritt zur Seite, sagte sich Freygang, sonst stehst du dir selbst im Weg.

Freygang fiel die Meldung über das »Fluchtauto« ein. Jemand hatte im Wald geparkt und stand die ganze Nacht dort. War die Hypothese zu abwegig, daß die Ermordete vor zwei

Tagen in diesem Auto gesessen haben konnte? Dann mußte das Auto jetzt irgendwo herumstehen. Freygang nahm sich noch einmal das Protokoll vor, das er selbst geschrieben hatte, und las es aufmerksam. Er verfertigte eine Meldung für die Medien, in der ein solches Auto gesucht wurde. Und er mußte noch mal jemanden aus Döllbach dorthin schicken, schon das Profil der Reifen konnte weiterhelfen.

Die Chance war gering. Trotzdem durfte er nichts unversucht lassen.

In den nächsten Stunden beschäftigte sich Alfons Freygang damit, die Dinge zu sichten und zu ordnen, die bisher bekannt waren. Er legte eine Art Muster aus, sortierte es immer wieder neu wie ein Puzzle, veränderte es. Er dachte an die Worte von Martin Velsmann. *Der Täter sieht dich an. Auge in Auge. Er ist dir zugewandt*. So oder ähnlich hatte es Velsmann ausgedrückt.

Freygang versuchte zu verstehen. Wenn es so war, was mußte er dann als nächstes tun?

Aus dem Fenster sehen und den Mörder aus der Menge rauspicken – ist doch ganz einfach, sagte eine Stimme in ihm.

Klappe halten, Comedian, erwiderte Freygang.

Was war zu tun?

Es gab nur einen einzig denkbaren Anfang. Er mußte die Botschaft nehmen und entschlüsseln. Noch war dieser mysteriöse Satz nur ein Tanz von Worten, er mußte Wort für Wort verstehen und wieder zusammensetzen. Die Botschaft wurde ihm unter die Nase gehalten. Und wenn sie vom Täter stammte, dann mußte er darauf reagieren.

Es stimmte wirklich. Der Täter stand ihm direkt gegenüber.

Die Kripo aus Wiesbaden hatte gute Arbeit geleistet. Unter der Kontrolle eines Kommissars Montag zerlegte man den abgesperrten Tatort in Einzelteile. Zuerst wurde das Skelett geborgen und zur Untersuchung abtransportiert. Dann beseitigte ein polizeiliches Räumkommando den Stau. Das Wasser floß ab, zuerst gurgelnd und schäumend, dann ruhiger. Der Wasserspiegel senkte sich rund um die Röhre zusehends. Vor dem neuen Krankenbau versiegte die noch immer virulente Fontäne. Nur in Richtung des Orangeriegartens stieg der Pegel kurzfristig an, aber allmählich versickerte auch hier das Wasser im weichen Untergrund.

Der Kommissar ließ sich Dr. Reinhard kommen und vom Verdacht gegen die rheinhessische Winzerschaft berichten.

»Während wir das Skelett im Labor untersuchen, ist der Verdacht, den Sie da äußern, das interessanteste Motiv für einen Anschlag«, sagte Montag. »Aber davon darf nichts an die Öffentlichkeit gelangen, sonst haben wir einen handfesten Skandal.«

»Ich wünschte inzwischen, ich hätte einen solchen Verdacht gar nicht ausgesprochen«, sagte Reinhard. »Ich kann Sie geradezu nur anflehen, das diskret zu behandeln.«

»Natürlich, strikte Nachrichtensperre. Aber Sie sind der Experte. Erzählen Sie mir alles! Lassen Sie nichts aus! In den kleinsten Details stecken oft die dicksten Hinweise. Wie ist es also mit der Konkurrenz zwischen den beiden Weinregionen!«

Reinhard berichtete, was er wußte. Als er endete, blickte der Kommissar nachdenklich über das klösterliche Gelände hin zu den Weinbergen, die sich in Richtung der Klinik Hohen Eichen erstreckten.

»Diese Weinberge da drüben, das sind doch die ältesten in Eberbach? Es sind vergleichsweise kleine Lagen, wenn ich an die in Rheinhessen denke, das kann doch keine Konkurrenz sein?«

»Aber der Ertrag ist ein Spitzenwein. Wir setzen auf Qualität, Spitze statt Breite.«

»Und in Rheinhessen ist es umgekehrt?«

»Vorsichtig ausgedrückt – ja. Aber man hat dort natürlich auch dazugelernt. Es gibt auch in Rheinhessen ausgezeichnete Weine, und kreative Winzer. Man hat allerdings riesige Flächen und ein Überangebot. Erst wenn die Käufer wieder mehr auf Massenweine gehen und nicht das Exklusive suchen, wie wir es anbieten, hat Rheinhessen eine Chance.«

»Verstehe. Ich werde einen Kollegen darauf ansetzen. Ich persönlich glaube allerdings nicht an eine solche Tattheorie. Wir haben ja gesehen, daß dieser Stau im Tunnel sich über Jahrzehnte, vielleicht Jahrhunderte aufgebaut hat. Und das Skelett paßt auch nicht in Ihren Zusammenhang.«

»Ich sage ja, es ist nur eine Vermutung – eher eine Ahnung, vielleicht nur ein flüchtiger Gedanke.«

»Nun lassen Sie mal gut sein, sonst verschwindet das Motiv noch völlig, so klein, wie Sie es jetzt werden lassen. Immerhin haben Sie es als einziger angesprochen.«

»Was werden Sie tun?«

»Wir warten auf die Ergebnisse der Knochenuntersuchung. Das müßte in einem Tag vorliegen. Ich denke, dann sehen wir klarer. Kloster Eberbach bleibt jedenfalls bis auf weiteres abgesperrt, keine Besucher.«

»Wie lange?«

»Das hängt von verschiedenen Umständen ab. Wir wissen ja auch nicht, was noch alles aus dem Untergrund auftaucht.«

»Was soll denn auftauchen?«

»Ich sage ja, wir wissen es noch nicht.«

»Im Juni wird das Rheingau Musik Festival eröffnet. Das darf auf keinen Fall gefährdet werden.«

»Mein bester Herr Reinhard! Musik spielt hier überhaupt keine Rolle! Dieses Kloster ist ein Tatort! Hier ist einiges passiert, das wir aufklären müssen! Dazu muß keiner Geige streichen.«

»Aber die Sponsoren werden …«

»Die sind mir gleich! Ich sage ja: Wenn wir schnelle Ermittlungsergebnisse bekommen, pendelt sich alles wieder ein. Aber bis dahin gilt der Ausnahmezustand.«

Reinhard strich sich mit beiden Handflächen über das Gesicht. Dann blickte er unwillkürlich in Richtung auf Rheinhessen hinüber. Sein Blick endete jedoch an den Weinhängen von Kloster Eberbach.

Der Leiter des städtischen Leichenschauhauses Dr. Baltes rief Alfons Freygang an und bat ihn vorbeizukommen. Er wollte am Telefon nicht sagen, worum es ging.

Freygang schloß seine Lektüre von Zeugenaussagen ab, noch immer Hinweise mit mehr phantastischem als faktischem Wert. Dann las er noch einmal aufmerksam den Bericht des Gerichtsmediziners Schonlage. Er versuchte, sich den Tatort vorzustellen. Tathergang und Tatzeit waren kein Geheimnis, der Mord an der Unbekannten konnte in beinahe allen Einzelheiten rekonstruiert werden. Sie war an den Verletzungen in beiden Augen gestorben, und es gab nichts, was gegen diese Annahme sprach. Und dennoch stimmte irgend etwas nicht. Sie hatten nur diese Tatspuren und sonst nichts. Keinen einzigen Zeugen, trotz der Tageszeit. Der Mord wirkte wie etwas, das nicht zur Situation paßte. Oder wie sollte man es nennen? Freygang suchte nach Worten.

Alles an den Tatumständen wirkte künstlich, wie herausgeschnitten aus der Wirklichkeit dieses Schloßgartens an einem normalen Frühlingsmorgen. So als hätte ein Herrgott die Ermordete von irgendwoher geholt und dorthingesetzt. Nicht einmal ein Hund hatte irgendeine Geruchsspur in der Nase. Dazu paßte dieser absurde Spruch.

Freygang fuhr mit dem Auto hinüber in die Pathologie. Als

er die kühlen Räume der Sezierer und Kriminalbiologen betrat, standen Baltes und ein weiterer Arzt, der sich als Assistenzart Mohnheim vorstellte, um den Seziertisch herum.

»Bevor wir die Leiche zur Feuerbestattung freigeben«, sagte Baltes, »wollte ich mit Ihnen etwas besprechen. Es betrifft die Wunden der Toten. Schauen Sie sich das mal an!«

Baltes schlug das grüne Tuch zurück, das die Leiche bedeckte. Freygang hatte schon einige Sezierte gesehen, aber jedesmal versetzte ihm der Anblick wieder einen Schlag. Von der Kehle abwärts verlief der Schnitt, die Nahtwunden waren schwärzlich. Der Körper der Toten war in sich zusammengesackt, so als habe man sämtliche Innereien entnommen. *Organhandel*, dachte Freygang instinktiv. Oder was machen die damit?

Dr. Baltes deutete mit dem Finger auf eine Stelle des wachsweißen Körpers, auf dem sich ein schwarzer Fleck gebildet hatte.

»Was ist das?« fragte Freygang.

»Tja! Mohnhaupt sagt, es könnte daher stammen, daß die Frau erwürgt worden ist, bevor man ihr die Augen ausstach. Sie hat auf dem Rücken drei weitere dieser Flecken. Wenn sie durch Ersticken entstanden sind, wäre das natürlich die Todesursache. Und die ausgestochenen Augen wären so was wie eine zusätzliche Botschaft – das Extra. Besäße sie noch ihre Augen, würde man darin rote Blutpunkte sehen, die beim Erwürgen entstehen. Vielleicht hat der Täter ihr auch deswegen die Augen ausgestochen, damit man es nicht sieht.«

»Um zu vertuschen, daß sie erstickt ist und nicht erstochen wurde? Warum?«

»Tja, weiß ich nicht. Mohnhaupt sagt ...«

»Vielleicht sagt es mir der Herr Assistent höchstpersönlich?«

»Meine Theorie wäre eben«, erklärte der Angesprochene, »daß der Mord wie auch immer zustande gekommen sein kann, aber daß es auf diesen Hinweis mit den Augen ankommt. Der Täter wollte sie nicht auf diese Weise ermorden, er wollte sie nur dafür bestrafen, daß sie etwas gesehen hat. Den Hinweis müssen Sie verstehen, Herr Inspektor.«

»Und warum haben Sie es nicht vorher bemerkt?«

»Was?«

Freygang verdrehte die Augen. »Das mit den Würgemalen auf dem Bauch.«

»Und auf dem Rücken, wie gesagt.«

»Ja. Also?«

»Die Todesursache schien zu eindeutig zu sein. Alles lag klar auf der Hand. Datum, Uhrzeit, Ort des Todes, alles klar. Und diese eindeutigen Verletzungen ließen langes Rätselraten auch nicht zu. Wir haben alles korrekt ausgeführt, das können Sie mir glauben, venöses Blut, DNA, toxikologischer Befund, Blutalkohol, Mageninhalt, Galle, Leber – alles! Obwohl, wie gesagt, die Todesursache klar zu sein schien.«

»Dennoch darf es doch nicht passieren, daß man solche Spuren nicht bemerkt oder erst, wenn es fast zu spät ist. Für Ärzte muß das doch deutlich sein.«

»Wir waren bei der Obduktion so sehr auf die Augen konzentriert«, sagte Baltes schulterzuckend, »um herauszufinden, ob die Stiche wirklich tödlich gewesen sein können, daß wir die Male am Körper nicht beachtet haben. Wir sahen sie einfach nicht. Wenn sie einen Ertrunkenen untersuchen, fragen sie auch nicht, ob er einen Herzfehler gehabt haben könnte.«

»Gut. Jetzt noch mal zu den Stichen. Sie glauben also, die Frau starb nicht durch die Verletzungen der Augen?«

»Wir wissen es nicht!«

»Aber so steht es auf dem Totenschein! Tod mittels eines langen Stechwerkzeuges, das in die Augen und den dahinter liegenden Teil des Schädels drang.«

»Richtig. Damals wußten wir es nicht besser. Und auch heute bin ich im Zweifel, ob Mohnhaupt recht hat. Ich glaube eigentlich weiterhin an diese Todesursache, der Stich ging bis ins Gehirn, das ist ja nachweisbar. Ich wollte Ihnen das trotzdem zeigen, Herr Kommissar, wegen der Sorgfaltspflicht.«

Freygang seufzte. »In Ordnung.«

»Gibt's was Neues?« fragte Freygang und steuerte über den breiten Gang sein Büro an. Einer der Beamten des Kommissariats, der Brett Galgur hieß und eigentlich aus Norwegen stammte, deutete in Freygangs Büro.

»Da wartet jemand auf Sie.«

Freygang ging auf Zehenspitzen weiter. Er sah den Schopf einer Frau. Rötliches Blond, unordentlich, hinten zusammengedrückt.

»Wer ist das?« fragte er über die Schulter zurück.

»Eine Tatzeugin! Jedenfalls behauptet sie das.«

Freygang pfiff durch die Zähne.

Er riß die Bürotür auf. Seine Besucherin schrak zusammen.

»Inspektor Freygang, ich leite die Ermittlungen.«

»Doris Klönne. Ich wollte etwas zu Protokoll geben.«

»Sehr schön.«

»Ich glaube, etwas zu wissen, das Sie interessieren dürfte.«

»Dann erzählen Sie es mir bitte.«

Freygang setzte sich der Frau gegenüber. Ihr Gesicht war weich und dennoch angespannt, eine Puderschicht lag darauf. Ihre Augen waren zu klein, um das Gesicht schön wirken zu lassen. Ihre Stimme war jedoch melodisch und angenehm.

»Ich bin Bibliothekarin. Zur Zeit leite ich das bischöfliche Archiv im Generalvikariat.«

»An der Pauluspromenade?«

»Ja. Vor einer Woche lernte ich eine Frau kennen, die sich für alte Schriften, aber auch für bestimmte Dokumente interessierte. Es könnte sich um die Ermordete gehandelt haben.«

»Aha. Sie sind sich nicht sicher?«

»Nein. Diese Fotos in den Medien waren ja schrecklich. Ohne Augen erkennt man einen Menschen einfach nicht genau.«

»Da gebe ich Ihnen recht. Hat die Benutzerin dieses Archivs irgend etwas hinterlassen? Namen, Anschrift, Ausweisnummer?«

»Sie füllte Ausleihscheine aus. Mehr muß man im Archiv nicht tun, um Akten einzusehen. Allerdings, wenn man an verschlossene Dinge will, muß man sich ausziehen – ich meine, seine Identität lüften. Das verlangte sie aber nicht.«

»Was waren das für Akten, die sie einsehen wollte?«

»Hauptsächlich waren es Lebensläufe.«

»Von wem?«

»Von Kirchenvertretern.«

»Bischof Dyba und so weiter?«

»Auch vom verstorbenen Bischof. Aber vor allem von seelsorgerisch tätigen Mitarbeitern verschiedener Laienorden und der Glaubenskongregation.«

»Den Inquisitoren!«

»Wenn Sie es so nennen wollen.«

»Zeigen Sie mir bitte das Ausleihformular.«

Die Frau reichte es ihm, ein abgegriffener Zettel mit Benutzerflecken. Darauf ein Name und die gewünschte Signatur der Dokumente. Freygang konnte alles entziffern.

»Janne van Lent. Das ist der Name.«

»Ja.«

»Klingt holländisch. Diese Signatur, welche Akten stehen dahinter?«

»Es geht um Dokumente über die seelsorgerische Betreuung

von psychiatrischen Einrichtungen. Ganz allgemein und ganz harmlos. Sie scheint irgendwas gesucht zu haben, ohne genau zu wissen, was.«

»Aha.«

Die Frau kramte eine kleine Liste aus der Handtasche. »Hier geht es um Buchtitel, sehen Sie selbst.«

»Secret Societies of the Middle Ages. Eine private Veröffentlichung mit anonymem Autor aus dem Jahr 1846.«

»Aha. Und das zweite Buch ist – *The Perfect Ceremonies of the Holy Royal Arch,* Autor A. Lewis, 1915. Die richtigen Rituale des königlichen Gewölbes? Was ist damit gemeint?«

»Eine Abhandlung über eine weitere Geheimgesellschaft, sie nennt sich *Rex Deus*. Der Zusammenhang zu den Freimaurern liegt nahe.«

»*Rex Deus*, hm? Warum kann sich eine ungefähr sechzigjährige Frau, die vielleicht aus Holland stammt, für solche Clubs und solche Schriften interessieren?«

Die Bibliothekarin zuckte erschreckt die Schultern. »Keine Ahnung«, flüsterte sie. »Aber diese Schriften sind ja nicht geheim, ich betone das nochmals. Sie sind für jedermann zugänglich, sie verbergen also keine kryptischen Geheimnisse. Da haben wir noch ganz andere Kaliber.«

»Welche denn?«

»Darüber kann ich nichts sagen. Aber Sie kennen ja die Spekulationen, die heute in der Welt sind. Der Buchmarkt …«

»Brown, Lincoln, Baigent, Leigh!«

»Ja«, flüsterte die Bibliothekarin.

»Na, machen wir es nicht geheimnisvoll, es handelt sich ja nicht um übersinnliche Vorgänge. Eine Frau interessiert sich für Schriften über Geheimgesellschaften, soweit ist alles in Ordnung. Aber warum kommt sie deswegen nach Fulda?«

»Die beiden Schriften, um die es hier geht, befinden sich nur hier. Es gibt keine anderen verfügbaren Ausgaben. Jedenfalls nicht, soweit wir wissen. – Mich schaudert, wenn ich daran denke, was jetzt noch alles geschehen kann. Meine Dienstherren schaudern auch ...«

»Dann schaudern Sie also alle zusammen?«

»Wie? – Also ich bitte um größte Diskretion.«

»Aber Ihre Dienstherren wissen, daß Sie zur Polizei gegangen sind?«

»Natürlich. Ich kann mir keine Alleingänge erlauben.«

»Die fraglichen Schriften kann man ausleihen?«

»Nein, ich sagte ja, es sind die beiden einzigen Exemplare, unersetzlich. Sie können Sie nur im Archiv einsehen.«

»Gut, dann schicken wir jemanden hinüber, der des Englischen mächtig ist. – Wie ist es mit den Dokumenten, diesen Personalakten?«

»Die dürfen das Haus auch nicht verlassen.«

»Obwohl sie ganz allgemein und ganz harmlos sind?«

»Es handelt sich um – Betriebsgeheimnisse. Außerdem gibt es Datenschutz.«

»Hm.«

»Herr Kommissar?«

»Ja?«

»Ich flehe Sie an! Behandeln Sie alles vertraulich! Ich bin jetzt schon so aufgeregt, daß mein Puls flattert. Ich wünschte, ich säße in einer anderen, ganz normalen Bibliothek. Und doch ist dieser Arbeitsplatz jetzt der aufregendste der Welt.«

»Nicht so aufregend, wie als Verkäuferin in einer Videothek zu arbeiten. Was meinen Sie, was Ihnen da alles in die Finger fällt.«

»Meinen Sie das jetzt ernst?«

»Nein.«

»Warum sagen Sie es dann?«

»Ich bin manchmal so«, erwiderte Freygang. Er spürte selbst, daß die Antwort nicht überzeugend war.

»Ich sehne mich nach einem Laut deines Wesens«, sagte Alfons Freygang.

»Dir muß schlecht sein«, entgegnete Tosca.

»Ich freue mich einfach nur, daß du wieder gesund bist.«

Sie studierten die Fahndungsfotos. *Wer kennt diese Frau? Hinweise an die örtlichen Polizeidienststellen.* Freygang hatte eine dreiseitige Abhandlung des Falles erstellt und mit der kürzeren Abhandlung des Rechtsmediziners zusammengeheftet. Sie wurde gerade vervielfältigt. Man hatte inzwischen Blutgruppe und DNA ermittelt, das Alter der Toten und ihre Krankheiten. Wenn die Aussage der Archivmitarbeiterin stimmte, war auch ihr Name bekannt. Aber alles das führte noch nicht weiter. Die Tote war wie eine unbekannte Blüte, die ein unbekannter Biologe in den Frühlingspark gespießt hatte.

»Um es mal so auszudrücken«, rechtfertigte sich Freygang, als er Toscas mißtrauischen Blick sah.

Noch immer hatte sich außer der Bibliothekarin niemand gemeldet, der die Ermordete von Angesicht zu Angesicht gekannt hatte. Baumann tingelte noch immer von Hotel zu Hotel. Er meldete sich von Zeit zu Zeit, noch ohne greifbare Resultate. Ein Verdacht, die Unbekannte hätte im *Ibis-Hotel* in der Kurfürstenstraße, Ecke Leipziger Straße gewohnt, hatte sich inzwischen zerschlagen. Es war eine Janne van der Leegte gewesen, Naturschützerin aus Oranjezon in Südholland.

Seit einer Stunde saß ein Mitarbeiter im Generalvikariat an der Pauluspromenade, um sich die fraglichen Schriften und Akten anzuschauen. Freygang wartete besonders gespannt auf die Ergebnisse. Aber was war davon zu erhoffen? Alte Bücher, neuere Akten – wie paßte das zusammen? Was hatte die Ermordete gesucht? Daß über diese Bücher Hinweise zum Täter führten, das konnte sich Inspektor Alfons Freygang nicht vorstellen. Aber vielleicht wurde das Tatmotiv deutlicher.

Aus Döllbach kamen die Untersuchungsergebnisse der Reifenspuren, die Polizei hatte Gipsabdrücke gemacht. Sie mußten jetzt identifiziert werden.

»Ich kann jedenfalls beschwören, daß du zum Zeitpunkt der Tat in unserer gemeinsamen Wohnung warst«, sagte Tosca Poppe. Ihre Augen besaßen noch immer einen leichten wäßrigen Schleier, den das Fieber hinterlassen hatte. Aber ihre Miene war tatendurstig und frech wie eh und je.

»Schön, daß du zu mir hältst«, erwiderte Freygang. »Dann müssen wir also einen anderen Täter suchen. Und das wird verdammt schwer.«

»Gut, dann nehmen wir doch dich. Ich mache sofort meine Aussage.«

»Bleib sitzen. Was hältst du hiervon?«

Freygang deutete auf eine Spalte im Telefonbuch. Dort stand der Name *J. van Lent, Rhönstraße 13*. Er griff sofort zum Telefon. Eine männliche Stimme meldete sich.

»Van Lent!«

»Kripo Fulda, Aspirantin Poppe. Haben Sie von dem Mord im Schloßpark gehört?«

»Das Radio berichtet gerade soeben davon. Schalten Sie es ein.«

»Nicht nötig. Kennen Sie die Ermordete?«

»Nein.«

»Nicht verwandt mit ihr?«

»Nicht, daß ich wüßte.«

»Ihrem Akzent nach zu urteilen, sind Sie Holländer?«

»Niederländer. Wir legen Wert darauf, Niederländer zu sein.«

»Ich sehe keinen Unterschied.«

»Aber ich. Die Niederlande sind altes Kulturgut, das bis ins späte Mittelalter zurückgeht. Holland ist eine neue Erfindung. Stellen Sie sich den Unterschied von Brabanter Seide zu Kunststoff vor, aus dem Turnschuhe gemacht werden.«

»Aha. Aber der Name van Lent ist niederländisch.«

»Gewiß. Das heißt aber nicht, daß auch Deutsche nicht so heißen könnten. Wir jedenfalls sind Kaufleute aus Leiden, leben aber schon seit zwanzig Jahren in dieser schönen Stadt.«

»Darf ich Ihnen jemanden vorbeischicken, der Ihnen noch ein paar Fragen stellt und Ihre Antworten mitschreibt?«

»Wenn er in den nächsten beiden Stunden kommt, gern. Danach sind wir für zwei Wochen im Urlaub.«

»Ihre Anschrift stimmt mit der im Telefonbuch überein?«

»Sicher.«

»Vielen Dank fürs erste.«

Freygang legte auf und dachte nach. Dann sagte er: »Van Lent, hieß nicht auch mal ein Fußballer so? Ein Holländer.«

»Niederländer«, stellte Tosca richtig. »Er spielte bei Borussia Mönchengladbach.«

»Wo aus Holland kam der her?«

»Keine Ahnung. Ich nehme aber an, daß in den Niederlanden jeder dritte van Lent heißt.«

Freygang zog einen Zahnstocher aus der Brusttasche, blickte ihn an, als verrate er ihm ein Geheimnis – und steckte ihn wieder ein. Dann sagte er: »Verrate mir mal, wie das gehen soll. Wir sollen keine Vorurteile haben und objektiv denken. Andrerseits dürfen wir die Tatsachen nicht übersehen. Eine Ausländerin – ich spekuliere jetzt mal – ist in unserer schönen Stadt ermordet worden. Von wem? Von einem anderen Ausländer? Geht es um irgendwelche Rachegeschichten? Oder von einem Einheimischen, der Ausländer nicht leiden kann? Müssen wir uns bei dem Fall mit Migration und Fremdenfeindlichkeit beschäftigen? Und sagen wir da nicht – schon wieder dieser Scheiß?«

»Sind das deine Gedanken? Du bist vielleicht ein Alfons, mein Inspektor! Wie wäre es, wenn wir uns auf was anderes konzentrierten? Offenkundig ist doch, daß die Ermordete nichts hinterlassen hat, was zu ihrer Identität führt. Was wollte sie hier? Außer den Ausleihscheinen des Archivs gibt es keine Hinweise. Wollte sie ungestört in Deutschland lesen? Das wird nicht ihr Motiv gewesen sein. Sie beschäftigte sich mit bestimmten Dingen, die in der Vergangenheit liegen. Welche sind das?«

»Nach der Lektüre dieser beiden Schriften werden wir es wissen.«

»Wie hieß dieser Spruch, den man bei der Toten fand? *Lachen tötet die Furcht. Aber ohne Furcht gibt es keinen Glauben und keine Reue*?«

»Eben«, sagte Freygang.

»Interessanter Arbeitsplatz, den wir haben«, meinte Tosca Poppe.

Acht weiße Rundsäulen, der Körper des Tempels überdacht von einer Kuppel, der Bau beinahe schwebend über Rheintal und Nahe – von der Plattform und den vier Treppenstufen aus hatten Martin Velsmann und Kommissar Montag von der Wiesbadener Kripo die beste Aussicht. Der Kommissar hatte Velsmann freundlich in Eberbach begrüßt und am Nachmittag zu einem Ausflug aufgefordert. Er wollte ihm etwas zeigen. Vielleicht diente es auch seinen eigenen Ermittlungen. Velsmann hatte die Einladung angenommen, wußte aber nicht, worum es dem geheimnisvoll tuenden Kollegen ging.

Rüdesheim lag zu ihren Füßen, Ausflugsverkehr im spiegelnden Wasser des Rheins bei tiefstehender Sonne, Wälder und

Auen im Fluß, wilde Inseln, einige bewohnt von Naturschützern, der Rest Urwald, den lange niemand betreten hatte.

Gibt es Menschen, hatte Velsmann nach seinem Eintreffen in Eberbach gefragt, die gewohnt sind, dauerhaft mit Konflikten zu leben? Und er hatte seinen Gedanken weitergeführt – das Verbrechen, ein Spiegel der Gesellschaft, also wie ist der Umgang mit Konflikten, wenn wir fassungslos vor einer Mordtat stehen? Was sind wir gewillt zu ertragen? Und was ertragen drangsalierte Menschen? Halten sie nicht noch weniger aus? Montag hatte hinzugefügt: Jeder Mensch braucht wenigstens ein paar Augenblicke, in denen er stolz auf sich selbst sein kann, wer diese Chance nicht bekommt, kann schnell absinken, nicht wahr? Und eines Tages zahlt er dann zurück. Geht es nicht immer darum? Um das Entstehen einer Mordtat aus ihrem Hintergrund heraus, ihrem Untergrund?

Im Angesicht dieser Natur verstummten solche Gedanken, aber sie hörten beileibe nicht auf. Und Kommissar Montag hatte Velsmann gerade deshalb an diesen Ort geführt. Martin Velsmann ließ sich darauf ein, weil er den Ausflug mit einem freien Nachmittag verband. Montag schien jedoch etwas anderes vorzuhaben. Es sollte eine kleine Lehrstunde werden. Führte er jeden Polizisten hierher, den er schätzte?

Neben dem Tempel, den sie jetzt verließen, lagen Stapel von Sandsteinbasen und Platten aus rötlichem Stein, über die Ströme von Bewunderern dieses Teils der Welt gewandert waren. So erklärte es Montag. Romantiker, Krieger, Politiker, nationalistische Eiferer waren hierher gepilgert, den Blick bewundernd in die Natur oder haßerfüllt zum Erzfeind gewendet, nach Frankenland im Westen.

»Es geht noch weiter«, sagte der Kommissar. »Merken Sie sich, was Sie sehen! Am Ende können Sie Ihr Fazit ziehen.«

»Ich vertraue Ihnen.« Velsmann lachte.

Hundert Meter weiter ein deutscher Eichenhain und wieder der Blick hinunter, den schon Germanen genossen hatten: in den Niederwald, darüber das monströse Denkmal. Dreißig Meter hoch wuchtete sich das graue Monument auf, gekrönt von einer erstarrten deutschen Frau in Heldenpose, in der Rechten die Kaiserkrone, in der Linken das Reichsschwert. Zu den Füßen dieser Germania die Herren deutscher Geschichte, alle hatten Platz auf engstem Raum, im gefaßten Rahmen eines herausgearbeiteten Reliefs. Der in Stein gehauene Schlachtenlärm, verkörpert von Helden, Gefallenen und Engeln, war zu hören, obwohl man ihn nicht sehen konnte.

»Die Schlachten müssen Sie sich dazudenken«, sagte der Kommissar. »Oder ziehen Sie es vor, bei dem zu bleiben, was Sie sehen können? Wie verhält sich der Polizist? Halten Sie sich an das Sichtbare und urteilen dann, oder glauben Sie, daß ein sichtbares Ding auch ein anderes Ding dahinter verstellen kann? Beziehungsweise den Blick darauf? Dies hier, diese Allegorie Deutschlands mit der deutschen Jeanne d'Arc, wie wirkt das auf Sie?«

»Das wollten Sie mir zeigen? Daß hinter dem Sichtbaren der Geschichte etwas schlummert, das noch wichtiger ist – das Unsichtbare dahinter, die eigentlichen Motive? Sie sagten es mit meinen eigenen Worten. Ich kenne dieses Problem. Oder wie meinen Sie es?«

»Sammeln Sie Ihre Eindrücke! Was ich sehe, ist das folgende: Hier haben wir einen Kultplatz für Ewiggestrige. Oben die Wacht am Rhein, den Blick fest auf alte Konflikte und Unruheherde gerichtet, unten in den Weinbergen arbeiten Polen, die slawischen Erntehelfer. Von oben gesehen, sind das winzige Rebläuse, oder aus den Vorurteilen der Geschichte betrachtet: der Untermensch. Ist das nicht erstaunlich, wie sich an diesem Platz alles zusammenfügt, als könnte es nie anders werden, als sei es vorherbestimmt? Diese steingewordene Machtphantasie des 19. Jahrhunderts, wie sie sich heute – unter veränderten Vorzeichen – noch immer darstellt? Das Vergangene ist nicht tot!«

»Das Vergangene ist nicht tot, schon klar. Aber nur, wenn man bemüht ist, in den alten Konflikten zu verharren, wenn man Dinge sehen will, die faktisch einfach nicht mehr vorhanden sind.«

»Darin liegt die Gefahr! Aber andrerseits – müssen wir nicht über das Oberflächliche hinaus interpretieren? Was steckt dahinter! Wie weit gehen die Wurzeln in den Humus zurück? Müssen wir nicht unsere Schlüsse daraus ziehen? Tut das nicht jeder Polizist?«

»Schon wahr, aber …«

»Ich sehe, Sie sperren sich. Gehen wir weiter.«

Fünfhundert Meter über Schotterwege durch einen Buchenwald. Dann erreichten sie eine Eremitage. Hier waren Blickachsen ins Nahetal freigeschnitten worden. In der dunstigen Ferne ragte der Donnersberg auf. Ganz nah zu den Füßen das Wasser. Velsmann blickte hinunter und sah einen Lastkahn, der seinen keilförmigen Bug in die silbernen Fluten schnitt. Nähe und Ferne. Die Landschaft ein begehbares Gemälde. Beim Weitergehen erreichten sie eine künstliche Burgruine mit Aussichtsturm.

»Sie heißt Rossel«, erklärte Montag. »Einziger Rest eines Landschaftsparks des Grafen von Ostein aus dem späten 18. Jahrhundert. Ich sage das, weil unter der heutigen Landschaft Orte liegen, ja sogar Menschen begraben liegen, die nur noch zu erahnen sind. Aber sie sind dennoch vorhanden, Tatortspuren, sozusagen. Der Humus.«

»Ich weiß, das Vergangene ist nicht vergangen«, sagte Velsmann sarkastisch.

Montag lächelte nur.

Mitten im Wald dann ein gelbgestrichener Rundbau mit schiefergedecktem Kegeldach, von dem ein mannshoher, grob gemauerter Gang in den Wald hinein abzweigte. Aus den drei offenen Fenstern blickten sie über Waldschneisen in Lichtungen und auf Höhenburgen.

»Jetzt kommt es. Lassen Sie uns hineingehen«, sagte Montag. »Ich gehe voran. Und halten Sie die Augen auf.«

Die dunkle, künstliche Röhre schlängelte sich dahin. Velsmann stolperte, dann stieß er mit dem Kopf gegen den Bruchstein der Decke. Er stieß einen Schmerzenslaut aus. Er rieb sich den Kopf und hörte vor sich die besorgte Stimme Montags. Velsmann beschwichtigte. Wieder war, ein Stück voraus, die Stimme des Kommissars im Dunkeln zu vernehmen.

»Ist das nicht ein wunderbares Gleichnis? Erinnern Sie sich an Konfuzius? *Erzähl mir die Vergangenheit, und ich werde die Zukunft erkennen!* Verstehen Sie?«

»Nein, im Moment nicht«, erwiderte Velsmann. Es klang dumpf, aber das lag nur an dem seltsamen Hall in dem stockfinsteren Tunnel. »Wie lange müssen wir hier noch herumstolpern?«

»Bis ich Ihnen eine Geschichte erzählt habe. Sie dauert so lange, bis wir wieder Licht sehen werden.«

»Dann fangen Sie mal gleich an.«

»Wir befinden uns in der Mitte eines gewundenen Ganges, dessen Wände früher mit glitzernden Glassteinen ausgelegt waren. Können Sie sich das jetzt, in der Dunkelheit vorstellen? Der Gang mündete in die Rotunde, die wir schon kennen, sie galt als Zauberhütte. Haben Sie etwas davon gespürt? Nein? Und doch war sie das Tor zu einer ganz eigenen, anderen Welt. In dieser Rotunde brachte man früher Spiegel an. Trat man nach dem Verwirrspiel des halbdunklen Glitzerganges, vorbei an einem dort sitzenden Zauberer mit langem Bart und Zauberstab in die Zauberhütte, so öffneten sich dem Besucher die Spiegelwelten und darin, im grellen Tageslicht die Sichtschneisen zum Rhein wie in einen Zaubergarten der Natur.«

»Wir sind also falsch gegangen«, sagte Velsmann.

»Wir sind richtig gegangen. Gegen den Strom der Geschichte sozusagen. Ich wollte Ihnen ermöglichen, die Dinge nicht nur zu erleben, sondern sie zu dekonstruieren. Wie es Ermittler tun.«

»Aha! – Was für ein Zauberer soll das gewesen sein?« wollte Velsmann wissen.

»Eine steinerne Statue eines Mainzer Hofbildhauers, ausgemalt mit Ölfarbe eines unbedeutenden Malers, der Kloß hieß. Über den Verbleib dieser Gestalt ist nichts bekannt. Man munkelt aber, es sei ein lebendiger Mensch gewesen, der sich hier aufhielt, ein halbblinder Eremit, der sich freiwillig in diese Röhre zurückgezogen hatte. – Wer will wissen, was wahr ist?«

»Ich dachte, Sie wissen alles?«

»Niemand weiß alles, Herr Kriminalhauptkommissar! Wir gehen weiter. Berichten Sie, wenn Sie wollen, was Sie verstanden haben!«

An einem Jagdschloß vorbei, in dessen Weichbild sich ein Wildpark und ein Hotel befanden, bis hin zu einem Sessellift, der sie in fünfzig Metern Höhe über Schneisen und Biotope, Weinberge und Häuser mit Terrassen führte, während eines Traumes vom geräuschlosen Gleiten über die Erdenschwere, kamen sie nach Assmannshausen. Der Weinort, für seine guten Rotweine bekannt, quoll von Touristen über, Stimmungslokale überall, daraus erschollen Musik und Gesang. Sie gingen über eine Straße durch die Weinberge nach Rüdesheim zurück.

»Na, ist das ein Erlebnispark?« fragte Montag.

»Ich weiß jetzt, was Sie wollen«, sagte Velsmann. »Das war ja fast eine Initiation. Auf der Polizeischule hätte man es nicht besser arrangieren können – das Sichtbare und die unsichtbaren Spuren, Oberfläche und Dekonstruktion, Vergangenheit und Heute, Humus und das Gleiten darüber, Augen auf und wieder zu und so weiter.«

»Ja, und?«

»Ich sage Ihnen, was ich denke.«

»Bitte!«

»Der Polizist hat die Aufgabe, die faktischen Spuren so genau anzusehen, daß ihm die Augen übergehen. Dann muß er alles vergessen. Er fängt vom anderen Ende her noch einmal an. Dann vergleicht er. Er muß feststellen, ob Oberfläche und Untergrund einen Zusammenhang haben, noch besser, ob sie identisch sind. Oder was ihm die Abweichungen verraten. Er darf sich auf keinen Fall täuschen lassen.«

»Gut.«

»Falls Sie vorhatten, mich darauf hinzuführen, daß der Skelettfund in Eberbach auf eine lange zurückliegende Vergangenheit verweist, die dennoch mit der Gegenwart zu tun hat, dann war die Exkursion unnötig. Ich weiß das. Aber ich verstehe schon, Sie wollten zeigen, daß der Zeitpunkt der Tat und seine Umstände entscheidend sind. Aus welcher Zeit stammt das Skelett, und verstehen wir den Kontext mit allen seinen Einzelteilen wirklich?«

»Wie in dieser Zauberhütte – etwas lenkt vom anderen ab. Der Glanz, die Illusion, die Spiegelwelten, alles das ist dem Täter bekannt. Damit spielt er. In jeder Mordtat steckt eine Inszenierung. Es ist ein ewiges Vexierspiel. Aber was soll die Inszenierung ausdrücken? Wenn wir das Skelett woanders gefunden hätten als in dieser dunklen Röhre, wären die Hinweise völlig andere. Aber der Täter wäre möglicherweise derselbe. Was fangen wir damit an?«

»Aber wir haben es eben genau dort gefunden.«

»So ist es. – Und wie fand man diese ermordete Frau in Fulda? Überlegen Sie genau! Das Sichtbare und das Unsichtbare. Das Drumherum. Es spricht zu uns.«

»Wir müssen verstehen, ob die Hinweise vom Täter gewollt sind oder ob sie uns nur täuschen und in die Irre führen sollen. Wir müssen seine Handschrift erkennen.«

Sie gingen über einen betonierten Weg durch die Weinberge nach Rüdesheim zurück. Die Landschaft wirkte auf Martin Velsmann wie eine Wunderwelt. Die Lektion in der Zauberhütte hatte gewirkt. Für einen Moment erschreckte er sogar, er hatte die Orientierung verloren. Alles um ihn herum glitzerte in der tiefstehenden Sonne, wie von hundert Spiegeln und bunten Glassteinen. Alles schien nur Illusion zu sein. Dann versank die Sonne, und die Farben wurden eindeutig. Alles sank in seine wahren Umrisse zurück. Sie gingen im kühlen Schatten hinunter nach Rüdesheim.

Am frühen Abend erhielt Alfons Freygang einen Anruf. Eine Männerstimme behauptete, möglicherweise einen Hinweis zur Aufklärung des Mordfalls geben zu können. Der Anrufer hieß Karl Ritter, war im Hauptberuf Sektenbeauftragter der Stadt Fulda und im Nebenberuf Historiker. Er erzählte Freygang im Schnellverfahren eine Geschichte, die unglaublich klang.

Ritter bat Freygang, einen Termin beim Generalvikar der Stadt zu erwirken. Freygang stimmte zu und griff zum Telefon. Erstaunlicherweise war Eminenz sofort für ein Treffen bereit. Freygang rief Karl Ritter zurück und bat ihn ins Präsidium.

Während Freygang wartete, überlegte er. Konnte die Geschichte Wirklichkeit sein? Klang sie nicht allzu bizarr? Während er noch überlegte, rief Polizeiaspirant Baumann auf dem Handy an.

»Wir haben sie!« sagte er.

»Wen?«

»Die Ermordete! Janne van Lent. Wir wissen, wo sie abgestiegen war.«

»Nämlich?«

»Im Hotel *Kurfürst* am Schloß. Ich bin gerade hier. Eindeutiger Eintrag in die Meldeliste, wir müssen natürlich die Handschrift noch mit der aus den Akten abgleichen.«

»Das müssen wir«, stimmte Freygang zu. »Irgendwelche Hinterlassenschaften?«

»Rein gar nichts. Kein Gepäck, keine Anschrift, nicht einmal der übliche vergessene Regenschirm.«

»Keine Anschrift, wie ist das möglich? Es gibt doch Meldepflicht.«

»Sie hinterließ eine Anschrift, aber ich habe das schon überprüft. Die Adresse in Belgien, die sie angegeben hat, existiert nicht.«

»In Belgien? Wir denken doch, sie stammt aus Holland.«

»Ist das schon verifiziert?« fragte Baumann.

»Kollege, das überlassen Sie mir«, sagte Freygang. »Kommen Sie ins Präsidium. Übrigens – warum hat sich das Hotel nicht schon früher bei uns gemeldet? Sehen die sich ihre Gäste nicht an?«

»Die arbeiten mit kleinem Personal, das ständig wechselt. Die haben mit sich genug zu tun.«

»Na schön. Übrigens – gute Arbeit, Baumann!«

Als er aufgelegt hatte, überlegte er wieder. Jemand schien Aufwand betrieben zu haben, die Identität der Toten auszulöschen. Oder war sie selbst dafür verantwortlich? Warum? Was plante sie? Ohne die geringsten Hinweise kamen sie dem Tatmotiv nur schwer auf die Spur.

Und was hatte die Geschichte dieses Karl Ritter damit zu tun?

Als er den Gedanken beendet hatte, wurde Ritter ihm angekündigt. Freygang nahm seine Lederjacke von der Stuhllehne und ging ihm entgegen.

»Irgendwelche Anrufe?« fragte er die Telefonannahme beim Vorübergehen.

»Funkstille«, sagte der Beamte.

Karl Ritter kam ihm mit ausgestreckter Hand entgegen. Ein kleiner, aber munterer Mann.

Freygang fragte: »Was sagt Ihnen der Satz: ›Lachen tötet die Furcht. Aber ohne Furcht gibt es keinen Glauben und keine Reue‹?«

Ritter blickte den Inspektor irritiert an. »Machen Sie Witze? Das fand man doch bei der Toten! Ich habe es vorhin in den Nachrichten gehört. Na, so leicht kommen Sie dem Täter nicht auf die Spur, Inspektor. Ich habe jedenfalls ein Alibi.«

»Gut. Was haben Sie mir zu gestehen?«

»Ein Geheimbund, der Grund hat, einige Dinge zu vertuschen. Der Verdacht ist aufgetaucht, Eminenz, und wir müssen ihm nachgehen, auch wenn wir dabei Empfindlichkeiten verletzen, die es gerade in Fulda gewiß gibt.«

»Aber glauben Sie wirklich, ich könnte darüber Auskunft geben, wenn es sich wirklich um einen Geheimbund handelte? Wenn es etwas Derartiges tatsächlich gäbe?«

»Versuchen Sie es!«

»Stellen Sie Ihre Fragen!«

Alfons Freygang bat den Sektenbeauftragten, seine Unterlagen zu bemühen. Karl Ritter kramte ein umfangreiches Dossier hervor und legte es vor sich auf den Schreibtisch des Generalvikars, der mißtrauisch darauf starrte. Eminenz hatte sich nur widerwillig auf den Besuch der beiden Männer eingelassen, aber er hatte ihn ermöglicht. Vielleicht, um der Gefahr Auge in

Auge gegenüberzusitzen. Karl Ritter putzte seine Brille, setzte sie wieder auf und sagte:

»Was, Eminenz, sind die Könige Gottes?«

Der Generalvikar starrte ihn an. »Ich verstehe nicht.«

»*Rex Deus*, die Könige Gottes. Man munkelt, sie werden eines Tages aus dem Dunkel der Geschichte zurückkehren.«

»Sind Sie sicher, daß wir beim richtigen Thema sind? Ich denke, es handelt sich um religiöse Fragen? Um seriöse Fragen? Andere könnte ich nämlich nicht beantworten.«

»*Rex Deus*«, beharrte Karl Ritter. Sein kleines, rotes Gesicht blieb verschlossen. Sicher stellte er seine Fragen nicht zum erstenmal, und vielleicht kannte er auch schon die Antworten. »Ein Geheimbund, der auch vor Mord nicht zurückschreckt, um seine Ziele zu erreichen.«

Alfons Freygang bohrte seinen Blick in die Augen des Generalvikars. Er sah ein winziges Flackern.

»Von einem solchen Bund weiß ich natürlich nichts. Wir sind die Kirche, nicht die Mafia. Ich weiß wirklich nicht, ob dieses Verhör einen Sinn ergibt.« Der Generalvikar rang sichtbar um Fassung

»Verzeihen Sie, es ist kein Verhör«, warf Freygang ein. »Gegen Sie persönlich liegt ja absolut kein Verdacht vor.«

»*Rex Deus* ist der Name für eine ausgewählte Gruppe von Menschen, die in Schriften des 12. Jahrhunderts zum erstenmal auftaucht. Sie muß sich aus der Jerusalemer Urgemeinde heraus gebildet haben. Vor kurzem tauchten neue Hinweise auf, die ihre Existenz belegen. Ich habe sie hier in diesem Dossier gesammelt. Kennen Sie die Schriften von T.W. Doane über die biblischen Mythen und ihre Parallelen in anderen Religionen oder von Campbell über die Masken Gottes in der orientalischen Mythologie?«

»Nein.«

»Wie steht es mit dem Buch von Christopher Knight über den zweiten Messias?«

Das Gesicht des Generalvikars war blasser geworden, Freygang kam es auch so vor, als würde es spitzer und lauernder. Der Mann strich über sein kurz geschnittenes, steingraues Haar, nestelte an seinem schwarzen Talar herum, rückte das weiße Bäffchen zurecht und schüttelte stumm den Kopf.

»Sie müssen nicht antworten«, sagte Freygang mit boshafter Freundlichkeit.

Karl Ritter legte nach. »Hat die Kirche nicht schon seit ihrer Gründung im 4. Jahrhundert Bildung gegeißelt mit der Begründung, ihre Verbreitung diene nur zur Ermutigung der Häresie?«

»Das soll *kein* Verhör sein!« brauste der Generalvikar auf, beruhigte sich aber wieder. »Ich weiß nicht, wovon Sie reden.«

»Darf ich rauchen?« fragte der Sektenbeauftragte.

»Sie rauchen?« fragte der Kirchenmann verwundert.

»Noch nicht, aber ich würde gern. Darf ich?«

Der Generalvikar vollführte eine zustimmende Geste. Ritter steckte sich eine Zigarette an und inhalierte tief. Trotz seiner Sachlichkeit schien ihn das Thema ebenso zu erregen wie den Kirchenmann.

»Ich wäre dankbar, wenn wir zum Kernpunkt kämen, ich habe noch viel zu erledigen! Seien Sie so freundlich!« Der Generalvikar schloß kurz die Augen. Er wartete ab.

Ritter sagte: »Wo kann ich meine Asche abstreifen?«

Der Generalvikar erwiderte: »Wir haben hier keine Aschenbecher. Ich muß Sie bitten, Ihr Taschentuch zu nehmen.«

Ritter legte ein mehrfach gefaltetes Papiertaschentuch vor sich hin und schnippte Asche ab, die sich noch gar nicht gebildet hatte. Er blickte zu Freygang, der sich Notizen auf einem gelben Block gemacht hatte, und sagte dann: »Was fällt Ihnen zum Namen Hugues de Payen ein?«

Der Generalvikar zögerte. »War das nicht jener Adlige aus der Champagne, der nach dem ersten Kreuzzug im Tempel des Herodes wohnte?«

»So kann man es ausdrücken.« Ritter nickte. »Es war der erste Tempelritter, er wurde Großmeister des Ordens.«

»Die Tempelritter!« stöhnte der Generalvikar. »Ich wußte, Sie kommen mir auch noch damit!«

»Hugues führte eine Gruppe von neun Edelleuten im Jahr 1118 nach Jerusalem, das gerade von christlichen Kreuzfahrern erobert worden war. Sie quartierten sich im Tempel des jüdischen Königs Salomon ein und verschwanden darin für mehrere Jahre. Was taten sie in der Zeit? Niemand weiß es. Aber eines taten sie gewiß nicht, obwohl sie offiziell gerade dafür nach Jerusalem gereist waren – sie beschützten nicht christliche Pilger. Und doch nannten sie sich *Die armen Ritter Christi vom Tempel Salomonis*. Sie gaben sich als Miliz aus, gruben aber Tag und Nacht in der Ruine des salomonischen Tempels. Wonach gruben sie?«

Der Kirchenmann zuckte die Schultern. »Fragen Sie diese armen Ritter Christi selbst, ich war nicht dabei, Herr Ritter.«

Freygang notierte ein leichtes amüsiertes Zucken im Gesicht des Generalvikars. Er hat Humor, dachte Freygang, aber er darf ihn nicht zeigen.

»Im Jahr 1128 reisten die neun Tempelritter, die sich Gehorsam, Keuschheit und Teilung des Besitzes geschworen hatten, ins Abendland zurück. Sie ließen sich auf einer Synode im französischen Troyes eine Regel geben, die von niemand anderem als dem heiligen Bernhard von Clairvaux verfaßt worden war. Sie fußt auf der Mönchsregel des heiligen Benedikt, der im 6. Jahrhundert den Orden der Benediktiner gegründet hatte. Durch Bernhards Engagement erkannte der Heilige Stuhl die Gruppe der neun Männer, die überwiegend aus der Champagne und aus Flandern kamen, als neuen, geistlichen Ritterorden an.«

»Das alles kann man den kirchengeschichtlichen Akten entnehmen«, stimmte der Generalvikar zu. »Ich habe selbst ähnliches im Archiv des Heiligen Stuhls gelesen. Ich hoffe, Sie können Ihre Darlegungen auf das Wesentliche verkürzen.«

»Natürlich«, sagte Ritter. »Aber gut Ding will Weile haben. Ich schildere ohnehin nur die Essenz, die ganze Story befindet sich in diesem Dossier. Also, was gruben die Templer in den neun Jahren ihrer Anwesenheit im salomonischen – oder auch herodischen – Tempel aus? Schriftrollen und den Schatz der altjüdischen Jerusalemer Gemeinde. Nicht mehr und nicht weniger. Aber das ist beileibe nicht alles.«

»Noch nicht alles? Was noch?« fragte der Generalvikar, jetzt beherrscht. »Und bevor Sie antworten – woher wußten die Templer nach Ihrer Meinung, wonach sie graben sollten?«

»Es scheint ein Plan bestanden zu haben«, erwiderte Ritter. »Und dieser wiederum geht bis auf die Zeit der jüdischen Könige David und Salomon zurück. So verrückt es klingt, es scheint ein geheimes Wissen zu geben, das seit dieser Zeit existiert und an bestimmte Menschen weitergegeben wird, wenn sie volljährig werden. Man kann auch sagen, es gibt eine Blutlinie seit den jüdischen Königen. Sie führt über Jesus Christus bis zu den Grafen der Champagne, also zu den Tempelrittern. Und sie führt weiter, bis in die heutige Zeit.«

»Eine Blutlinie? Hören Sie auf!« sagte der Generalvikar. »Das ist zu – blöde, verzeihen Sie.«

»Sie behaupten, von diesen Dingen weiß die Kirche nichts?«

Der Generalvikar verzog keine Miene. Nur seine rechte Hand bewegte sich leicht über seine Brust.

»Haben Sie die Güte, und glauben Sie mir. Ich kenne die historischen Fakten, die sich auf Kreuzzug und geistliche Ritterorden beziehen. Aber ich weiß von Blutlinien und solchen Dingen absolut nichts. Und auch die Kirche nicht. Es sind Hirngespinste, ausgedacht von cleveren Autoren, die damit Bestsellerauflagen erreichen wollen.«

»Von wem sprechen Sie jetzt?«

»Lincoln, Baigent, Leigh«, stöhnte der Kirchenmann.

»Brown nicht zu vergessen!«

»Dan Brown!« stöhnte der Kirchenmann. »Wann hört das endlich auf! Dieses Wühlen in Dingen, die reine Hirngespinste sind! Dieses rattenhafte Bemühen, der Heiligen Kirche schmutzige Häufchen aus angeblichen Geheimnissen vor die Tore zu schaufeln!«

»Das hört an dem Tag auf, wenn die Wahrheit ausgesprochen wird!«

»Die Wahrheit! Die Wahrheit! Es gibt nur eine einzige Wahrheit, das ist die Wahrheit Gottes! Offenbarung und Auferstehung! Gottvater, der Sohn, der Heilige Geist! Das ist die Wahrheit, die ich anerkenne! Alles andere ist niedriges Menschenwerk!«

»Gut, Eminenz, wir sollten es fürs erste gut sein lassen«, sagte Freygang mit einem Blick auf Ritter.

Der Sektenbeauftragte hob die Hand. »Ich bin noch nicht fertig. Wenn ich Ihre Aufmerksamkeit noch eine ganz kleine Weile aufrechterhalten kann?«

»Also los!« sagte der Kirchenmann und lehnte sich wieder zurück. »Ich ergebe mich in Ihre Erklärungswut. Allerdings nicht mehr lange.«

»Seit Tausenden von Jahren wird also ein bestimmtes Wissen von den Vätern auf die Söhne übertragen. Es ist uraltes Wissen, das mit dem Altjudentum zu tun hat, das verlorenging, als die Römer im Jahr 70 n.Chr. Jerusalem zerstörten und die Juden töteten. Aber die Verantwortlichen, die überlebten, brachten es in diesem Jahr in Sicherheit, bevor sie sich in alle Winde zerstreuten. Sie vergruben es an ihrem heiligsten Ort …«

»Dem Tempel von Jerusalem!« warf Freygang ein.

»Genau dort!« rief Ritter. »Ich will Sie nicht mit allen Einzelheiten langweilen, Eminenz. Nur noch so viel.«

Der Generalvikar blickte verstohlen auf seine Armbanduhr. Er schien zu überlegen. Dann gab er sich den Anschein zuzuhören.

»Die jüdischen Priester des Tempels, die ihre Ahnenreihe bis auf Aaron und David zurückführen, waren verantwortlich für das Weitergeben ihres Blutes und des geheimen Wissens. Nach der Vertreibung aus Jerusalem nahmen sie die Bezeichnung *Rex Deus* an. Und jeder von ihnen wußte, auf welchen Familien im ganzen Abendland zukünftig die Verantwortung lasten würde. Eine dieser Familien kehrte in Gestalt des Grafen der Champagne – wie ich schon schilderte – nach Jerusalem zurück. Schriftrollen und Schatz wurden ausgegraben und nach Europa transportiert. Noch wichtiger aber war, daß die Blutlinie weiter existierte. Bis in die heutige Zeit. Mehr sage ich nicht.«

Ritter drückte seine Zigarette auf mehreren Lagen Papiertaschentuch aus und beobachtete die kleine Rauchwolke, die aufstieg, dann aber in sich zusammenfiel.

»Was wissen Sie von diesen Dingen, Eminenz?« fragte Alfons Freygang.

»Ich sagte es schon – nichts! Ich will auch gar nicht dagegen polemisieren. Jeder kann denken, was ihm paßt. Aber wenn ich mich recht erinnere, konstruierten Sie aus dem, was Sie da erzählten, etwas anderes heraus. Und da wird es kritisch. Sie sagten, diese sogenannten Könige Gottes existierten noch heute und sie schreckten vor nichts zurück, um ihre Geheimnisse zu bewahren.«

»Richtig. Durch alle Jahrhunderte hindurch türmt sich ein Berg von Ermordeten. Verbrechen, die niemals aufgeklärt wurden. Wenn man diese Taten genau untersucht, kommen immer die gleichen Muster ins Spiel.«

»Das haben Sie herausgefunden?«

»Ja, das habe ich inzwischen herausgefunden«, sagte Ritter zufrieden. »Denn die Morde stehen seltsamerweise immer mit bestimmten Familien in Zusammenhang. Und sie verliefen immer nach dem gleichen Ritual.«

»Welches ist das?« fragte der Generalvikar mit betont gleichgültiger Stimme.

»Man stach den Opfern die Augen aus. Sie hatten etwas gesehen, das nicht für sie bestimmt war.«

»Man stach ihnen die Augen aus?« fragte der Generalvikar ungläubig nach.

»Ja, genau so.«

»Ach! Und jetzt kommen Sie zu Ihrer Pointe!« sagte der Generalvikar und beugte sich vor. »Jetzt verstehe ich! Sie spielen auf diesen abscheulichen Mord im Schloßpark an! Das ist es! Darauf wollen Sie hinaus! Sie wollen behaupten, dahinter stecke diese … diese Blutlinie! Diese Könige Gottes!«

»Genau! *Rex Deus*.«

Der Kirchenmann begann hysterisch zu lachen. Er schlug die Hände vor das Gesicht. Dann verstummte er jäh, stand auf, wobei sein Lehnstuhl gegen die Wand krachte, und wies mit dem Zeigefinger zur Tür.

»Haben Sie die Güte, mich jetzt zu verlassen. Das ist ja wohl der größte Unsinn, den ich jemals gehört habe!«

Freygang erhob sich sofort. Er spürte ein schlechtes Gewissen. Was dieser Karl Ritter da aufgetischt hatte, war wirklich starker Tobak. Freygang sagte: »Danke für Ihre Aufmerksamkeit, Eminenz. Wir werden Sie vermutlich nicht weiter bemühen müssen. Aber wenn Ihnen zu diesem Thema doch noch was einfällt – Anruf genügt!«

»Ja, ja«, sagte der Kirchenmann, plötzlich müde.

»Ach, noch etwas!« Freygang blieb im Türrahmen stehen. »Was sagt Ihnen der Satz: ›Lachen tötet die Furcht, aber ohne Furcht gibt es keinen Glauben und keine Reue‹?«

Der Generalvikar dachte nicht darüber nach. Er schüttelte nur den Kopf.

Sie gingen hinaus. Der Generalvikar griff zum Telefon. Sie schlossen die Tür.

Als sie auf die Straße traten und vom Schloßgarten betörende Frühlingsdüfte herüberwehten, sagte Freygang: »Stimmt das denn, mit all diesen Morden und ... diesen ausgewählten Familien?«

»Nur zum Teil«, gab Ritter zu. »Es gab ein paar Morde, die nach diesem Muster verliefen und die nie aufgeklärt wurden, und zumindest in einem Fall konnte nachgewiesen werden, daß die Grafen der Champagne damit irgendwie im Zusammenhang standen. Aber das konnte Zufall gewesen sein. Ich wollte Eminenz nur ein bißchen aus der Reserve locken und provozieren.«

»Das ist Ihnen nicht gelungen.«

»Nein.«

»Glauben Sie denn selbst an diese Dinge, reines Blut seit Aaron und David, Tempelschatz und Salomon, Champagner und ...?«

»Von Champagner war nicht die Rede, Inspektor!«

»Glauben Sie daran?«

»Warum nicht? Es finden sich interessante Hypothesen darunter. Aber ich bin noch bei der Recherche, ich konstruiere gerade noch.«

»Passen Sie auf, daß Sie sich nicht verrennen, Ritter!« sagte Freygang. »Wenn ich Ihnen raten darf! Daß es einen Geheimbund von Auserwählten gibt, der seine Feinde ermordet und selbst harmlosen Menschen, die zufällig etwas über ihn in Erfahrung gebracht haben, die Augen aussticht, das scheint mir sehr weit hergeholt.«

»Richtig, aus der Zeit der altjüdischen Könige!«

»Passen Sie auf, daß Sie nicht selbst in Gefahr geraten – wenn Sie wirklich an diese Sachen glauben!«

»Ich bin fasziniert von der Idee, daß es eine Reihe von ausgewählten Familien gibt, die jeden Kreuzzug anführten und nach Jerusalem zogen, weil sie auf diese Weise zum Tempel zurückkehren konnten, um die Schätze zu heben, die ihnen durch Geburt gehörten. Und natürlich haben sie dafür gesorgt, daß sie Nachkommen haben, bis in unsere Zeit.«

Sie überquerten die Friedrichstraße. Dabei mußten sie großen Wasserlachen ausweichen. Als sie das alte Kanzlerpalais zur Linken passierten und in die Mittelstraße einbogen, sagte Karl Ritter: »Ich lasse Ihnen mein Dossier im Präsidium, Eminenz legte ja keinen Wert darauf. Lesen Sie es gründlich durch, es sind nur fünfhundert Seiten.«

»Das übertrage ich der Aspirantin, die liest schnell. Sie wird sich freuen, wenn sie etwas darüber erfährt, was Christus und die Altjuden mit den Tempelrittern verbindet und darüber hinaus mit europäischen Adelsfamilien und mit Menschen, die heute noch herumlaufen.« Freygang sah Karl Ritter mit einem schnellen Blick an. »Sie sind nicht zufällig mit König David und Salomon verwandt?«

Ritter lachte. »Nein. Zum Glück nicht.«

»Das beruhigt mich!« sagte Freygang, ehrlich überzeugt.

Polizeiaspirant Gregor-Anatol Baumann trippelte auf der Stelle. Er schien aufgeregt zu sein. Vielleicht stolz. Er hatte Janne van Lent gefunden. Gleich nachdem er vom *Hotel Kurfürst* aus mit

Inspektor Freygang telefoniert hatte, war er in den Schloßpark geeilt und hatte sich den Tatort angesehen. Noch immer war er abgesperrt, jemand hatte Blumen niedergelegt. Aber die Spuren der Tat waren beseitigt worden.

Baumann kam eigentlich aus Wien, und deshalb klang die Stimme, die er jetzt in seinem Inneren hörte, auch nach Wiener Dialekt. Normalerweise bemerkte Baumann diesen Dialekt nicht. Aber als er am Tatort stand, erschien neben ihm ein älteres Paar, zwei gepflegte Weißköpfe in altmodischer Kleidung. Sie sprachen Wienerisch miteinander. Sie kommen aus der Heimat, dachte Baumann, und er hörte, wie seine innere Stimme wienerte.

Baumann war seit einem halben Jahr bei der Kripo Fulda. Er hatte Heimweh. Noch ein weiteres halbes Jahr, dann war sein Vertrag beendet, und er konnte heimkehren. Durch die Altstadt gehen, ins Kaffeehaus, in die Staatsoper, in die Kunsthalle, im Sommer mit den Freunden nach Grinzig. Baumann trippelte auf dünnen Beinen um die Bank herum, auf der vor nicht langer Zeit eine Tote gesessen hatte. Er ging so, als habe er zwischen seinen Beinen etwas eingeklemmt, das er unter gar keinen Umständen verlieren durfte. In sein blasses, längliches Gesicht mit den schmalen Lippen, den melancholischen, braunen Augen und dem glänzenden, dunklen Haar zog ein Ausdruck, den er selbst als »geschmeicht« bezeichnet hätte, wenn er ihn hätte wahrnehmen können. Er sah beleidigt aus. Er schürzte die Lippen und blieb stehen. Starrte auf die leere Bank.

Was kann ich dem Inspektor anbieten? dachte er. Irgend etwas muß ich zur Analyse doch beitragen. Man hatte ihm im Hotel gesagt, daß diese Janne van Lent einen holländischen Dialekt gesprochen hatte. Er konnte sich das vorstellen. Wie Holländer eben so sprachen, diesen schleifenden, röchelnden, manchmal krächzenden Dialekt, als hätten sie einen dauerhaften Katarrh. Das konnte man nicht verbergen.

Eine Holländerin also.

Was tat sie hier?

An der Rezeption erzählte ihm das Fräulein, der weibliche Gast habe schon morgens nach Alkohol gerochen. Hatte die Obduktion nicht auch ergeben, daß die Leber der Toten stark vergrößert war? Ein Indiz mehr, daß es sich um dieselbe Person handeln mußte. Janne van Lent habe immer Notizbücher bei sich gehabt. Und Stifte. Sie habe Zeitung gelesen. Und in die Zeitungen hineingeschrieben. Das sei auffällig gewesen, obwohl sie nur einen Tag im Hotel anwesend war. Nach Hotelzeiten besser gesagt: anderthalb. Vom Mittag, die Nacht über, bis zum nächsten Morgen der Tat. Eine Durchreisende.

Wohin waren alle diese persönlichen Dinge verschwunden? In ein Schließfach? Man hatte bei ihr keinen Schlüssel gefunden. Auch sonst nichts.

War es in die Hände des Mörders gefallen? Handelte es sich um Raubmord?

Sie war am Morgen ausgezogen, hatte ihre Rechnung bezahlt und war zu Fuß weggegangen. Ohne Gepäck. Das hatte sie also schon vorher weggebracht, wahrscheinlich zum Bahnhof. Man mußte also erwirken, daß die Polizei alle Schließfächer öffnen durfte.

Das konnte er Freygang immerhin vorschlagen.

Und darüber hinaus?

Man mußte natürlich Interpol und die Polizei in Holland einschalten. Irgendeine Janne van Lent, auch wenn es vermutlich einige dieses Namens in dem Land gab, würde vermißt werden. Dann hatte man ihre Spur. Das würde zwar einige Zeit dauern, aber wenn man schnell damit begann, ergaben sich irgendwelche Resultate.

Auch das würde er Freygang vorschlagen. Vielleicht war sogar eine Dienstreise nach Amsterdam drin. Oder nach Den

Haag – da war ja wohl der Regierungssitz und der Sitz der Polizeizentrale. Den Haag mit all den verschwiegenen, kleinen Restaurants an den Grachten – oder war das in Amsterdam?

Gregor-Anatol Baumann war zufrieden. Er umrundete noch einmal auf staksigen Beinen den Tatort. Das wienernde Paar war längst gegangen. Er dachte: In meiner Heimatstadt habe ich während der ganzen Ausbildungszeit keinen einzigen Mordfall erlebt und hier gleich einen richtigen. Als er das dachte, betonte er das Wienerische ganz deutlich, er vernahm es jetzt selbst.

Er setzte sich in Bewegung, um mit seinem Inspektor zu sprechen.

»Lies das!« sagte Freygang und überreichte Tosca Poppe das Dossier.

»Was für ein Schinken! Dafür brauche ich bis zum Wochenende!«

»Morgen abend erwarte ich deine Analyse. Einmal geht es um die Stichhaltigkeit der darin enthaltenen Hypothesen. Vor allem aber interessiert mich, welche Verbindungen es zum Mordfall van Lent geben könnte. Konzentriere dich womöglich besonders auf den letzteren Punkt, das andere kann mir der Herr Ritter auseinandersetzen. Jede Einzelheit kann entscheidend sein.«

Tosca verzog ihr Gesicht, schwieg aber.

Sie setzten sich in Freygangs Büro gegenüber und trugen die bisherigen Ermittlungsergebnisse zusammen.

»Was haben wir?« fragte Freygang.

»Weiß ich doch nicht.«

Freygang mußte lachen. »Im Ernst, Poppe.«

Tosca legte den Zeigefinger an die Lippen. »Eigentlich nur Technisches. Aber wenn man nicht genau weiß, wonach man suchen muß, sind Ergebnisse rar.«

Sie lasen noch einmal die Berichte der beiden Wachtmeister. Außer den Schreibfehlern enthielten sie nichts Beeindruckendes.

»Vom Täter gibt es jedenfalls keine Spuren, keine Fingerabdrücke, die vom Opfer haben wir sowieso nicht in der Datei, nichts Verwertbares für den DNA-Abgleich. Bisher hat sich kein Tatzeuge gemeldet, der einen Verdächtigen gesehen hat.«

»Kann uns das was nützen, was wir über den Weg des Opfers wissen? Sie könnte in dem Auto gesessen haben, dessen Reifenspuren in Döllbach auftauchen …«

»Aber das ist nicht gesichert.«

»Gut. Als sie das nächstemal auftaucht, studiert sie Dokumente im bischöflichen Archiv in Fulda. Döllbach, Fulda – kam sie aus dem Osten? Jedenfalls …«

»Wir wissen nicht, daß sie in dem Auto saß, das wir in …«

»Ist ja schon gut, Inspektor! Also weiter. Sie studiert Personalakten und Dokumente über klinische Einrichtungen. Und Schriften, die sich mit alter religiöser Praxis beschäftigen. Was sucht sie genau?«

»Vergangenheit der Religionen. Mehr können wir erst sagen, wenn wir uns diese Schriften genau angesehen haben. Müller kann das in den nächsten Tagen tun, er ist des Englischen mächtig. Was die anderen Dokumente angeht, das kann sich Baumann ansehen.«

»Dann taucht sie erst wieder im Hotel am Schloß auf …«

»*Hotel Kurfürst.*«

»Genau. Sie checkt mittags ein, eine Touristin, die eine belgische Anschrift angibt, die aber gefälscht ist. Sie will also ihre Identität wahren.«

»Das könnte heißen, daß sie selbst ihre Spuren verwischt hat, der fehlende Koffer, die …«

»Am Tatort war es eindeutig der Täter, der alles Persönliche aus ihren Taschen entfernt hat und mitnahm, das ist klar.«

»Logisch.«

»Sie trinkt offenbar. Sie verläßt den ganzen Nachmittag und Abend nicht ihr Hotelzimmer. Am Morgen ist sie im Frühstücksraum, trinkt aber nur Kaffee. Dann checkt sie aus. Das Gepäck hat sie da schon nicht mehr bei sich, wie die Angestellte an der Rezeption angibt. Auch ein Laptop ist verschwunden. Nur eine Handtasche trägt sie mit sich. Aber die fanden wir am Tatort nicht.«

»Sollte ich mir die Hotelangestellte noch mal persönlich vornehmen? Vielleicht hat sie irgendein Detail parat, das uns helfen könnte. Zu fragen wäre auch, woher die Zimmerreservierung kam. Per Telefon? Von welchem Ort oder Anschluß? Oder kam Janne van Lent persönlich an die Rezeption und ließ sich das Zimmer buchen?«

»Das hat Baumann übersehen. Fragen wir nach, das kann nicht schaden. Die Rezeptionistin heißt – Moment – Katja Dieling und hatte drei Morgenschichten hintereinander Dienst, weil eine Kollegin ausfiel. Die Nummer ist hier.«

»Dann ist Janne van Lent tot. Sie sitzt ermordet auf der Bank in Blickrichtung auf den Kirchenbezirk. Wenn auch ihre toten Augen zum Himmel blicken. *Lachen tötet die Furcht, aber* … Verdammt, was soll der Spuk!«

»Noch einen Kaffee, mein Alfons?«

»Ich bitte darum. – Ich frage mich, ob sie direkt in den Schloßpark gegangen ist, nachdem sie das Hotel um kurz vor acht verließ.«

»Niemand will sie gesehen haben.«

»Ja. Aber wenn sie direkt zum Tatort ging, sozusagen, dann war der Mörder schon auf ihrer Spur. Er wußte, in welchem Hotel sie war. Er folgte ihr. Und als sie sich auf die Bank setzte, wartete er den günstigsten Moment ab, in dem niemand in der Nähe war.«

»Aber warum verläßt jemand so früh, und offensichtlich in Eile – sie hatte das Gepäck schon am Tag vorher aufgegeben –, das Hotel und setzt sich dann gemütlich in den Park?«

»Die Sonne schien, die Blüten dufteten.«

»Das könnte eine Erklärung sein, aber nur für Romantiker.«

»Vielleicht war Janne van Lent eine Romantikerin.«

»Dann kommt sie nicht nach Fulda, ins Zentrum der Anbetung des Übersinnlichen.«

»Na ja, Fulda ist immerhin berühmt für seine Bauten, Gärten, Parks, Klöster und Kirchen. Vielleicht war sie nur eine Touristin, die herumreiste – und ein bißchen viel trank. Aber das durfte sie.«

»Eine Touristin, die im bischöflichen Archiv Personalakten und alte Schriften studiert?«

»Warum nicht? Auf Tour sein, Urlaub machen, muß doch nicht heißen, den ganzen Touristen-Blödsinn mitzumachen, den Reiseveranstalter anbieten, mit Animation und Martini im Whirlpool.«

»Das heißt, sie könnte eine Gelehrte gewesen sein, jemand, der sich beruflich mit solchen Dingen wie alten Schriften über die Religion der Jahrhunderte beschäftigte.«

»Dann müßte sie in ihrer Heimat jemand kennen.«

»Wo liegt ihre Heimat?«

»Holland oder Belgien.«

»Dorthin haben wir Anfragen geschickt. Bisher ohne Resultat.«

Baumann riß die Tür auf und winkte mit einem Fax. Es war aus Belgien. Der Aspirant rannte wieder hinaus. Freygang las die Fahndungsnachricht aus Brüssel. Eine Janne van Lent, auf die die Beschreibungen zutrafen, war unbekannt, niemand wurde vermißt.

»Eine Hoffnung weniger«, sagte Freygang. »Warum lassen sich die Holländer soviel Zeit.«

»Müssen in die Holzschuhe kommen, das dauert«, murmelte Tosca geistesabwesend. Dann sagte sie: »Wie wäre es, wenn wir annähmen, sie recherchiert irgendwas, um darüber zu schreiben? Man sagt doch, sie habe sich dauernd Notizen gemacht, schleppte Tageszeitungen und Zeitschriften mit sich herum. Ein Buchprojekt, beispielsweise. Ich gehe mal in die Buchhandlung gegenüber und guck mir an, was da so liegt.«

»Brown, Lincoln …«

»Schon gut! Es wird ja wohl noch was anderes geben. Ich spreche mit den Buchhändlern.«

»Eine Journalistin, eine Autorin? Könnte sein. Aber ebensogut kann sie einfach an kirchlichen Fragen aus religiöser Überzeugung interessiert gewesen sein.«

»In Holland gibt es keine Katholiken. Das hat mit den Befreiungskriegen gegen die Spanier im – ich weiß nicht – Jahrhundert zu tun.«

»Erstaunlich!«

»Was?«

»Was du alles weißt, Schätzchen. Ich könnte dich glatt heiraten.«

»Wir sind verheiratet, mein Alfons!«

»Ach, tatsächlich? Ist mir entgangen.«

»Komm du nach Hause, mein Inspektor!«

»Nun, also, wie geht es weiter? Was müssen wir tun?«

»Im Moment können wir nur warten, daß Informationen kommen, woher auch immer. Wir haben angeleiert, was wir konnten. Ich habe eine Internetseite einrichten lassen, auf der sich Zeugen melden können. Auch anonym. Das ist besser als gar nichts. Wenn man gegenüber den Mitteilungen auch noch vorsichtiger sein muß als bei mündlicher Befragung.«

»Ich kümmere mich um die Seite!«

»Eine Frau, die rund sechzig Jahre alt ist, muß Angehörige haben, Familie, Freunde, Kollegen. Irgend jemand muß sie kennen!«

»Jemand soll sich im Internet umschauen, ob es Kirchenbünde, Geheimgesellschaften gibt, die an das erinnern, was Karl Ritter sagt. Mitgliederlisten, Kontaktadressen und so weiter. In dieser Richtung können wir ein Stück weitermachen.«

»Vielleicht hat das Opfer in Deutschland gewohnt!« überlegte Poppe. »Auch wenn sie einen holländischen Namen trägt. Wir gehen überhaupt zu schnell von einer Ausländerin aus. Vielleicht war sie nur mit einem Holländer verheiratet. Haben wir im Archiv irgendwelche Daten vom Einwohnermeldeamt?«

»Du hast recht. Wir dürfen nicht voreilig sein. Aber das Einwohnermeldeamt hat keine Daten über sie, das wissen wir schon. Im Internet soll Baumann surfen.«

»Das mache ich selbst. Ich bin ein Internetfreak, wie du ja sicher weißt.«

Freygang kratzte sich am Kopf »Ich habe immer den Verdacht, etwas übersehen zu haben.«

»Das hat mit schlechtem Gewissen zu tun. Daran mußt du dich gewöhnen.«

»Wieso sollte ich ein schlechtes Gewissen haben?«

»Weil du deiner kleinen Frau nicht genug Liebe schenkst, mein Inspektor.«

»Ach, hör auf! – War das alles, was wir bisher haben?«

Tosca stieß die Luft aus. »Ich befürchte es.«

»Wir müssen ein paar mehr von unseren Jungs hier auf den Fall ansetzen, um mehr herauszukriegen.«

»Ja, aber was? Es ist doch zum Kühemelken, wir tappen völlig im dunkeln über das Tatmotiv, über den Täter sowieso. Wo sollen wir ansetzen! Kommt von der Gerichtsmedizin noch was?«

»Nein.«

»Sind wir die Leute, die das alles aufklären müssen?«

»Ich fürchte, ja.«

»Am Anfang sieht es immer so hoffnungslos aus. Das war schon zu Velsmanns Zeiten so.«

»Na trotzdem. Keine Panik, wir kriegen den Mörder, er kommt nicht davon.«

»Ich vertraue dir, mein Inspektor.«

»Wir machen kleine Schritte. Geh in die Buchhandlung!«

»Und wohin trippelst du?«

»Ich bleibe am Generalvikar dran. Ich habe ihn schon gewarnt. Der Bursche weiß mehr, als er preisgibt. Nicht unbedingt über den Mord natürlich, aber über mögliche Motive. Er muß mir sagen, was es mit diesem Spruch auf sich hat. Wozu sind Kirchenfritzen denn da! Es muß irgendwelche Spuren geben, wir haben es nicht mit Geistern zu tun!«

»Wer weiß!« sagte Poppe und strich sich über ihre Zebrastreifen, die knalleng auf den Oberschenkeln lagen.

7.
Samstag, 30. April 2005

»Ich melde mich auf jeden Fall!« kündigte Dr. Keuper an.

»… mich freuen …«

Tosca Poppe verabschiedete den Staatsanwalt mit breitem Lächeln und schloß die Tür hinter ihm. Als sie geschlossen war, wurde Tosca schlagartig ernst. Sie blickte ihm durch die Scheiben nach, bis er aus ihrem Sichtkreis verschwunden war, und verdrehte die Augen zur Decke. Dr. Keuper hatte es wirklich drauf zu insistieren. Er tat so, als seien die Ermittler die Täter. Im Moment nervte er Poppe nur.

Sie griff sich das Dossier und ging in Freygangs Büro hinüber.

»Das Ganze ist ein ziemlicher Unsinn, wenn du mich fragst«, schimpfte Tosca und knallte das dicke Dossier auf Freygangs Schreibtisch. »Und eine Verbindung zu unserem Mordfall kann ich absolut nicht erkennen – abgesehen mal von ein paar Behauptungen dieses Verfassers. Ist der bei Verstand?«

»Ich hatte den Eindruck.«

»Trotzdem. Ich halte das für frei phantasiert.«

»Fasse mal zusammen.«

Tosca starrte zur Zimmerdecke, sie strich sich mehrmals durch die Borstenhaare, vor und zurück, so daß sie jetzt noch höher standen.

»Wenn ich mal den Schwachsinn mit David und Salomon fallenlasse, dann beginnt die Story mit der Jerusalemer Urgemeinde. Dieser Karl Ritter behauptet folgendes: Ein paar Familien in Jerusalem entkamen dem Gemetzel durch die Römer im Jahr 70 nach Geburt unseres *Hei*lands ...« Tosca überbetonte die erste Silbe des Wortes. »... Es waren jüdische Aristokraten. Ihre Familien gingen in die Diaspora, verloren irgendwann den Kontakt untereinander, erkannten sich aber wieder, wenn sie sich trafen – vermutlich durch einen Ring. Sie sahen sich als Abkömmlinge der frühesten Kirche, und dementsprechend aufgebläht war ihr Selbstbewußtsein.«

»Soweit bin ich schon im Bilde. Auch wenn Ritter das Wort *aufgebläht* nicht benutzte.«

»Sie mußten ihre größten Schätze bei der Flucht unter dem Tempel von Jerusalem zurücklassen. Später beschlossen sie zurückzukehren. Sie zettelten schließlich nach langer Überlegung den ersten Kreuzzug an, der es ihnen gestattete, nach Jerusalem zu gehen und ihren Schatz zu bergen – immer fein säuberlich, Stück für Stück. Dafür hatten sie mehr als ein ganzes Jahrhundert Zeit, nämlich so lange, wie die christlichen

Heere dort herrschten. Sie gründeten den Orden der Tempelritter, damit sie unauffällig immer im Heiligen Land sein konnten. Ihre offizielle Begründung war, das Heilige Land brauche eine Miliz gegen die Ungläubigen. Die Könige von Jerusalem gehörten zu ihnen und ließen sie gewähren. Wie sie so lange graben und abtransportieren konnten, ohne Aufmerksamkeit zu erregen – das Ganze fand ja mitten in Jerusalem statt –, ist mir ein Rätsel.«

»Sie gruben ja tief unter der Erde und reisten vielleicht nachts. Außerdem trugen sie keine so auffälligen Klamotten wie du.«

»Trugen die keine knallengen Strumpfhosen?«

»Aber keine mit Zebrastreifen, Schätzchen.«

»Und wehende weiße Mäntel mit einem blutroten Tatzenkreuz drauf?«

»Das war ihre Dienstkleidung. Beim Graben und auch sonst nach Feierabend hatten sie schlichte Klamotten an.«

»Trotzdem kann ich mir das Ganze nicht vorstellen und die weiteren Behauptungen auch nicht.«

»Resümiere es dennoch.«

»Als sie alles an sich gebracht hatten, schafften sie es nach Europa, einen Teil nach Gisors in Frankreich, einen anderen Teil in die Camargue, einen weiteren nach Roslin in Schottland, das liegt bei Edinburgh. Dort soll irgendeine mysteriöse Kirche stehen, die damals von einem Grafen St. Clair erbaut wurde, der zu den auserwählten Geschlechtern gehörte. Sie verstreuten ihren Schatz. Und sie setzten den Reichtum für ihre Ziele ein. Denn im gleichen Maße, wie sie immer reicher wurden, wurden sie auch berühmter. Jeder wollte in ihrer Nähe sein. Die Templer, angeführt von den auserwählten Geschlechtern, waren eine Zeitlang die Regierung des Abendlandes. Man überhäufte sie mit Geschenken, Geld, Land, sogar mit dienstbaren Arbeitskräften.«

»Dann aber, irgendwann, hat doch der König von Frankreich sie ausgebootet und den gesamten Orden vernichtet!«

»Das war Anfang des 14. Jahrhunderts.«

»Aha. Und warum?«

»Die Kreuzzüge waren beendet, die Templer hatten ihre Aufgabe erfüllt, ihr letzter Großmeister wurde öffentlich verbrannt. Jetzt übernahmen die ausgewählten Familien die Macht, sie brauchten keine Miliz mehr, denn sie hatten ihren Schatz ja im Abendland aufgehäuft, und das Heilige Land war sowieso verloren.«

»Eins paßt zum andern. Aber wo bleibt der Zusammenhang mit Janne von Lent?«

»Warte! Und sie gaben ihre Geheimnisse an ihre Söhne weiter – bis heute. Und wer ihnen auf die Schliche kam, den brachten sie um. Sie piksten ihnen die Augen aus.«

»Piksen ist wohl kaum das richtige Wort, wenn du dich an die Tote im Schloßpark erinnerst. Stechen ist genauer.«

»Sie piksten ihnen also die Augen aus, aber das behauptet nur der Verfasser. Belege habe ich dafür keine gefunden. Außer einem einzigen vielleicht. Ein gewisser Gelehrter, Lambert von Saint Omer, wurde auf diese Weise erstochen. Und zwar von einem Namensvetter, mit dem er aber nicht verwandt war, Geoffroi de St. Omer, der gehörte zu den ersten Templern. Als der Gelehrte es wagte, eine geheime Schriftrolle zu kopieren, ohne es den auserwählten Familien zu sagen, stach man ihm die Augen aus, Karl Ritter vermutet, Geoffroi sei der Mörder gewesen – der alte Tempelbruder.«

»Bleib ernst, so wie die Sachlage es ist.«

»Diese Kopie der Schriftrolle aus dem Schatz der Nasoräer befindet sich übrigens heute in der Bibliothek der Universität Gent.«

»Das muß ich sehen!«

»Was! Bist du infiziert von diesem Quatsch?«

»Ich gehe Spuren nach. Ich bin Polizist, mein Herzchen.«

»Inspektor Freygang, ich weiß, der mit dem süßen Mund und dem flachen Kopf.«

»Nun sag schon! Gibt es einen erkennbaren Zusammenhang zu unserem Fall – oder nicht!«

»Wenn du mich fragst …«

»Ich frage dich!«

»Nein!«

»Nachgehen werde ich dieser Spur aber auf jeden Fall. Die Schriftrolle in Gent sehe ich mir vielleicht später an. Vielleicht auf der Urlaubsreise.«

»Auf welcher Urlaubsreise?«

»Ich habe beschlossen, wenn wir diesen Fall gelöst haben, machen wir eine kleine Reise nach Holland und Belgien. Brügge, Gent, Antwerpen, Amsterdam, Seeland. Was hältst du davon?«

»Darf ich denn mitkommen?«

»Du bist die Hauptperson dabei! Du fährst das Auto. Und ich halte mein Mittagsschläfchen.«

»Du bist vielleicht ein Alfons!«

»Wie geht es bei Karl Ritter weiter?«

»Bei Karl Ritter? Ja, bei Karl Ritter! Da geht es so weiter: Der Verfasser bekam eines Tages einen Anruf, bei dem ihm ein Unbekannter verriet, er habe einen Menschen getroffen, der einen geheimnisvollen Ring trug. Als er ihn daraufhin ansprach, sei er fluchtartig verschwunden. Dieser Ring, den der Anrufer selbst auch als altes Erbstück besaß, ohne zu wissen, woher genau er kam und was für eine Bewandtnis es damit hatte, zeigte eine alte Säule mit gewundenen Ornamenten – eine Nachbildung der Säule, die mitten in der Kirche von Roslin steht. Ja, und dann geht es noch eine Weile so weiter. Ritter riecht Lunte, geht der

Sache nach, häuft Stein des Beweises auf Steine der Beweise – um es so auszudrücken –, und schließlich ist für ihn klar, daß er einer Verschwörung auf der Spur ist, gegen die die Mafia um Vito Corleone nur eine sizilianische Wäschefirma ist. Verstehst du? Weltverschwörung! Darunter machen wir's nicht. Eine geheime Regierung von Jesusblütigen! Damals bis heute! Der alte Aaron in einem Hemd von Joop. – Gehen wir einen trinken?«

»Davon hatte Ritter mir gar nichts erzählt.«

»Wovon? Von Joop? Das ist meine Interpretation.«

»Ich meine, das mit der Weltverschwörung.«

»Steht alles in dem Manuskript, das er übrigens jetzt bei einem Verlag veröffentlicht. Solche Sachen haben Konjunktur.«

»Brown, Lincoln ...«

»Genau!«

»Was hat übrigens unser Heiland mit der ganzen Sache zu tun? Wenn er nur ein auserwählter Altjude war, einer in einer langen Reihe, dann kann er nicht Gottes Sohn sein. Wenn er nur ein königlicher Anführer war, der von David oder Salomon oder wem auch immer abstammte, dann ist er nicht unser Heiland. Dann starb er vielleicht am Kreuz, aber nur, weil er ein Aufrührer gewesen ist.«

»Kein Messias.«

»Nix.«

Poppe pikste Freygang den Zeigefinger auf die Brust. »Und damit kommt die Papstkirche ins Spiel, mein Lieber! Es kann sein, daß wir alle die Auferstehungsgeschichte um Jesus völlig mißverstanden haben! Und wenn es für die andere Version Beweise gibt, dann wird unsere Kirche natürlich unruhig. Und sie wird nicht tatenlos zusehen, wie man ihr den Sessel unter dem A... wegzieht!«

»Und da haben wir möglicherweise den Zusammenhang mit unserer Toten.«

»Na ja …«

»Wie lautet der Satz, den wir bei der Toten fanden? *Lachen tötet die Furcht. Aber ohne Furcht gibt es keinen Glauben und keine Reue.* – Was halten wir davon? Dürfen wir nicht mehr lachen? Ist unser Glaube zu schwächlich? Bereute Janne van Lent irgendwas nicht genügend? Hat das alles was miteinander zu tun?«

»Irgendwie schon. Aber vielleicht spielt auch nur jemand damit. Und will uns an der Nase herumführen.«

»Ich weiß nicht, was soll es bedeuten …«

»Ich hab mich auch schon besser gefühlt.«

»Ich muß noch mal mit diesem Generalvikar sprechen. Am besten aber ohne Karl Ritter. Den kann er nämlich nicht leiden. Ich werde ihn nicht unter Druck setzen, sondern nur um Mithilfe bitten. Dann erzählt er vielleicht freiwillig irgend etwas, das uns weiterhilft.«

Martin Velsmann hörte ein Glucksen, etwas wie Wellenschlag gegen sein Handy. Dann war die Stimme von Andrea klar zu vernehmen, sie tauchte aus den Tiefen auf.

»Hörst du mich jetzt besser, Martin?«

»Ja, tadellos. Wie geht's dir?«

»Ich komme gerade von einem Tauchgang. Was da unten auf dem Boden der Bucht liegt, das wissen wir noch immer nicht. Aber wir müssen uns auf alles mögliche einstellen, wir beginnen, uns damit anzufreunden, daß es nicht Vineta ist.«

»Dann war alles umsonst? Und du ziehst wieder zu mir nach Fulda?«

»Das nicht. Die Suche geht ja weiter. Aber im Bodden vor Barth dürfte Vineta nicht untergegangen sein, es gibt einfach zu wenig Spuren. Oder alles ist im Schlamm abgetaucht, und wir müßten noch viel, viel tiefer graben, als wir bisher dachten.«

»Und die Kirchtürme mit dem goldenen Wetterhahn, die ich selbst gesehen habe?«

»Du hast sie nicht gesehen, da warst du schon im Delirium, wegen des Sauerstoffmangels unter der undichten Taucherglocke.«

»Kann nicht sein! Ich habe es ganz deutlich gesehen, alles aus Gold!«

»Mach dir nichts vor, Martin, es war eine Sinnestäuschung. Vielleicht wolltest du es unbedingt sehen, weil ich es wollte. Du wolltest es mir recht machen.«

»Vielleicht ist es inzwischen auch wieder versackt, im Schlamm.«

»Das kann durchaus sein, es gibt ja heftige Gezeitenbewegungen im Bodden.«

»Ich besuche dich. Aber erst in ein paar Tagen.«

»Laß dir Zeit! Ich bin mindestens noch zwei Wochen beschäftigt.«

»Was sagen denn die neuesten Theorien? Wo liegt Vineta nun?«

»Kennst du Wollin am Fluß Divenow?«

»Ich war nie dort.«

»Da gab es einen Berg, der höher war als der von Kap Arkona. Es war ein Silberberg, einhundertfünfzig Meter hoch. Rund um diesen Berg, der Reichtum ohne Ende besaß, entwickelte sich die Stadt mit einer Burg und einem ausgedehnten Hafen. Wenn es Vineta dort gab, dann ist Wollin auf den Resten der Stadt entstanden. Es gab auch eine Menge hölzerner Brücken und Stelen aus Holz, die den Svantevit zeigten, einen heidnischen Gott mit vier Gesichtern.«

»Davon werdet ihr aber nichts mehr finden.«

»Danach suchen wir auch nicht. Wir gehen auf den Meeresgrund. Aber es sind Schriften aus der Geschichte der Hanse aufgetaucht, die Vineta so beschrieben, daß es dort gelegen haben könnte, wo Wollin heute ist. Es gibt noch jetzt ein ausgedehntes Hügelgräberfeld mit einem Wall und Resten einer Vorburgsiedlung. Auf Hügeln hinter der Stadt muß es Buntmetallhütten gegeben haben, in denen Silber, Blei und Zinn verarbeitet wurden. Das alles liegt jetzt auf dem Meeresgrund. Die stolz aufgerichteten Götterstatuen auf dem höchsten Punkt dagegen blickten ins Hinterland, dorthin, wo die mächtige Oder in das Haff mündet. Warum? Was sahen sie?«

»Tja!« machte Velsmann.

»Was meinst du?«

»Ich meinte tja, ich wollte sagen, daß ich dazu nichts zu sagen habe.«

»Es muß toll ausgesehen haben! Wenn die Dunkelheit hereinbrach, leuchteten auf dem Silberberg die Feuer der Hütten in den riesigen Brennöfen, und dunkler Rauch stieg in den Nachthimmel. Über lange, braune Keramikröhren führten sie die feinen Ströme des Silberfadens in den Berg hinein. Das Silbererz wurde geschmolzen, die Schlacke floß am Berg hinunter ab, und das Silber muß sich irgendwo im Inneren des Berges gesammelt haben, aufgefangen von entsprechenden Behältern. Sogar das Gestein schmolz, wie Bodenproben ergaben. Wir wissen nicht, mit welchen gewaltigen Feuern sie dies erreichten.«

»Vielleicht ein Höllenfeuer?«

»Vielleicht! Im Schein des Feuers erschienen sicher die Götzengestalten auf dem Berg. Riesige Stelen, die Köpfe mit vier Gesichtern trugen. Und die in das Land blickten. Man vermutet, daß Vineta landeinwärts lag. Vom Meer aus war die Stadt also nicht zu sehen. Die Durchfahrt wurde künstlich geschaffen, aber jedes Schiff konnte sie passieren. «

»Wie auf der Osterinsel«, sagte Velsmann.

»Reichtum und Macht. Wenn Vineta dort lag, werden wir unvorstellbare Schätze finden.«

»Bring mir ein Souvenir mit, wenn du nach Wollin aufbrichst.«

»Komm vorher, Martin! Bitte!«

»Mache ich.«

»Ich soll dich von Tibor und Laila grüßen! Sie warten auf dich! Tibor rechnet fest damit, daß du mit ihm Waldläufe machst und Tennis spielst. Laila wünscht sich zu ihrem Geburtstag in drei Wochen einen I-Pod.«

»Was wünschst du dir, Andrea?«

»Daß du bald kommst!«

»Okay! Ich sehe mich noch ein Weilchen in Eberbach um. Dann rücke ich an.«

»Ich freue mich riesig!«

Ein mit hellem Holz getäfelter Raum, nüchtern, fast banal, aber es war ein besonders gesicherter Raum, wenn die Türen geschlossen waren, galten hier ganz eigene, sorgfältig ausgeklügelte Spielregeln.

Es war ein Labor für Gedanken, die Zeit brauchten. Hier begannen sie, sich zu recken, die Köpfe zu heben, zu leben.

Die Gegenwart dieses Raumes war versöhnlich. Und gleichzeitig trügerisch. Es war eine eingebildete Gegenwart, die von denen, die draußen warteten, geduldet war. Man hatte verabredet, daß alle daran glaubten. Der Raum in dem alten Gebäude war isoliert. Und er schwebte. Er erschien den Wartenden wie eine Blase, die über einem geschärften Schwert schwebte, dessen Spitze aufgerichtet war.

Das Schwert war Gott.

Aber für die Anwesenden bedeutete der Raum das Gegenteil, ein Verlöschen des Draußen, ein Vergessen der Gewalt, der Begierden und der Gefahren. Hier herrschten Geist und

Demut. Hier drinnen wurden Hoffnungen geweckt, Illusionen aufrechterhalten, man kehrte sich ab von allem, was drumherum geschah. Man tauchte ein in eine andere Zeit und sah andere Dinge.

Alle Anwesenden wußten, daß sie Hoffnungen erzeugten, die nicht erfüllt werden konnten. Wer sich darauf verließ, konnte ein Desaster erleben. Das Draußen war die Wirklichkeit. Das Draußen bestand aus festen Dingen. Aus vergänglichen Dingen. Aus Knochen und Blut. Aber sie waren hier, um das zu leugnen. Ihnen kam es auf das Schweben an. Auf die Reise durch die Jahrhunderte. Immer weiter zurück.

Und sie leugneten die Gefahren.

Aber wenn ihre Einschätzung falsch war und der Raum zerplatzte, weil das Schwert zustach, weil Gott nicht einverstanden war mit ihren Plänen, weil sie seinem Plan widersprachen, dann würde der Fall unbeschreiblich tief sein.

Es gab eine einzige Möglichkeit, diesen freien Fall zu verhindern. Das war die Gewalt.

Im Generalvikariat war die Unruhe spürbar. Der Bischof hatte sich angekündigt, war gekommen und wieder gegangen. Er hinterließ eine nachdenkliche Belegschaft, die sich überlegte, wie sie Schlimmeres verhindern konnte. Vielleicht war die Flucht nach vorn der beste Weg.

Man mußte jedenfalls handeln.

Sonst gewann das Draußen Macht. Die Welt der angeblichen Tatsachen. Die Verleumdungen wuchsen.

Das Schwert stach in die Blase.

Der Generalvikar rief an diesem Tag von sich aus bei der Dienststelle der Kripo an. Er schilderte ein paar seiner auserwählten Gedanken. Er lud Inspektor Freygang ein, ihn aufzusuchen – wann immer er es für richtig hielt.

Man hatte gelernt. Man mußte sich öffnen.

Es hatte keinen Sinn, die Tore zu verschließen. Dann bestand nur die Gefahr, daß tatsächlich einige Geheimnisse ans Licht gezerrt wurden, die das Dunkel brauchten. Die Archive mußten weit geöffnet werden. Die Akten lagen auf dem Tisch.

An diesem Tag war der Generalvikar sicher, den richtigen Schritt getan zu haben. Der Weg, den er einschlug, war richtig. Er würde auf den anderen zugehen.

Es würde ein Kräftemessen werden.

Martin Velsmann hatte sich im Hotel *Kloster Johannisberg* mit eigener Kirche einquartiert. Auf dem Gelände des Metternichschen Schlosses selbst existierte nur ein exklusives Restaurant.

Man gönnt sich ja sonst nichts, dachte er. Von den Fenstern aus ging der Blick über Rebstöcke, den Rhein, bis weit hinüber in die flache Hügelwelt von Rheinhessen. Der Himmel war klar, wie blank geputzt, aber von Westen her, dort, wo Mainz lag, zogen bereits neue Regenwolken heran. Sie hatten eine böse, violette Färbung.

Martin Velsmann brach zu einem Spaziergang auf. Vor dem Bürgerhaus gab es einen lebendigen Markt. Dann überquerte er eine lange Lindenallee und stand vor dem Schloß des Fürsten Metternich, umgeben von grünem Gitterwerk mit goldenen Speerspitzen. Im Hof, direkt vor dem Weinverkauf der Domäne stand ein Reiterdenkmal. Velsmann entzifferte die Versalien darunter nur mit Mühe.

Der Kurier des Klosters Johannisberg bringt den verzweifelt wartenden Mönchen verspätet die Reben des Fürstabtes von Fulda – so entdeckte man 1775 den Wert der Edelfäule und der Spätlese.

Es gibt sie also immer schon, dachte Velsmann, die Verbindung zwischen Fulda, der Rhön und dem Rheingau mit Eberbach. Etwas zieht schon immer seine Bahn.

Er ging weiter, vorbei an einer alten Basilika durch die Weinberge nach Schloß Vollrads. Vielleicht schaffte er es, trocken zu bleiben. Die Lektion, die ihm der Wiesbadener Kommissar Montag versetzt hatte, beschäftigte ihn noch immer. Was ist es, das vom Sichtbaren auf das Unsichtbare verweist? Und wie können wir Fehler vermeiden, wenn wir es verstehen wollen?

Was müssen wir tun, um uns einen klaren, ungetrübten Blick zu bewahren, der nicht von Spiegelbildern und bunten Glassteinen abgelenkt wird?

Er genoß es, in der Sonne zu gehen, wer weiß, wie lange sie noch schien. Er dachte an Andrea. An die Kinder. An seine Assistenten in Fulda. Ich bleibe hier, dachte er. Wie schön es im Rheingau ist. Ich gehe durch die Weinberge, kaufe mir selbst einen Weinberg. Ja, ich werde Winzer! Andrea zieht zu mir. Die Kinder machen ihren Weg von ganz allein.

Wozu sich quälen? Das Leben kann leicht und angenehm sein. Er hatte es nicht gewußt. Das Konzert in der Basilika hatte ihm zum erstenmal einen Eindruck davon gegeben.

Es gab ein anderes Leben. Das begann nach Dienstschluß. Velsmann griff in einer symbolischen Geste in die Jackentasche und zog den nicht vorhandenen Dienstausweis heraus. Er zerschnitt das Plastik mit einer eingebildeten Schere und warf die Schnipsel in die Luft. Sie flatterten im Wind davon.

Na also, dachte Martin Velsmann.

Dann packte ihn plötzlich ein Gedanke. Hell wie ein Blitz.

Er blieb stehen und starrte auf das Rheintal hinunter, das glänzte und schimmerte wie eine Wunderkammer, an deren Wänden glitzernde Glasperlen und Spiegel angebracht waren.

Natürlich! dachte er. Warum bin ich nicht gleich darauf gekommen?

Kommissar Montag sei Dank!

Er drehte sich um und ging nach Schloß Johannisberg zurück. Am Parkplatz angekommen, bestieg er sein Fahrzeug. Er steuerte es nach Osten, Richtung Kloster Eberbach. Die Straßen waren frei, wenn auch einige Baustellen die Fahrt verlangsamten. Martin Velsmann dachte nach. Er konnte sich täuschen, doch in seiner Erinnerung hatte es einen Alarm gegeben.

In seinem Gedächtnis hatten sich plötzlich Bilder gezeigt. Eine Bibliothek, durch deren Fenster Sommerlicht eindrang, das in Glasvitrinen reflektierte. In den Vitrinen uralte Bücher. Andrea, die mit ihm sprach. Eine Ausstellung über Kirchenkunst und Klosterleben. Andrea hatte sich damals dafür interessiert.

Alles schob sich in seiner Erinnerung zusammen. Er hörte Andrea sprechen, aber er verstand ihre Worte nicht. Es war zu lange her.

Auf dem Klostergelände schien nicht viel verändert. Noch immer standen überall Löschzüge mit Blaulicht, aber ohne Sirenen. Die Bypässe lagen unverändert. Das Wasser war zurückgeflossen, der Boden auf dem gesamten Gelände von Schlamm bedeckt. Dennoch durfte Martin Velsmann durch die Pforte in das Abteigebäude eintreten.

Er vermied es, in das Büro von Reinhard zu gehen. Er fragte an der Kasse nach dem Buch, das er im Auge hatte. Man verschaffte ihm Zugang zur Bibliothek, und er ließ sich das Buch bringen.

Es war ein Nachdruck des Bibliothekskataloges aus dem Jahr 1502, in Auftrag gegeben von einem Abt, der Martin Rifflinck hieß. Der Katalog enthielt 754 Bände mit insgesamt 1230 Werktiteln. Velsmann fuhr mit den Fingern an den kommentierten Eintragungen entlang. Zum Bestand der Bibliothek gehörten damals, in jenem berühmt gewordenen, ersten Verzeichnis, unter den insgesamt achttausend Büchern auch wenige Werke von Autoren der Antike wie Plutarch, Cicero, Vergil und Livius.

Aber es fehlten die Werke des Aristoteles, vor allem seine Theorie der Komödie.

So war es damals in allen mitteleuropäischen Klöstern gewesen, in denen der Zisterzienser, in denen der Benediktiner, in denen der Franziskaner. Manches hielt man für Teufelszeug. Die Klöster waren dennoch für Jahrhunderte die einzigen Orte, an denen es solche Bücher gab. Man schrieb sie ab, gab das Wissen weiter, erhielt es für die Nachwelt.

Aber nicht jedes Wissen.

Velsmann blickte auf. Wonach suchte er genau? Es war nur eine Ahnung.

Er blickte versonnen zu den umlaufenden Bücherschränken, er zählte sie, während er nachdachte, es waren vierzehn. Auf einer hölzernen Galerie befanden sich weitere acht große Regalschränke. Darin Handschriften, gedruckte Werke, Schriften der Kirchenväter, Bücher zum Besitzstand des Klosters, der Güterverwaltung, des Weinhandels.

Velsmann tauchte wieder in den Text des Buches ein. Schließlich fand er die Stelle. Er hatte sich nicht getäuscht. Bei irgendeinem seiner früheren Besuche war er darauf gestoßen. Inzwischen waren die meisten Bücher der berühmten alten Bibliothek von Kloster Eberbach in die Staatsbibliothek Wiesbaden ausgelagert worden.

Damals fing die Verfolgung schon an. Auf den Innenseiten des Katalogs, direkt unter dem Prolog zum Autorenbild des hochberühmten Mönches Felix Hemmerling, des Doktors der Rechte und einstigen Zürcher Kantors, stand die Eintragung von Hand.

Lachen tötet die Furcht. Aber ohne Furcht gibt es keinen Glauben und keine Reue.

Velsmann starrte auf die handschriftliche Notiz des Abtes Martin Rifflinck.

Und jetzt fiel ihm auch ein, wo er das Buch zuerst gesehen hatte. Man hatte ja nach der Auflösung der Klosterbibliothek im Jahr 1803 alle Bücher verkauft. Den Restbestand sechzehn Jahre später an örtliche Orgelbauer. In der Landesbibliothek von Wiesbaden, die 1853 alle verstreuten Einzelstücke aufkaufte und teilweise nach Eberbach zurückgab, konnte er das Buch neben anderen Originalen einsehen. Es war anläßlich einer Ausstellung über die Bibliotheksschätze Eberbachs, zu der ihn Andrea mitgeschleppt hatte. Andrea beschäftigte sich damals mit Klöstern, sie kannte in Deutschland jedes. Es mußte vor rund zwanzig Jahren gewesen sein. Bei den Exemplaren in der Bibliothek handelte es sich um Nachdrucke zur Geschichte des Klosters.

Und jetzt fiel ihm auch ein, weshalb er dieses Buch studieren wollte. Weil es ihn auf eine andere Schrift und auf einen Film verwies. Es fiel ihm wie Schuppen von den Augen.

Warum war er nicht eher darauf gekommen! Es war nichts naheliegender als das!

Etwas, verdeckt etwas anderes!

Etwas bleibt dunkel im glitzernden Spiel von Glassteinen, im Vexierspiel von Spiegeln!

Martin Velsmann verließ den Bibliotheksbau und fragte im Museumsshop nach der Verfilmung des Romans von Umberto Eco. Sie hatten das entsprechende Video.

Natürlich besaßen sie es!

Sie zeigten das Video jedem Besucher, der es sehen wollte.

Warum ist mir das nicht eher eingefallen? dachte Velsmann.

Er schaute sich das Video auf einem Monitor an, mit Kopfhörern, um eventuelle Leser in der Bibliothek nicht zu stören. Es saß ein junger Mann mit Brille und Bart zwei Reihen weiter und schlug in Folianten nach.

Der Film brachte ihn nicht weiter. Bilder besitzen oft eine nur scheinbare, eine simulierte Bedeutung, dachte Velsmann.

Sie verdecken mehr, als sie preisgeben, deshalb ist unsere gegenwärtige Bilderkultur so undeutlich, so beliebig. Aber die Szene, die ihm eingefallen war und die er sich jetzt mit Vorlauf und Rücklauf immer wieder auf dem Monitor ansah, stimmte mit den Worten in dem Buch des Abtes Martin Rifflinck und mit dem Buch von Umberto Eco überein.

Lachen tötet die Furcht. Aber ohne Furcht gibt es keinen Glauben und keine Reue.

Im Buch von Umberto Eco wie auch in der Verfilmung von Jean-Jacques Annaud sprach diesen Satz ein alter Benediktinermönch, der damit die Indizierung verbotener Schriften der Antike wie der Komödientheorie des Aristoteles und der späteren Aufklärung begründete. Und er rechtfertigte mit diesem Satz die Ermordung geistlicher Brüder, die die Schriften studieren wollten.

Der Mönch war blind. Gott hatte ihm sein Augenlicht genommen. Er wollte es auch den anderen nehmen.

Der Autor des Romans bezog sich auf die Notiz des Abtes Martin Rifflinck aus dem Jahr 1502! Wer wußte davon?

Martin Velsmann lehnte sich in seinem Benutzerstuhl zurück und grübelte nach. Was hatte das zu bedeuten?

Dann begriff er auch das, es war wie ein Puzzle, dessen Steine sich zusammenfügten. Die Verfilmung des Romans »Der Name der Rose« hatte genau hier stattgefunden. An diesem Ort. Im Kloster Eberbach.

Velsmann hatte die Tatorte mit eigenen Augen gesehen. Er war in ihnen herumgegangen. Er erkannte sie im Film wieder. Er sah den blinden Mönch vor sich, der haßerfüllt in der Bibliothek stand. Seine blicklosen Augen richteten sich auf ihn.

Die Täter sehen dich an, dachte Martin Velsmann. Unverwandt. Die ganze Zeit.

Die hohen, weißen Mauern hallten wider von seinen Schritten. Als er aufbrach, um sich seinem letzten Gang zu stellen, als er begriff, daß er sich der Wirklichkeit stellen mußte, bekam er das Gesicht, das ihm zustand.

Das Böse bekam ein Gesicht.

Er selbst begriff es im gleichen Moment, als auch der Regen wieder Gestalt annahm. Der Regen war für ihn körperlich vorhanden, ein Akteur unter anderen Handelnden. Etwas, das sein Recht einforderte. Der Regen war zur Sintflut geworden und wies die Menschen an ihren Platz. Er schwemmte auch ihn hinaus.

Ich bin ein Mann, dachte er, und ich habe Begierden wie ein Weib, ohne Weiberkraft. Ich bin ein Mann, dessen Gier übermächtig wird, ohne die mütterliche Mäßigung der Weiber. Ich habe die Mutter zu früh verloren. Ist es das? Weil man sie namenlos verscharrte, wie es bei Selbstmördern damals üblich war? Weil sie mich allein ließ und ich nicht mal an ihrem Grab stehen durfte?

Sie mißachteten mich.

Wie ich sie dafür haßte!

Er ging weiter und beruhigte sich. Er dachte noch einmal daran, wie ungerecht er es empfunden hatte, daß sie eine unheilbare Hautkrankheit befiel. Dann vergaß er den Gedanken an das Weib, das seine Mutter gewesen war. Er verdrängte die Gefühle. Es rührte ihn nichts mehr, und seinen Gliederschmerzen gegenüber brachte er nur kalten Haß auf. Er haßte seine Schwächen, er wollte damit nichts zu tun haben.

Wütend gegen sich selbst, hatte er seine alte Kleidung ausgezogen und die neue angezogen. Jeden Tag vollzog er diese Verwandlung. Er konnte einfach nicht anders. Dann trat er heftig auf. Laut. Damit man ihn sah. Aber er hatte das Gefühl, es sah ihn niemand wirklich. So wie er wirklich war.

Er wußte aber, jetzt war jemand auf seinen Fersen. Jemand mußte ihn also wahrgenommen haben. Er war noch weit entfernt, aber er roch ihn schon. Der erste Impuls in ihm war, seinen Gegner zu vernichten. So wie er es gewohnt war. Dann faßte er einen anderen Plan.

Wie wäre es, dachte er, wenn ich mich stelle? War das nicht die Gelegenheit, die er schon lange gesucht hatte? War dies nicht der entscheidende Augenblick in seinem Leben?

Er würde sterben können. Endlich konnte er es. Es hatte lange gedauert. Endlich wollte er es auch.

Der Zeitpunkt war gekommen.

Und er machte sich auf den Weg.

ZWEITER TEIL

Geräusche

8.
Sonntag, 1. Mai 2005

Als der Anruf von der »Inquisition« kam, wie Freygang die Kirchenbehörde nannte, begann gerade die Mittagspause. Aber eine Pause gab es für die Kripo Fulda im Augenblick nicht. Und schon gar keine freien Tage.

»Kommen Sie zu uns. Sie wissen ja, wo Sie uns finden.«

»Ich bin schon unterwegs, Eminenz«, sagte Freygang. Er wollte gerade das Büro verlassen, als das Telefon erneut klingelte. Freygang wollte es zuerst ignorieren, nahm dann aber doch den Hörer ab. Es war Martin Velsmann.

»Ich habe was für Sie, Freygang, das Sie interessieren dürfte. Ich weiß jetzt, woher der Satz stammt, den die Tote in Fulda bei sich trug.«

Freygang setzte sich. »Schießen Sie los, Herr Velsmann!«

Der Ex-Hauptkommissar berichtete. Freygang hörte atemlos zu. Was für eine Wendung! Aber war dieser Zusammenhang überhaupt zu verstehen? Mußte es nicht Zufall sein?

»Wir haben zwei Tatorte«, sagte Velsmann. Freygang hörte ihm an, daß ihm die neue Erkenntnis Spaß machte. »Der Mord in Fulda hat etwas mit der Region zu tun, in der ich mich gerade bewege. Ist das nicht kurios? Ich dachte, ich bin im Urlaub, und zack! Ziehe ich vielleicht die Verbrechen an?«

»Nein. Es ist Zufall, das wissen Sie natürlich. Ich muß mir diesen Film ansehen. Was, glauben Sie, steckt dahinter?«

»Ich kann mir noch keinen Reim darauf machen. Jemand will demonstrativ auf einen Umstand hinweisen. Vielleicht hat es mit Ungehorsam zu tun, mit Unbotmäßigkeit, Ketzerei. Im Zusammenhang mit diesem Mordfall verstehe ich das nicht. Jemand will einen Verdacht ausstreuen. Wie sieht der Verdacht aus? Gegen wen richtet er sich? Daß kirchliche Stellen, irgendwas Inquisitorisches jedenfalls, mit dem Mord in Fulda zu tun haben?«

»Aber ist das nicht allzu offensichtlich?«

»Was? Der Hinweis? Oder die Absicht dahinter, einen solchen Verdacht zu streuen?«

»Beides!«

»Es kommt mir so vor, als wollte der Täter – wenn der Satz denn von ihm stammt – seine Hinrichtung des Opfers begründen. Das Opfer hat etwas getan, wofür es jetzt zur Rechenschaft gezogen wird. Was hat sie getan? Vielleicht herumgeschnüffelt und zuviel gesehen. Ich werde mir den Film noch einmal ansehen.«

»Herr Velsmann? Darf ich Sie in die Ermittlungen der Mordkommission einbauen? Und wenn es nur als Berater ist! Ich werde einen Antrag stellen.«

»Zugegebenermaßen ist mein Jagdinstinkt geweckt«, gab Velsmann zu. »Aber ich bin noch immer außer Dienst. Ich glaube kaum, daß Gell oder Keuper ihre Zustimmung zu einer solchen Sondergenehmigung geben würde. Sie waren zu wütend, als ich aufhörte.«

»Lassen Sie es mich versuchen! Sie müssen natürlich damit einverstanden sein!«

»Ich weiß nicht. – Lieber nicht. Ich könnte es nicht vor meiner Frau verantworten.«

»Wenn Sie nicht kommen, Herr Velsmann, zieht man hier ganz bestimmt Profiler vom LKA hinzu. Dann wird uns die Ermittlung aus der Hand genommen.«

»Nein, Freygang. Sie müssen damit klarkommen, tut mir leid.«

»Na schön, ich kann Sie nicht zwingen«, seufzte Freygang. »Außerdem würde man Sie vielleicht dann wieder rückstufen, Sie wären wieder Assistent – es ist jedenfalls denkbar.«

»Das ist mir völlig egal. Wir könnten wieder zusammenarbeiten, das ist das wichtigste.«

»Passen Sie auf! Geben Sie mir einen Tag Bedenkzeit. Ich melde mich morgen mittag.«

»In Ordnung. Ich gehe jetzt ins Vikariat, dort scheint man etwas loswerden zu wollen. Ich halte Sie auf dem laufenden.«

Freygang legte auf. Ich muß ihn locken, dachte er. Er muß kommen. Die alten Zeiten waren die besten.

Noch einmal klingelte das Telefon. Freygang meldete sich widerwillig. Es war Baumann. Die Untersuchung der Schließfächer am Hauptbahnhof hatte nichts ergeben, das auf Janne van Lent verwies. Und weil die Hotelrezeptionistin beschwor, die Ermordete habe bei ihrer Ankunft einen Koffer und einen Laptop gehabt, mußte der Mörder ganze Arbeit geleistet haben. Oder welche Möglichkeit gab es sonst?

Hatte das Opfer vor seinem Tod alle Spuren beseitigt? Aus welchem Grund? Freygang fiel das Messer ein, das man bei ihr gefunden hatte. Konnte es sein …?

»Und dann diese Unterlagen, die Janne van Lent eingesehen hat«, sagte Baumann.

»Ja?« fragte Freygang ungeduldig.

»Damit komme ich nicht weiter. Es ergibt keinen Sinn. Es handelt sich um Unterlagen aus den Amtsbereichen von katholisch geführten Kliniken und Pflegeanstalten. Personalfragen werden erörtert, Schriftverkehr zwischen Verwaltungen von Bezirksverbänden, irgendwelchen Oberpräsidenten, Amtsärzten und Klinikbehörden. Dann geht es um Patienten und um Behandlungsmethoden. Um Verlegungen von Patienten zwischen Kiedrich, Weilmünster, Herborn, um einen Kalmenhof in Idstein, und so weiter. Um die Art der Transporte, Kostenfragen, Abrechnungen ...«

»Irgendein Zusammenhang mit Janne van Lent, der uns weiterbringt?«

»Ich sehe keinen.«

»Bitten Sie um die Erlaubnis, Kopien der Unterlagen machen zu dürfen, und kommen Sie damit ins Büro!«

Alfons Freygang beendete das Gespräch und verließ das Haus der Polizeidirektion an der Dalbergstraße. Er ging den knappen Kilometer ins Generalvikariat zu Fuß. Auf halbem Wege setzte der Regen ein, und da er seinen Schirm vergessen hatte, weil er über Martin Velsmann nachdachte, mußte er jetzt rennen. Der Regenguß durchdrang alles.

Schwer atmend kam Freygang am Portal des kirchlichen Gebäudes an. Seine Haare waren klatschnaß, er trocknete sie mit seinem Stofftaschentuch, das ihm Tosca am Morgen zugesteckt hatte. Dann glättete er seine strähnige Frisur und trat ein.

Der Generalvikar empfing ihn an gleicher Stelle. Auf seinem Schreibtisch lag eine Sonderausgabe der *Fuldaer Zeitung* zum Mord. Die erste Seite war für dieses konservative und zurückhaltende Blatt ungewöhnlich dick aufgemacht mit der Überschrift: *Ohne Furcht kein Glaube! Was bedeutet der Hinweis im Mordfall Janne van Lent?*

»Was halten Sie davon, Herr Inspektor?« fragte der Kirchenmann, als Freygang an den Schreibtisch getreten war.

Alfons Freygang spürte, wie die kalte Nässe an ihm herunterrann. Zu seinen Füßen bildeten sich Wasserspuren.

»Ich weiß jetzt, woher dieser Spruch stammt, Eminenz«, sagte Freygang.

»Ach ja?« Der Kirchenmann zog die Augenbrauen so weit in die Höhe, daß sie beinahe in seinen Stirnfransen verschwanden.

»Sie stammen aus Umberto Ecos *Der Name der Rose*!«

»Ist das sicher?«

»Haben Sie das Buch gelesen?«

»Es liegt bei uns im Giftschrank. Ein respektloses Werk.«

»Sie sollten es lesen. Jeder sollte es lesen, damit die Hinweise uns endlich weiterbringen.«

»Haben Sie es denn getan?«

»Ich weiß ja erst seit heute, daß der ominöse Satz daraus ist.«

Freygang erklärte dem Generalvikar, welchen Kontext der Satz in dem Buch besaß. Der Mann am Schreibtisch schrumpfte buchstäblich zusammen.

»Mein Gott, das wird neue Spekulationen nähren. Ich wittere weiteres Ungemach. Sie werden alle versuchen, Zusammenhänge herzustellen. Aber das ist nun vielleicht auch schon gleichgültig. Denn weshalb ich Sie hergebeten habe, ist das Folgende. Ihre Beamten sitzen seit gestern in unserer Bibliothek. Ich muß Sie dringend bitten, das ganz geheimzuhalten. Wenn die Medien davon Wind kriegen, daß bei uns die Polizei ein und aus geht, dann brechen hier die Dämme. Wir als Kirche sind nicht in der Situation, uns auch nur das geringste leisten zu können. Unser Ruf steht auf dem Spiel. – Ich hoffe, ich kann Ihnen das begreiflich machen.«

»Eminenz, auf dem Spiel steht momentan etwas ganz anderes. Ein Mord ist geschehen. Wir müssen ihn aufklären. Und jeder soll dazu beitragen, ihn aufzuklären. Alles andere ist unwichtig. Empfindlichkeiten interessieren mich nicht. Wir sind die Polizei.«

»Ja, das ist doch selbstverständlich!« Der Generalvikar lehnte sich in seinem Sessel zurück, er legte eine Hand um seine Kehle. »Aber halten Sie uns bitte die Meute vom Hals. Es gab einmal Zeiten, in denen die Kirche selbstverständlich respektiert wurde als Hort des Friedens und der Glaubenswahrheit. Und die Menschen anerkannten sie als Gottesinstanz. Dahin muß es wieder kommen. Die Öffentlichkeit muß in ihre Schranken gewiesen werden.«

»Eine Terz mehr Glaubwürdigkeit könnte helfen, Eminenz«, sagte Freygang. »Vermitteln Sie als Kirche den Eindruck, nichts zu verbergen, dann glauben die Menschen Ihnen. Man hat aber den Eindruck, in der Kirchengeschichte ist so viel schiefgelaufen – das nagt an der Glaubwürdigkeit.«

»Ich weiß nicht, wovon Sie sprechen, verehrter Herr Inspektor, ich halte das Ihrer Jugend zugute. Ich habe meine Bitte formuliert. Ich drücke damit den Wunsch unseres Bischofs aus. In Fulda ist die Situation noch intakt. Und wir würden das gern so beibehalten. Sie bekommen die Erlaubnis, die fraglichen Bücher auszuleihen. Studieren Sie sie im Präsidium – natürlich mit pfleglicher Behandlung. Sie werden sehen, daß darin nichts Mysteriöses zu finden ist. Lassen Sie die Kirche aus dem Spiel!«

Hörte Freygang einen drohenden Unterton heraus? Er war sich nicht sicher. Das Gesicht des Generalvikars war unbewegt.

»Was drückt dieser ominöse Satz aus, Eminenz? Helfen Sie mir!«

Der Kirchenmann blickte Freygang stumm an. Er überlegte mehrere Sekunden lang. Dann sagte er: »Er drückt genau das aus, was er ausdrückt. Das ist doch klar. Wenn die Menschen nicht in Furcht und Schrecken vor der Schöpfung und dem Schöpfer gehalten werden, werden sie übermütig. Dann verlieren sie den Gehorsam. Dann glauben sie, sich an die Stelle des Schöpfers setzen zu können. Es gibt viele Beispiele dafür.«

»Teilen Sie eine solche Sicht?«

»Darum geht es nicht. Gott ist nicht nur allwissend, er ist auch fordernd. Der Glaube ist nicht *trendy*, man muß sich ihm mit Haut und Haaren verschreiben.«

»Was kann das Opfer getan haben, um auf diese grausame Weise gezüchtigt zu werden?«

»Sie hat sich vielleicht – erhoben.«

»Worüber?«

»Über die gültigen Verkündigungen des Glaubens und seiner Regeln. Aber das würde ja bedeuten, daß der Mörder religiöse Gründe für seine furchtbare Tat gehabt hätte. Und ich hoffe, dies ist nicht der Fall! Ich weiß es nicht. Sie können unmöglich von mir verlangen, daß ich mich in die Seele eines Mörders einfühle und seine Motive kenne.«

»Ist es Rache? Das ist doch ein Grundsatz der Kirche?«

»Auge um Auge?«

»Ja.«

Der Kirchenmann grübelte. »Auge um Auge ... Nehmen Sie das nicht zu wörtlich! In diesem Gesetz drückt sich nur die Gerechtigkeit vor Gottes Geboten aus, nicht eine Anleitung zum Mord. Nein, ich kann Ihnen nicht helfen.«

»Danke, für die Schriften, Eminenz! Wir werden sie schonend behandeln und so schnell wie möglich zurückgeben. Und wir möchten auch Kopien machen von den Unterlagen über das Wirken katholischer Pflegeanstalten und Kliniken und ihrer Leitungen.«

Der Kirchenmann blickte womöglich noch unwilliger, machte aber dann eine zustimmende Geste.

Freygang blickte an sich herunter. Um seine Schuhe hatte sich eine Lache gebildet. Er verabschiedete sich. Im Geiste sah er sich rückwärts buckelnd und dienernd zurückschleichen. In Wahrheit drehte er sich einfach um und schloß die Tür des Audienzzimmers mit einem Knall.

Velsmann verließ das Gelände des Klosters nicht. Jetzt suchte er Reinhard auf. Er wollte sich über den Stand der polizeilichen Ermittlungen berichten lassen. Über dem Skelettfund lag noch immer das gleiche Geheimnis. Man bestimmte noch immer in einem aufwendigen Verfahren das Alter. Die Polizei in Wiesbaden hielt ihre Nachrichtensperre aufrecht, aber es war durchgesickert, daß noch am Abend eine erste Analyse bekanntgegeben werden sollte.

Reinhard sagte: »Ich dürfte gar nicht mit Ihnen sprechen, verehrter Herr Velsmann, denn die Stiftung des Staatsweingutes hüllt sich in Schweigen. Ich kann das gut verstehen, es steht so viel auf dem Spiel. Man hat mir angedeutet, daß man Sie nicht unbedingt gern auf dem Klostergelände sieht.«

»Warum brach der Kisselbach genau dort seine Dämme, wo der sakrale Bereich des Klosters vom profanen Bereich getrennt wird? Können Sie mir das sagen? Hat das eine irgendwie historische Bedeutung?«

»Dort war ja nicht der ursprüngliche Ort der Katastrophe, sondern vor dem neuen Krankenhaus. Die Stelle, die Sie nennen, markiert allerdings den Bereich, wo die Konversen von den geistlichen Brüdern getrennt wurden. Darunter legte man im 18. Jahrhundert den Kanal. Aber das halte ich eher für einen Zufall.«

Velsmann dachte einen kurzen Moment nach, dann erzählte er Reinhard, was es mit dem mysteriösen Satz auf sich hatte.

»Martin Rifflinck? Ja, die Kustoren bereiten gerade eine Ausstellung über ihn vor, die 2006 bis 2007 im Neuen Museum, am Rand der alten Bibliothek eröffnet werden soll.«

»Ist es nicht überraschend, daß dieser Satz schon so früh auftaucht? Eco hat ihn nur übernommen. Und jeder dachte doch, er stamme von ihm.«

»Ich kenne natürlich den Film, der in Eberbach gedreht wurde – übrigens ja nur Teile davon, man drehte auch in anderen Klöstern. Und ich erinnere mich genau an jenen blinden Mönch. Eine grandiose Gestalt, wenn auch erschreckend. Ich kann mir beileibe nicht vorstellen, was jemand ausdrücken will, der einen Mord begeht und ein solches Motto wählt. Es sei denn, es handelt sich um einen Glaubensfanatiker, wie es sie im Mittelalter gab. Er wählt sich diesen Mönch als Racheengel. Es ist gruselig.«

»Das ist es gewiß. Es ist jedoch auch bezeichnend. Entweder hat das Opfer in Dinge geschaut, die es nicht sehen durfte. Oder der Täter will eine Blutspur in Richtung Kirche lenken.«

»Das müssen Ihre Kollegen in Fulda herausbekommen, nicht wahr? Sie sind doch außer Dienst.«

»Natürlich. Aber als ich bei diesem Konzert in der Basilika war, wurde mir klar, daß ich Polizist bleibe. Einmal Ermittler, immer Ermittler. Ich kann nicht aus meiner Haut. Es ist, als würde in mir etwas aufgezogen, ein Radwerk, das jetzt läuft.«

»Dann gehen Sie doch nach Fulda und klären den Fall auf!«

»Das hat mir auch mein Assistent vorgeschlagen. Aber ich mache nicht gern gefaßte Entschlüsse rückgängig. Ich bin aus dem Polizeidienst ausgeschieden.«

»Das verstehe ich, doch das Leben verläuft nicht geradlinig. Wir müssen uns darauf einstellen. Wenn alles geradlinig verlaufen würde, hätten wir im Kloster nicht diesen katastrophalen Rückschlag erlitten. Jeder von uns muß den eingeschlagenen Weg manchmal verlassen und neu ansetzen.«

»Ich weiß. Also Sie meinen, ich soll mich auf dem Klostergelände nicht mehr blicken lassen?«

»Das würde ich nie meinen! Ich freue mich, wenn Sie kommen. Und wenn Sie zur Aufklärung dieses schrecklichen Verbrechens beitragen können, dann halten Sie sich hier auf, solange Sie wollen! Aber das ist nur meine persönliche Meinung!«

»Sie sind immerhin der Verwalter von Kloster Eberbach.«

»Die wirklichen Herren in der Staatsdomäne sind der Vorsitz der Stiftung, und vor allem sind es die Geldgeber, Herr Velsmann! Geld regiert hier alles.«

»Das ist, fürchte ich, der Zustand, den wir heutzutage überhaupt in unserer Gesellschaft vorfinden.«

»Da könnten Sie recht haben.«

Velsmann fiel etwas ein. »Übrigens! Warum ist diese Clara Falker, deren Grabstein hinter der Klostermauer liegt, hier begraben, wenn sie doch in Hohen Eichen gestorben ist?«

Reinhard blickte ihn verwundert an. »Im 19. Jahrhundert dürfte es keine Trennung zwischen der Klinik Hohen Eichen und der hiesigen Irrenanstalt gegeben haben. Bestimmte Bereiche gingen ineinander über, zumal das Kloster damals schon aufgelöst war. Vielleicht betrachteten die Ärzte da drüben Eberbach als eine Art Hinterhof, in dem man Verstorbene entsorgen konnte. Das ist heute glücklicherweise anders.«

Als sich der Abend über Kloster Eberbach gesenkt hatte, löste sich ein menschlicher Schatten aus der Dunkelheit. Auf dem Klostergelände war viel Platz für Schatten und für unbeobachtete Bewegungen, und der Schatten wußte genau, wohin er wollte. Er steuerte das Abteigebäude an. Dann zog er ein Schlüsselbund aus dem Mantel.

Er war plötzlich aufgetaucht. Ein unvermuteter Beobachter hätte annehmen können, aus dem Nichts. Denn er kam nicht. Er war plötzlich da. Und setzte sich so selbstverständlich sofort in Bewegung, als gäbe es auf dem Gelände keine Absperrungen und keine Wächter.

Geist der Freiheit, dachte er. Sie nennen es Geist der Freiheit. Sie behaupten, die Menschen könnten sich frei nach ihren Bedürfnissen entscheiden. Nein, es ging in Wahrheit um die Rückkehr des Verdrängten. Um das, was den Menschen wirklich zu einem Lebewesen machte. Aber davor hatten sie Angst. Sie wollten nicht auf verdrängte Stufen zurückfallen. Sie wollten nicht hören.

Und auch er hatte Angst davor. Aber jetzt, wo er sich gefügig erweisen konnte, wo er Gelegenheit bekam, dem Menschen, den er am meisten liebte, einen Dienst zu erweisen, jetzt mußte er sich damit beschäftigen, mit der Rückkehr. Er wußte gleichzeitig, er fürchtete diesen Menschen auch am meisten, der ihm ganz nah war. Und weil es so war, bedrückte ihn alles. Er war schwermütig, er nahm nichts leicht. Und alles erschreckte ihn. Seine Seele war wirklich nicht frei, o nein! Darin fraß sich das Verdrängte fort wie Licht und Hitze, die einen alten Film zerstörten. Schon spürte er die schmerzenden Blasen in seinem Inneren.

Die Bedrohung kommt immer von innen, dachte er. Und mit ihr die Angst.

Der Mann ging ohne Licht über die langen Gänge. Er ging in die Kirche, stieg eine schmale Stiege empor, betrat das Dormitorium der Mönche. Die lange, gotische Halle lag im jahrhundertealten Schweigen. Staub und Stille von Jahrhunderten. Dann bog er nach links ab. Vor einer Tür machte er halt. Er drückte die Klinke nieder. Die Tür war abgeschlossen. Er zog sein Schlüsselbund hervor. Ein Schlüssel paßte. Leise stieß er die Tür auf. Er trat ein.

Wieder mußte er einen Gang hinuntergehen. Jetzt befand er sich in der alten Bibliothek, die auf ihren alten Stützen aus furniertem Holz gegenüber dem Laienrefektorium an der Konversengasse stand. Hier lagen Dielen aus dickem Obstbaumholz, die Geräusche beim Gehen verursachten. Er ging auf Zehenspitzen weiter.

Die spärliche Helligkeit, die von draußen, von den Lampen des Klostergeländes eindrang, genügte ihm.

Der Raum mit den Mittelpfeilern war spärlich möbliert. Skulpturen und Exponate des benachbarten Museums befanden sich hier. Er trat an einen Schreibtisch und machte den

Computer an. Einen Moment lang war er besorgt über die Lichtquelle, sah aber, daß vor dem nahe liegenden Fenster ein dicker Vorhang hing. Er öffnete das Programm und drang in die Ablage ein. Er fand die Benutzerdatei sofort, sie war nicht mit einem Kennwort gesichert.

Er starrte auf den Bildschirm. Martin Velsmann, dachte er. Der Name der Rose. Martin Velsmann.

Sebastianstraße, las er. Er sah im Geiste eine baumbestandene Straße am Rand der Innenstadt vor sich, aber jenseits der Bahnanlagen. In der Nähe war irgendein Amt. Martin Velsmann. Aus dem fernen Fulda. Was hatte der hier zu suchen? War er schon so nahe? Ein Schnüffler, der die Zeichen zu lesen verstand, das war klar. Er mußte das erzählen. Wie konnte es sein, daß er so schnell auf die richtige Spur gekommen war? Es war beinahe unheimlich.

Wie lange war er, um Gottes willen, schon auf der Spur?

Der Mann notierte sich die Adresse. Er war sich nicht sicher, ob er zornig oder froh sein sollte über das, was er erfuhr. Denn er verstand den Plan noch immer nicht. Sollte die Spur zu einem bestimmten Ziel führen? Oder sollte sie davon entfernen? Wollte der Übermächtige, wie er ihn selbst immer nannte, einen Zweikampf? Und warum? Er wollte den Gedanken nicht zu Ende denken. Denn das hieße ja, er war davon überzeugt, verfolgt zu werden und sich diesem Gegenüber stellen zu müssen.

Aber er war doch nicht so schwach! Er kannte ihn doch!

Und wenn er die Verfolger, die in Deckung lauerten, auf seine Spur bringen wollte, um in einem letzten Akt den Triumph seiner Bloßstellung zu erleben?

Das war zu abwegig!

Es schüttelte den Eindringling. Ich darf keinen Fehler machen, dachte er. Ich will doch immer nur alles richtig machen.

Alles doppelt richtig machen. Nur so bekomme ich, was ich will.

Der Mann richtete sich auf. Nein, er war nicht kalt und anmaßend. Er verachtete das Schwache nicht. Er war nicht beleidigend und abweisend. Ich will nicht einmal laut sprechen, dachte er. Und wenn das Verdrängte mich überschwemmt, kommen solche schrecklichen Dinge in mir zum Vorschein. Irrwitzige Dinge. Und schlimme Worte. Wenn ich Grund hätte zu schreien, würde ich mich verraten. Davor muß der Mensch doch behütet sein! Sind nicht die Väter dafür da, einen davor zu schützen?

Er schaltete den Computer aus. Dann stand er einen Moment hoch aufgerichtet da. Er dachte nichts und fühlte nichts. Langsam kam die Unruhe zurück, die er kannte. Sie war immer da. Ein Grundgefühl. Ein dunkles Raunen, als gäbe jemand ihm Anweisungen.

Zuerst hatte er gedacht, er höre Stimmen. Aber das war es nicht. Es war wortlos. Es war das Verdrängte, das zurückkehrte. Es hatte keinen Namen.

Er ging den Weg zurück, den er gekommen war. Draußen verschmolz er mit der Dunkelheit.

Kurz bevor er den Unterschlupf erreichte, begann es zu tröpfeln. Als er die halb von Gras überwachsene Pforte hinter sich zuzog und sorgsam verschloß, damit s i e nicht eindringen konnten, rauschte wieder dichter Regen nieder. Der Regen gehörte jetzt dazu.

Inspektor Müller hatte die Schriften im englischen Original gelesen. Jedenfalls quer. Die Kapitel, die ihm interessant genug vorkamen. Als er in das Büro zurückkam, besaß der Fünfzigjährige das Gesicht eines Mannes, der unausgeschlafen war. Er ließ sich von der Sekretärin einen Kaffee bringen

Auch Aspirant Baumann, der seine Arbeit im Archiv bereits erledigt hatte, war anwesend. Später würde noch Tosca Poppe dazukommen.

»Was gibt's Neues?« wollte Freygang wissen.

»Es war eine nervige Arbeit«, erwiderte Müller und trank einen Schluck Kaffee, »aber es könnte sein, daß wir jetzt ein bißchen mehr über die Sache wissen.«

»Dann erzählen Sie mal, Kollege Müller.«

Der Inspektor öffnete die grüne Mappe, die er in der Hand hielt. Von draußen ertönten plötzlich laute Geräusche. Der einsetzende Regen prasselte auf ein Plexidach im Hof. Freygang stand auf und schloß das Fenster. Unten im Hof bewegten sich die Birken so heftig, als schlüge der Regen auf sie ein.

»Wir müssen mit allen reden«, erklärte Müller und straffte seine große, kräftige Gestalt, »die wirklich was davon verstehen. Was ich mitgekriegt habe, ist: Moderne Autoren glauben inzwischen an eine Verschwörung, die über Jahrhunderte hinweg geht. Dörfer voller Geheimnisse wie Rennes-le-Chateau, Katharer und Albigenserkriege, Montségur und die verborgenen Seiten der geistlichen Ritterorden. Prieuré de Sion, Rex Deus, der angebetete Baphomet, Manifeste der Rosenkreuzer, geheime Briefe der Päpste, die Protokolle von Zion und das Verschwinden der jüdischen Aristokraten von der Erdoberfläche, verlorene Könige und die Legenden um die Merowinger. Das ganze Mittelalter schwirrt von Legenden und Gerüchten wie ein Bienenstock. Um zu filtern, was dran sein könnte, brauchen wir einen Mediävisten, keinen Kripobeamten. Und dann stellt sich immer noch die Frage, ob uns das was angeht. Ob es uns hilft, diesen Mord aufzuklären.«

»Sie haben Wolfram von Eschenbachs Parzival vergessen«, warf Baumann mit singender Wiener Stimme ein.

»Wie? Was soll das jetzt!«

Baumann bewegte sich unruhig. »Geht es in dem Versepos nicht auch um den Heiligen Gral und die Suche danach?«

Freygang sagte: »Stopp! Ich mag das nicht! Auch wenn ich ahne, daß wir uns damit beschäftigen müssen, aber Mysterienspektakel gehen uns wirklich nichts an. Halten wir uns an die Fakten! Kollege Müller, sagen Sie uns, was für Hinweise in den von Ihnen studierten Schriften nützen uns für den Fall Janne van Lent.«

»In solch einem Fall, wenn wir so viel Hektik haben, dann kann ich nur empfehlen, kühlen Kopf zu bewahren. Wir kennen das doch von der Terroristenbekämpfung. Irgendein Wichtigtuer lanciert im Internet ein Bekennerschreiben, und schon steht alles kopf. Jeder kann heutzutage falsche Spuren ausstreuen. Wenn sie nur interessant genug sind, stürzt sich die Meute darauf. Ich schlage vor, wir nehmen meine Notizen aus der Lektüre zu den Akten. Und klappen den Aktendeckel zu. Dann kümmern wir uns um den Mord.«

»Okay, Sie sprechen mir aus dem Herzen!« sagte Freygang.

»Und wenn wir etwas übersehen?« wagte Baumann zu erwidern. »Wenn die Beschäftigung mit den Zeloten, mit Pierre Plantard de Saint-Clair, mit Jesus, Parzival und Johannes dem Dreiundzwanzigsten doch zu Janne van Lent führt? Und wir begreifen die ausgelegten Spuren nur nicht, weil wir keine Lust haben, sie zu erkennen?«

»Dann sind wir am Arsch«, sagte Freygang. »Aber ich sehe diese Gefahr nicht.«

Baumann insistierte mit jetzt spitzer Stimme. »Es geht eindeutig um einen religiösen Zusammenhang, oder nicht? Wir dürfen nichts ausschließen.«

»Baumann! Dann stelle ich Sie ganz allein dafür ab, sich um diesen Aspekt zu kümmern! Ist das in Ihrem Sinne?«

»Nein, so habe ich es nicht gemeint! Obwohl …«

»Kein Wenn und Obwohl! Sie kümmern sich um alle Spuren, die von der mysteriösen Botschaft am Tatort zur Religion, von dort zum Mord an Janne van Lent und zur Lösung führen. Ist das klar?«

»Hätte ich bloß nichts gesagt«, meinte Baumann kleinlaut. »Wie soll ich bei so komplizierten Vorgängen ein Resultat vorlegen! Das eine ist blödsinnig wabernd, das andere soll zu einer Pointe führen!«

»Fassen Sie den Mörder, Baumann! Vielleicht ist es der alte Mönch aus diesem verdammten Kloster in *Der Name der Rose*!«

»Wie meinen Sie?«

»Nur ein Scherz!«

Müller warf ein: »Müssen wir nicht ein noch genaueres Profil des Opfers erstellen, um von dort aus weiterzukommen? Die Tote etwas mehr ausleuchten? Ist das nicht der erfolgversprechende Weg?«

»Ein paar Informationen besitzen wir ja bereits. Aber es sind wenig. Immerhin ist alles nachlesbar. Auch Interpol hat schon ein wenig dazu getan.« Freygang deutete auf eine gelbe Akte. »Übrigens, Baumann, sollten Sie nicht noch mal mit der Rezeptionistin im *Hotel Kurfürst* reden?«

»Glauben Sie, die weiß was über den *Rex Deus* oder über den *Prieuré de Sion?* Das ist eine kleine, unwichtige ...«

»Machen Sie nicht den Affen, Baumann!« sagte Freygang geduldig. »Sie sollen die Frau ausquetschen, holen Sie heraus, was ihr zu Janne van Lent einfällt. Über alles andere soll sie sich nicht den Kopf zerbrechen. Aber über das Opfer soll sie, verdammt, auf das heftigste nachdenken. Jede Kleinigkeit kann uns helfen.«

»Okay«, sagte Baumann beleidigt. Er sah »geschmeicht« aus. Aber seine großen, braunen Augen blickten hellwach.

»Werden die Parkbesucher immer noch interviewt?« wollte Müller wissen.

»Ja, aber wenn sich bisher nichts ergeben hat, werden die Chancen immer geringer, daß jemand kommt, der was gesehen hat.«

»Die Medien sind jedenfalls informiert. Ich hoffe, die Aufrufe in den Zeitungen zeitigen irgendeine Art von Ergebnis.«

»Und was haben wir noch?« wollte Freygang wissen.

»Wir haben noch eine gutaussehende, aufgeräumte Aspirantin!« sagte Tosca Poppe vom Eingang her und betrat das Büro. »Und gesund ist sie auch noch. Jetzt geht's richtig los, Jungs.«

»Es ist die Natur von Frauen, Wirbel zu machen«, sagte Freygang, »aber was trägst du zur Wahrheitsfindung bei?«

Poppes weiches Gesicht war immer noch blaß, unter den Augen lagen bläuliche Ränder. Aber sie lächelte umwerfend, ihr Strahlen ging auf das ganze Büro über. Sie bewegte sich schlaksig auf Freygangs Schreibtisch zu und sagte: »Inspektor, ich will Ihnen nicht dreinreden, aber mir kommt es vor, als sollten wir unser Augenmerk mal auf dieses Fax der holländischen Behörden richten.«

Poppe legte das weiße Blatt mit langsamem Nachdruck auf den Schreibtisch.

Freygang riß es ihr aus der Hand und überflog es. Dann pustete er. »Endlich!« stieß er hervor. »Endlich ein Hinweis. Den Haag gibt durch, daß es eine Janne van Lent gibt, die aus Vlissingen stammt. Das ist im Westen von Holland, ein Küstenort, ein Hafen. Sie wollen noch ein Foto schicken. Sie wird seit drei Wochen vermißt. Und nun haltet euch fest! Sie ist tatsächlich Journalistin und schreibt an einem Buch.«

»Was für ein Buch?« fragte Müller gespannt.

»Über den Weg, den medizinische Experimente in mittelalterlichen Gesellschaften zu modernen Diktaturen nahmen –

oder so ähnlich. Die Holländer haben manchmal ein komisches Deutsch. Sie hat sogar einen Verlag, der in Breda sitzt.«

»In Breda? Wo ist das?« fragte Müller.

»Irgendwo in Seeland.«

»Einer fährt nach Holland«, sagte Müller.

»Heißt es nicht – Niederlande?« warf Poppe ein.

»Einer muß nach Holland, das stimmt«, überlegte Freygang. Er starrte noch immer auf das Fax. »Tatsache ist, daß wir damit einen gewaltigen Schritt weiterkommen. Die Kollegen werden uns den Familienhintergrund der Ermordeten schicken. Es soll einen Ex-Ehemann und einen Bruder geben, dazu Kollegen, Freunde. Es sollte mit dem Teufel zugehen, wenn wir dann nicht auch dem möglichen Mordmotiv auf die Schliche kommen.«

»Das ist der Durchbruch!« sagte Müller enthusiastisch.

»Schicke mich zu den Tulpenhändlern«, bot Poppe an. »Es ist Frühling, eine solche Dienstreise würde mir guttun. Und du weißt ja, daß mein Holländisch exzellent ist.«

»Was? Seit wann kannst du Holländisch?«

»Komm nur nach Hause, mein Inspektor, dann zeige ich es dir«, flötete Tosca.

Müller sah peinlich berührt aus, Baumann kicherte hinter vorgehaltener Hand. Freygang war rot geworden und blickte streng auf die Polizeiaspirantin, sagte aber nichts.

»Du fährst nicht, das ist klar«, sagte er.

»Und wenn doch?«

»Dann – dann ...«

»War nur ein Scherz! Ich mache natürlich, was du befiehlst, mein Vorgesetzter. Aber in Holland wäre ich richtig am Platz. Ich kriege da Sachen raus, die uns echt weiterhelfen.«

»Ich brauche dich hier, aber wenn du unbedingt willst – okay. Ist letztlich auch egal, wer fährt. Wir warten aber noch die weiteren Ermittlungsergebnisse von den holländischen Kollegen ab, die werden ja heute oder morgen eintreffen. Ich kündige dich dann an. Um die Formalitäten der Reise mußt du dich selber kümmern.«

»Wir sind ein kleines Stück weiter«, seufzte Baumann. Und er relativierte damit den Enthusiasmus Müllers.

Es regnete weiter. Der Regen schlug jetzt in Böen gegen die Scheiben. Die Tiefs aus dem Westen rissen nicht ab. Sie hatten sich verabredet, das Land unter Wasser zu setzen. Sturm, Nässe und Dunkelheit. Und das im April.

Freygang konnte schon verstehen, daß Tosca ans offene Meer wollte.

Hier waren die Mauern nicht hoch und weiß. Hier wirkten sie dunkel und fleckig. Der junge, große Mann mit den wächsernen Zügen, den dunklen, wirren Haaren saß auf seinem Stuhl. Er konnte sich nicht rühren. Der Gedanke war zu übermächtig.

Er mußte jemanden anschwärzen!

Er brauchte eine Weile, um diesen Gedanken zu verarbeiten. War das nicht ein Akt von äußerster Undankbarkeit? Hatte man ihm nicht geholfen, wo man konnte? Hatte man ihm nicht ermöglicht, die engen Zimmer zu verlassen und hier zu sitzen? In diesem großen, schönen Raum, in dem alles gezeigt wurde?

Gewiß, es war ein wenig düster hier. Auch bei Tag mußte Licht brennen, damit man die Objekte und Bilder sah. Hell war es hier zu keiner Zeit gewesen. Und das lag nicht nur daran, daß die Fenster eher klein waren und die Bäume vor den Gebäuden dicht an dicht standen. Düster war es hier, weil zu viele Dinge geschehen waren. Und noch immer geschahen.

Er erinnerte sich, wie es früher gewesen war.

Darüber, über diesem unbewohnten Raum der Vergangenheit lag Schweigen. Und doch war er da gewesen. Er hatte gesprochen. Und geschrien.

Aber seine Gedanken schweiften ab. Er konnte sich einfach nicht darauf konzentrieren. Er wußte nur, daß seit einigen Tagen etwas im Gange war. Nachts sah er manchmal einen Lichtschein, der im Archiv auftauchte, ein Licht, das herumwanderte. Er hörte in seinem Schlafraum, der direkt darüber lag, wie Kästen geschleift wurden, wie die Fächer von Aktenschränken herausgezogen und wieder geschlossen wurden. Etwas war überflüssig geworden, etwas sollte ausgetauscht werden. Türen gingen, zwar leise, aber er hörte sie.

Vor allem für das Anatomische Institut schienen sich die nächtlichen Besucher zu interessieren. Und für die Karteien, in denen minutiös alle Zusammenhänge zwischen den Instituten festgehalten wurden. Das war verdienstvoll, und man bekam hier oft Besucher, die etwas suchten und etwas wissen wollten. Deshalb durfte man von hier auch nichts entfernen. Die Besucher waren ja dankbar dafür, daß sie hier alles fanden, alles lag offen zugänglich, sie freuten sich und spendeten, wie diese Frau, die vor kurzem hiergewesen war und dann gar nicht mehr weggehen wollte, weil sie hier auf ihre Familie traf. Jedenfalls auf deren Namen.

Man hatte ihn mit der Führung der Dokumentation betraut, und er erledigte alle Arbeiten gewissenhaft.

Nur manchmal konnte er sich nicht konzentrieren. Dann überfiel ihn das Gefühl, selbst ein Teil dieser Kartei zu sein, ein Name zwischen hunderttausend Namen. Ein Fall wie sie.

Wie war das möglich? Er war ja nicht verrückt.

Und dann sah er, wie Akten davongetragen wurden. Als er einschritt, als er darauf hinwies, daß doch er allein dafür zuständig war, kam der Direktor und wies ihn zurecht.

»Überschreiten Sie nicht Ihre kleinen Kompetenzen, Günter, sonst müssen Sie zurück. Und die Schlüssel werden Ihnen entzogen. Tun Sie nur, wofür Sie angewiesen werden.«

Er betätigte die Kasse. Das Geldfach schoß heraus. Er starrte hinein. Heute war noch niemand hiergewesen. Er schlob das Fach wieder zu. Nein, die Schlüssel durften sie ihm nicht entziehen!

Sein Blick wanderte über die Dinge in seinem Raum. Er kannte alles. Es waren seine Dinge. Er nannte sie bei ihrem richtigen Namen. Es waren nicht die Bezeichnungen, die in gedruckter Schrift darunterstanden, das richtete sich an andere. Er kannte sie unter den Namen A, B und C – bis Z. Das waren seine Bezeichnungen, würdevolle Namen, und die Dinge hörten darauf. Das spürte er.

»Günter!«

Er fuhr zusammen. Jemand hatte ihn gerufen. Ein Mann im weißen Kittel trat ein, auf seinen Brillengläsern lag ein Glitzern.

»Ich sitze hier.«

»Das sehe ich. Ich brauche die Inventarlisten. Mein Besuch will nicht durchgehen müssen, um sich alles anzusehen. Er will die Liste überfliegen.«

»Hier ist sie.«

»Und vergiß nicht, von zwölf bis eins zu lüften. Hier drinnen stinkt es.«

Nach Vergangenheit, dachte er. Das Dunkel ist dunkel und riecht schlecht. Es ist einfach zu viel hier drinnen, das sich abgelagert hat. Und es will nicht weichen.

Er wartete ab, bis der Arzt gegangen war.

Dann griff er zum Telefon und rief die Polizei in Fulda an. Er mußte beichten, daß er die Ermordete gesehen hatte.

»Leck mich doch!« entfuhr es Freygang. »Das ist doch nicht zu fassen!«

»Was ist?« wollte Müller wissen.

»Das Generalvikariat hat eine Presseerklärung abgegeben, sie verwehren sich offiziell gegen die Verdächtigungen durch die Polizei. Warum spricht Eminenz nicht vorher mit mir? Wir hätten das im Vorfeld aus der Welt schaffen können.«

Tosca sagte: »Sie suchen Streit, den können sie haben.«

Freygang rief Karl Ritter an.

»Wir haben möglicherweise ein wenig überzogen, das kirchliche Haus ist wütend.«

»Die haben genug Dreck am Stecken«, erwiderte der Sektenbeauftragte. »Selbst wenn das, was ich vorbringe, sämtlich falsch sein sollte, was es aber nicht ist, selbst dann müßte sich die Kirche noch mindestens zwei Jahrhunderte lang in Sack und Asche hüllen.«

»Da haben Sie sich aber eine deftige Meinung zu eigen gemacht!«

»Ich bin davon überzeugt.«

»Jedenfalls werde ich bei diesem Thema erst einmal auf die Bremse treten, auch meine Vorgesetzten verlangen das von mir.«

Freygang legte auf und rief den Generalvikar an.

»Es tut mir leid, Eminenz, daß die Sache so hohe Wellen schlägt.«

»Wir können uns diese Angriffe als Kirche nicht bieten lassen. Von keiner weltlichen Instanz.« Seine Stimme klang verärgert.

»Die Polizei wird eine Pressekonferenz anberaumen. Wir werden klarstellen, daß der Verdacht gegen einen religiösen Hintergrund des Mordes an Janne van Lent nur darauf beruht, daß wir bei der Leiche diesen mysteriösen Satz fanden.«

»Tun Sie alles, Inspektor, um die Dinge nicht entgleisen zu lassen. Die Kirche ist, bei Gott, nicht wehrlos. Auch wir können streiten.«

Freygang legte auf. Er murmelte etwas, das nicht einmal er selbst verstand.

Das Telefon schrillte, Tosca hob ab. Sie lauschte in die Muschel. Dann stellte sie Fragen. Am Ende sagte sie: »Wir kommen.«

»Wer war dran?« fragte Müller und kratzte sich am Kehlkopf, wobei er die Unterlippe vorreckte, als schmolle er.

Tosca berichtete: »Ein gewisser Günter Herrman. Pfleger aus der Irrenanstalt in Haina, das ist in Nordhessen. Er sagt, er habe Janne van Lent gesehen.«

Müller und Freygang starrten Poppe an.

»Wie«, sagte Freygang. »Jetzt?«

»Nein, natürlich nicht. Vor ihrer Ermordung. Er hat sie ein paarmal gesehen, jetzt hat er sich erinnert, als ihm das Foto unter die Augen kam. Sie war mehrmals dort. Schien an bestimmten Vorgängen interessiert zu sein.«

»Haina? Was machen die da? Es ist ein psychiatrisches Krankenhaus, stimmt's? Und früher war es eine Irrenanstalt.«

»Was ist der Unterschied?«

»In Irrenanstalten konnte man früher, zu gewissen Zeiten, Menschen für Experimente mißbrauchen. Und ohne das Gewissen zu bemühen, umbringen.«

»Okay. Bevor wir in die Düsternis absinken – hältst du den Anruf für wichtig, Tosca? Wie klang der Mann?«

»Ernst zu nehmen, wenn auch leicht panisch. Ich werde hinfahren. Das mit Holland dauert ja noch.«

»Nein, ich fahre hin«, entschied Freygang. »Müller, Sie begleiten mich am besten. Ich werde Gell fragen, ob das in Ordnung ist.«

»Ich mache mich bereit«, sagte Müller. »Muß nur noch einen Anruf tätigen.«

»Ich weiß nicht«, überlegte Poppe, »irgendwas an der Sache gefällt mir nicht. Wohin gleitet das ab? Da ist was Unangenehmes am Werk.«

»Tja, Schätzchen, wir sind bei der Kripo und nicht in einem Wellness-Studio.«

»Muß mir entgangen sein. War Haina nicht ganz früher auch ein Kloster?«

»Keine Ahnung.«

»Das wüßte Velsmann sofort.«

»Was willst du denn damit sagen!«

»Nichts, mein Alfons, sollte nicht so klingen, wie es klang.«

»Das will ich aber auch schwer gehofft haben.«

»Die Gerichtsmediziner haben endlich das Alter des Skeletts bestimmt. Es kann nicht der tote Abt sein, auch wenn man das hoffte, weil man seine Leiche nie gefunden hat. Die Mediziner schließen aus, daß das Alter der Knochen über rund siebzig Jahre hinausgeht.«

Martin Velsmann lauschte der Stimme Reinhards im Handy.

»Dann haben wir einen echten Kriminalfall in Eberbach.«

»Das kann man sagen. Aber es ist nichts aktenkundig. Wir wissen nichts über Tote. Jedenfalls nicht in diesem Jahrhundert.«

»Und die Kripo aus Wiesbaden? Wie verhält sie sich?«

»Sie wird das Kloster weiter belagern. Ich tue mir selber leid. Das Rheingau Musik Festival können wir vergessen.«

»Nicht älter als siebzig Jahre, sagen Sie? Was war vor siebzig Jahren im Kloster los? Gab es wieder mal einen Aufstand?«

»Nicht, daß ich wüßte. Kloster war es damals ja schon längst nicht mehr. Der letzte Abt, Leonhard Müller der Zweite aus Rüdesheim, beendete ja schon 1803 die letzte Amtszeit. Vor siebzig Jahren herrschten in unserem Land andere Mächte, das wissen Sie selbst. Ich müßte mich kundig machen, wie in diesen Jahren eigentlich die Gebäude genutzt wurden. Und ob eine Gewalttat aktenkundig wurde oder verschwiegen wurde.«

»Machen Sie sich nichts vor, Reinhard! Damals herrschten

die Nazis. Wenn es ein Verbrechen gab, gibt es darüber kein offizielles Protokoll.«

»Das ist richtig. Die ganze Sache stinkt zum Himmel. Ich wollte, der Herrgott wäre nie auf die Idee gekommen, es über dem Kloster derart regnen zu lassen.«

»Das macht er, wie es ihm gefällt. Außerdem regnet es auch woanders. In Fulda steht der Domvorplatz unter Wasser, wie mein ehemaliger Assistent mir berichtet. Ich glaube, ich muß mich mal wieder um meine Heimatstadt kümmern.«

»Sie reisen ab?«

»Sie haben es mir doch selbst nahegelegt. Ihre Stiftung will mich nicht mehr sehen. Und die Sponsoren auch nicht.«

»Tja, grüßen Sie Ihre Frau!«

Velsmann bedankte sich und steckte das Handy wieder in die Tasche.

Kurz entschlossen ging er in die Hotelrezeption und bezahlte seine Rechnung. Dann ging er wieder in das Zimmer und packte seine Reisetasche. Er setzte sich auf das Bett und rief Andrea an. Sie fuhr gerade zum Bodden hinaus, wo ein neuer Tauchgang auf sie wartete. Andrea berichtete davon, daß zwischen Barth und Wollin ein regelrechter Kampf darum entbrannt war, wer sich als Vineta-Stadt bezeichnen durfte.

»Die Wellen schlagen hoch«, sagte Andrea.

»Paß auf, daß du nicht zwischen sie gerätst«, sagte Velsmann. »Halte dich aus allem raus, Kopf hoch, und nicht ertrinken.«

Andrea lachte.

»Was machst du?«

»Ich fahre nach Fulda. Ich muß mich mal wieder um meine Wohnung kümmern.«

Andrea ließ sich berichten, wie der Stand der Dinge im Kloster Eberbach war. Nach einer kurzen Weile beendete Velsmann das Gespräch.

Er blieb auf dem Bett sitzen und schaute zum Fenster. Draußen hingen dunkle Wolken über dem Rheintal. Die Weinberge zu allen Seiten waren feucht und grün. Es dampfte. Martin Velsmann hatte sich an den Anblick so gewöhnt, daß er schon jetzt Heimweh danach bekam.

Aber er war in Fulda zu Hause. Hier hatte er nichts verloren.

Seufzend stand er auf, nahm seine gepackte Tasche und verließ das Hotel. Einem Impuls folgend, betrat er das Restaurant, in dem, nach einem Aushang zu urteilen, aus dem Rheingauischen Küchenkalender getafelt wurde. Er bestellte gebratene Entenstopfleber auf pochierten Apfelscheiben und Feldsalat und trank ein Glas Rotlack Riesling Kabinett.

Als er in sein Auto einstieg, war er angenehm benebelt. Für einen kurzen Moment kam die Sonne hervor. Sie tastete mit langen Strahlen über das Rheintal, der Strahl kam näher. Schließlich blieb das Licht bei Schloß Johannisberg stehen. Velsmann spürte plötzlich, wie Helligkeit und Wärme über ihn hinwegglitten. Er hätte die Zeit anhalten wollen.

Martin Velsmann beugte sich aus dem Seitenfenster, hob zustimmend den Kopf und schloß die Augen.

Als er in Richtung Hattenheim weiterfuhr, mußte er an einer geschlossenen Bahnschranke halten. Er blickte geistesabwesend aus dem Seitenfenster und nahm Hohen Eichen wahr.

Das ausgedehnte Klinikgelände lag am Hang, gelbe und weiße Krankenbauten mit rötlicher Sandsteinfassung der Fenster und Türen. Die Krankengebäude zurückversetzt, dahinter undurchdringlicher Wald, zur vorderen Mauer hin Rebstöcke, deren Ertrag sicher für die Ärzte gedacht war. Oder tranken hier die Kranken?

Viel Platz, Parks und Wiesen zwischen den Architekturen. Den Kranken dort muß es gutgehen, dachte Velsmann.

Alfons Freygang fuhr über die A7 nach Westen, verließ die Autobahn bei Alsfeld, steuerte über die B254 an Schwalmstadt vorbei, bog bei Neuental noch einmal nach Westen ab, passierte Jesberg und erreichte über schmale, durch Wälder führende Landstraßen Haina. Jetzt war er im Landkreis Waldeck-Frankenberg.

Der Regen, der unermüdlich niederprasselte, sammelte sich in Spurrillen. Freygang bemühte sich, ihnen auszuweichen. Er starrte durch die Frontscheibe, der Scheibenwischer wurde der Wassermassen kaum Herr. Dann fuhr Freygang einfach langsamer. Vor ihm tauchten die Schlußlichter eines anderen Wagens auf. Die Hinterräder schleuderten Spritzer und einen Schleier von feinen Wassertropfen gegen die Frontscheibe. Freygang hielt Abstand. Er mußte jetzt noch langsamer fahren.

Sein Begleiter, Inspektor Müller, hatte unterwegs über Handy von Poppe erfahren, daß am Zielort von 1200 bis 1527 ein Zisterzienserkloster bestanden hatte, danach eine Pflegeanstalt, besonders für Nervenkranke. Heute war Kloster Haina eine Landesheilanstalt.

Kurz bevor sie das ausgedehnte Areal erreichten, klingelte Freygangs Handy. Poppe berichtete, man habe das verdächtige Auto gefunden, von dem der Junge in Döllbach berichtet hatte.

»Ein Wachtmeister entdeckte es in den Auen der Fulda. In der Nähe des Stadions. Es hat tatsächlich eine HH-Nummer, scheint aber kein Leihwagen zu sein. Wenn es der Ermordeten gehörte, sind wir ein Stück weiter.«

»Das kann man sagen.«

»Die Spurensicherung ist schon unterwegs. Vielleicht entdecken wir Hinweise, die uns helfen. Wenn wir vor Ort nichts finden, werden wir das Auto auf unserem Gelände weiter durchsuchen.«

»Sehr schön. Sie sollen einen Abgleich zwischen dem Reifenprofil und den Spuren aus Döllbach machen. Und wenn wir die Zulassungsdaten haben, will ich sofort informiert werden.«

»Aye, aye, Chef!«

»Halte mich auf dem laufenden!«

Beiden Polizisten fiel die Klosterkirche auf, die mitten im Gelände alles überragte. Eine halbe Ruine mit offenbar intakten Teilen und einem geschlossenen Dach.

»Dreizehntes Jahrhundert«, erklärte Müller. »Anklänge an die früheste, gotische Kirche in Deutschland, die Elisabethenkirche in Marburg.«

»Aja? Warum steht sie noch?«

»Soll es nicht irgendwelche wertvollen Wandgemälde geben? Keine Ahnung.«

»Fresken?«

»So was Ähnliches wahrscheinlich.«

Über dem Gelände, das zwischen Grasflächen vereinzelte Gebäude zeigte, lag Schweigen. Sie parkten am Rand des Geländes. Eine junge Frau mit wulstigen Stirnwülsten über den freundlichen Augen, die in einem kleinen Café Geschirr stapelte, zeigte ihnen den Weg. Die beiden Polizisten mußten weit gehen, bis sie das Gebäude erreichten, das sie suchten. Freygang legte die Arme schützend um sich, er weigerte sich, einen Mantel zu tragen, denn es war immerhin Frühling. Müller beschützte sie vor dem dichten Regen mit einem großen, schwarzen Schirm.

»Verdammter Regen!« sagte Müller.

»Das ist kein Regen, das ist eine Sintflut. Wir sind am Ende, mein Lieber.«

»Malen Sie bloß nicht den Teufel an die Wand!« Müller lachte. Er wischte sich mit der Hand das Regenwasser von der rechten Schulter. Er hatte das Gefühl, seine Kleidung beschütze ihn nicht.

Sie traten durch ein Portal ein, das aus massivem Eichenholz bestand.

Tosca Poppe hatte in der Dienststelle alle Hände voll zu tun. Plötzlich riefen Augenzeugen an, die etwas gesehen haben wollten. Und im Internet hatte sich ein anonymer Zeuge gemeldet, der den mysteriösen Satz identifiziert hatte. *Alles geht zu weit*, schrieb er, *machen Sie dem Treiben endlich ein Ende. Sonst reißt die Sintflut uns alle mit.*

Dann bekam sie den Totenschein in die Hände, der vom Polizeiarzt ausgestellt worden war. Besser gesagt, eine Kopie davon, das Original steckte längst in einer Einwohnerkartei des Statistischen Bundesamtes. Poppe starrte auf den Schein. Dürre Worte. Der Obduktionsarzt. Die Todesursache. Ein Stempel. Ein Menschenleben.

Die Gerichtsmedizin war bei der Version Tod durch Erstechen geblieben. Tosca legte den Schein zur Akte van Lent und schloß das Deckblatt. Mußte man den Leichnam nicht endlich zur Feuerbestattung freigeben? Sie rief Revierleiter Friedrich an, der wollte sich mit Hubert Gell besprechen und das Nötige veranlassen. Tosca schaute einen Moment aus dem hohen Fenster und sah über den Dächern einen Vogelschwarm. Er erinnerte sie an Holland, und sie bekam plötzlich Sehnsucht nach dem Meer. Aber die Reise mußte so lange aufgeschoben werden, bis die Kollegen aus Den Haag sich wieder meldeten.

Poppe mußte sich durch Stapel von schriftlichen Aussagen hindurcharbeiten. Die Zulassungsstelle in Hamburg hatte sich bei Hubert Gell gemeldet. Poppe konnte ihren Vorgesetzten im Moment aber nicht erreichen. Schließlich riefen die Techniker an, die das verwaiste Auto untersucht hatten. Es trug Fingerabdrücke der Ermordeten, keine weiteren. Auf der Rückbank lagen Zeitungen der vergangenen drei Wochen, sorgsam zusammengefaltet, ohne Markierungen oder sonstige Bearbeitungsspuren. Der Kofferraum war leer bis auf eine blaue Plastikkiste, in der Werkzeuge und Sprays lagen. Es gab kein Gepäck. Im Handschuhfach befand sich die Kopie des Fahrzeugscheins. Tosca hielt den Atem an. Hatte der Mörder doch einen Fehler begangen? Aber die Kopie war unleserlich, durch lange Lagerung verblichen. Enttäuscht atmete Tosca wieder aus. Vielleicht ließ sich im Labor trotzdem etwas darauf erkennen.

Die Techniker hatten außerdem Karten gefunden, vornehmlich über Holland, Belgien, Frankreich und das Saarland. Zwei Ortskarten von Fulda und der Rhön und über den Rheingau. Kloster Eberbach war rot eingekreist. Und in der Rhön die ausgedehnten Hochmoore, mit einem besonders dicken Kreis um ein noch aktives Moor in der Nähe der ehemaligen Zonengrenze.

Die Karten waren seltsam. Poppe grübelte darüber nach. Wenn alles andere fehlte, was irgendeine greifbare Spur ergab, warum waren dann nicht auch die Karten beseitigt worden? Was sollten diese Hinweise bedeuten? Sicher stammten sie von der Hand der Ermordeten.

Oder vom Mörder?

Poppe machte sich Notizen.

Warum diese Regionen? Der Schwerpunkt des Interesses lag eindeutig auf der Gegend rund um den Tatort Fulda. Und um bestimmte Gebiete im Rheingau. Poppe dachte an Martin Velsmann, der aus dem Kloster Eberbach von diesen ungewöhnlichen Ereignissen berichtet hatte. Es hatte im Wehr des Klosters diesen schauerlichen Fund gegeben. Ein menschliches Skelett.

Bestand hier ein Zusammenhang, dem sie unbedingt entschiedener nachgehen sollten?

Sie schaute sich die Karten genauer an, benutzte jetzt eine messinggerahmte, rechteckige Lupe. Neben dem Kringel über

in den Ausstellungsraum und sah sich alles ganz genau an. Sie schrieb unaufhörlich. Dann kaufte sie ein paar Broschüren. Dann fragte sie mich, ob ich früher selbst Insasse gewesen wäre, sie sah es mir wohl an, sie hatte einen durchdringenden Blick. Ich bejahte. Ich war ja wirklich elf Jahre gefangen, bevor man mir diese Arbeit hier anwies und zutraute. Ich sagte, ich würde meine Arbeit hier gerne machen. Und ob ich ihr alles zeigen sollte.«

»Alles zeigen?« wiederholte Müller. »Was denn?«

»Na, die Räume. Alle Räume. Auch die alten, die unzugänglichen.«

»Was erwiderte die Frau?«

»Sie wollte alles sehen. Und ich zeigte es ihr. Ich habe ja zu allen Räumen die Schlüssel.«

»Können Sie uns auch alles zeigen?«

»Ich führe Sie durch alle Räume, die zugänglich sind. Jeder Besucher kann sie in der normalen Führung sehen. Ich muß nur jedes Zimmer wieder verschließen, das sind die Befehle.«

»Was glauben Sie, Herr Herrman«, fragte Freygang, »woran war Janne von Lent besonders interessiert?«

»An allem. Alles, was sich auf die Experimente bezog.«

»Welche Experimente?« wollte Freygang wissen. Er merkte selbst, daß seine Stimme belegt war.

»Na, diese Experimente eben. Es ist eine Irrenanstalt. Ich kann nicht darüber sprechen. Und ich darf es auch nicht.«

»Wir könnten es von Ihnen verlangen, wir sind von der Polizei und untersuchen einen Mordfall. Ich könnte Sie auch nach Fulda vorladen!«

»Sie wollen mich einsperren? Das dürfen Sie nicht! Ich habe ja hier meine Arbeit!«

»Sachte, sachte, mein Junge«, sagte Inspektor Müller. »Niemand will Sie einsperren. Sie sind uns ja eine große Hilfe, und wir sind Ihnen sehr dankbar dafür. Niemand will Ihnen etwas tun!«

»Ich setze mich ja schon über die Anweisungen hinweg. Ich schwärze den Anstaltsleiter an, der unsinnige Befehle ausgibt, von wegen Geheimhaltung und so, von wegen des Archivs. Ich dürfte nicht einmal mit Ihnen reden, wenn Sie wirklich von der Polizei sind. Das steht allein ihm zu.«

»Was glauben Sie, Herr Herrman? Gibt es in Haina etwas zu verbergen?«

»Ich weiß es nicht! Es gibt so schrecklich viele Räume hier!«

»Erzählen Sie uns was über den Alltag in der Anstalt.«

»Nein, nein! Das darf ich nicht.«

»Dann müssen wir die höheren Stellen befragen.«

»Ja, aber nicht gleich. Rufen Sie von Fulda aus an und vereinbaren Sie einen Termin mit den Oberen. Wenn Sie gleich jetzt zu ihnen rübergehen, fällt ein Verdacht auf mich.«

»In Ordnung. Keine Angst!« sagte Müller.

»Was fällt Ihnen noch zu der Frau ein, die Sie herumgeführt haben?« fragte Freygang.

Der junge Mann dachte lange nach. Die beiden Beamten befürchteten schon, er sei in seine inneren Regionen abgewandert. Dann sagte er plötzlich: »Sie wirkte schuldig. Als hätte sie etwas zu verbergen und wollte davon ablenken. Als wollte sie mich täuschen. Sie hatte irgendwas vor, das wurde mir klar. Ich spürte das.«

»Und sie interessierte sich für die frühere Zeit hier im Kloster Haina?«

»Sage ich doch.«

»Für welche Zeit?«

»Für alles, was zurücklag. Vor allem für die Experimente mit Kranken in früheren Jahrhunderten.«

»Auch für die Zeit vor sechzig Jahren?«

»Auch. Das alles wird ja in der Ausstellung gezeigt. Aber vor allem wollte sie wissen, was hier im 17. Jahrhundert geschah. Was im 18. Jahrhundert geschah. Was im 19. Jahrhundert geschah.«

»Und was war es, das in diesen Jahrhunderten geschah?« fragte Müller.

»Kranke wurden ruhiggestellt.«

»Aha.«

»Sie können durchs Museum geben und sich alles ansehen. Ich kann Ihnen auch Materialien mitgeben. Die Kranken wurden behandelt und unschädlich gemacht. Ich meine, sie durften sich nicht mehr bewegen. Dafür gab es Vorrichtungen, und es gab Spritzen und Medikamente.«

»Na gut. Wir werden uns den Ausstellungsraum ansehen. Das wirkt harmlos, falls Sie Angst haben, jemand könnte Sie verpetzen. Wir sind ganz normale Besucher.«

»Das ist gut! Wir können gleich hinübergehen. Aber fragen Sie mich nichts mehr, sobald wir draußen auf den Gängen sind. Die Wände haben Ohren, alles wird überwacht.«

»Gibt es denn in Haina etwas zu verbergen?« wiederholte Freygang.

»Psst!« machte der junge Mann. Er legte die Finger auf die Lippen und führte sie hinaus.

Die Gänge lagen verwaist und dunkel vor ihnen. Die Schritte hallten. Freygang fröstelte es. Als sie den Ausstellungsraum erreichten, kam er ihnen licht und gemütlich vor. Dann aber sahen sie an den Stellwänden und in kleinen Kammern, was sich hier zu früheren Zeiten getan hatte. Es waren düstere Bilder. Und schreckliche Gerätschaften. Hier hatte der Tod Einzug gehalten.

Günter Herrman führte sie herum und erklärte alles mit einer lauten, getriebenen Stimme. Aber auch ohne seine Erklärung hatten die beiden Besucher alles verstanden. Sie blickten in eine fremde Galaxie des Terrors.

Beim Hinausgehen sagte Freygang: »Wir sind doch hier in Hessen? Und wir schreiben das Jahr 2005?«

»Vermutlich.«

»Was heißt vermutlich! Hast du es genauer, Kollege Müller? Sonst fange ich an, mich zu gruseln.«

Als sie im Auto saßen, schalteten sie ihre Handys wieder ein. Unverzüglich begann Freygangs Apparat zu klingeln. Poppe rief aufgeregt hinein. Freygang mußte sie erst beruhigen. Dann erklärte sie ihm, was die Spurensicherung im Auto von Janne van Lent entdeckt hatte. Freygang hatte das Gefühl, in einem Gefährt zu sitzen, das jetzt mit lauten Geräuschen anfuhr, schnell Fahrt aufnahm und seine Geschwindigkeit stetig erhöhte. Er wollte bremsen, aber das gelang ihm aus einem unerfindlichen Grund nicht. Er hörte stumm zu und beendete dann das Gespräch.

Er unterrichtete Müller von Poppes Mitteilungen.

»Dann kommen ein paar Spuren dazu«, sagte der Inpektor. »Ich sehe den Weg der Janne van Lent im Augenblick so. Sie kommt aus Holland nach Deutschland, um irgendwas zu recherchieren. Es hat mit der Vergangenheit zu tun. Mit welcher Vergangenheit, ist noch nicht ganz klar. Sie zieht eine Linie durch Deutschland, dann kreist sie um bestimmte Gebiete in Hessen. Die Linien, die Poppe auf der Landkarte erblickte, markieren den Weg, den sie bei ihrer Recherche zog. Sie kommt allmählich in unsere Region. Es ist nicht die Hauptregion, aber schließlich landet sie hier. Ein Fixpunkt ihrer Aufmerksamkeit wird Fulda und die Rhön, ein anderer das Rheingau mit Kloster Eberbach. Ein dritter ist Haina. Mit diesem Ort müssen wir uns noch näher beschäftigen. Vielleicht gibt es noch andere Orte, die ihr Interesse erregten und die wir noch nicht kennen.«

»Fulda, Kloster Eberbach und Hohen Eichen, Haina – ein richtiges geographisches Dreieck. Wie eine Pyramide. Kommt es auf diese Orte an oder auf den Mittelpunkt des Dreiecks?«

»Auf den Mittelpunkt? Eine verborgene Stelle?«

»Könnte doch sein.«

»Diese Frage müssen wir zumindest im Auge behalten.«

»Wir werden von Fulda aus mit der Anstaltsleitung Kontakt aufnehmen und einen offiziellen Besuch vereinbaren. Gleichzeitig sehen wir uns die Broschüren an, die uns dieser Junge zugesteckt hat. Sollte es tatsächlich so sein, daß die Ermordete ein größeres Projekt plante, über das sie Recherchematerial sammelte, dann sollte es möglich sein, ihr Interessengebiet genauer einzugrenzen. Die Informationen aus Holland sind noch zu schwammig. Wir müssen es so dicht wie möglich fokussieren. Dann kommen wir auch dem Tatmotiv näher. Und wenn wir Glück haben, dem Mörder.«

»Oder – den Mördern.«

»Wie meinen Sie das, Müller?«

»Es kann doch sein, daß mehrere Täter dahinterstecken. Oder sogar eine Organisation. Haben Sie nicht selbst einen Verdacht gehabt, hinsichtlich der Kirche und dieser mysteriösen Geheimgesellschaften?«

»Da sei Gott vor! Dann bewegen wir uns nämlich in einem kolossalen Schlamassel, Müller! Dann stochern wir in einem Sumpf, gegen den die Treibsände und Moore in der Rhön ein hübscher Teppich im Wohnzimmer sind.«

»Lassen Sie es uns positiv sehen! Wir sind ein Stückchen weiter. Ich habe das Gefühl, wir kommen den entscheidenden Zonen auf der Zielscheibe langsam näher.«

»Das stimmt. Aber der innere, schwarze Kreis, den können wir nicht mal anvisieren.«

»Aber eines Tages wird es so sein! Und ich werde meinen

Bogen spannen und lang zielen. Und mein Pfeil wird ins Schwarze treffen.«

»Darf ich meinen direkt daneben setzen?«

»Sie sind eingeladen, Inspektor Freygang!«

»Aber mir wird ganz schwummrig, wenn ich daran denke, was bis dahin noch alles aus dem Weg geräumt werden muß!«

»Eins nach dem anderen!« sagte Inspektor Müller.

Martin Velsmann stand mitten in seiner Wohnung in der Sebastianstraße. Er blickte sich um. Seine tagelange Abwesenheit hatte dazu geführt, daß sich Zeitungen und Briefe stapelten. Zwar hatte seine Putzfrau, die aus Slowenien kam, stets nach Schweiß roch und immer voller Anklagen war, den Briefkasten ordentlich gelehrt und alles saubergehalten. Aber der Tisch in der Diele quoll über, einiges war zu Boden gefallen. Und es stank nach abgestandenem Desinfektionsmittel.

Velsmann drehte sich einmal um sich selbst. Er verspürte keinerlei Impuls, irgend etwas anzufangen. Dieser Zustand verstärkte sich. Plötzlich fiel das Gefühl über ihn her und nagelte ihn fest.

Was tust du?

Was willst du in Zukunft tun?

Was glaubst du, wieviel Zeit dir bleibt, deine Dinge zu regeln?

Martin Velsmann warf die Schlüssel auf den Zeitungsstapel, wodurch dieser ins Rutschen kam und noch mehr Papier zu Boden stürzte. Velsmann sah unbeweglich zu, wie sich Briefe, Karten und Broschüren über den Dielenboden verteilten.

Ein schreckliches Gefühl der Leere überkam ihn.

In all diesen Dingen um ihn herum fühlte er nur den höhnischen Versuch einer Ablenkung.

Was hatte er die ganze Zeit getan?

Wohin war sein Leben geflüchtet?

War es vor ihm geflohen?

Velsmann stürzte zum Telefon und wählte die Nummer von Andrea. Es war besetzt. Er wählte die Nummer seines Sohnes Tibor. Auch sie war besetzt. Vielleicht telefonierten Mutter und Sohn miteinander. Und er selbst stand außerhalb. Er hörte nichts, und er sah nichts. Das Familienleben fand ohne ihn statt. Seine Tochter Laila anzurufen war zwecklos, er wußte, sie nahm um diese Tageszeit Italienischunterricht in der Volkshochschule und mußte ihr Handy abschalten.

Martin Velsmann dachte: Ich habe sie tatsächlich nicht gefunden, die berühmte Mitte. Ich torkele herum, lehne mich mal hier, mal dort an. Was ist es, das mich behaupten läßt, ich müßte selbstbestimmt entscheiden, was ich tun will? Niemand dürfte mir herein reden. Ist es Dummheit? Bin ich seit meinen Anfängen und durch die Jahrzehnte, die hinter mir liegen, so verblendet, daß ich wirklich denke, ich sei frei in meinen Entscheidungen?

Oder auch nur, es sei wichtig, frei zu sein?

Der freieste ist der Verstorbene, dachte er.

Er setzte sich in seinem Wohnzimmer in einen Sessel und schenkte sich einen spanischen Brandy ein. Er ließ die ölige, rötlichbraune Flüssigkeit im Glas zirkulieren. Ein Licht tanzte darin. Dann trank er einen winzigen Schluck. Das Getränk löste in ihm eine Revolution aus. Es explodierte in seiner Brust, vermutlich dort, wo die Speiseröhre saß, dann im Magen. Plötzlich schoß die Wärme in sein Gehirn. Das war angenehm, aber es räumte dort nicht auf.

Die Schärfe des Getränkes trieb Feuchtigkeit in seine Augen. Oder kam das von woandersher?

Martin Velsmann stieß einen unartikulierten Laut aus und blieb sitzen. Er trank noch einen etwas größeren Schluck und blickte aus dem Fenster. Im gegenüberliegenden Haus trat eine junge Frau auf den Balkon. Sie breitete die Arme aus, als wollte sie fliegen. Dann machte sie wieder kehrt und verschwand in ihrer Wohnung.

Es gibt nichts, dachte Velsmann, das besser wäre als irgend etwas anderes oder wichtiger. Aber tun muß man doch etwas.

Ich bin es, der etwas tun muß. Und wenn es mein Leben kostet. Verdammt! Das kann mir tatsächlich niemand abnehmen. Ich brauche eine Entscheidung in meinem Leben.

Und zwar schnell.

Bevor nichts mehr etwas bedeutet.

Alfons Freygang kamen die hohen, grauen Mauern der psychiatrischen Klinik vor wie ineinandergeschobene Pappschachteln. Trat man aus einer heraus, öffnete sich die nächste. Überall hohe Wände.

Der Anstaltsleiter hatte ihm am Telefon erklärt: »Eine solche Anstalt ruft naturgemäß Spekulationen hervor. Jeder, der mit einer normalen Phantasie begabt ist, malt sich düstere Geheimnisse aus. Was geschieht hinter den verschlossenen Mauern! Hämmern Kranke mit ihren Köpfen dagegen? Das kommt wohl von dem äußerlichen, düsteren Eindruck, den Haina macht – wie übrigens jede psychiatrische Klinik, die ich kenne. Aber dafür können wir nichts. Wir haben die Anstalt so übernommen. Und wir haben kein Geld, um sie zu modernisieren, heller und freundlicher zu machen. Also versuchen Sie bitte, ihre Vorurteile ein wenig zu zügeln. Dies ist ein ganz normales Landeskrankenhaus.«

Freygang hatte aufgelegt und darüber nachgedacht. Der Anstaltsleiter hatte wie ein Regierungssprecher geklungen, der die Presse in die Irre führen mußte. Aber vielleicht sagte er auch einfach nur die Wahrheit.

Ein paar Sekunden bevor er jetzt die Anstalt betrat, wehte ihn ein Hauch an. Etwas Befremdliches. Etwas, das nach Desinfektionsmitteln und Tod roch. Freygang hatte Mühe, diesen Eindruck abzuschütteln.

Ein Mann begrüßte ihn, der groß und drahtig war, sein gewelltes, schwarzes Haar lag mühsam gebändigt um seinen Schädel, sein Unterkiefer war stark, seine Lippen waren wulstig. In seinen Augen jedoch stand ein ruhiger, besonnener Ausdruck. Freygang wußte bereits, daß der Anstaltsleiter ein Oberarzt aus dem hessischen Hadamar war und mehrere hohe Auszeichnungen besaß.

»Setzen wir uns drüben in die Ledersessel«, schlug Dr. Rein vor. »Und erzählen Sie mir, was Sie bewegt.«

Freygang unterließ es, seinen Informanten Günter Herrman zu erwähnen. Er berichtete von dem Mordfall in Fulda und wies darauf hin, daß gewisse Spuren nach Haina wiesen.

»Mich interessiert nur, was die Ermordete hierherführte. Was glauben Sie, könnte sie in Haina gesucht oder vielleicht auch gefunden haben?«

»Das kann ich natürlich nicht wissen. Ich kannte das bedauernswerte Opfer nicht. Wenn sie im Museum war, dann interessierte sie sich eben für das, was dort ausgestellt war. Das ist ja offensichtlich.«

»Wie würden Sie zusammenfassen, was dort ausgestellt ist?«

»Zusammenfassen?«

»Ja, was ist der Kern dessen, was dort dokumentiert wird.«

»Nun – die Geschichte der Anstalt.«

»Nein. Nicht die Geschichte. Das, was während dieser Geschichte geschah. Was war das?«

»Haina war schon immer psychiatrische Anstalt – jedenfalls seit der Reformation. Jemand, der ins Museum geht, studiert die Geschichte der Psychiatrie, soweit sie in Haina ablesbar ist.«

Freygang überlegte. Nach einem Moment des Schweigens sagte er: »Zu wenig. Das ist noch nicht der Kern.«

Für den Bruchteil einer Sekunde trat in die Augen des Arztes etwas wie Dunkelheit. Die Pupillen ein schwarzes Loch. Dahinter nichts als Fremdheit und Feindseligkeit. Ein Lidschlag später war der besonnene Ausdruck wieder da, der Freygang beruhigt hatte.

»In einer gewissen Zeit wurde – experimentiert. Vielleicht interessierte sie das?«

»Experimentiert?«

»Mit Kranken.«

»Mit Menschen experimentiert?«

»Leider.«

»Erzählen Sie mir davon.«

»Man brauchte damals Menschen, die erbgenetisch einwandfrei waren. Die belastbar waren. Die keine Schäden weitergaben. Verstehen Sie?«

»Nein.«

»Wußten Sie, daß während der Olympischen Spiele 1936 in Berlin alle deutschen Athleten gedopt waren?«

»Sie meinen ...«

»Ich meine gedopt. Sie sollten gewinnen. Es sollte kein Ausländer gewinnen, und schon gar keiner aus der Rasse der Untermenschen – so nannte man das damals. Die wichtigste Disziplin, die Kurzstrecke, gewann dann ein Schwarzer. Eine Katastrophe für die Führung! Aber ein paar deutsche Athleten schafften es. Sie waren präpariert. Und um die Auswirkungen der speziellen Medikamente auf den Organismus zu testen, erprobte man das an Menschen in gewissen Kliniken.«

»Wie in Haina.«

»Und anderswo.«

»Anderswo in Hessen?«

»Natürlich, auch in Hessen. Hohen Eichen, Hadamar, Bleidenstadt, Wehrheim, Trebur, an anderen Orten.«

»Wie ging das Doping damals vor sich? Ich meine, heute hört man viel darüber, Anabolika, Wachstumshormone, Blutdoping ...«

»All das wurde damals erstmals erprobt und angewandt.«

»Sie sprechen offen darüber, dafür danke ich Ihnen.«

»Ja, was denken Sie denn! Von diesen Dingen sind wir heute glücklicherweise meilenweit entfernt! Haina ist ein Landeskrankenhaus und sonst gar nichts. Wir helfen den Kranken, wir töten sie nicht.«

»Die Patienten wurden getötet?«

»Nach den Tests und den Auswertungen brauchte man sie nicht mehr. Viele starben ohnehin an den unkontrollierbaren Folgen der Dopingexperimente.«

Freygang lehnte sich in seinen Sessel zurück. Doping, dachte er. So nennt man es heute. Wie hieß es damals? Experimente an Menschen? War es das, was Janne van Lent nicht losgelassen hatte? Weshalb? Konnte es sein, daß Menschen, die sie gekannt hatte, bei solchen Experimenten zu Tode gekommen waren? Freunde, Familienangehörige? Oder besaß sie ein rein wissenschaftliches Interesse an diesen Dingen?

»Dr. Rein, beantworten Sie mir ganz offen eine Frage! Sind die Unterlagen dieser Ereignisse, die Haina möglicherweise noch heute belasten, frei zugänglich? Oder will man diese Zeit möglichst vergessen?«

»Gehen Sie ins Museum, schauen Sie sich alles an. Es wird alles dokumentiert.«

»Und die Details? Namenslisten der Getöteten oder derjenigen, mit denen experimentiert wurde? Die Namen der Mediziner?«

»Nun ja – es ist nicht mehr alles verfügbar. Die Leitung der

Anstalt hat damals dafür gesorgt, daß das Archiv ausgedünnt wurde. Man wollte keine Spuren hinterlassen. Ehrlich gesagt, sind einige Ärzte aus dieser Zeit auch nach dem Krieg tätig gewesen. Die hatten natürlich kein Interesse daran, daß ihre Namen mit gewissen Vorgängen in Verbindung gebracht wurden.«

»Wenn jemand die alten Dokumente und Listen doch ansehen will, bekommt er Zugang?«

»Er muß ein begründetes Interesse nachweisen.«

»Darf ich Sie bitten, im Archiv anzufragen, ob sich Janne van Lent als Interessentin ausgewiesen und eingetragen hat?«

Dr. Rein stand auf und ging zum Schreibtisch, auf dem zwei Telefone standen. Er gab eine Anweisung durch.

»Man schaut nach. Glauben Sie tatsächlich an einen Zusammenhang zwischen diesem Mord und den Vorgängen in der psychiatrischen Anstalt?«

»Ich weiß es noch nicht. Es ist eine Spur unter anderen Spuren, der ich nachgehe. Wir haben noch zu wenig, um es uns leisten zu können, irgendwas auszuschließen.«

»Verstehe. Ich kann Ihnen nur sagen, wenn die Spur, die Sie aufnehmen müssen, Doping heißt, medikamentöses Doping, dann sind Sie hier ganz falsch. Dann müssen Sie an gewisse Institute ran, die systematisch an Blutdoping arbeiten. Da gibt es Spezialisten, die schon sehr weit sind. Oder glauben Sie, auch nur ein einziger der Rennfahrer, die die Tour de France fahren, ist nicht gedopt? Bei dieser unmenschlichen Anstrengung?«

»Keine Ahnung.«

Das Telefon schrillte. Wieder erhob sich Dr. Rein. Freygang bewunderte seinen federnden Gang, der Mann besaß die Kraft einer gespannten Feder. Er nahm den Hörer ab, lauschte und gab ein knappes »Danke« von sich.

»Leider keine Einträge«, sagte er dann. »Tut mir leid, dann kann ich Ihnen nicht helfen.«

Freygang erhob sich. »Sie haben mir geholfen. Ich danke Ihnen.«

Man schüttelte sich die Hand, und Freygang schritt nach draußen. Schon vor dem Portal standen Pfützen, über die Freygang hinwegspringen mußte. Er hatte seinen Schirm im Auto gelassen. Als er am Parkplatz ankam, war er naß.

Er schloß sein Auto auf und stand einen Moment da, schaute zurück auf das Gelände. Vor dem Gebäude, aus dem er soeben gekommen war, stand ein Lieferwagen, zu dem zwei Arbeiter Körbe mit irgendeinem Material trugen, Papiere, vielleicht veraltetes Material, das nicht mehr gebraucht wurde. Ansonsten war kein Mensch auf dem weiten Areal zu sehen.

Freygang merkte erst einen Moment später, daß er im Regen stand. Er wischte sich mit beiden flachen Händen über das Gesicht. Es war ihm, als würde er von einer unsichtbaren Gewalt gewaschen werden.

Blutdoping, dachte er. Ist es das? Er war froh darüber, daß es nur Regenwasser war, das ihn überströmte. Steig endlich ein, dachte er. Und dann tat er es.

»Ich möchte ein Aquarium ins Büro stellen, mit Piranhas«, sagte Tosca Poppe.«

»Wieso denn das?« gab Hubert Gell mit verblüfftem Gesicht zurück. »Das wird kaum gehen.«

»Es soll ja nicht gehen, es soll drüben zwischen den beiden Fenstern stehen. Piranhas. Wegen der Abschreckung.«

»Wer soll den abgeschreckt werden, Kollegin Poppe?«

»Ungebetener Besuch.«

»Wie? Äh, nein. Das vergessen Sie mal! Und schauen Sie sich die Unterlagen an!«

Hauptkommissar Gell ging hinaus. Tosca warf einen Blick auf die DNA-Fakten. Was über Janne van Lent gesagt wurde, war aufschlußreich, wenn auch im Moment nutzlos, denn die wichtigsten Fakten konnte kein DNA-Abgleich liefern – die soziologischen Details. Nur mit denen ergaben biologische Tatsachen eine verfolgbare Spur.

Tosca hatte auch die Unterlagen der holländischen Polizei auf dem Tisch. Aber auch diese ergaben nicht die Anhaltspunkte, die man sich erhofft hatte. Janne van Lent schien in einem luftleeren Raum gelebt zu haben. Zumindest in den zurückliegenden zehn Jahren. Allerdings gab es Erhellendes über ihre Herkunft. Ein berühmter Arzt, der eine jüdische Frau geheiratet hatte. Dr. Winter war sogar einmal für den Nobelpreis nominiert worden. Das Ehepaar war zum Ende der deutschen Besatzung spurlos verschwunden. Man hatte lange nachgeforscht und nie eine Spur von ihnen entdeckt.

Und das Auto war in Vlissingen zugelassen. Auf den Namen des Ex-Mannes der Ermordeten, Karl van Lent. Warum besaß es dann ein Hamburger Kennzeichen? Poppe fragte bei Hubert Gell nach, ob dieser Spur nachgegangen worden war. Gells Auskunft war, daß die Zulassungsbehörden in der Hansestadt von einer solchen Anmeldung nichts wußten. Es mußte sich um ein gefälschtes Autokennzeichen handeln. Janne van Lent hatte sich in Deutschland unauffällig bewegen wollen.

Immerhin, dachte Poppe. Daran können wir ansetzen. Und jetzt kann ich nach Holland fahren. Vlissingen, Veere, Yerseke, Middelburg, die Orte, an denen die Familie Spuren hinterlassen hat. Es wird mir gelingen, etwas zusammenzufügen.

Sie wußte nicht, was sie finden würde, aber sie wollte es zumindest suchen. Wenn man ihr Zeit genug ließ, würde sie sich in die Fakten verbeißen wie ein Jagdhund. Irgendwas würde hängenbleiben, das wußte sie.

Tosca Poppe dachte: Wer war Janne van Lent? Sie sah das Bild der Toten vor sich.

Ausgestochene Augen.

Leere Blicke.

Verdammt, dachte Tosca. Wer wütet da! Was hatte Janne van Lent gesehen! Wer hatte Angst davor, daß sie es weitergeben könnte? Und warum hatte der Mörder sie nicht einfach verschwinden lassen?

Die Polizei wußte noch immer so wenig!

Tosca spürte, wie sie wütend wurde, sie erschrak beim Klingeln des Telefons. Freygang war dran und berichtete aus dem Auto über sein Gespräch in Haina.

»Blutdoping?« wiederholte Poppe. Sie lauschte weiter. »Eine Dopingmafia seit damals? Und bis heute? Experimente mit Abhängigen? Bist du sicher?«

Freygang erklärte es. Poppe wechselte den Hörer in die andere Hand.

»Verdammter Mist! Hohen Eichen, Haina, Hadamar? Damit müssen wir uns beschäftigen?«

Tosca Poppe bemerkte nicht, daß sie immer wieder nickte.

Als sie das Gespräch beendeten, hakten sich die Gedanken in ihrem Kopf fest.

Ein ungeheuerlicher Verdacht war in ihr aufgestiegen. Konnte das wahr sein? Irrenanstalten, in denen normale Menschen durch Experimente zu Verrückten gemacht wurden? Anstalten, die Menschen überhaupt erst krank machten?

War es das?

Sie holte sich einen Band des zwanzig Bücher umfassenden Lexikons aus dem Regal. Doping. Englisch, vom Zuluwort *doop*, berauschender Schnaps.

Berauschender Schnaps?

Nein, das sicher nicht.

Verabreichen oder Gebrauch körperfremder Mittel in jeder Form, und Gebrauch körpereigener Mittel in abnormer Dosis.

Das schon eher.

Stimulanzien. Psychomotorische Amphetamine. Narkotika und Analgetika. Anabole Hormone und Steroide.

Manipulation des zentralen Nervensystems.

Ging es darum?

Tosca starrte zur Decke. Wer war Janne van Lent? Was hatte sie mit solchen Dingen zu tun? Welche Abgründe öffneten sich da?

Und welche Täter traten da ganz langsam und ängstlich aus der Dunkelheit hervor?

Tosca blickte zu der leeren Stelle zwischen den Fenstern. Piranhas, dachte sie. Das ist genau das richtige.

Als Werner Kubik sich den Mantel auszog, half ihm ein Assistenzarzt.

»Moment, Herr Professor! So können Sie nicht vor die Versammlung! Sie haben Schuppen auf dem Anzug. Ich hole eine Bürste.«

Kubik ließ die Prozedur ergeben über sich ergehen. Als der Assistenzarzt fertig war, dankte er ihm und trat vor einen Wandspiegel. Er rückte seinen Schlips zurecht. Das Auditorium wartete schon. Er wollte pünktlich sein. Aber dann sah er einen Krümel in seinem rechten Mundwinkel. Er holte ein Stofftaschentuch aus seiner Gesäßtasche und wischte ihn ab. Hoffentlich habe ich nichts zwischen den Zähnen, dachte er, ich sollte kein Pausenbrot so kurz vor einer Rede essen.

Er blieb einen Moment lang vor seinem Spiegelbild hängen. Tadellos, dachte er. Er sah einen alten Mann. Aber keinen gebeugten Mann. Trotz all der Dinge, die ihm widerfahren waren, besaß er Mut und Spannkraft. Nur seine Augen wurden allmählich wäßrig und farblos. Wohin geht die Bläue, dachte er, wenn sie nicht mehr gebraucht wird?

Es war nicht das Ganze, damit war er im reinen, es waren Kleinigkeiten, die ihn an seinem Bild störten. Schon immer gestört hatten. Aber wer ist schon vollkommen? Er blickte auf seinen fleckigen Schädel. Schuppen, dachte er, sind keine Frage des Alters. Seine Frisur glich jedoch zunehmend einer Art Insellandschaft, Büschel von filzigem, braungrauem Haar auf kahler werdendem Untergrund. Davor ist niemand gefeit, dachte er. Sein Zeigefinger glitt über die Narbe am Hals, die er nicht verdecken wollte. Es konnte jeder sehen, ein herausoperiertes Muttermal, das einem Mausfell geglichen hatte. Er hatte die Operation selbst vorgenommen. Örtliche Betäubung. Man hatte ihm dabei bewundernd zugeschaut.

Man darf nicht eitel sein, dachte er und wendete sich um. Dafür ist viel zuviel geschehen. Wir sollten besser erschrecken. Vor uns selbst. Davor, was wir zulassen.

Mit immer noch bayerischem Akzent, dessen gutturale Konsonanten seiner Stimme einen zusätzlich tiefen und tönenden Klang verliehen, bat er um ein Glas Wasser. Der Assistenzarzt beeilte sich, dem angesehenen Hirnpathologen seinen Wunsch zu erfüllen.

»Ich trage das Glas selbst zum Pult, lassen Sie nur«, sagte Kubik. Er sah zur Tür, durch die in diesem Moment, wie immer auf den letzten Drücker, sein Sohn trat. Kubik blickte ihn tadelnd an, sagte aber nichts.

Richard Kubik entschuldigte sich. Ein Stau. Die Baustellen.

»Haben wir noch Zeit?« fragte Werner Kubik den Assistenzarzt.

»Zehn Minuten«, sagte Dr. Büchner.

»Richard«, sagte Kubik. »Komm mal her!«

Der Vater legte die Hand auf die Schulter seines Sohnes und schob ihn zu einem der hohen Fenster. Sie sahen einen Moment lang schweigend hinaus in den Park, der in voller Blüte stand.

»Was willst du, Vater?«

»Kannst du nicht einmal pünktlich sein?«

»Ich sagte doch, der Stau ...«

»Du bist prinzipiell unpünktlich, Richard! Du kommst immer genau eine Viertelstunde zu spät. Und du weißt es. Was ist los mit dir?«

»Das stimmt doch nicht. Es gab immer einen Grund, wenn ich ...«

»Der Grund bist du, mein Sohn. Der Grund ist dein mangelhafter Charakter. Wann lernst du endlich bestimmte Dinge!«

»Hör auf, Vater! Du hackst auf mir herum!«

»Vater und Sohn sollten offen zueinander sein. Wir haben schon zuviel unter den Tisch gekehrt, nicht wahr? Das Verlogene, Verdruckste kann ich nicht akzeptieren. Es beschädigt uns letzten Endes selber.«

»Warum bist du schon wieder wütend? Ich habe dir nichts getan!«

»Ich bin keineswegs wütend, Richard. Ich möchte dich nur auf gewisse Mängel hinweisen, die ich zu sehen glaube. Ich bin niemals wütend. Das ändert nämlich nie etwas. Ich will dir nur helfen. Darf ich das nicht?«

»Worauf willst du hinaus«, stöhnte Richard Kubik.

»In dir steckt soviel! Hole es heraus! Vergeude es nicht in bloßen Stimmungen!«

»Bist du nie nervös und unsicher?« fragte Richard heftiger. »Bist du niemals ängstlich, zu versagen, spürst du nie diese Unruhe in dir, wenn dich jemand scharf und unverschämt ansieht? Habe ich nicht von dir selbst gelernt, daß ...«

»Darum geht es nicht«, unterbrach ihn der Vater. »Aber du mußt versuchen, dich selbst in die Hand zu bekommen, verstehst du? Überlasse es nicht den anderen, über dich zu urteilen. Präge dein Bild selbst, das man sich von dir macht. Und sie lauern überall, die Verleumder, die sagen, schaut euch diesen Arzt Richard Kubik an, kann man ihm Kranke anvertrauen? Und ist das nicht eine furchtbare Vorverurteilung? Komme ihnen zuvor! Zeige dich stark und fähig! Hilf den Kranken! Und wenn du das nicht kannst, dann tritt ein paar Schritte zurück. Dann verzichte darauf, anerkannt zu werden. Und ziehe deine Konsequenzen daraus.«

»Das predigst du mir jeden Tag seit drei Jahrzehnten. Aber ich habe eben meine eigenen Ansichten. Die lasse ich mir von niemandem nehmen, schon gar nicht von dir.«

»Schau mich an!« sagte Werner Kubik.

Sie wandten sich einander zu. Die Blicke des Sohnes flatterten zu Boden.

»Nun gut«, sagte Werner Kubik. »Wenn du nicht willst. Du weißt, du kannst mich jederzeit ansehen. Du brauchst dich nicht zu fürchten. Ich will nur dein Bestes, mein Sohn.«

»Ich bin bereits erwachsen, wie du weißt. Mit fünfzig ändert man sich nicht mehr.«

»Oh, doch! Man muß sich in jedem Alter ändern! Dazu ist man geradezu verpflichtet. Und dazu gibt es tausend Gelegenheiten. Jeder Tag zählt.«

»Vater! Laß mich zufrieden!«

»Unbedingte Offenheit!« sagte der Vater. »Das habe ich in meinem langen Leben lernen müssen. Nur so halten wir dem Ungeist stand.«

Richard Kubik drehte sich wieder zum Fenster. Er starrte auf das Rednermanuskript, das sein Vater auf die Fensterbank gelegt hatte. *Die Schuld der unschuldigen Forscher. Ansichten zur medizinischen Psychiatrie.* Er konnte sich nicht von dem Titel lösen. Was hatte der Alte jetzt wieder vor! Allmählich trat ein hämischer Zug in sein Gesicht. Seine Lippen verzogen sich. Er lachte stumm.

»Gehen wir, die Meute wartet.«

Richard Kubik folgte seinem greisen Vater. Er hielt den Kopf gesenkt, damit niemand sein verräterisches Lächeln sah. Er hätte es nicht erklären können.

Tosca hatte sich in Schale geschmissen. Und sie hatte ein Abendessen vorbereitet. Schon als Freygang an der Wohnungstür stand, empfingen ihn Düfte des Paradieses.

Es roch nach etwas Bekanntem und nach etwas Fremdem. Freygang sah Poppe in der Küche stehen, eine schlanke, burschikose Gestalt in engen, violetten Seidenhosen und einem noch engeren, giftgrünen Oberteil aus Chintz mit goldenen Rüschchen, das den Bauch freiließ. Ihre Frisur war heute rot, mit einem winzigen Samurai-Schwänzchen in den Strähnen am Hinterkopf. Freygang trat hinter Poppe und legte seine Hand auf ihre nackte Haut. Er küßte sie auf den Hals. Sie roch nach Trüffeln.

»Ein teures Parfüm, meine Süße«, flüsterte er.

»Das ist kein Parfüm, mein Inspektor, das wirst du essen«, gab Tosca zurück.

»Was hat denn meine verführerische kleine Aspirantin gekocht?«

»Es gibt Spaghetti Casanova!«

»Was ist denn das? Ich denke, Casanova war ein Liebhaber? Kann es sein, daß du ihn …«

»Quatsch mit Soße, mein Alfons. Casanova ist nicht drin, steht nur drauf.«

»Köstlich! Schildere mir das Rezept! Ist es von Jamie Oliver oder Tim Mälzer?«

»Was ist das? Hört sich an wie Zutaten.«

»Köche. Neue Superstars, so kleine mit gegelten Haaren, tu doch nicht so.«

»Die Namen kenne ich schon. Aber für jemanden aus Thüringen ist das uninteressant. Ich habe das Rezept in einem ganz anderen Kochbuch gefunden, mein Alfons. Gerichte aus den schönsten Filmen aller Zeiten. *Spaghetti Casanova* aus einem Film von Simon Langton, mit Richard Chamberlain und Faye Dunaway. Richtig scharf.«

»Wie heißt der Film, Spaghetti Casanova?«

»Nein. Einfach: *Casanova*.«

»Und da kochen die dieses Gericht?«

»Unter kuriosen Umständen. Unser Held ist wieder mal eingesperrt, weil er irgendwen …«

»Gepoppt hat.«

»Nein, der war auch ein Rebell, was heute kaum jemand weiß, er hat jemanden angeprangert und bloßgestellt, einen hohen Herrn, weiß nicht mehr, wie der hieß, da kannte der nichts. Und die Herren saßen natürlich am längeren Hebel. In der Zelle erzählt ihm ein Mithäftling von der unglaublich antörnenden Wirkung dieses Rezeptes. Ein echtes Aphrodisiakum!«

»Ein Aphrodisiakum! In der Gefängniszelle! Der arme Kerl!«

»Zumal es hundertprozentig wirkt!«

»Was hast du vor?«

»Es dir zu servieren!«

Freygang trat noch dichter an sie heran und preßte sich an ihren weichen Körper.

»Ich glühe schon! Laß uns sogleich zum Vortisch schreiten, meine Mätresse.«

»Gemach, mein Casanova. Die Nudeln sind gleich fertig. Setz dich schon mal. Ich muß nur noch die Sauce abschmekken.«

Freygang setzte sich an den schon gedeckten Tisch im Wohnzimmer. Er ließ seinen Blick schweifen. Die Wohnung besaß drei Zimmer und einen Balkon zum Garten. Sie war spärlich und in bonbonsüßen Farben eingerichtet, beiden gefiel es so. Das Bett war von einem Baldachin überwölbt. Der Clou war ein Ausstieg auf das Flachdach, wo sie mit Topfpflanzen ein Areal abgesteckt hatten. In den warmen Monaten aßen sie dort. Aber jetzt regnete es.

Tosca schwebte mit zwei Töpfen herein. Alfons goß einen sechsjährigen Rotwein eines Weinguts aus Lazise am Gardasee in die bauchigen Gläser. Tosca schaufelte mit einer Greifkelle Spaghetti auf die Teller, raspelte weiße Trüffel darüber und goß mit einem kleinen Löffel in aller Vorsicht die köstliche Sauce nach. Als sie das Kunstwerk mit Pfeffer und Parmesan abrundete, spitzte sie die Lippen und schnalzte mit der Zunge.

Freygang schaufelte den Geruch zu sich heran.

»Köstlich!« entfuhr es ihm. Sie prosteten sich zu und tranken.

»Das Geheimnis beruht auf der Zusammensetzung. Madeira, eine ganze Muskatnuß, Tomaten, Butter, Gruyérekäse, Parmesan, Foie gras und – ja und weiße Trüffel! Die kostet ein Vermögen, weil dafür viele schwarze Schweine schnüffeln mußten.«

»Uhhh ... herrlich! Woher kommt dein plötzlicher häuslicher Zug?«

»Ich kriege ein Kind!«

Freygang sperrte den Mund auf. Langsam legte er das Besteck auf das Tischtuch. Er schob den Kopf vor und blickte ungläubig.

»Woher ... hast du das?«

»Ein Inspektor hat mich angebumst.«

»Ein ...?«

»Ja.«

»Ist das möglich?«

»Traust du es dir nicht zu?«

»Aber Süße, das ist ja klasse!«

Freygang sprang auf, riß Poppe von ihrem Stuhl und drehte sie herum wie eine Nudel um die Gabel. Tosca streckte die Arme weit zur Seite aus und schrie vor Freude, wie auf einem Kettenkarussell.

»Bist du sicher, daß es ein Baby ist? Ich meine, um mir ein Geschenk zu machen, würde ein Buch genügen, ein Schlips mit Hawaimuster, oder ein geiles Handy? Man hat schon ...«

»Alfons! Mach keine Scherze! Es befindet sich in meinem Leib!«

»Wie köstlich!« rief Freygang. »Wie wunderbar! Wir bekommen ein echtes Kind! Keine Barbie-Puppe, ein Kind!«

Plötzlich wurde er wieder ernst. Und auch Poppe deutete zum Tisch. Freygang stellte seine Frau sorgfältig ab. Sie setzten sich. Während sie Happen für Happen weiteraßen, sahen sie sich unentwegt an. Freygang verfehlte einmal seinen Mund und pikte die Gabel ins Kinn. Sie lächelten sich zu und hoben die Gläser.

»Noch Spaghetti?«

»Und viele Kinder!«

»Erst mal Nudeln.«

»Okay! Und darauf Gänselebersauce und darauf viel Trüffel. Das Leben ist, unter einem bestimmten Aspekt betrachtet, einfach herrlich!«

»Können wir das liegend erörtern?«

»Haben wir denn ein Bett?«

»Schau mal im Schlafzimmer nach. Wenn ja, ruf mich.«

»Kommst du dann auch?«

»Mein derzeit liebster Tatort.«

»Dann hab ich was für dich, Mutter.«

Noch einmal die Kirche, dachte der Bischof. Und dann noch einmal. Sie erlauben sich alle, auf uns einzuschlagen. Wir leben in wahrlich verderbten Zeiten.

Er erinnerte sich daran, wie friedlich früher alles gewesen war. Die Autorität der Geistlichkeit war grenzenlos. Unantastbar. Keiner hatte gewagt, was heute jeder zu wagen schien. Man sprach bereits ungeniert und öffentlich über die sogenannten Lügen. Und jeder durfte blasphemisch sein. Undenkbar!

Im Dommuseum von Aschaffenburg hatte er neulich eine Installation einer jungen Künstlerin aus Frankfurt gesehen, die von der Kirche ausdrücklich begrüßt wurde. Ein Farbfoto inmitten einer abnormen Steinformation. Es zeigte einen halbnackten Jüngling, den Freund der Künstlerin, am Kreuz. Darunter sie selbst, als Maria Magdalena. Lachend. In einer ordinären Pose. Im Dommuseum!

Ja, wo war man denn inzwischen angekommen!

Ging das immer so weiter?

Und wohin führte das dann?

Der Bischof schlug ein Kreuz. Dann noch eines. Als das Telefon klingelte, schreckte er zusammen. Blasphemie, dachte er.

Er nahm ab. Es war sein Generalvikar. Er berichtete davon, daß sich der Verdacht der Fuldaer Kripo inzwischen auf andere Dinge konzentrierte. Man hatte die Ermittlungen gegen den sogenannten *Rex Deus* abgeschwächt, allerdings nicht eingestellt. Man sei auf eine Dopingmafia gestoßen, mit der die Ermordete etwas zu tun gehabt hatte.

Dopingmafia, ächzte etwas im Inneren des Bischofs. Damit stehen wir inzwischen auf einer Stufe? Ein Verdacht, der mal dahin geht, mal hierhin geht, und immer ist die Kirche auf Augenhöhe? Oder wie sollte man das beschreiben?

»Ja, sind wir denn inzwischen so verweltlicht«, rief der Bischof ins Telefon, »daß man uns nur noch nach unserer Vereinssatzung beurteilt!«

»Seien wir doch zufrieden, Eminenz«, erwiderte der Generalvikar. »Wir geraten aus der Schußlinie. Das ist doch das Wichtige.«

»Wir sind Kirche«, sagte der Bischof. »Damit erheben wir uns über all jene Klientel, die die Polizei im Auge hat. Das ist doch wohl Konsens? Sie sollen kommen und uns anklagen, dann erhalten sie die gebührende Antwort. Ebensogut könnten sie Gott anklagen! Sind diese Menschen irre geworden!«

»Wahrscheinlich, Eminenz. Aber sehen Sie die Sache positiv. Wir sind aus dem Spiel, wie gesagt. Man wird uns ab jetzt in Ruhe lassen.«

»Das ist ja wohl eine Selbstverständlichkeit! Und wir selbst müssen endlich wieder den Glauben an uns herstellen, den sie beschädigt haben. Wir zweifeln doch inzwischen selbst an unserem Auftrag. Von den anderen ganz zu schweigen! Inzwischen behaupten sie sogar, Jesus Christus sei aus Indien gekommen und er sei nach der Kreuzigung, die er natürlich überlebt hat, dorthin zurückgegangen. Jesus! Ein Inder! Ja, wo sind wir denn?«

»In Fulda, Eminenz. Und deshalb rate ich auch zur Ruhe. Wir sind hier in Sicherheit. Diese Stadt ist unsere Burg. Hier ist die Wahrheit unantastbar zu Hause.«

»Nur Glaube und Furcht vor dem Strafgericht können die Menschen züchtigen. Zucht, lieber Generalvikar, das ist ein altes Wort. Ein deutsches Wort, das es in keiner anderen Sprache gibt. Genau wie das Wort Heimat. Daran müssen wir erinnern. Ohne Furcht kein Glaube. Und keine Reue.«

»So lautete der Spruch, den man bei der Ermordeten fand, Bischof. Seien wir vorsichtig, wenn wir so reden.«

»Was? Wie? Was habe ich eben zitiert?«

»Sicher unbewußt! Man wird ja schon ganz verwirrt, bei all dem Getöse um diesen mysteriösen Satz. Aber behüte uns Gott, wenn diese Dinge weiter mit uns in Zusammenhang gebracht werden. Man wird uns kreuzigen!«

»Sprüche von Ketzern können uns nichts anhaben«, sagte der Bischof. »Wir haben unsere eigenen, ehernen Lettern. Sie sind in Stein gemeißelt.«

»Also jedenfalls, ich wollte Ihnen die erfreulichen Neuigkeiten gleich mitteilen. Einen schönen Tag noch und Gott zum Gruße!«

Der Bischof murmelte in den Hörer: »Ehre sei Gott in der Höhe!«

Dann beendete er das Gespräch.

Dr. Theodor Büchner saß in seinem Büro und starrte auf die Aktenberge. Wie sollte er das bewältigen? Im Hintergrund lief leise Musik aus dem Radio. Stücke aus der Marienvesper von Monteverdi. Die Aufzeichnung eines außerordentlichen Konzertes in der benachbarten Klosterkirche, einen Tag bevor die Katastrophe hereinbrach. Wunderbare Musik, dachte Büchner, sphärisch. Und aufrüttelnd zugleich. Keine Spur von Erbauung. Mutige Musik.

Henstein hatte von manipulierten Akten berichtet. Konnte das wahr sein? Aktenschränke seien durchwühlt worden, Karteien verschwunden. Andere Karten besaßen plötzlich neue Einträge. Leichenlisten der Anatomie fehlten, Dokumente aus der Zusammenarbeit mit anderen Instituten wurden unkenntlich gemacht. Was war da los? Wer war da am Werk?

Aber wahrscheinlich stimmte das alles gar nicht. Denn was gab es hier in Hohen Eichen zu verbergen? Man hatte große Erfolge mit den Behandlungsmethoden, klinische Psychiatrie war im Kommen, das Gerede um die Psychotherapien oder Gesprächstherapien als Alternative verstummte endlich. Das hatte doch alles keinen nennenswerten Erfolg gezeitigt.

Nein, man war auf dem richtigen Weg. Und deshalb war es undenkbar, daß Akten manipuliert wurden oder verschwanden. Alles mußte im Gegenteil offengelegt werden. Hatte das nicht vorhin Professor Kubik auch gesagt? Alles offenlegen. Damit der Ungeist keine Macht gewinnt.

Oder so ähnlich.

Das genau mußte ihre Haltung sein. Damit die Anklagen, dieses ewige, schleichende Mißtrauen in die klinische Psychiatrie verschwand. Er hatte am Morgen darüber mit einem Kollegen aus Hadamar gesprochen. Sie waren sich einig gewesen. Es mußte Licht herein, keine Dunkelheit. Licht! Licht! Und der alte Kubik würde es richten. Aber man merkte ihm an, daß seine Kräfte erlahmten. Kein Wunder, dachte Büchner, ein dreiundachtzigjähriger Mann, der als Chirurg und Psychiater so vieles geleistet hatte! Irgendwann erlischt die Energie.

Obwohl, bei Professor Kubik war der glühende Kern noch aktiv. Das merkte man ihm jederzeit an. Der Vulkan war noch nicht erloschen. Noch konnten die Lavaströme fließen.

Die Tür zum Hörsaal öffnete sich. Richard Kubik trat ein. Er wischte sich über die Stirn.

»Heiß da drinnen«, stöhnte er. »Meinem alten Herrn macht das gar nichts aus, aber ich vergehe.«

Büchner starrte Richard Kubik an. Er konnte den Arzt nicht leiden. Etwas an ihm störte ihn kolossal. Der Sohn des geschätzten Professors besaß etwas Getriebenes. Er fraß alles in sich hinein, wie eine Beute. Er verschlang es einfach. Fraß Bildung und Mahlzeiten und Meinungen zugleich wie ein Wolf. Und seine Gesinnung, die manchmal aus ihm herauskroch, in Nebensätzen, in angedeuteten Kommentaren, schmeckte Büchner noch weniger.

Offensichtlich besaß dieser Sohn eines großen Mannes, dessen Gehirnsammlung eine Zeitlang in Hohen Eichen einen Ehrenplatz eingenommen hatte, bevor das Max-Planck-Institut sie bekam, einen Schuldkomplex, weil sein um ein Jahr älterer Bruder Kurt gleich nach der Geburt gestorben war. Er hatte ihn einmal als »den besseren« bezeichnet. Warum? Er kannte ihn doch gar nicht! Fühlte er sich schuldig an seinem Tod? Dr. Büchner war sich nicht sicher.

Er verfolgte Kubik auf seinem Weg durch den Raum. Er ging schlurfend. Seine Arme hingen an seinem Körper wie Fremdkörper herab, die Handflächen nach hinten gedreht, dadurch wirkte der Buckel krumm. In seinem Verhalten wurde oft deutlich, daß er die Ansprüche seines Vaters nicht erfüllen konnte. Richard Kubik war einfach kein guter Arzt. Viel zu schwach. Eigenschaftslos. Nicht anwesend. Büchner dachte plötzlich: Sind die Eigenschaften dieses Menschen im Besitz seines Vaters?

»Ziemliches Pack da drinnen«, sagte Richard Kubik. »Seit wann sitzen in deutschen Anstalten so viele Farbige?«

»Was meinen Sie?«

»Verstehen Sie mich nicht? Ich habe mindestens acht Dunkelhäutige gesehen. Was machen die im weißen Kittel?«

»Es sind Assistenzärzte aus Bengalen.«

Richard Kubik versuchte zu lächeln, aber sein Gesicht spielte nicht mit. Es blieb weich und konturenlos. Und unbewegt. Er seufzte. Und Büchner bekam plötzlich Mitleid mit ihm. Sein Vater beherrscht ihn gnadenlos, dachte er. Durch sein Vorbild. Durch seine ganze Art. Sein Vater ist eine moralische Autorität ersten Ranges. Da kann er unmöglich mithalten.

Der Sohn, dachte Büchner, zerfließt vor den Blicken derjenigen, die ihn anschauen. Was hat ihn derart weich gekocht?

Bemitleidenswert.

Dr. Büchner mußte ein Gespräch entgegennehmen. Richard

Kubik saß in einem schwarzen Ledersessel und brütete vor sich hin. Seine Lippen bewegten sich manchmal, aber er sprach nicht. Er war in Gedanken offensichtlich ganz woanders.

»Drogenmafia?« sagte Dr. Büchner plötzlich laut. Er lachte auf. »Das ist nicht Ihr Ernst, Kommissar!«

Richard Kubik war aufgeschreckt. Er blickte auf Büchner, als kröche etwas Unheimliches auf ihn zu. Unbewußt lehnte er sich in die Polster zurück, als sei er froh, daß in seinem Rücken keine Gefahr drohte.

»Dann kommen Sie her! Sie können sich hier umsehen! Ich mache Ihnen alles zugänglich, was Sie sehen können. – Natürlich haben wir nichts zu verstecken! Was sollte das denn sein? Die Patienten sind selbstverständlich geschützt!«

Richard Kubik spitzte die Lippen. Er hörte selbst, daß eine Melodie in seinem Inneren entstand. Der zweite Satz der dritten Symphonie von Beethoven. Ein Trauermarsch.

»Ich werde hiersein. Wenn Sie nur pünktlich kommen könnten?«

Kubik pfiff noch immer leise. Dr. Büchner blickte irritiert zu ihm hinüber.

Dann brach der Sohn des großen Arztes abrupt ab und stand auf.

Mit schleichenden Schritten, als befände er sich in zähem Morast, ging er hinaus.

9.
Montag, 2. Mai 2005

Alfons Freygang kam um zehn Uhr in Hohen Eichen an. Dr. Büchner erwartete ihn schon auf dem Gang. Freygang bekam beim Eintreten Satzfetzen eines erregten Gespräches zwischen zwei jungen Klinikärzten mit, offenbar ging es um Diagnosen und Therapien, um den Unterschied zwischen Psychiatrie und Psychotherapie. Dr. Büchner wandte sich ihm zu.

»Kommen Sie, Herr Freygang, gehen wir ein Stück. Draußen ist es ja endlich mal trocken.«

Der Arzt faßte Freygang am Arm und führte ihn in den Park. Freygang atmete die gute Luft ein, im Gang hatte es muffig gerochen, eine Mischung aus Desinfektionsmitteln, Staub und Schweiß.

»Vielen Dank, daß Sie sich Zeit nehmen, Doktor. Ich kann es kurz machen.«

»Nein, nein, lassen Sie sich Zeit mit den Fragen. Ich bin froh, einmal rauszukommen. Im Moment bin ich auch Personalrat, und das ist eine langweilige Arbeit, Einlassungen, Gutachten, Bewertungen und so weiter. Und Sie müssen ja schließlich einen Mordfall aufklären.«

Sie gingen über Kieswege, an weißen Mauern entlang. In der Luft lag der Frühling. Hinter den Mauern lag das Rheintal inmitten von Weinbergen, jenseits des Flusses die Rebhänge von Rheinhessen.

»Wir haben eine Spur zu verfolgen, die von Haina hierher führt. Der Anstaltsleiter Dr. Rein brachte mich auf eine Fährte. Es handelt sich um Doping, um Mißbrauch von Medikamenten in der Behandlung von psychisch Kranken, um Experimente an Menschen. Er nannte bestimmte Fakten. Der Name dieser Klinik hier fiel, ebenso wie der Name einer Einrichtung in Hadamar. Gab es ähnliche Vorfälle jemals in Hohen Eichen? Können Sie mir darüber etwas sagen?«

»Experimente an Menschen?«

»Dr. Rein behauptete, damals sei an Patienten getestet worden, wie der Körper auf Dopingpräparate reagiert, die man für Hochleistungssportler einsetzen wollte. Arier sollten die Olympiade gewinnen, Sie wissen schon.«

»Nein, davon weiß ich natürlich nichts. Ich darf Sie daran erinnern, daß wir eine psychiatrische Einrichtung sind und keine Zuchtanstalt.«

»Ich weiß. Kann ich mich in Ihrem Archiv umsehen?«

»Nun, da wird im Moment – umgestellt. Es gibt ein gewisses Durcheinander, wie ich mich selbst überzeugen konnte. Aber wir beheben das bald. Vielleicht fragen Sie mich noch ein bißchen präziser, damit ich mir vorstellen kann, was Sie wirklich meinen.«

Freygang blieb stehen. »Manipulationen des zentralen Nervensystems mittels Drogen.«

»Hören Sie, Herr Inspektor! Wir versuchen zu heilen, nicht, krank zu machen. Und meines Wissens ist es in Hohen Eichen zu allen Zeiten so gewesen. Psychiater sind keine Irren oder Menschenfeinde. Wir leiden, wenn wir nicht helfen können.«

»Schon gut. Ich wollte Sie nicht beleidigen. Ihr Berufsstand ist seriös, natürlich weiß ich das. Aber wie gesagt, in Haina hörte ich von Dingen, die ich vorher noch nicht kannte. Psychisch Kranke, auch wehrlose Patienten spielten dabei die entscheidende Rolle. Wundern Sie sich also bitte nicht darüber, daß ich solche Fragen stelle, ich meine es nicht persönlich.«

»Die klinische Psychiatrie war allerdings immer umstritten, das gebe ich zu. Es gibt einen tiefsitzenden Konflikt zwischen Therapeuten und Medizinern. In unseren Augen sind psychische Defekte, wie wir sie hier behandeln, die Folge von ernsthaften Erkrankungen des Körpers, Stoffwechselerkrankungen beispielsweise, deshalb auch nur mit medizinischer Betreuung und Medikamenten zu behandeln, oft genug nur noch mit Operationen. Die Therapeuten hingegen behaupten, psychische Erkrankungen wie Schizophrenie oder Paranoia hätten soziale Ursachen, kommunikative Ursachen. Deshalb könnten sie auch mit speziellen Gesprächssituationen behandelt werden, mit Lebensbeichten und Sitzkissen auf der Couch. Ein Unding!«

»Die Öffentlichkeit ist nun einmal für Dopingverbrechen sensibilisiert. Und die gibt es nicht erst seit heute. Das fing viel früher an. Heute benutzen Dopingexperten Sportler als Versuchskaninchen, ganz legal. Früher beschäftigte man sich mit abhängig Kranken, über die man hinter dicken Mauern die Verfügungsgewalt hatte. Oder zu haben glaubte. Und wo sonst, wenn nicht in Kliniken, in geschlossenen Anstalten, konnte man das straflos tun?«

»Ich verstehe, aber ich sage Ihnen noch einmal, in Hohen Eichen war und ist so etwas ausgeschlossen. Ich käme nicht einmal im Traum auf die Idee, an dem Ort, wo ich arbeite, könnten solche Verbrechen geschehen sein. Ich würde ja sofort kündigen.«

Freygang überlegte, ob Dr. Büchner unwissend oder gerissen war. Er blickte ihn von der Seite an und entschied sich fürs erstere. Er war Personalrat, also wohl gewerkschaftlich orientiert, also wohl integer – oder war eine solche Gleichung allzu blauäugig? Als sie weitergingen und Freygang nach der nächsten Frage suchte, die ihn doch ein Stück weiterbringen könnte, tauchte vor ihnen Professor Werner Kubik auf.

Er stand am Rand einer Wiese mitten im Park und schaute über die Mauern zum Rheintal hinüber. Seine Hände stützte er in die Seiten. Sein Körper war unnatürlich aufgerichtet. Als sie näher kamen, wandte er sich ihnen zu.

Büchner machte Freygang mit ihm bekannt. »Fragen Sie den Professor, ob er sich vorstellen kann, wonach Sie suchen. Er ist schon länger als ich in Hohen Eichen, der Mentor der Klinik. Er kennt hier jeden einzelnen Vorgang.«

Der Alte hatte eine kühle, trockene Hand. Als Freygang ihren kräftigen Druck spürte, wunderte er sich.

Er faßte den alten Arzt ins Auge. Er sah einen Mann, der trotz seiner Jahre aufgeschlossen und lebhaft wirkte. Er blinzelte Freygang durch seine dicke Hornbrille aufmunternd zu. Seine Häßlichkeit, die Freygang mit einem schnellen Blick wahrnahm, machte ihn nicht unsympathisch. Ob er darunter leidet, dachte Freygang? Er wagte es nicht zu entscheiden.

Dr. Büchner sagte: »Wir erörtern gerade ein Thema, zu dem Sie möglicherweise etwas sagen könnten – Dopingverbrechen. Der Inspektor legte gewisse Verdachtsmomente dar ...«

Freygang unterbrach. »Können Sie sich vorstellen, daß es so etwas in Hohen Eichen gab?«

Der emeritierte Professor sagte erstaunt: »Dopingverbrechen? Was soll denn das sein!«

Freygang lachte ungläubig auf. »Sie wissen es nicht? Alle Welt spricht davon.«

»Ich kenne die Begriffe, ich weiß, worum es dabei geht«, wehrte Kubik ab. »Aber in Hohen Eichen? Dopingverbrechen? Hier befindet sich ein psychiatrisches Krankenhaus!«

»Ich weiß«, erwiderte Freygang. »Dr. Büchner klärte mich darüber auf, aber gewisse Dinge sind einfach geschehen.«

»Was ist geschehen?«

»Nun, es hat Experimente gegeben.«

»Ich verstehe.« Kubik schwieg einen Moment. »Doping ist nicht das, worum es wirklich geht«, sagte er dann plötzlich. »Es geht um Experimente an lebenden Menschen, nicht wahr? Das geht tiefer. Es geht darum, ob man Individuen als biologisches Material verarbeiten darf, nicht wahr? Biogenetik oder nicht?«

»Sie haben es verstanden.«

»Mein junger Herr Inspektor! Sie haben keine Ahnung, was in diesem Thema alles drinsteckt! Beschäftigen Sie sich einmal gründlich damit! Das ist nicht mit ein paar schnellen Fragen und Antworten abgehandelt! Das Doping, von dem die

Öffentlichkeit heute während einer Sportschau schwafelt, ist nur die Spitze des Eisbergs. Wenn Sie sich wirklich damit beschäftigen, dann bekommen Sie das Grauen serviert. Das nackte Grauen! Undenkbar, daß in Hohen Eichen einmal so gearbeitet worden ist. Selbst meinem Sohn, der hartgesottener ist als ich, wird es elend, wenn er über diesen Dingen sitzt.«

»Über diesen Dingen sitzt?« fragte Freygang.

»Er studiert die Zeiten, von denen Sie sprachen. Er ist gewissermaßen ein Experte für die Zeit zwischen 1900 und 1945, in der die experimentelle Psychiatrie entwickelt wurde.«

»Das ist interessant! Vielleicht sollte ich einmal mit Ihrem Herrn Sohn sprechen?«

»Das können Sie jederzeit. Er unterhält sich gern mit jemandem darüber, der seine Kenntnisse abfragt und anerkennt. Aber ich bin gerade ein wenig in Sorge um ihn. Er steigert sich in manche Dinge hinein, wenn Sie verstehen. Ich habe geradezu Angst um Richard, weil er labil und sensibel ist. Und was damals geschah, das übersteigt seine Vorstellungskraft bei weitem. Übrigens auch die meine.«

»Darf ich Sie anrufen und mit Ihnen sprechen? Und mit Ihrem Sohn?«

»Natürlich. Dr. Büchner gibt Ihnen meine Nummer. Aber ich sage Ihnen noch einmal, Dopingverbrechen gab es in den Kliniken nicht, von denen Sie sprachen. Jedenfalls nannte niemand das, was dort geschah, jemals so.«

»Dann will ich es beim richtigen Namen nennen«, sagte Alfons Freygang. »In der Zeit des Nationalsozialismus vergaste man im hessischen Hadamar wehrlose Geisteskranke. In Haina, Nordhessen, befand sich ein Irrenhaus, in dem gewissenlose Mediziner experimentierten – mit Medikamenten, die man spritzte und verabreichte. Es wurde getestet und wissenschaftlich ausgewertet. Ich habe mich informiert. Das fing 1937 an. Damals wurden die ersten sechsundzwanzig Patienten aus dem katholischen St.-Antonius-Heim in Fulda nach Haina verlegt, schon am Ende des Jahres galt die Anstalt als überfüllt. Von dort gingen Krankentransporte nach Hohen Eichen – es war das Zwischenlager für die zur Tötung Freigegebenen. Die für die Euthanasie vorgesehenen Patienten kamen nach den Versuchen von hier direkt nach Hadamar und wurden ermordet. Man verbrannte sie. In gefälschten Todesurkunden gab man als Todesart *Gehirnkrankheit* an und als Todesort: *Irrenanstalt Cholm, Post Lublin, Polen.*«

Schweigen. Eine Schar Spatzen rauschte plötzlich aus einem Baum heraus und floh, laut tschilpend, über die Mauer.

Kubik starrte in die Ferne. Büchner räusperte sich, sagte aber nichts.

»Alles wurde penibel aufgelistet«, sagte Freygang. »Aber die Listen sind dennoch unvollständig. Hunderte von Patienten sind nicht erfaßt worden. Von ihnen fehlt jede Spur. Wo sind sie geblieben?«

»Das Grauen der Vergangenheit«, sagte Werner Kubik.

»Was wissen Sie darüber?«

Kubik nickte versonnen. Er sah alt und grau aus. Dann blickte er Freygang verständnisvoll an. Sein Gesicht belebte sich.

»Ja, so muß man es wohl nennen – Euthanasie. Mord an Wehrlosen. Wissen Sie, woher der Ausdruck kommt? Aus dem Griechischen, der schöne, leichte Tod. Aber bei dem, wovon Sie sprechen, ging es um systematische Vernichtung. Und es ging jedenfalls nicht um Doping. Es ist gut, wenn man die Dinge bei ihrem richtigen Namen nennt, Herr Inspektor. Klären Sie alles auf!«

»Können Sie dabei helfen?«

»Sie können mit meinem Sohn darüber reden, wenn Sie wollen. Vielleicht kann er Ihnen helfen. – Aber ich muß mich jetzt verabschieden, meine heißen Bäder warten. Bei diesen feuchten Temperaturen droht meine Gicht außer Kontrolle zu geraten.«

Häßliche Hülle, guter Kern, dachte Freygang. Äußerlich ein Tier, dieser Mann, das unter seiner Häßlichkeit leidet. Aber mit dieser Hülle muß er leben.

Freygang verneigte sich zum Abschied, er fühlte einen Anflug von Sympathie für diesen gebrechlichen Mann, aber auch noch etwas anderes. Eine merkwürdige Kälte, doch das konnte auch von ihm selbst ausgehen. Er war eben ein mißtrauischer Bulle. Und Hohen Eichen war selbst ein kalter Ort.

Er verabschiedete sich schnell auch von Dr. Büchner und ging zu seinem Auto. Es war ihm eingefallen, daß er sein Handy auf dem Beifahrersitz liegengelassen hatte.

Martin Velsmann meldete sich und fühlte sofort tiefe Sympathie für Tosca Poppe, die am Telefon war. Ihre Stimme löste in ihm väterliche Gefühle aus. Tosca hustete. Sie raucht zuviel, dachte Velsmann. Und sie ist eine aus der jungen Generation, die es uncool findet, bei Regen mit einem Regenschirm herumzulaufen. Lieber wird sie naß und erkältet sich.

»Ich komme Sie einmal besuchen, Tosca«, kündigte Velsmann an. »Ich schenke Ihnen einen Schirm. Vielleicht ist Alfons auch da.«

»Kommen Sie am Abend, wir sind bis zwanzig Uhr hier, Chef! Ich würde mich riesig freuen!«

»Ist Hubert Gell noch immer so unzugänglich? Und was macht Keuper, der Stinkstiefel?«

»Sie bleiben sich treu! Na ja, man gewöhnt sich an sie. Wie geht es Ihnen, Chef?«

»Ich denke, ich werde im nächsten Leben bei Alt anfangen und dann jünger werden.«

»Beschwernisse?«

»Nein, das nicht. Nur Sentimentalitäten. Anflüge von Panik, um in der Restlaufzeit keine Fehler zu machen.«

»Verstehe.«

»Ich habe keine Zeit mehr für Umwege.«

»Chef, Sie kommen nicht zurück, was?«

»Nein.«

»Das dachte ich mir. Ist echt schade. Und wo uns gerade keiner zuhört – Sie fehlen hier an allen Ecken und Kanten.«

»Lassen Sie, Tosca. Es ist gut so. Ich melde mich nachher noch mal, und vielleicht komme ich gegen Abend tatsächlich vorbei. Wir könnten zusammen essen gehen.«

»Das wäre cool! Ich würde mich – warten Sie, da kommt Alfons! Wollen Sie mit ihm sprechen?«

»Nein, grüßen sie ihn nur. Wenn ich kurz vor acht bei euch bin, ist das in Ordnung? Ich führe euch beide aus in den Museumskeller.«

»Huch! Gibt es so was in Fulda? Einen Museumskeller? Nie gehört.«

»Neu eröffnet, ein neuer Pächter jedenfalls. Recht gemütlich. Sie machen da prima Flammekuchen mit allen möglichen Varianten. Ist unter dem Vonderau-Museum am Jesuitenplatz.«

»Ach da. Schön. Wäre klasse, wenn Sie kommen. Ich fahre nämlich morgen nach Holland wegen der Ermittlungen. Ich muß endlich mit dem Ex-Ehemann von Janne reden und mit allen, die sonst noch was über sie sagen können. Karl van Lent hat übrigens hier angerufen und die Leiche zur Einäscherung freigegeben, die Urne wird dann nach Holland überführt. Und ich muß mit diesem Verlag reden. Das wird uns weiterbringen.«

»Sicher! Bis nachher also!«

Es war bereits dunkel. Unhörbarer Nieselregen setzte ein. Er verstärkte sich. Der abnehmende Mond verschwand hinter Wolken. Die Straßen waren leergefegt. Er blickte auf die Uhr und bestieg sein Auto. Die Fahrt ging aus der Stadt heraus nach Osten. Eine Fahrt mehr. Er war inzwischen gewohnt, Autoreisen zu unternehmen. Er benutzte immer dieselben Strecken.

Immer wieder hatte er überlegt, ob er es tun sollte. Die Tatsachen waren ihm seit Wochen bekannt. Jemand wollte ausplaudern. Mit jedem Tag wurde die Gefahr größer. Noch wagte er es nicht, er überlegte. Aber schon morgen konnte es zu spät sein.

Warum diese Vögelchen alle zwitschern wollen, dachte er. Sie könnten still sein. Still oder Rotkehlchen.

War er ein Mörder? Er selbst hatte sich diese Frage nie gestellt. Er dachte manchmal daran, wie an eine Frage, die jemand einem anderen stellte. Er ließ sie an sich vorüberziehen.

An der Ausfallstraße in Richtung Tann steuerte er das Auto auf einen Seitenstreifen und schaltete die Warnbeleuchtung ein. Plötzlich waren ihm Zweifel gekommen.

Er kannte Menschen, die ihre charakterlichen Mängel durchaus empfanden. Sie waren sensibel genug dafür, aber sie stellten sich ihnen nicht. Sie waren unaufhörlich bemüht, sie ins Gegenteil zu verkehren. Dafür brauchten sie alle ihre Intelligenz. Und alle Energie. Und seit die große Idee nicht mehr gedacht werden durfte, die Ideale verschwanden, wurde daraus eine Ansammlung von Defekten. Von Schwächen. Von Krankheiten. Jeder richtet doch, dachte er, seine Gefühlsstaus nur noch gegen sich selbst anstatt gegen die anderen. Er kannte sie doch, die Nervösen, die Unsicheren, die Schuldbeladenen. Jeder suhlte sich nur noch in seinen eigenen Schmerzen.

Auch sein eigenes Blut war schwach. Alles zitterte und bebte in der Erwartung von Unheil. Kein Blick, der nicht flatterte, keine Geste, die nicht fahrig war. Was früher Überheblichkeit und Stärke war, zerfiel in Bitterkeit und Gebrechen.

Sollte er für solche Patienten – so nannte er sie gewöhnlich – wirklich seinen Kopf hinhalten? Sollte er handeln, wo andere zauderten?

In ihm stieg ein stummer Schrei auf. Er wollte ihn herauslassen, doch dann bekam er Angst davor. Es war das, was er schon kannte. Er wollte die irrwitzigen Dinge nicht hören, die in ihm hausten. Die seine Feinde in ihn hineinverpflanzt hatten. In den Stunden seines Schlafes, in den Stunden seiner Hilflosigkeit. Er wagte nicht, seine Stimme zu erheben. Man mußte auf sich aufpassen.

Er blickte in den Rückspiegel und fuhr wieder an. Schaltete die Warnblinkanlage aus. Die Ausfallstraße blieb leer. Wo waren die Menschen geblieben? Es regnete immer heftiger, jetzt wurde daraus ein Schauer, der niederging wie ein feuchter Gruß. Hallo, der kalte Regengott ist wieder da!

Er trat auf das Gaspedal. Im Autoradio begannen die Null-Uhr-Nachrichten. Nicht nachdenken. Fahren. Zweifel, dachte er, kann ich nicht brauchen. Er packte das Steuerrad fester, und er fuhr allein in die Schwärze der Nacht hinein.

»Unglaublich, aber das schmeckt tatsächlich! Daß es so was noch gibt!«

Freygang sprach mit vollem Mund. Tosca blickte ihn tadelnd an. Martin Velsmann schob sich einen großen Bissen in den Mund. Die Bedienung kam mit vorgerecktem Hals und fragte, was es noch sein dürfte. Man winkte dankend ab.

»Was habt ihr inzwischen?« fragte Velsmann und spülte mit einem Schluck Lagerbier nach. »Wie sind die Fakten?«

Freygang blickte Poppe an, aber die machte eine Kopfbewegung in seine Richtung. Er sagte: »Wir wissen inzwischen definitiv, daß die Ermordete aus Holland kommt. Aus Vlissingen, zumindest lebte dort ihre Familie. Die Familie verschwand eines Tages, Vater, Mutter, eine jüngere Schwester. Es waren die letzten Kriegswirren. Janne van Lent lebte auch im Ausland, das ist aber nicht gesichert. Sie verschwand in Holland aus den Augen der Behörden. Sie scheint herumgezogen zu sein. Geld besaß sie aus familiärer Erbschaft. Auch von ihrem Ex-Mann, der noch in Vlissingen lebt. Kinder sind keine da. Irgendwann scheint sie angefangen zu haben, sich mit dem Schicksal ihrer Familie auseinanderzusetzen. Sie begann eine Recherche, die sie nach Deutschland führte. Sie wollte ein Buch schreiben, ein Verlag in Breda hat sich gemeldet. Sie kommt also nach Deutschland, fährt hier herum, vielleicht monatelang, hinterläßt Spuren in Datenbanken, Archiven, Dokumentationszentren. Taucht zuletzt im Rheingau auf und in Fulda. Und auch in Nordhessen. Zieht ihre einsame Bahn. Sie meidet Hotels, erst am Ende nimmt sie des öfteren Zimmer. Tja, dann wird sie in Fulda ermordet.«

»Was weiter?« fragte Velsmann.

»Wir haben wegen des mysteriösen Satzes in Kirchenkreisen ermittelt, das ist schwierig, die sind sehr empfindlich. Und die geben nichts preis. Ich bin, ehrlich gesagt, noch nicht überzeugt davon, daß die Ermittlungen in dieser Richtung in eine Sackgasse führen. Irgendwas macht mich da unruhig.«

»Der Satz weist eindeutig einen religiösen Hintergrund auf, das liegt ja auf der Hand«, überlegte Velsmann. »Auch wenn der Zusammenhang mit dem Mord künstlich konstruiert sein sollte, bleibt der religiöse Inhalt vorhanden.«

»Dann dieser Hinweis auf Dopingverbrechen«, führte Poppe weiter. »Experimente mit Menschen. Wurde die Familie der Ermordeten nach Deutschland verschleppt? Und dort ermordet? Landete sie in irgendeinem dieser mysteriösen Lager, in denen Mediziner gewissenlos experimentierten? An diesem Punkt treten wir ebenfalls auf der Stelle. Denn es gibt darüber natürlich keine Dokumente.«

»Die üblichen Ermittlungen führen nicht weiter«, sagte Freygang. »Der Apparat versagt. Die Technik läßt uns völlig im Stich.«

»Alles Mist, um einen bekannten Autor zu zitieren«, sagte Poppe.

»Die Kliniken geben sich durchaus offen, bieten ihre Hilfe an«, meinte Freygang. »Aber jeder scheint etwas zu verheimlichen. Sie lassen nur ein Stück Wahrheit raus, um den Rest um so besser verbergen zu können. Sie denken nur an ihren guten Ruf. Alles riecht nach Taktik. Wir kommen nicht richtig ran.«

»Bekanntenkreis, Freunde?« fragte Velsmann.

»Eben nur dieser Ex-Ehemann, den wir befragen werden. Ein Bruder lebt in den USA. Sonst keine Erkenntnisse.«

»Sie muß in Holland nach der Scheidung irgendwo gewohnt haben!«

»Eine Zeitlang in Vlissingen. Das wird Karl van Lent vielleicht wissen. Wo genau, kriegt sonst Tosca raus«, sagte Tosca. »Dann verliert sich ihre Spur.«

»Was kann man in einem solchen vertrackten Fall machen, wenn sich alles als Sackgasse erweist?« fragte Velsmann. »Man legt das Puzzle vor sich hin, wieder und wieder. Und sortiert die Einzelteile. Fügt sie zu neuen Bildern zusammen. Manchmal ergeben sich überraschende Verbindungen. Manchmal paßt ein Teil zu einem anderen, das man vorher nicht sah.«

»Sehr sibyllinisch, Chef«, sagte Poppe. »Ich weiß schon, was Sie meinen, ich habe Ihnen oft genug über die Schultern geblickt. Wir von der Kripo haben unsere eigene Geschichte, wir verändern uns, wir sehen manchmal nichts mehr, also müssen wir immer aufs neue ran. Aber wenn man so wenig Puzzleteile hat, nützt das ganze Sichten und Sortieren nichts.«

»Das denkt man oft«, erwiderte Velsmann. »Aber plötzlich, in einem beliebigen Moment, sieht man doch etwas. Darauf muß man warten.«

»Was sollen wir sonst tun?« Freygang seufzte. »Irgendwie müssen wir weitermachen, sonst fallen alle über uns her. Die Medien tun es schon jetzt. Der Polizeipräsident spuckt uns ins Gesicht. Wenn wir bis Montag früh, wenn die nächste Pressekonferenz beginnt, keine neuen Erkenntnisse vorlegen, fordert Gell einen Profiler an.«

»Hat er das tatsächlich angedroht?«

»Er kündigt es ganz schlicht an. Ein Tatortanalytiker aus Wiesbaden wird uns vor die Nase gesetzt, dann sind wir nur noch fürs Kaffeekochen da.«

»Das kann Baumann machen, die kleine Schwuchtel«, sagte Poppe. »Wir besorgen nur die Kaffeesahne.«

Freygang blickte sie mißbilligend an. Sie starrte frech zurück.

»Die Ermordete besaß kein Handy?« fragte Velsmann.

»Wir fanden keines. Die holländischen Behörden wissen auch von keinem registrierten Anschluß.«

»Fügen sich die Details aus der Recherche, die Janne von Lent unternahm, nicht irgendwie zusammen? Erkennt man darin nicht einen Weg, einen Plan, den man weiterverfolgen kann?«

»Alles abstrus, undeutlich«, erklärte Freygang. »Beschäftigung mit dem Mittelalter, mit Kirchengeschichte, dann wieder mit Prozeßakten der Neuzeit, mit Statistiken und Personallisten. Die Frau taucht in ehemaligen Lagern auf, in denen Strafgefangene schufteten oder Irre behandelt wurden. Ich weiß echt nicht, wo da ein Zusammenhang sein soll.«

»Die Spur, die sie durch die Lager und Anstalten zieht, sind wahrscheinlich ihrem Buchprojekt geschuldet«, vermutete Velsmann. »Aber diesen Spuren müßt ihr nachgehen. Das ist doch etwas Konkretes. Jemand muß sich erinnern können, sie bei ihrer Arbeit gesehen zu haben, ihre Fragen gehört zu haben, ihre Interessen mitgekriegt zu haben.«

»Teilweise haben wir uns schon dahintergeklemmt, aber ohne brauchbares Resultat«, sagte Freygang.

»Wir haben sogar Polizeistreifen herumgeschickt«, sagte Poppe, »die in der ganzen Stadt Fotos der Ermordeten verteilten. Bisher ohne positives Resultat. Keiner, der sich meldete, hatte sie wirklich gesehen, geschweige denn, mit ihr gesprochen. Keine verdammte Menschenseele!«

»Sie ist wie eine Schnecke und hinterläßt die Spur einer Schnecke«, sagte Freygang. »Wenn man ihr nahe kommt, zieht sie sich in ihr Häuschen zurück.«

»Sie hat etwas zu verbergen, will nicht entdeckt werden«, mutmaßte Velsmann. »Es gibt Menschen, die fremde Blicke meiden, weil sie befürchten, sie lösten ihre eigene Welt auf. Für sie ist jeder andere eine Art Feind. Oder hat sie aus konkreteren Gründen Angst?«

»Immerhin ist sie ermordet worden!«

Martin Velsmann schloß seine Mahlzeit ab. »Sie muß gefühlt haben, daß sie verfolgt wurde. Vielleicht erklärt das den Besitz des Messers. Dann müßte sie Anhaltspunkte gehabt haben. Dann war sie auch schon sehr weit gekommen mit dem, was sie herausfinden wollte. Dann war sie nahe am Ziel. Und das heißt aber auch, nahe an der Gegenwart. Also bei uns. Also müssen wir sie sehen können. – Was wollte sie?«

Freygang nickte in sich hinein. »Es ist zum Verrücktwerden. Ihre Spuren sind zu früh abgebrochen. Nirgends gibt es einen Zugang zu diesem Fall. Kann das sein? Bei einer Frau, die lange durch das Land zieht, mit Leuten spricht, Unterlagen einsieht?«

»Manchmal muß man seine Erwartungen auf Null herunterschrauben – und noch einmal anfangen«, sagte Velsmann.

»Wir sind bei Null. Und trotzdem fällt uns nichts ein.«

»Dann die andere Seite«, sagte Velsmann. »Wer war der Mörder? Kein winziger Hinweis auf irgendwas?«

»Nichts.«

»Ein gedungener Killer, der die Drecksarbeit erledigt? War es also ein Auftragsmord? Dann wird es schwer sein. Oder war es jemand, den das Opfer kannte? Jemand, der aus dem Dunkeln auftaucht, vielleicht aus ihrer Vergangenheit, den sie ganz nahe an sich heranläßt? Oder doch ein Gorilla, vielleicht aus dem Ausland? Warum wird sie in Deutschland ermordet und nicht in ihrer Heimat?«

»So eine Scheiße«, sagte Poppe.

»Fragen über Fragen«, bestätigte Freygang. »Für eine einzige Antwort wäre ich dem Himmel dankbar.«

Velsmann wollte wissen: »Was ergab die Untersuchung des Autos?«

»Wir fanden interessante Karten, die ihre Route durch Hessen belegen. Und sonst nur ihre Fingerabdrücke. Keine für den DNA-Abgleich verwertbare andere Spuren. Eine vergilbte Kopie des Fahrzeugscheins, kein Labor der Welt kann darauf was erkennen. Das ist beinahe unheimlich. Hat nie jemand anders in dem Wagen gesessen als Janne van Lent?«

»Eine absolut einsame Frau, die allein im Auto durch das Leben fährt? – Undenkbar!«

»Ich denke, das Auto ist auf ihren Ex-Mann zugelassen?«

»Ja, aber es findet sich kein Abdruck von ihm in diesem Auto, das wollte ich sagen. – Das deutsche Autokennzeichen war übrigens gefälscht. Sie wollte sich unsichtbar machen.«

»Dann hat Janne van Lent immerhin ansatzweise so etwas wie kriminelle Energie gezeigt«, überlegte Velsmann. »Was sollte sie mit dem Messer?«

»Ja. Eine potentielle Tatwaffe. Aber ohne Tatspuren.«

»Ja, Tosca, das ist wirklich eine harte Nuß!« sagte Velsmann. Er überlegte. »Irgendwo gibt es eine leere Stelle in diesem Netz. So perfekt ist nichts gesponnen, daß es nicht doch einen Fehler aufweist. Kein Mörder zieht ein solches Netz. Es sei denn ...«

»Es sei denn?« Poppe hob ihren Blick von den Resten des Flammkuchens.

»Es sei denn, es handelt sich um ein komplettes Ungeheuer«, sagte Velsmann. »Um ein Monster. Um einen Kranken, der mehr sieht, hört, riecht, schmeckt und ahnt, als wir es können.«

»So was gibt's nicht«, stieß Tosca verblüfft hervor.

»Wir sind auch keine Idioten«, wandte Freygang ein.

»Natürlich nicht. Aber Kranke haben manchmal eine ganz eigene Art der Wahrnehmung. Etwas Beängstigendes. Etwas Instinktives. Wie Tiere. Auf dieser Spur können wir ihnen nicht folgen.«

»Machen Sie meiner Frau keine Angst, Herr Hauptkommissar«, ächzte Freygang.

Poppe hieb ihm auf die Schulter. »Ich beschütze dich schon, wenn es soweit ist.«

»Wenn es soweit ist? Was meinst du damit?«

Tosca steckte sich die Finger ins Gesicht, zog die Augenlider herunter und die Mundwinkel in die Breite und machte: »Buhh!«

»Passen Sie in Holland auf sich auf, Tosca«, bat Velsmann. »Nehmen Sie nichts auf die leichte Schulter, auch wenn es nur um Befragungen geht. Noch wissen wir nicht, womit wir es zu tun haben. Es kann mehr dahinterstecken, als wir denken. Seien Sie so vorsichtig wie möglich.«

»Und besorg dir bloß holländische Kollegen, die an deiner Seite bleiben«, fügte Freygang hinzu.

»Alles versprochen«, sagte Tosca. Dann steckte sie sich eine

Zigarette an, stieß eine Rauchwolke aus und bekam einen Hustenanfall.

Er blickte auf die Armbanduhr. Kurz nach ein Uhr. Der abnehmende Mond kam gerade hinter einer Wolke vor. Dann verschwand er wieder.

Er blickte sich um. Reifenspuren würde er nicht hinterlassen. Der Weg zwischen den Weidegründen war gepflastert. Er hatte den Parkplatz mit Bedacht gewählt.

Um diese Zeit war hier keiner mehr unterwegs. Und die Viecher waren noch nicht auf der Koppel, sie standen noch im Stall. Er wußte, erst am morgigen Tag wurden sie hinausgelassen. Nach dem Tag der Arbeit ist der Tag für die Wiederkäuer, dachte er. Arbeit macht frei.

Er ging langsam weiter. Er ging einen gewundenen Weg entlang, langsam ansteigend. Der Anstieg machte ihm keine Mühe. Es duftete nach Blüten und Kuhmist. Die Nacht blieb still. In der Ferne fraßen sich Autoscheinwerfer die Straße zu Hessens höchstem Berg empor. Er stellte sich einen Herzschlag lang vor, wer da noch unterwegs war. Es wollte ihm nicht recht gelingen. Aber er wußte, die Straße führte bis in die Hochrhön und weiter in die Niederungen Bayerns. In dieser kargen Gegend gab es Menschen, die jeden Tag und jede Nacht Stunden um Stunden fahren mußten, um zu einem Arbeitsplatz zu gelangen.

Aber das ging ihn nichts an.

Er liebte es, einen Tatort großräumig zu betreten, schritt an einem Kinderspielplatz vorbei, sah rote Schaukeln, gelbe Reittiere auf Sprungfedern, Drehkreisel und Klettergerüste. Als er an der kleinen Kreuzung stand, wo sich das Haltehäuschen für den ländlichen Schulbus befand und das Brunnenwasser in einen Steintrog sprudelte, hielt er inne. Er machte ein paar Schritte und tauchte die Hand ins Wasser. Er wischte über seine heiße Stirn. Es war angenehm kühl. Dann schüttelte er die Wassertropfen ab.

Er blieb unter dem Schlagschatten der Haltestelle stehen und vergewisserte sich, daß niemand ihn beobachten konnte. Nach einem Augenblick ging er mit schnellen Schritten weiter.

Das Haus, in dem das Opfer wartete, lag jetzt zur Linken. Aber der einsame Wanderer ging weiter, daran vorbei. Wieder stieg der Weg leicht an, er führte zu einer Treppe, über die man das Oberdorf erreichte. Er bog ab, an landwirtschaftlichem Gerät vorbei. Ein Traktor mit Anhänger, eine Egge, ein Sortiergerät für Mais. Er kannte sich aus. Er hatte die Möglichkeiten untersucht, Getreide mit Gentechnik zu verändern. Aber das war nur eine Nebenbeschäftigung gewesen. Zur Linken lag ein flaches Bauernhaus, in dem eine alte Bäuerin mit ihren beiden erwachsenen Söhnen wohnte, einer von ihnen behindert, ein Wasserkopf.

Als er vor der Brüstung des Hauses stand, blickte er sich um. Jetzt kam ein kritischer Moment. Der Schein einer Bogenlampe beleuchtete geradewegs den Raum zwischen dem Vorplatz, einer Pappel und der Terrasse des Hauses.

Im Stall des Bauernhauses zur Rechten rumorten plötzlich die Kühe. Hufe schlugen gegen Holz, er hörte ein Schnauben.

Er wartete ab, bis sich die Tiere wieder beruhigt hatten. Spürten sie die Gefahr?

Sie hatten feinere Sensoren dafür als Menschen.

Als sich nichts mehr rührte, wartete er noch einen Moment, bis die Mondsichel wieder hinter Wolken verschwunden war. Dann setzte er sich schnell in Bewegung.

Er erreichte die Brüstung der Veranda und schwang sich hinüber. Es ging nicht so einfach, wie er es sich vorgestellt hatte. Er war nicht in Übung. Sein knochiger, schwerer Körper leistete Widerstand.

Dann stand er auf den Holzplanken, die auf der umlaufenden Terrasse den Boden bedeckten. Darunter lag das Flachdach des Bürgerhauses. Das kleine Haus, in das er eindringen wollte, war das ehemalige Schulhaus gewesen. Jetzt stand es bis auf ein paar Tage im Jahr leer. Aber im Augenblick hielt sich hier ein besonderer, flüchtiger Bewohner auf.

Er ging auf seinen Gummisohlen einmal um das Haus herum. Die Fenster waren verhängt. Eines, das nach hinten hinausging, zur Kuhweide, war nur angelehnt.

Er blieb seitlich davon stehen. Er lauschte. Drinnen war nichts zu hören.

Er wollte weitergehen, er fragte sich, wo der andere schlief – wenn er überhaupt Schlaf fand –, da vernahm er einen Laut. Ein abgrundtiefer, todtrauriger Laut. Ein Wimmern. Jemand röchelte im Schlaf.

Na also, dachte er. Triumphierend griff er in seine Brusttasche. Er zog ein langes, dünnes Messer aus einem Futteral aus Leder, das unter seiner Achsel hing.

Langsam und ohne einen Laut zu verursachen, setzte er sich auf die Fensterbrüstung. Dann schwang er erst das linke Bein ins Innere, drückte sachte den Fensterflügel auf und zog dann das andere Bein hinterher. Draußen huschte plötzlich etwas über den Vorplatz. Vielleicht eine Katze. Vielleicht einer der Plagegeister, ein Waschbär. Er war nur einen Moment lang abgelenkt.

Jetzt saß er auf der inneren Fensterbank. Er schob auch den anderen Fensterflügel auf, Millimeter für Millimeter, man wußte nie, wann in alten Häusern die Scharniere quietschten.

Jetzt berührten seine Füße den Boden. Dielenbretter, darauf kleine Flickenteppiche. Er kannte die Räume genau. Er hatte sie erkundet, als niemand anwesend war. Einmal hatte er sich sogar darin versteckt und hatte geweint. Er wußte nicht mehr, warum. Es war eine eiskalte Januarnacht gewesen. Damals war auch er auf der Flucht gewesen.

Jetzt war endlich Frühling.

Er wechselte das Messer in die rechte Hand. Er spürte durch die Berührung seine regennassen Hände. Sie waren immer naß, auch wenn es nicht regnete. Er schwitzte sehr leicht. Es brach manchmal wie ein Schauer über ihn herein, ein innerer Erguß, den er nicht aufhalten konnte.

Kalt, dachte er.

Und so naß.

Wie eine Ausgeburt, die der Regen erschuf.

Er ging auf leisen Sohlen in das Zimmer hinein. Es roch nach Staub. An den Wänden hingen großformatige Bilder. Handgemalt, auch das wußte er. Darauf Gestalten und Gesichter in herbstlichen Landschaften. Frauen, die stolz blickten. Männer mit eigentümlich verbogenen Leibern. Menschen, die stumm schrien. Er kannte das. Er hatte die Bilder lange angesehen. Sie erzählten von einem Leben, das er zu kennen glaubte.

Das Opfer lag auf einer aufblasbaren Matratze. Eine dunkle, amorphe Gestalt unter farblosen Decken. Der Schläfer hatte ein Schlafkissen auf seinen Kopf gelegt. Wahrscheinlich, um von draußen keinen Ton zu hören. Vielleicht aber auch, um in sich hineinzulauschen.

Der Eindringling blieb vor der Matratze stehen und horchte noch einmal nach draußen. Aus dem benachbarten Stall kamen noch einmal Geräusche, ein Scharren, ein Klopfen. Das waren die Geräusche der Nacht in einem Dorf, in dem die Tiere mit den Menschen lebten.

Er ging langsam in die Knie.

Er schaute auf die Umrisse des Körpers vor sich.

War das auch der Mann?

Es konnte niemand anders sein. Ein Flüchtling, der sich im

leeren Haus für wenige Tage sicher glaubte. Er hatte sich schon mehrmals hier aufgehalten, versteckt.

Der Eindringling hob das Messer. Er drückte gleichzeitig in einer heftigen Bewegung, die einer Explosion von Gefühlen vorausging, das Kissen auf das Gesicht des Liegenden.

Das Opfer erwachte. Er begann, mit den Gliedern zu zucken. Geräusche verließen seinen Mund. Ein dumpfer Laut.

Er weiß nicht, was ihm geschieht, dachte der Mann, er kommt aus einem Schlaf, der ihn nicht warnte. Jetzt büßt er seine Ahnungslosigkeit.

Ahnungslosigkeit bringt den Tod.

Er drückte fester zu, stand halb auf, um mehr Kraft zu haben. Drückte so fest, wie er konnte. Er atmete mit zusammengepreßten Lippen, und ein seltsamer Laut verließ seinen Mund.

Dann stach er zu.

Die Klinge bohrte sich in die linke Schlagader des Liegenden. Es gab ein saugendes Geräusch. Er brauchte nur einen einzigen Schnitt. Wenn er gut gesetzt war, genügte das. Er wußte es.

Er hielt das Kissen unbarmherzig fest auf das Gesicht des Opfers gedrückt, nagelte es mit dem Einsatz beider Hände auf der Matratze fest.

Allmählich wurde der Widerstand kraftloser.

Dann spürte der Eindringling unter seinen Händen nichts mehr als die Weichheit des Kopfkissens. Das Leben darunter hatte sich aufgelöst. Es war entwichen wie Luft aus der aufblasbaren Matratze. Mehr blieb nicht vom Leben eines Verräters.

Er erhob sich, betrachtete einen Moment lang interessiert das Bild, das er vor sich sah.

Decken, Bettzeug. Eine rote Bahn, die sich nach unten zog. Er stoppte diese Bahn, arrangierte das Bettzeug. Das Blut darf nicht überall sein, dachte er, es darf nicht alles verunreinigen, dann weiß man nicht mehr, was alles soll.

Jetzt kam die Blutbahn zum Stillstand.

Er bückte sich noch einmal und legte einen kleinen, handgeschriebenen Zettel auf den toten Körper. Dann hob er den Zettel wieder auf. Sollte er das wirklich tun? War das klug? Während er die Klinge an der Decke abwischte, dachte er darüber nach. Er kam zu dem Schluß, daß es unklug war, aber daß er es dennoch tun mußte.

Dann betrachtete er die Tatwaffe und säuberte sie noch einmal. Sein Körper straffte sich. Er steckte das Messer in das Futteral zurück. Erst da bemerkte er den schwachen Lichtschein, der aus dem Nebenraum hereindrang.

Er ging zur Verbindungstür. Auf einem Schreibtisch stand ein Bildschirm, neben einer Tastatur lag eine Maus auf einer Schreibunterlage. Die Maus besaß einen bläulichen Schimmer.

Neumodisches Zeugs, dachte der Eindringling. Hatte das Opfer schon wieder etwas geschrieben? Er schrieb diese Anzeigen.

Aber für richtige Arbeit am Computer war er nicht der Typ. Das taten wohl eher die anderen. Irgendwelche Schreiberlinge, denen das Haus gehörte und die es selten nutzten.

Er wandte sich abrupt um, schwang sich über die Fensterbrüstung ins Freie und ging über die Terrasse weiter. Er benutzte sorgsam denselben Weg, den er gekommen war.

Er blickte zu Boden. Dann auch hinter sich. Spuren hinterließ er keine.

10.
Dienstag, 3. Mai 2005

In die Frühstückspause hinein platzte die Nachricht vom Mord in der Rhön. Freygang war schon vor Sonnenaufgang im Büro. Er hatte Tosca zum Bahnhof gebracht, sie würde Den Haag am späten Mittag erreichen.

Freygang lauschte dem wachhabenden Beamten in der Telefonaufnahme mit vollen Backen. Er kaute und schluckte.

»Warum warten Mörder nie das Frühstück ab?« fragte Freygang. »Ich hasse diese kriminelle Energie vor dem Morgenkaffee.«

Der Beamte wußte darauf keine Antwort.

»Sagen Sie Müller und Baumann Bescheid, dem Fotografen und der Gerichtsmedizin, der übliche Rumor«, sagte Freygang in den Hörer. »Wir fahren sofort rüber.«

Polizeiaspirant Baumann war östlich von Fulda unterwegs und fuhr im eigenen Wagen zum Tatort. Müller traf noch auf dem Flur auf Freygang, sie gingen in die Tiefgarage. Freygang fuhr. Unterwegs ließen sie sich mit einem Polizisten vor Ort verbinden, der die Sachlage schilderte.

Ein Mord im Haus einer ehemaligen Grundschule. Ein toter Mann. Auf seiner Brust ein Zettel mit einer Aufschrift.

Lachen tötet die Furcht. Aber ohne Furcht kein Glaube und keine Reue.

Freygang spürte, wie ein Schauer über seinen Rücken lief. Das kann nicht wahr sein, dachte er. Müller blickte ihn nur fragend an und starrte dann durch die Frontscheibe. Es regnete. Auf den Straßen nach Osten, in die abgelegenen Teile der Rhön, war viel LKW-Verkehr nach Thüringen unterwegs.

Müller hatte die Karte auf den Knien. Er kannte sich in der Rhön aus. Sie fuhren ein Stück auf der A27, bogen dann nach Welkers ab, passierten Döllbach und Rothemund und wechselten dann auf die Bundesstraße nach Gersfeld. Müller legte die Karte auf die Ablage. Der weitere Weg war jetzt klar.

Sandhof war ein kleines Bauerndorf zu Füßen der Wasserkuppe. Auf dem Parkplatz vor dem ehemaligen Schulgebäude – dort befand sich auch das Bürgerhaus – standen schon die Fahrzeuge der örtlichen Polizei mit Blaulicht. Wachtmeister sperrten das Tatgelände ab. Zwei wütende Schäferhunde zerrten an der Leine eines Polizisten.

Ein Polizist aus Gersfeld kam auf sie zu. Er hieß Rittling und war nach dem Anruf des Ortsvorstehers als erster am Tatort gewesen.

»Der Anruf kam vor einer Stunde«, erklärte Rittling und wischte sich mit dem Handrücken über die Stirn, wobei seine Polizeimütze verrutschte. »Der Ortsvorsteher wohnt direkt nebenan, er heißt Reichert. Nach dem Melken um sechs in der Frühe bemerkte er im hinteren Teil des Nachbarhauses ein offenes Fenster. Da er wußte, daß im Augenblick niemand im Haus wohnt, merkte er sich, was er gesehen hatte. Später, nach Sonnenaufgang und nach der morgendlichen Stallarbeit, ging er rüber. Er fand den Toten.«

»Er konnte ins Haus? Stand auch die Tür offen?« fragte Müller.

»Als Ortsvorsteher und Nachbar hat er den Hausschlüssel. Das Haus ist von Leuten aus Frankfurt gemietet. Ein Paar, das hier überwiegend die Ferien verbringt. Das Bürgerhaus ist direkt angebaut, das sehen Sie ja. Ständig bewohnt wird das Haus wegen der Veranstaltungen, die manchmal darin stattfinden, also nicht.«

»Gehen wir hinein«, sagte Freygang.

Rittling ging voran, vorbei an Technikern und Absperrpersonal. Sie betraten einen kleinen Vorraum, von dem nach links ein Zimmer abging, geradeaus der überladen möblierte Flur zu Küche und Bad.

»Er liegt oben«, sagte Rittling und ging die steile Treppe hinauf. Freygang wunderte sich über die vielen handgemalten Bilder. Es war wie in einer Galerie. Dicht an dicht gerahmte Bilder, die Naturlandschaften abbildeten, und darin eingebettet Gestalten mit großen Augen und großen Gesten. Zitternd vor

Erregung. Freygang fragte sich einen Moment lang, wieso Bilder einen solchen Zustand abbilden konnten, er blieb stehen, konnte es aber nicht erklären.

Auf dem Podest im Obergeschoß ging linker Hand eine Tür zum Dachboden ab, der offenbar genutzt wurde. Freygang erblickte im Vorübergehen alte Transistorgeräte, Musikanlagen mit seltsam verkleideten Lautsprechern, Anglergerät, ein Fernrohr, das auf eine der Dachluken gerichtet war, eine Batterie von Rumflaschen.

»Hier entlang!« sagte Rittling.

Im Raum, den sie betraten, befanden sich nur wenige Möbel. Ein Schreibtisch mit Computer. Eine Liege, ein flaches Bücherregal, ein Bauernschrank. Durch die Verbindungstür sahen sie das Blut. Es hatte sich in einer Lache über die Holzdielen ausgebreitet, war aber bereits eingetrocknet.

In den Kissen und Decken lag ein angekleideter Mann, dessen Gesicht von einem weißen Sofakissen verdeckt war. Die Wunde am Hals bestand aus einer dunklen Stelle im weißen Fleisch, aus der in einem langen Faden das Blut ausgetreten war.

Es gibt Lebenslinien und Todeslinien, dachte Freygang und trat dicht an das Lager heran. Er ging in die Knie und las den Satz, der auf dem Zettel stand. Erst jetzt fielen ihm die orthografischen Abweichungen auf. Es war nicht genau der Satz, den sie bei Janne van Lent gefunden hatten. Aber der Sinn war identisch. Hatte das etwas zu bedeuten?

Freygang nahm in diesem Moment Doktor Schonlage wahr, der von draußen hereindrängte. Man begrüßte sich. Dann machte sich Schonlage über die Leiche her. Die Polizisten standen stumm daneben und warteten ab.

Freygang blickte sich in dem Raum um. Auch hier spärliche Möblierung. Ein Lager, eine rote Couch, zwei Sessel und eine Musikanlage. Vor einem Kaminofen, dessen Rohr einen weiten

Weg durch das Zimmer nahm, stand ein Hitzeschutz aus Eisenblech, der mit einer landschaftlichen Frühlingsszene bemalt war.

Als der Arzt sich wieder erhob, sagte er: »Ich schätze, er wurde zwischen Mitternacht und drei Uhr morgens getötet. Ein Stich genügte wahrscheinlich. Er ging in die Halsschlagader, der Mann verblutete langsam.«

Freygang nickte. »Sagen Sie uns Bescheid, wenn Sie noch was erkennen.«

Die Polizisten gingen in das Eingangszimmer hinüber und betraten durch eine Balkontür die umlaufende Terrasse. Sie gingen einmal um das Haus herum, die Luft war erfüllt von den Gerüchen des Landes. Freygang erblickte in der Nachbarschaft Menschen, die in kleinen Gruppen zusammenstanden und herüberblickten.

Rittling führte sie nach hinten zu einer Stelle, an der schon Techniker arbeiteten.

»Dort haben wir bereits Spuren gefunden. Fußabdrücke. Der Täter wird an dieser Stelle, von der nicht umzäunten Kuhweide aus, ohne Mühe auf die Terrasse gelangt sein. Dann stieg er durch das offene Fenster ein.«

»Das ist ja geradezu eine Einladung«, sagte Müller erstaunt.

»In Sandhof gibt es keine Gewalt«, erklärte der Polizist aus Gersfeld. »Die paar Betrunkenen, die wir in der Umgebung haben, meistens Bundeswehrsoldaten, fallen nicht ins Gewicht. Es hat hier noch nie einen Mord gegeben, nicht mal ein Eigentumsdelikt. Die Haustüren stehen in den Bauernhöfen offen.«

»Diese Geschichte muß umgeschrieben werden«, sagte Müller mit einer Kopfbewegung zum Haus.

»Wer ist der Tote?« fragte Freygang. »Einer der Hausbewohner?«

»Nein«, erwiderte Rittling. »Der Ortsvorsteher bestritt das.

Er kennt das Opfer nicht. Und das ist ungewöhnlich. Denn er kennt jeden hier, auch in den Nachbardörfern.«

»Also ein Ortsfremder, der sich hier versteckte?« vermutete Freygang. »Ein Landstreicher? Ein Wanderer, der kein Hotelzimmer fand? Oder was?«

»Keine Ahnung, Herr Inspektor!«

»Holen Sie den Ortsvorsteher!«

Linus Reichert war ein mittelgroßer Mann mit glatten, faltenlosen Zügen und einem vorstehenden Gebiß. Er besaß deshalb feuchte Lippen. Er war gekleidet mit einem Blaumann. Auf dem von dünnen Haaren bedeckten, breiten Schädel saß ein spitzer Filzhut. Er sprach mit einem breiten, langsamen Akzent, den Freygang für Schweizerisch hielt, doch Rittling sagte, er komme aus dem Nachbarort Rodenthal.

»Erzählen Sie mal, Herr Reichert! Wie haben Sie den Toten gefunden.«

Reichert erzählte es. Sein Dialekt erinnerte wirklich erstaunlich an den Singsang in den Schweizer Bergen. Freygang hatte dort als Kind oft Urlaub mit seiner Familie gemacht. Beim Sprechen bildeten sich auf den hellen Lippen des Ortsvorstehers kleine Bläschen aus Speichel.

Freygang ließ sich erklären, wie die Verhältnisse im Dorf waren. *Gab es einen Tatverdächtigen, war jemand auffällig.* Der Ortsvorsteher verneinte entschieden. Freygang kam zu dem Schluß, den Mord könne es nicht gegeben haben. Er ließ sich alles über die Mieter des Hauses erzählen. Reichert besaß ihre Telefonnummern und Adresse in Frankfurt am Main.

»Es sind nette Leute, beide Schriftsteller. Aber sie sind selten hier. Das Haus darf ja nicht leer stehen«, sagte Reichert, und Freygang dachte einen Moment über die seltsame Logik nach.

»Woher wissen Sie denn, daß der Tote nicht der Mieter ist?« fragte er irritiert. »Er hat doch dieses Kissen auf dem Kopf.«

»Ich weiß, daß die Mieter in Frankfurt sind. Ich habe ja gestern noch mit ihnen telefoniert. Sie wollten Anfang Mai herkommen und baten mich, den Kessel für Warmwasser im Keller anzustellen.«

»Ich verstehe.«

»Machen Sie's jetzt, Herr Inspektor?« fragte der Ortsvorsteher.

»Was meinen Sie?«

»Lösen Sie den Fall?«

»Ich gebe mir Mühe! Vielen Dank fürs erste. Wir kommen bestimmt noch mal auf Sie zu.«

Der Ortsvorsteher verließ den Vorplatz und ging hinüber zu seinem Haus. Auf der Freitreppe vor der Haustür nahm ihn seine Frau in Empfang, eine Bäuerin mit dichtem, grauen Haar und roten Wangen. Als sie die Haustür öffneten, drang Hühnergegacker aus dem Inneren.

Freygang warf Müller einen Blick zu, der zuckte mit den Schultern. Sie sahen zum Haus. Jetzt fuhr gerade ein weiterer Polizeiwagen mit Blaulicht vor. Hubert Gell stieg aus.

Freygang ging zur Begrüßung auf ihn zu. Gell breitete mit einer großen Geste die Arme aus. Sie gaben sich die Hand.

»Was ist hier passiert?« wollte Gell wissen.

»Ein Toter, offensichtlich ortsfremd, in der Nacht ermordet. Am Tatort die gleiche Botschaft, die wir bei Janne van Lent gefunden haben«, erklärte er knapp. Er vermied es, auf die geringfügigen orthografischen Abweichungen hinzuweisen, es wäre zu kompliziert gewesen.

»Das darf nicht wahr sein!« entfuhr es Gell.

»Ist aber leider so.«

»Ich sehe es mir an. Ist Schonlage an der Arbeit?«

»Er ist oben im Haus.«

Freygang begleitete den Hauptkommissar hinein. Müller

blieb draußen und sprach mit Anwohnern. Polizeianwärter Baumann traf erst jetzt ein. Er ging mit vorsichtigen Schritten auf seine Kollegen zu und begrüßte sie mit schüchternem Lächeln. Sein Anzug sah aus, als wäre er gerade gebügelt worden.

»Ich habe Verstärkung aus Fulda angefordert«, erklärte Gell beim Treppensteigen. »Jetzt müssen wir mit Brachialgewalt vorgehen.«

»Profiler?« fragte Freygang.

»Mindestens einer.«

»Holen wir Velsmann zurück«, bat Freygang. »Er genügt für die Aufklärung.«

»Martin Velsmann hat gekündigt, das wissen Sie doch.«

»Ich überrede ihn zurückzukommen«, sagte Freygang.

»Ausgeschlossen!«

Während Hubert Gell sich die Leiche zeigen ließ und mit Dr. Schonlage sprach, trat Freygang ans Fenster des angrenzenden Zimmers. Sein Blick ging über die eindrucksvolle Hügellandschaft. Man konnte bis zu den Naturreservaten ins bayerische Wildflecken sehen, wo sich allerdings ein Truppenübungsplatz befand. Hin und wieder waren dumpfe Einschläge zu vernehmen.

Freygang sah einen Schwarm Vögel, die sich zu den Bergen hinaufschwangen. Rechter Hand trieb ein Bauer in diesem Moment eine Kuhherde auf die Weide. Die Tiere, nach einem langen Rhönwinter im Stall mit wiederbelebten Instinkten, sprangen herum und schlugen mit den Hinterhufen aus. Über die Bergkuppen verzogen sich die letzten Nebelschwaden. Der Himmel war wolkenlos und weit.

Der Regen ist vorbei, mußte Freygang denken. Aber das Morden hört nicht auf. Dazwischen gab es jedoch keinen Zusammenhang. Er sah Baumann unten stehen und zu ihm heraufstarren. Die Stimme Gells riß ihn aus seiner Betrachtung.

»Diese verdammte Zettelwirtschaft!« schimpfte der Hauptkommissar. »Ein Spaßvogel, der uns in Trab halten will. Oder was!«

Freygang drehte sich um. Er dachte an den anderen, offenkundigen Zusammenhang dieser Botschaft. Martin Velsmann hatte ihnen erklärt, woher sie kam, aber sie wußten tatsächlich noch immer nicht, was sie im Zusammenhang mit den Morden aussagen sollte. Er wußte nur etwas viel Näherliegendes, nämlich daß Hubert Gell jetzt in Panik geriet.

Der Hauptkommissar stürmte auch schon an ihm vorbei.

»Ich fahre nach Fulda zurück und alarmiere Wiesbaden, dann berufe ich eine Pressekonferenz ein. Die Medien werden kopfstehen, übrigens auch die gesamte Region! Freygang, jetzt müssen wir Ergebnisse vorzeigen!«

Alfons Freygang ließ Gell abmarschieren. Er hörte ihn unterwegs mit dem Revier telefonieren, verlangte Friedrich und Dr. Keuper. Freygang ging zu Dr. Schonlage hinüber, der gerade seine beiden Köfferchen schloß.

»Nun?«

Der Arzt wies auf den Toten, von dessen Kopf er inzwischen das Kissen genommen hatte. Freygang erblickte einen ältlichen Mann. Er erschrak darüber, wußte aber nicht, weshalb. Das Gesicht des Ermordeten hatte eine graue Farbe, es war eingefallen und verhärmt, vielleicht wirkte es durch den Blutverlust älter. Der Körper sah schmächtig aus. Was hatte er getan, daß man ihn aus dem Weg räumen mußte?

Der Mord war kein Zufall, keine Tat im Affekt, wahrscheinlich auch kein Raubmord, das war durch die Botschaft klar. Der Mörder hatte genau dieses Opfer gemeint. Und er präsentierte es. Wie war dieser verfluchte Zusammenhang mit Janne van Lent zu verstehen? Oder erlaubte sich hier jemand, im Windschatten zu fahren?

Immerhin hatte man diesem Opfer nicht die Augen ausgestochen. Was schloß er daraus? Hatte man ihn nicht dafür strafen wollen, weil er etwas gesehen hatte? Wofür sonst? Der Täter hatte dafür gesorgt, daß sein Blut aus dem Körper strömte. Freygang mußte an gewisse Riten bei Schlachtungen denken. Wie nannte man das? Ein Tier wurde geschächtet. Nur wenn das Blut langsam austrat, wurde das Fleisch genießbar. Das machten Juden und Muslime so. Wer noch?

Rex Deus, dachte Freygang impulsiv.

Unsinn …!

Oder …?

Juden und Muslime, dachte Freygang. Und fanatische Christen.

Führten die Spuren der beiden Morde tatsächlich in dieselbe Richtung?

Ich muß unbedingt mit Martin Velsmann sprechen, dachte Freygang.

Schon auf der mittäglichen Pressekonferenz wurde Martin Velsmann vorgestellt. Hubert Gell hatte in Absprache mit Dr. Keuper kurz entschlossen gehandelt und den Vorschlag Freygangs umgesetzt. Martin Velsmann hatte gerade mit Karl Ritter telefoniert, der ihm davon berichtete, daß die Kirche ihn zu einem Symposiumsgespräch aufgefordert hatte, da klingelte sein Handy erneut.

Martin Velsmann überlegte nur kurz. Er ließ sich die Nöte Freygangs schildern. Dann nahm er den Vorschlag an. Er würde in den Kreis der Kripo zurückkehren.

Gell wollte gleichzeitig den Medien den neuen Sachverhalt schildern, Velsmann als Leiter der Ermittlung bekanntgeben und auch die formale Grundlage dafür in die Wege leiten. Der Personalrat war schon instruiert. Velsmann wurde aus dem Ruhestand zurückgeholt. Dafür mußte die Bürokratie eine Sonderregelung formulieren, und Wiesbaden mußte es absegnen.

Martin Velsmann gab vor der versammelten Menge der Medienvertreter eine kurze Erklärung ab. Er sprach frei und wies im wesentlichen darauf hin, daß ihm der Entschluß, die Ermittlungen der Fuldaer Polizei zu leiten, nicht leichtfiel. Er bat um genug Zeit, um sich in die beiden Mordfälle einarbeiten zu können. Und er versprach nichts.

Hubert Gell nahm ihn nach der Pressekonferenz zur Seite.

»Klären Sie die Sachen auf, Martin! Ich verzichte auf den Profiler, wenn Sie mir schnell entscheidende Fakten liefern. Sagen Sie mir, wie lange ich Sie in Ruhe arbeiten lassen soll.«

»Geben Sie uns eine Woche, Herr Gell!« sagte Velsmann. »Wenn wir den oder die Mörder dann nicht haben, reden wir über eine Verlängerung. Ein Profiler nützt uns übrigens sowieso nichts, denn der braucht noch mehr Zeit als ich, um in den Fall einzusteigen – sofern er kein Hellseher ist.«

»Hellseher beschäftigen wir bei der Polizei nicht«, bestätigte Gell. »Ich bin froh, daß wir Sie wieder zurückhaben, Martin!« Er drückte den Arm Velsmanns.

»Poppe ist in Holland?«

»Ja.«

»Ich brauche Freygang, Müller und Baumann zu meiner alleinigen Verfügung! Und zwei weitere Polizisten, die uns die Drecksarbeit machen, vielleicht Carlsen und Brett Galgur. Wir bilden natürlich eine Soko, wir nennen sie – wie nennen wir sie?«

»Bestimmen Sie!«

»Furcht, Reue, Glauben? – Nein, Soko van Lent. Denn ich denke, dieser neue Mord in der Rhön ist nur ein Nebenschauplatz. Ich habe so eine Ahnung, daß im Zentrum des Geschehens nach wie vor Janne van Lent steht. Vielleicht ist der neue

Mord sogar nur eine Ablenkung von dieser Tatsache – wenn ich das so respektlos gegenüber dem Ermordeten sagen darf. Wir werden sehen. Ich fahre gleich in dieses Dorf raus – wie heißt es?«

»Sandhof. Es liegt hinter Gersfeld, an der Straße zur Wasserkuppe.«

»Ich nehme Freygang noch mal mit.«

»Tun Sie das. Müller ist ohnehin noch mit Baumann draußen. Sie befragen die Dorfbewohner.«

»Hubert? Auch ich danke Ihnen, daß Sie das möglich gemacht haben! Das ist ja nicht selbstverständlich.«

»Ist schon gut, Martin. Sie sind immer noch unser bester Mann, da sollten Ausnahmeregelungen selbstverständlich sein. Wenn Sie nur diese Verbrechen aufklären können!«

Martin Velsmann verschaffte sich am Tatort ein Bild. Er sprach selbst noch einmal mit dem Ortsvorsteher. Das Gespräch fand in der Wohnstube des benachbarten Bauernhauses statt. Die Bäuerin ging in Stiefeln herum und hantierte dann in der Küche.

Velsmann war ohne seine Kollegen hinübergegangen. Der Ortsvorsteher berichtete ausführlich. Er kannte die Mieter des Schulhauses schon seit zwanzig Jahren. Zwischenzeitlich war ein anderer Mieter eingezogen, jemand aus dem Ort, aber dann waren die Frankfurter zurückgekehrt. Sie liebten die Rhön, obwohl sie inzwischen noch ein anderes Ferienhaus an einem See in Brandenburg besaßen.

»Der Henning hat hier sogar mal eine Lesung gemacht, alle Bauern kamen mit Traktoren. Es war spannend.«

»Wie heißt der Schriftsteller denn?«

»Henning Blasius. Er hat einen Roman geschrieben, in dem es um eine Katastrophe ging. Ein Zeppelin stürzte ab. Einer überlebte. Es war der Mann am Höhenruder, der Vater von Henning. Deshalb schrieb er jetzt darüber.«

»Sind diese Mieter verdächtig?«

»Verdächtig? Warum denn?«

»In ihrem Schlafzimmer liegt ein Ermordeter.«

»Ach so! Ja. Nein. Eigentlich nicht. Obwohl, verdächtig ist ja jeder!«

Velsmann fragte: »Was haben Sie zur vermuteten Tatzeit gemacht, Herr Reichert?«

»In der Nacht? Gegen Mitternacht? Wir schlafen da. Gegen fünf stehen wir auf und gehen in den Stall, gegen sechs kommt das Milchauto. Dann machen wir sauber und frühstücken.«

»Ein langer Tag!«

»Mittags, nach dem Essen, schlafen wir eine Stunde.«

»Kann es sein, daß die Mieter in den letzten Tagen, in der letzten Nacht hiergewesen sind, ohne daß Sie es gemerkt haben?«

»Henning rief mich doch an!«

»Vielleicht vom Handy aus, das kann man von überall.«

»Ach so?«

»Also, kann das sein?«

»Ich habe ein Gefühl dafür, wer anwesend ist und wer nicht. Ich bin ja jeden Tag und jede Nacht hier, da weiß man, was passiert. Wir machen nie Urlaub, das können wir uns bei vierzehn Kühen nicht leisten. Wir sind immer hier. Und wir kennen jeden, der hier herumgeht.«

»Rufen Sie die beiden an, ich will hören, daß sie zu Hause sind.«

»Dann müßte ich in ihrem Haus in Brandenburg anrufen.«

»Tun Sie das, bitte. Die Kosten übernimmt die Polizei.«

Reichert blätterte in einem Nummernverzeichnis, rief an und sprach mit dem Mieter. Er nickte aufgeregt. Dann wollte er von

Velsmann wissen, ob die Mieter nach Sandhof oder Fulda kommen sollten. Velsmann überlegte kurz und verneinte dann. Reichert gab das weiter und legte auf. Er sah unglücklich aus.

Velsmann fragte: »Wie steht es mit Ihrer Frau? Hat sie etwas beobachtet?«

»Ich habe schon mit ihr gesprochen. Nein ...«

»Darf ich sie selbst fragen?«

»Anna!« rief der Ortsvorsteher. »Komm einmal her!«

Die Frau trat ein. Velsmann bat sie, sich zu setzen. Sie blickte ihn verstört an.

»Wann haben Sie von dem Mord erfahren, Frau Reichert?«

Sie sah ihren Mann an, deutete dann wortlos auf ihn, dann sagte sie: »Als er es mir sagte.«

»Wann war das?«

»Morgens, gegen acht.«

»Kennen Sie den Ermordeten?«

»Nein. Das heißt, ich weiß es nicht. Ich habe ihn ja noch gar nicht gesehen.«

Velsmann nickte. »Sie kennen die Mieter des alten Schulhauses?«

»Der Henning Blasius und seine Frau, die allerdings Stein heißt und nicht seinen Namen angenommen hat. Sie haben vor drei Jahren hier geheiratet.«

»Hier in Sandhof? Ist das für Städter, die nur ab und zu hier sind, nicht ungewöhnlich?«

»Nein, wieso? Eine ländliche Hochzeitsfeier ist doch viel schöner. Da kommen alle!«

»Waren alle da?«

»Natürlich! Die Landfrauen brachten Kaffee, Kuchen und Torten!«

»Dann sind die Mieter aus Frankfurt recht beliebt?«

»Es sind nette Leute, halt – Städter, aber in Ordnung.«

»Danke, Frau Reichert!«

Martin Velsmann blickte auf seine Notizen. Nicht sehr ergiebig. Er überlegte noch einen Moment und verabschiedete sich dann. Vor dem Tatort standen inzwischen eine Menge Gaffer. Das ganze Dorf schien auf den Beinen zu sein. Velsmann ging durch die Absperrung und hielt auf Alfons Freygang zu, der mit Müller und Baumann zusammenstand.

»Etwas Neues?« fragte er.

Freygang schüttelte den Kopf. »Die Techniker sind allerdings noch bei der Auswertung. Es gibt diverse Fingerabdrücke und auch anderen Kram. Im Haus scheinen Besucher gewesen zu sein. Sie haben einiges hinterlassen. Dic interessanteste Spur ist natürlich der Fußabdruck auf der Rückseite, dort, wo der Täter wahrscheinlich eingestiegen ist. Dort fanden sich auch Fingerabdrücke. Irgendwas werden wir damit schon anfangen können.«

»Was ist mit der Botschaft?« fragte Velsmann.

Müller übernahm die Antwort. »Das wirft uns völlig aus der Bahn. Daß es diesen Zusammenhang mit Fulda gibt, stellt doch alles auf den Kopf. Hier zieht jemand eine genauso geheimnisvolle und einsame Bahn, wie es diese Janne zu ihren Lebzeiten tat.«

»Was meinen Sie damit, Müller?«

»Ist doch offensichtlich. Alles bleibt im Dunklen. Bei Nacht und Nebel, sozusagen. Das war auch das Bemühen der Ermordeten. Und doch gibt es diese direkte Ansprache an das Publikum, wenn ich so sagen darf. Das ist doch ein paradoxer Widerspruch!«

Velsmann mußte an Kommissar Montag denken. »Da haben Sie recht, Kollege. Aber ist es wirklich ein Widerspruch? Und wenn ja, was bezeichnet er?«

»Auf mich wirkt es wie ein konstruierter Widerspruch, der

auffallen soll. Wir sollen darauf hingewiesen werden, wir sollen ihn bemerken oder verstehen und entschlüsseln – weiß der Himmel!«

»Das habe ich auch schon überlegt«, mischte sich Baumann ein und wurde rot. »Es wirkt wie ein Lockruf. Kommt, kommt, hier entlang, ich bin schon da.«

»Ich bin schon da?« wiederholte Velsmann. »Immerhin ein interessanter Gedanke. Der Mörder will uns zeigen, daß er in unserer Nähe ist?«

»So ähnlich.« Baumann nickte stolz.

»Das käme der Idee eines Zweikampfes gleich«, überlegte Velsmann. »Jemand möchte sich mit uns messen.«

»Ein Mörder, der sich mit den Ermittlern messen will?« führte Freygang den Gedanken weiter. »Das ist zu ungewöhnlich.«

»Wir hatten doch einmal einen Serienmörder, auf den das zutraf. Er spielte regelrecht mit uns. Er demonstrierte seine kalte Überlegenheit, indem er uns immer einen Schritt voraus war und seine Spuren auslegte. War er nicht Mathematiker, einer, der aus der Bahn geworfen worden war und sich an der Gesellschaft rächte? Irgendwann machte er einen Fehler, und wir schnappten ihn doch.«

»Ein Serienkiller! Gott bewahre!« Freygang stöhnte. »Das fehlte uns gerade noch!«

»Sind zwei Morde schon eine Serie?« wollte Baumann unbekümmert wissen.

Sie blickten ihn strafend an. Er verschluckte sich.

»Ich warte noch, ob die Befragung der Dorfbewohner ein Ergebnis bringt«, sagte Velsmann. »Dann fahre ich zurück. Wir sind seit heute eine Soko. Soko van Lent. Wir machen keinen Schritt mehr, der nicht abgesprochen ist.«

»Aber auf mich wartet heute abend ein Freund«, sagte Baumann. »Wir haben Karten für die Frankfurter Oper ...«

»Was hört ihr denn?« fragte Freygang.

»Agrippina von Händel und ...«

»Er hört nichts! Vergessen Sie es, Gregor-Anatol«, sagte Velsmann. »Privatleben ist komplett gestrichen. Wir arbeiten, wenn nötig, rund um die Uhr.«

»Mein Privatleben befindet sich sowieso in Holland«, meinte Freygang. »Ich rufe mal an.«

»Bestellen Sie Tosca, sie soll sich dreimal am Tag bei uns melden«, sagte Velsmann. »Morgens, mittags, abends. Wir müssen wissen, mit wem sie spricht, wen sie trifft, wo sie sich befindet. Wenn sie auf neue Erkenntnisse stößt, ruft sie auch zwischendurch noch mal an.«

»Okay!«

»Und sie soll um Gottes willen vorsichtig sein! Wir kennen nicht die Pläne unseres Täters, wir wissen nichts über seine Spielregeln.«

»Machen Sie mir bloß keine Angst, Herr Velsmann«, sagte Freygang und zog sein Handy.

Velsmann blickte zu der Menge hinüber. Mehrere Wachtmeister sprachen mit Bewohnern und machten sich Notizen. Velsmann hoffte inbrünstig, daß irgendein Detail sie weiterbrachte.

Tosca konnte über die ganze Landschaft blicken. Der Wind ließ die Gräser und Büsche eine eintönige Melodie singen. Das Meer trug weiße Schaumkronen. Der Horizont war so weit, wie sie es seit ihrem letzten Urlaub vor einem Jahr nicht mehr gesehen hatte. Keine Häuser, keine Strommasten, keine Kirchen, keine Sendeantennen.

Und keine Menschen.

Sie hatte beschlossen, neben der Ermittlung ein Tagebuch zu führen. Es war eine vorbeugende Maßnahme. Vielleicht gelang es ihr so, das Abrutschen in die Fakten und deprimierenden Wahrheiten des Falles zu vermeiden.

Die Kollegen von der Kripo in Den Haag hatten sie gebrieft. Und sie hatten den Rahmen abgesteckt, den die Kollegen aus Deutschland einzuhalten hatte. Keine Extratouren. Für jede Maßnahme war eine Sondergenehmigung einzuholen. Engste Absprache.

Tosca verstand das. Das Verhältnis zwischen den guten Nachbarn war gespannt. Die Holländer vergaßen – im Gegensatz zu anderen Nachbarn – gewisse Dinge nicht. Ihr Gedächtnis war zäh.

Sie hatte sich als nächstes im Präsidium von Breda zu melden. Dort würde man sie weiter instruieren. Wenn sie wollte, konnte man ihr einen Konstabel zur Seite stellen, wenn nicht, sollte sie bei ihrer Weiterreise nach Seeland täglich einmal Meldung auf der Direktion in Vlissingen machen.

In Breda befand sich auch der Verlag, mit dem Janne van Lent Kontakt gehabt hatte. Er besaß den exotischen Namen »Papieren Tijger« und war in den wilden sechziger Jahren gegründet worden. Tosca machte sich vertraut mit den Plänen, die Janne van Lent verfolgt hatte. Seit sechs Jahren wartete man im Verlag auf das Manuskript der Autorin über die deutschen Kriegsverbrechen in Holland. Man riet der deutschen Polizistin, sich mit einem Außenlektor in der ostholländischen Stadt Veere in Verbindung zu setzen. Er hieß Maarten Stam und hatte die Autorin betreut.

Tosca empfand einen Moment lang ihre Einsamkeit. Sie war versucht, ihr Handy zu ziehen und Alfons anzurufen, doch dann unterdrückte sie den Wunsch. Am Abend würde sie ihn ohnehin sprechen, bis dahin mußte sie irgend etwas Brauchbares mitteilen können.

Wäre sie weniger einsam, wenn tatsächlich ein holländischer

Kollege an ihrer Seite wäre? Sie hatte es ausdrücklich abgelehnt, begleitet zu werden. Sie wollte allein ermitteln, alle Sinne gebrauchen, um Janne van Lent auf die Spur zu kommen. Möglicherweis gab es mit arroganten einheimischen Polizisten ohnehin nur Reibereien.

Tosca stand auf und bestieg ihr Dienstfahrzeug. Sie wendete, rollte auf die Betonpiste, mit der man hier den Sandstrand begraben hatte, und fuhr nach Osten. Am frühen Abend erreichte sie Veere.

Martin Velsmann hörte die Stimme von Werner Kubik. Sie drang nur schwach aus der Membrane.

»Ich höre, Sie ermitteln in den Mordfällen? Das ist gut! Das ist sogar ausgezeichnet! Dann werden Sie den Mörder sicher bald stellen, nicht wahr?«

»Ich hoffe es. Was kann ich für Sie tun? Sie verstehen, ich bin äußerst eingespannt.«

»Ich habe schon mit Ihrem Kollegen, Inspektor Freygang, gesprochen. Er bat mich um ein Gespräch mit meinem Sohn Richard, der etwas zur Erhellung beitragen könnte. Richard beschäftigt sich mit Dopingkriminalität. Und mit anderen Dingen.«

»Ja?«

»Ich kann ein Gespräch arrangieren. Richard geht nicht aus sich heraus. Deshalb muß ich das einfädeln.«

»Sehr schön. Wo können wir Sie mit Ihrem Sohn treffen?«

»Treffen wir uns erst mal allein. Später kann Richard dazukommen, wenn er in der Lage ist.«

»Gut. Wo?«

»Im Schloßpark? Vielleicht in der Nähe des Tatortes?«

Velsmann fühlte sich befremdet. Warum sagte Kubik das?

»Sie meinen dort, wo Janne van Lent starb?«

»Eben dort. Es mag Ihnen seltsam vorkommen, aber ich besitze eben eine Affinität zum Tod. Es ist eine ganz persönliche Macke, nichts, was Sie beunruhigen sollte, Herr Hauptkommissar! Ich spüre manchmal einfach Dinge, die ich nicht erklären kann. Ich freue mich übrigens, daß Sie wieder ermitteln. Als ich hörte, daß Sie aussteigen, war ich traurig, es brachte mein Weltbild ins Wanken.«

»Sie meinen, wegen der Ungerechtigkeit, die weiter existiert, wenn ich nicht mehr Verbrecher jage?«

»So ungefähr! – Aber das ist eine andere Geschichte.«

»Sie setzen viel Vertrauen in mich! Und Sie glauben, Sie könnten der Polizei ein paar wichtige Hinweise geben?«

»Es ist ein so schöner, sonniger Tag. Der Regen hat endlich aufgehört. Obwohl ich befürchte, daß die Sintflut zurückkehrt. Heute morgen jedoch ist alles wunderschön. Ich würde mich über eine Begegnung freuen.«

Martin Velsmann verspürte keine Lust, seine Zeit unnötig zu vergeuden, aber vielleicht brachte der alte Arzt sie ja wirklich ein bißchen weiter.

»Wann paßt es Ihnen? Ich sage dann meinem Kollegen Bescheid.«

»Ich will Ihnen etwas über mein Verhältnis zur Polizei anvertrauen, dabei sollte niemand zuhören. Und ich will Ihnen etwas über meinen Sohn erzählen, was auch niemand hören sollte, der das vielleicht falsch auslegen könnte.«

»Sehr geheimnisvoll! Darf ich wenigstens mit Inspektor Freygang sprechen, um zu wissen, worüber er mit Ihrem Sohn zu verhandeln wünschte?«

»Aber sicher doch! Gern!«

»Wann also?«

»Gegen halb vier? Paßt Ihnen das? Dann sitzen die Leute in Fulda alle am Kaffeetisch.«

»Halb vier im Schloßpark! Ich bin pünktlich.«

Ein hilfsbereiter Mensch, dachte Velsmann. Er war gespannt auf die Begegnung mit dem alten Hirnpathologen – oder war er Chirurg? –, den er nicht von Angesicht kannte. Er rief Freygang an und ließ sich alles erklären. Freygang konnte den Termin ohnehin nicht wahrnehmen, weil der Historiker Karl Ritter ihn zu einem dringenden Treffen gebeten hatte.

»Gut, dann gehe ich allein. Wir treffen uns danach im Präsidium!«

Velsmann blickte auf die Uhr. Er hatte noch drei Stunden Zeit.

Er überlegte, was Werner Kubik ihm zu erzählen haben mochte, kam aber zu keinem Ergebnis. Er war sich darüber im klaren, daß Freygangs Verdacht gegen eine Dopingmafia nicht in die richtige Richtung führte. Jedenfalls glaubte Velsmann instinktiv nicht an einen solchen Zusammenhang. Medizinische Experimente mit Kranken und Doping waren doch zu unterschiedliche Bereiche. Deshalb war es auch nicht falsch, Freygang nicht dabeizuhaben. Er konnte später dazustoßen, wenn auch Kubiks Sohn von der Partie war.

Velsmann spürte eine innere Spannung ansteigen. Was würde Werner Kubik ihm anvertrauen?

Bis es soweit war, machte Martin Velsmann sich über die Akten her, die Freygang und Poppe ihm präpariert hatten.

Zur verabredeten Zeit verließ Martin Velsmann das Polizeigebäude und ging in den Schloßpark. Er mußte Pfützen auf dem Bürgersteig ausweichen. Am Eingang des Parks waren sie noch größer. Als er dort eintraf, gingen Kleinkinder, flankiert von drei Kindergärtnerinnen, den Weg zum Wasser entlang, die Kleinen schrien durcheinander. Velsmann sah, daß niemand mehr Notiz von dem Tatort nahm. Dort befand sich auch kein Anzeichen eines Gewaltverbrechens mehr.

Während er auf den alten Kubik wartete, dachte er an Andrea. Er hatte ihr am Telefon gesagt, welchen Schritt er unternommen hatte, und um ihr Verständnis gebeten. Andrea hatte nicht viel erwidert. Sie verabredeten, sich zu treffen, wenn die Verbrechen aufgeklärt waren.

»Spätestens zur Eröffnung des Rheingau Musik Festivals, also am 26. Juni, sind wir wieder in Eberbach zusammen«, tröstete Velsmann seine Frau. »Sie haben jetzt die Genehmigung bekommen, es stattfinden zu lassen.«

Dann kam Werner Kubik. Er wirkte klein und gebrechlich. Velsmann sah ihn schon von weitem. Je näher er kam, desto mehr verstärkte sich sein Eindruck, der alte Arzt habe Probleme mit seinem Körper. Er schien gegen sich selbst zu kämpfen. Aber in seiner Kleidung, die wie eine Stütze wirkte, schien er zu Hause zu sein, alles war korrekt geknöpft, der Staubmantel wie ein Arztkittel, nur das obligatorische Stethoskop in der Brusttasche fehlte.

Werner Kubik blieb vor ihm stehen. Er straffte sich. In sein graues Gesicht trat Frische. Velsmann überflog die Gestalt vor sich mit einem schnellen Blick, die Häßlichkeit seines Kopfes erweckte Reaktionen, aber Velsmann wollte sich von Oberflächlichkeiten nicht leiten lassen.

»Möchten Sie lieber sitzen, Herr Professor?« fragte er.

»Einen Moment ja. Dann können wir gehen. Beim Gehen lassen sich gewisse Dinge besser erörtern.«

Martin Velsmann vollführte eine einladende Geste zur Parkbank hin. Kubik setzte sich ächzend.

»Die Knochen«, sagte er. »Es sind die Knochen. Arthritis. Sonst ist alles in Ordnung.«

»Es liegt wohl am Wetter«, sagte Velsmann mitfühlend. »Feuchte Luft. Auch wenn es im Moment freundlicher aussieht.«

»Der Regen«, schnaufte Kubik. »Er macht mich ganz fertig.«

»Was wollen Sie mir sagen, Herr Kubik? Ich muß leider auf

die Uhr sehen, wenn Sie verzeihen. Wir stecken tief in der Ermittlung.«

»Natürlich! Ich wollte Sie warnen.«

»Ach? Wovor?«

»Vor Irrwegen. Ihr Kollege erzählte mir von einem Verdacht gegen die sogenannte Dopingmafia. Ich weiß nicht genau, was das ist, aber ein solcher Verdacht führt in eine Sackgasse.«

»Woher wollen Sie das wissen?«

»Ich weiß es. Das muß genügen. Ich war selbst in meiner Eigenschaft als Oberarzt in psychiatrischen Kliniken mit Problemen beschäftigt gewesen, die am Rande mit Doping zu tun hatten. Da existiert eine Grauzone, das ist schon richtig, doch diese Leute agieren auf einem anderen Feld. Wenn ich die Medienberichte richtig deute, die ich kenne, dann haben wir es bei dem Mord an dieser Holländerin mit ganz anderen Dingen zu tun.«

»Seien Sie so freundlich, Ihre Mutmaßungen zu konkretisieren.«

»Wenn Sie in Haina, in Hadamar und auch in Hohen Eichen, wo ich als Pathologe tätig war, nachforschen, dann gab es Probleme nur in der Zeit zwischen 1933 und 1945. Sie verstehen? Was diese Holländerin wissen wollte, bezieht sich offenkundig auf jene Jahre. Jedenfalls interpretiere ich das so. Lassen Sie sich die richtigen Akten heraussuchen. Dann werden Sie auch auf die richtigen Spuren stoßen. Und auf die richtigen Namen. Da bin ich ganz sicher.«

»Was Hohen Eichen betrifft, könnten Sie uns dabei behilflich sein?«

»Natürlich. Obwohl ich dort nichts mehr zu sagen habe. Ich könnte aber Dr. Büchner überreden, Ihnen zu helfen. Und ich könnte auch meinen Sohn Richard dazu bringen, sein Mißtrauen aufzugeben.«

»Von welchem Mißtrauen sprechen Sie?«

»Er – hat Schwierigkeiten mit seiner Selbsteinschätzung. Er wittert überall Verfolger. Und Konkurrenten.«

»Hat er denn Grund anzunehmen, jemand verfolge ihn?«

»Nun, er besitzt eine Gesinnung, die heute nicht ganz verfassungskonform ist.«

»Entschuldigen Sie – was meinen Sie damit?«

»Er ist Mitglied einer kleinen, national gesinnten Organisation.«

»NPD, DVU? Oder was meinen Sie?«

»Weit nationaler ...«

»Gibt es das?«

Werner Kubik lachte. Nein, das war nicht der richtige Ausdruck. Velsmann sah, wie er würgte und in sich hineingluckste. Es hatte nicht Lustiges und nichts Befreiendes. Sein Gesicht spielte nicht mit.

»Haben Sie eine Ahnung, was sich heutzutage alles auf dem Markt für völkische Gesinnung tummelt! Das ist ja keineswegs mehr schön. Ich kenne mich da ein bißchen aus.«

»Wie heißt die Organisation! Ist sie verboten?«

»Soviel ich weiß, nicht. Sie heißt: ›Die Freunde Thules‹. Schlicht und ergreifend.«

»Und was machen die?«

»Keine Ahnung. Jedenfalls nichts Intelligentes. Denn wenn Richard dort mitmacht, kann nichts Vernünftiges draus werden. Richard ist minderwertig, ein ängstliches, schwaches Kind. Eine Hülle. Ich versuche ihn zu leiten, so gut es geht. Aber Sie sehen ja, ich bin alt und verbraucht. Ich will nicht mehr.«

Die Worte des Alten lösten in Velsmann gemischte Gefühle aus. Er hätte sich in diesem Moment gewünscht, einen Recorder mitlaufen zu lassen.

»Hören Sie, Herr Professor. Wollen Sie irgendeinen Verdacht äußern? Dann sagen Sie es bitte klar und deutlich.«

»Einen Verdacht? Nein. Wie käme ich dazu. Erstens ist er mein Sohn. Zweitens hat Richard ja nichts getan, was die Gesetze überschreitet, jedenfalls nicht nach meinem Kenntnisstand. Aber er ist eben mit diesen Leuten zusammen, ich weiß nicht, was die aushecken.«

»Ich werde mir diese Organisation anschauen. Was wollen Sie mir noch sagen?«

»Ich bin 83 Jahre alt. Das will ich Ihnen sagen. Bald werde ich sterben. Und was meine ich damit? Diese Welt, wie sie geworden ist, geht mich nichts mehr an. Ich habe mein Leben gelebt. Ich habe versucht, das Richtige zu tun. Wenn ich heute um mich blicke, sehe ich nur Verfall. Das ödet mich an. Aber wenn Sie als Polizist etwas zum Guten wenden können, dann tun Sie es, um Gottes willen!«

»Ich versuche es. Sie wollten noch einen Spaziergang machen?«

»Ich bleibe lieber sitzen. Wissen Sie, wenn man Arthritis hat, dann denkt man manchmal …«

Martin Velsmann hörte hinter sich ein Geräusch. Er fühlte sich abgelenkt. Etwas raschelte hinter ihm. Dann ein Schnaufen. Jemand trat ganz nahe an ihn heran. In Velsmann sträubte sich etwas.

Bevor er sich umdrehen konnte, verspürte er einen heftigen Schlag gegen seinen Kopf. Er hatte seinen Kopf nach links gedreht und sah in das Gesicht von Werner Kubik neben sich. Dann traf ihn noch ein Schlag. Er sackte auf der Bank zusammen.

Kurz bevor er herunterrutschte, erhaschte er noch einen Blick seines Gesprächspartners. Sah er nicht eine hämische Genugtuung aufblitzen? Verzerrte sich nicht das Gesicht Werner Kubiks zu einer Fratze des Triumphes?

Velsmann ächzte. Was hast du getan? Was willst du?

Nein, dachte Velsmann dann, als er zu Boden sackte. Es ist kein Triumph. Ich sehe in seinen Augen nur Entsetzen.

Ist es das? Namenloses Entsetzen!

Dann schlug er auf den feuchten Boden, und alles erstarb.

Ein Wiesenhügel mit einer Schafherde, davor schilfbedecktes Wasser, dahinter eine weiße Windmühle mit gelben Flügeln. Es war noch hell, als Tosca in Veere eintraf. Sie hatte unterwegs telefonisch ein Treffen mit dem Außenlektor vereinbaren können. Über Kopfsteinpflaster ging es in den Ort, an einen Binnenhafen vorbei, in dem Fischerboote und Yachten dümpelten.

Tosca Poppe suchte sich ein Restaurant am Hafen. Sie setzte sich ans Fenster der gemütlichen Kneipe und beobachtete die Menschen um sich herum beim Essen. Es war ein Anblick der Friedfertigkeit. Nur ein Mann mittleren Alters verschlang seine Mahlzeit mit dem tückischen Ausdruck eines Raubtieres.

Sie selbst begnügte sich mit Lachsstreifen auf einem Salat. Tosca fühlte eine innere Unruhe. In einer Stunde würde sie Maarten Stam treffen. Sie spürte, daß jetzt etwas begann. Ein Sog. Er zog sie unwiderstehlich in die Nähe von Janne van Lent.

Tosca nutzte die Zeit, um sich in dem Landstädtchen umzusehen. Es schien einmal bessere Tage gesehen zu haben. Sie betrachtete das Stadthaus mit einem Fassadenschmuck von sieben herausgearbeiteten Figuren, eine davon stellte eine Frau dar. Tosca trat näher. Geraffter Rock, schönes Dekolleté, Haube, ein mildes Lächeln. Ihr Name auf dem Sockel ließ Tosca zusammenschrecken: Janne. Daneben ein Hendrijk und ein Wilhelm. Es waren Patrizier eines früheren Jahrhunderts. Hatte Janne van Lent einmal hier gestanden und ihre Namensvetterin angeschaut? War sie einst diese Wege gegangen? Hatte sie den Außenlektor an diesem Ort aufgesucht?

Dies war ihre Heimat.

Tosca drehte sich um, ließ die Blicke schweifen, versuchte, sich Janne van Lent vorzustellen, mit ihren Augen zu sehen. Sie fühlte, wie Janne langsam von ihr Besitz ergriff.

Der Ort besaß eine ruhmreiche Vergangenheit, da hieß er noch Campveere. Am Ortsrand eine Bastion für die Ostindische Kompagnie, mit Kanonen in Richtung Norden. Ein Kalif hatte sie im Jahr 1835 gespendet, bevor er zur Pilgerfahrt nach Mekka aufgebrochen war. Offenes Holland, dachte Tosca. Die Heimat einer Toten. Sie ging ziellos herum. Kopfsteinstraßen, Rasenflächen, niedrige Klinkerfassaden, Bäume. Selbst niedrige Mauern besaßen hier Strebepfeiler, die das Mauerwerk stützten.

Wenn es diese Ermittlung nicht gäbe, hätte Tosca sich in diesem stillen, schüchternen Ort, der zu schlafen schien, wohl gefühlt. Sie spürte einen ganz neuen Impuls in sich, nämlich daß alles so bleiben möge, wie es gerade war, daß nichts hereinbrach, daß die Zeit stehenblieb. Keine Vergangenheit mehr und – mein Gott! – auch keine Zukunft, wenn es eine gewalttätige sein würde. Veere war dafür ideal.

Sie ging weiter, näherte sich der angegebenen Adresse, blieb manchmal vor Geschäften und Häusern stehen. An einer Kette hing ein Walfischknochen aus dem Nordmeer. Von einer eingerüsteten Häuserfassade herab riefen Stukkateure Anweisungen in französischer Sprache. In diesem Ort war nichts wirklich eindeutig, alles schien auf etwas anderes zu verweisen, die Gegenwart verschwamm, nichts schien Tosca wirklich greifbar. Es schmeckte nach gestern.

Das konnte ein angenehmer Zustand sein, doch Tosca dachte: Woran soll man sich festhalten, wenn alles Vergangenheit ist? Sie nahm Stimmungsbilder wahr. Holländische Postkartenidylle. Vielleicht aber gefiel genau das den Menschen, die hier wohnten. Waren es Leute, die der Vergangenheit mit ihrer Gewalt und den dröhnenden Feindbildern entronnen waren?

Und damit irgendeinem Terror?

Sie schaute auf die Uhr. Dann bog sie rechter Hand in die Kapellenstraat ein, die auf die mächtige Backsteinkirche zuführte. Ein Haus aus weiß getünchtem Mauerwerk, die Fassade im Giebel abgetreppt, drei Stufen, eine dunkelblaue Holztür aus zwei Flügeln, Nummer 18. Sie klingelte.

Maarten Stam erwies sich als redseliger Mann mit einem rötlichen Haarkranz, der Tosca an einen bekannten holländischen Sänger und Entertainer erinnerte, dessen Name ihr aber nicht einfiel. Sicher war Maarten Stam vom anderen Ufer, mußte sie denken, denn sein großer, stabiler Körper bewegte sich graziös, als umspülten ihn unsichtbar bleibende Wellen. Er führte sie in das riesige Wohnzimmer, dessen Fenster keine Gardinen besaßen. In Holland hatte man nichts zu verbergen.

»Van Lent hatte Großes vor«, begann Stam in einem fließenden, irgendwie schleifenden Dialekt zu berichten. »Sie stellte uns ein Buch in Aussicht, das ein neues Licht auf die Vergangenheit werfen sollte. Jetzt, wo die Ärmste tot ist, begraben wir das Projekt natürlich. Vielleicht beauftragen wir aber auch einen anderen Autor. Van Lents Papiere können Sie haben, ich habe Kopien angefertigt. Es sind aber nur zwanzig Seiten Exposé.«

»Über das Exposé hinaus hat sie nichts abgeliefert?«

»Nein.«

»Sind Sie der richtige Verlag für solche Projekte?« fragte Tosca. »Wenn ich richtig verstanden habe, ging es Janne van Lent um Naziverbrechen.«

»Wir sind der absolut richtige Verlag, ein rebellischer Verlag«, erwiderte Stam stolz. »Wir haben Alexander Nijeboer verlegt. Sein Buch *Een Mann tegen de Staat* führt seit achtzehn Wochen die holländischen Bestsellerlisten an. Haben Sie davon gehört?«

»Leider nein«, bekannte Tosca.

»Das Buch eines Regierungskritikers par excellence!« erklärte Stam. »Van Lent war vom gleichen Kaliber. Unversöhnlich! Aber als sie vor einigen Jahren zu recherchieren begann, veränderte sie sich offensichtlich. Sie reiste herum, wir mußten ständig hinter ihr hertelefonieren. Sie meldete sich nie von allein. Und dann verschwand sie ein Jahr lang völlig von der Bildfläche. Deutschland nahm sie heftig mit. Statt Kraft für ihre Arbeit zu sammeln, schien sie immer unfähiger zu werden. Sie brachte nichts Rechtes zustande. Irgendwas zermürbte sie. Schließlich völliger Stillstand.«

»In ihrem Buch ging es um die Aufklärung des Mordes an ihren Eltern?«

»Nein. Generell um Naziverbrechen an Holländern. Zunächst jedenfalls. Im Verlauf ihrer Recherche muß sie dann am Schicksal ihrer Familie hängengeblieben sein. Das war es wohl, was diesen Stillstand auslöste.«

»Kann man ja verstehen.«

»Klar, aber für den Verlag war es rausgeschmissenes Geld – wenn Sie verstehen, was ich meine.«

»Sie bekam Vorschüsse?«

»Recht viel für unsere Verhältnisse. Das Buch war vielversprechend. Es sollte Aufsehen erregen. In Holland wird zwar viel getönt und gegen die Deutschen gewettert, aber unsere eigene Mitschuld diskutiert keiner. Oder glauben Sie, in Holland leben nur nette, freundliche Leute, die keine Aggressionen haben?«

»Das habe ich nicht geglaubt, nein. Ich habe mir, ehrlich gesagt, aber auch keine Gedanken darüber gemacht.«

»In Holland liegt einiges dicht unter der adretten Oberfläche, das können Sie glauben!«

»Ich erinnere mich an den Mord an diesem Filmemacher.«

»Theo van Gogh? Das war jemand, der provozieren wollte, um Aufmerksamkeit zu erregen. Ein Unfall im Getriebe. Nein, was ich meine, geht tiefer. Die Holländer sind ein Volk, das sich gegenseitig bespitzelt und kontrolliert. Wir haben keine Vorhänge vor den Fenstern, das heißt, wir fühlen uns gezwungen zu zeigen, daß wir nicht im Wohnzimmer onanieren. Aber stellen Sie sich den Mann oder die Frau vor, die die Vorhänge zuzieht! Man würde sie sofort des Schlimmsten verdächtigen.«

»Okay. Das ist das Problem der Holländer.«

»Und was für eins! Glauben Sie mir.«

»Seien Sie so nett, mir dieses Exposé auszuhändigen. Ich möchte mir ein Bild machen.«

»Ja, klar.«

»Könnten Sie sich vorstellen, wer Janne van Lent umgebracht hat?«

»Offensichtlich ein Deutscher. Das ist nun wiederum Ihr Problem.«

»Kein Verdacht?«

»Nein. Jeder bei euch könnte es getan haben. Oder etwa nicht?«

Tosca schwieg. Sie hatte das Gefühl, daß Maarten Stam sie nicht weiterbrachte. Sie blickte ihn an, er sah zurück und nickte ihr freundlich zu. Dann holte er die Papiere, und sie verabschiedete sich bald darauf.

11.
Mittwoch, 4. Mai 2005

Martin Velsmann sah eine schweigende Prozession von Zisterziensern an sich vorbeidefilieren. Im Habit, dem weißen Mantel, dem schwarzen Skapulier, ihrem Überwurf mit Kapuze, den schwarzen Zingulum mit Fransen am Ende streng gegürtet, zogen sie an ihm vorbei. Ihre Augen leuchteten. Der Zug nahm kein Ende. Velsmann begann, schwer zu keuchen. Als der letzte Mönch schließlich auf seiner Höhe war, erkannte er in ihm das Skelett aus der Röhre in Kloster Eberbach. Der Totenschädel nickte ihm zu.

Martin Velsmann schreckte schweißgebadet auf.

Dann erschrak er noch einmal.

Ihm dicht gegenüber, auf einem Stuhl, saß Werner Kubik.

Velsmann sank erst dann wieder in die Kissen zurück, als der Schmerz in seinem Schädel übermächtig wurde. Er griff sich stöhnend an den Kopf. Mit einem Seitenblick nahm er im Hintergrund zwei Pfleger wahr.

»Sie haben Glück gehabt, mein Sohn«, sagte Werner Kubik. »Man hat Sie zusammengeflickt. Und ich fühle mich schuldig! Wenn ich Sie nicht in den Park gelockt hätte, wäre das alles nicht passiert.«

»Was? – Was?« stammelte Velsmann.

Einer der Pfleger in Weiß trat auf ihn zu und drückte ihn in die Kissen. Er hielt ihn fest.

»Ganz ruhig! Nicht aufregen! Sie müssen jetzt jede Aufregung vermeiden!«

»Was ist denn?« fragte Velsmann.

»Man hat Sie überfallen und niedergeschlagen. Herr Kubik hat den Unfallwagen und die Polizei alarmiert.«

Martin Velsmann wandte vorsichtig den Kopf. In seinem Schädel saß ein Druck, als bereite sich darin allmählich eine Sprengung vor.

»Liegen Sie still, Herr Velsmann«, sagte Werner Kubik. »Wir brauchen Sie ja noch. Die beiden Hiebe auf Ihren Kopf waren zum Glück nicht so stark. Der Schädel ist nicht verletzt, wie das Röntgen ergab. Der Knüppel rutschte ab.«

»Wer – war es?« fragte Velsmann leise.

Kubik sah bleich aus. »Ich fühle mich so erbärmlich. Eine Gestalt, die plötzlich hinter Ihnen aus den Büschen trat. Ich konnte sie nicht richtig erkennen. Sie trug eine Maske, eine, wie Motorradfahrer sie benutzen, ich konnte nur die Augen sehen. Die Gestalt blickte Sie so haßerfüllt an, daß es mir jetzt noch kalt den Rücken hinunterläuft. Als ich aufsprang, floh die Gestalt.«

»Weiß das die Polizei?«

»Ich habe es zu Protokoll gegeben. – Wer haßt sie so, Herr Hauptkommissar?«

Martin Velsmann antwortete nicht, er wandte wieder den Kopf. Er begriff jetzt, daß der zweite Pfleger im Hintergrund ein getarnter Polizist sein mußte. Er ächzte: »Ich will Inspektor Freygang sprechen.«

Der Pfleger im Hintergrund sagte: »Er ist noch am Tatort, kommt aber gleich her.«

Velsmann blieb einfach liegen. Es war beglückend, nichts tun oder denken zu müssen. Werner Kubik sagte mit leiser Stimme an seinem Ohr: »Ich liefere Ihnen diese Bande, diese ›Freunde Thules‹ ans Messer, was halten Sie davon?«

Martin Velsmann ächzte nur.

Der Pfleger trat ans Bett. »Herr Kubik, lassen Sie den Patienten jetzt allein. Warten Sie draußen, wenn Sie ihm später noch etwas sagen wollen. Im Moment strengt ihn das alles zu sehr an.«

»Ich warte vor der Tür, Herr Velsmann, rufen Sie mich«, flüsterte Kubik. Er richtete sich nur an den hilflos Verletzten. »Ich habe Zeit. Ich bin für Sie da.«

Werner Kubik erhob sich schwerfällig und ging. Er schien zu taumeln. Der Pfleger richtete die Kissen des Patienten. Er machte dem zweiten Pfleger ein Zeichen. Der verließ ebenfalls das Krankenzimmer.

Als Alfons Freygang wenig später die Intensivstation betrat, war Velsmann durch die Wirkung einer Spritze wieder in Bewußtlosigkeit gefallen.

Tosca Poppe hatte noch am Abend mit Deutschland telefoniert und sich bei der Polizeidirektion in Breda gemeldet. Sie hatte die Anschrift eines Mannes erhalten, der an der Ostküste von Beveland in einem Ort namens Yerseke lebte. Ein Zeitzeuge, der Janne van Lent kannte. Sie hatte ihn offensichtlich mehrmals besucht und ausgefragt.

Tosca fuhr über die einzige Autobahn von Beveland nach Süden. Als sie nach Yerseke abbog, fuhr sie in einen Feldweg und stieg aus, um nachzudenken.

Sie hatte das Exposé gelesen. Eine unmögliche Aufgabenstellung, doch Janne van Lent hatte zum Zeitpunkt, als sie das Projekt in Angriff nahm, über sehr viel Kraft verfügt. Sie hatte sich drei Jahre gegeben, um es zu verwirklichen. Nach Ablauf der doppelten Zeit hatte sie offenbar noch keine einzige Seite geschafft. Oder existierte irgendwo ein Manuskript – oder Teile davon? Vielleicht besaß der Ex-Ehemann etwas?

Ein Bachlauf am Wiesenrand. An einem niedrigen Wehr stauten Strohreste das Wasser, der Spiegel des Baches hob sich zusehends. Tosca war versucht, die Böschung hinunterzukriechen, um den Stau zu beseitigen. Wasser müssen fließen, dachte sie.

Die Lektüre des Exposés hatte Tosca bestürzt. Janne van Lent hatte Unmögliches vorgehabt. Die Aufarbeitung der Verbrechen an holländischen Juden und Kommunisten, am Beispiel ihrer eigenen Eltern. Der Vater war Mediziner und Kommunist gewesen, die Mutter Jüdin und eine begabte Pianistin. Sie waren Mitte 1944, kurz nach Jannes Geburt, verhaftet und verschleppt worden. Seitdem fehlte jede Spur. Auch eine Großfahndung von holländischen Organisationen hatte zu keinem

Resultat geführt. Der Informant in Yerseke, der Jan den Dirken hieß, hatte ihr aber offensichtlich helfen können.

Er war als blutjunger Mann bei der deutschen Waffen-SS gewesen. Das frühe Kriegsende hatte ihn vor Untaten bewahrt.

Tosca blickte über die weite Landschaft. Sie hätte in diesem Augenblick vieles dafür gegeben, mit einer lebendigen Janne van Lent sprechen zu dürfen. Sie fühlte ihre Zuneigung wachsen. Und ihre Hilflosigkeit.

Sie ging zum Auto zurück und rief erneut Alfons Freygang an. Sie berichtete. Dann steuerte sie den Wagen auf die Straße zurück.

Yerseke stellte sich als Ort heraus, in dem es zwischen Meer und Deichen ausgedehnte Farmen für Meeresfrüchte gab. Tosca parkte den Wagen am Straßenrand und blickte hinunter auf ein Areal einstöckiger, farblos und schmutzig wirkender Häuser, die mehr als hundert Jahre alt sein mußten. Es waren firmeneigene Bauten und Lagerhallen mit Schriftzügen der Eigentümer ausgedehnter Farmen. Ein eigenes, seltsames Reich, an deren Rand Jan den Dirken wohnte.

Tosca suchte sein Haus. Sie mußte über Bohlen und Stege gehen, die quadratische Becken umgaben, in denen, sorgfältig aufgereiht, dicht an dicht, sich die Bassins befanden, in denen in Kästen die lebendigen Kulturen von Krebsen, Muscheln, Krabben und Austern schwammen. Ein Brummen, Schmatzen und Saugen lag in der Luft, es kam von Frischwasserpumpen, die die kostbaren Lebewesen in den Aufzuchtkästen versorgten, die empfindlichen Babys zwischen Algen, Schlick und mit Sauerstoff gesättigtem Salzwasser. Tosca stellte sich die sanften, gleitenden Bewegungen der Meerestiere in der künstlichen Strömung der Brutkästen vor. In schummrigen Läden, die Tosca an Verkaufsstellen ihrer DDR-Heimat erinnerten, verkauften Frauen mit Kopftüchern die fragile, glitschige Ware.

Sie fand das angegebene Haus. Es war stockig, an den Wänden grüne Ablagerungen, im Treppenhaus kalt und dunkel. Der Mann hatte sich hierher zurückgezogen, weil es ein besonderes Licht gab. So hatte er sich am Telefon ausgedrückt. Tatsächlich hatte Tosca bei der Herfahrt nie zuvor eine derartige, von innen durchpulste Helligkeit über Wasser und Ufer gesehen wie hier an der Scheldemündung. Das Haus, das sie jetzt betrat, kam ihr deshalb doppelt dunkel vor. Sie stieg drei Stockwerke empor. Aus dem Fenster zur Linken sah sie über die Kolonien im Wasser mit ihren Brutkästen in rechteckig aufgeteilten Segmenten.

Sie wurde schon erwartet. Der Mann in der offenen Wohnungstür besaß den Kopf eines Hummers. Weit auseinander stehende, vorquellende Augen, die völlig dunkel waren, eine breite Stirn mit Wülsten. Spitze Schnauze, dachte Tosca. Er bewegte lange, dünne Tentakel, die sich als seine Arme und Hände herausstellten und die er jetzt hob und herausstreckte. Er gab ihr jedoch nicht die Hand.

»Sie sind die Polizistin?«

Tosca bejahte.

»Sie sind jung!«

»Ist das ein Fehler?«

»Kommen Sie herein!«

Tosca bedankte sich. Sie betrat ein Wohnzimmer, das wie ein Museum aussah. Bilder, Dokumente an den Wänden, Stapel von Büchern und Papieren auf Tischen. Vitrinen und Regale.

»Ich kann nur hier leben«, sagte Jan den Dirken. »Alles andere bringt mich um. Setzen Sie sich!«

»Sie kannten Janne van Lent. Ich bitte Sie, mir von ihr zu erzählen.«

»Das werde ich. Ich hoffe, Sie können es verkraften.« Der Mann bewegte seine Tentakel. Tosca blickte darauf. Der Mann folgte ihrem Blick und erklärte: »Muskelschwund. Ich bin so was wie ein Spastiker geworden.«

Er blickte aus dem Fenster. Zu Füßen des Hauses lagen die Zuchtfarmen. Über allem lag das gleißende Licht der Scheldemündung. Dann begann er zu erzählen.

Tosca hatte einen Kassettenrecorder auf den Tisch gestellt. Sie lauschte. Und sie blickte in ein Inferno.

Jan den Dirken war an jenem Tag im Haus der Winters anwesend, als man sie abholte. Er war mit Jannes gleichaltrigem Bruder befreundet gewesen, der jetzt in den USA lebte. Er berichtete von der Brutalität der SS. Man hatte die Eltern Jannes auf einen Lastwagen getrieben, auf dem schon andere Verhaftete standen oder lagen. Es ging von Vlissingen aus nach Antwerpen. Dort in Viehwaggons über das besetzte Belgien direkt nach Deutschland. In Lagern am Rhein hatten Augenzeugen die Winters zuletzt gesehen. Dann verlor sich jede Spur.

»Sagten Sie nicht, daß Sie selbst bei der Waffen-SS gewesen seien?«

»Ein paar Monate lang. Es war eine infantile Sehnsucht nach Anpassung an das stärkere Prinzip. Ich war blutjung. Nachdem ich die Abtransporte und das Leid gesehen hatte, bereute ich es.«

»Was hat Ihnen Janne van Lent erzählt, als Sie sich trafen?«

»Sie befragte mich, was ich von ihren Eltern wußte. Ich erzählte ihr, was ich Ihnen eben auch erzählt habe. Dann berichtete sie mir von ihren Recherchen in Deutschland.«

»Erzählen Sie bitte.«

Jan den Dirken begann, das Panorama des Schreckens auszubreiten, das sich vor den Menschen aufgetan hatte, die von der SS in Gewahrsam genommen worden waren. Die Winters hatten drei Lager im Rheingau durchwandert. Dann waren sie in die Mühlen von Nazi-Medizinern geraten. Man hatte sie für

Experimente aussortiert. Das Paar blieb unverständlicherweise immer zusammen. Als sie in einer Klinik ankamen, die im hessischen Rheingau bei Kiedrich lag und Hohen Eichen hieß, begann ihr Leidensweg erst richtig.

Tosca konnte nicht anders, als stumm und gebannt zuzuhören. Als der Mann geendet hatte, blieb sie kerzengerade sitzen. Sie war nicht in der Lage, weitere Fragen zu stellen. Jan den Dirken erwähnte noch seine eigene kurzfristige Verstrickung in militärische Sonderdienste der Deutschen vor Kriegsende, als er sechzehn gewesen war. Dann brachte er kein Wort mehr hervor. Nach einer Weile erhob sich Tosca, legte dem Mann dankend die Hand auf die Schulter und ging hinaus.

Tosca setzte Schritt um Schritt, um ans Meer zu kommen. Sie hatte das Gefühl, jede Klarsicht verloren zu haben. In ihr stiegen noch einmal die Bilder auf, die Jan den Dirken mit seinen Worten erzeugt hatte. Auch der dazugehörende Ton stellte sich ein. Geräusche, als würden Metallteile übereinanderschrammen, dazu verzerrte Stimmen, Befehle und Schreie, eine leiernde Melodie in häßlichen Dissonanzen.

Die tiefstehende, blaßgelbe Sonne ließ Himmel und Horizont zu einer einzigen Fläche werden. Sie erhellte das Wasser mit einem Schein, der aus dem Inneren zu kommen schien. Nur auf den Wellenkämmen, die sich am Strand brachen, blitzte das herabgeworfene Licht golden auf.

Tosca hob den Kopf. Der weiße Kondensstreifen eines Flugzeugs durchschnitt die geröteten Abendwolken. Es gab tatsächlich ein gegenwärtiges Leben, aber es schien kraftlos.

Stärker war die Vergangenheit. Tosca hatte das noch nie so empfunden. Überall lebten Menschen, die Ungeheuerlichkeiten mitgemacht hatten. Der Boden, auf dem man ging, war brüchig und verfault, auf der Unterseite krabbelten Würmer und Maden.

Warum habe ich in Deutschland nie von solchen Dingen gehört? fragte sie sich. Warum muß ich nach Holland reisen, um davon zu erfahren?

Jan van Dirken hatte davon erzählt.

Er hatte vom berüchtigten H-Dreieck berichtet. Haina, Hadamar, Hohen Eichen. Von bestimmten Gerüchen. Dem Buchenwald-Geruch, dem Moorlagergeruch. Von Zentren für das Sammeln menschlicher Gehirne, achttausend in der britischen Klinik Runwell, achthundert im deutschen Max-Planck-Institut. Von Medizinern, die Plutonium-239 injizierten. Von Müttern, denen radioaktives Eisen gespritzt wurde. Von Gesunden, denen zu Versuchszwecken Bazillenkulturen von Krebs und Geschlechtskrankheiten gespritzt wurden. Von Menschen, die von Dächern gestürzt wurden, um sie danach unten sorgfältig, ja mit Hingabe zu untersuchen.

Wozu alle diese Grausamkeiten?

Waren Sadisten am Werk gewesen?

Oder seriöse Forscher?

Man wollte die Stufenfolge des Schmerzes studieren. Experimente an Menschen galten der Prüfung von vivisektorischen Versuchen.

Jan den Dirken hatte ihr einen historischen Exkurs gegeben, der sie schaudern gemacht hatte. Seit im Jahr 1628 die Wunderwelt des Blutkreislaufs entdeckt worden war, hatte die Medizin am lebenden Menschen gearbeitet. Die Kunst, Kinder, Frauen und Männer schauerlich in den Tod zu sezieren, war jedoch erst im Dritten Reich legalisiert worden. Man wollte alles wissen. Die Sehnsucht nach Unsterblichkeit der auserwählten Rasse hatte deutsche Ärzte angetrieben. Deutsche Nervenärzte hatten das zwölf Jahre währende NS-Todesgeschäft aus Überzeugung betrieben. Die Eltern Janne van Lents waren irgendwann in den Kreis dieser Hölle eingetreten.

Wäre der medizinische Fortschritt nicht anders möglich gewesen?

Janne van Lent hatte sich diese Frage nicht gestellt. Sie hatte die Spuren ihrer Eltern in den Terror verfolgt, bis zu dem Punkt, wo sie verlöschten.

Tosca mietete sich in einem Gasthaus in Ufernähe ein. Sie konnte nichts essen und nichts trinken. In der Nacht träumte sie. Eine nackte, weibliche Leiche schwamm am Morgen in den Wassern der Krebsbänke. Ihre Haut leuchtete wie gewaschenes Elfenbein. Ihre Glieder vollführten Bewegungen. Ihr blondes Haar bewegte sich sanft in der künstlichen Strömung, ebenso wie sich die Fühler und Tentakel der Meerestiere bewegten. Dann entstanden wieder diese Geräusche. Metallplatten, die übereinanderschrammten, die häßliche Melodie aus durcheinanderschreienden Stimmen und verstimmten Instrumenten.

Tosca schreckte auf. Sie versuchte, sich zu orientieren. Alles um sie herum war dunkel.

Als sie ans Fenster trat, sah sie die blinkenden Lichter der Restaurants auf der anderen Seite des hier flachen Deiches, in denen man Muscheln und Krebse, Krabben und Austern verzehrte. Sie stellte sich die verhängten Blicke der Feinschmecker vor, die sich zitternd vor Begierde in diese Restaurants drängten.

Tosca war verschwitzt. Sie fror. Etwas vibrierte in ihrem Leib, ein dauerndes Summen. Als sie wieder unter die Decke kroch, war ihr elend zumute.

Du bist Polizistin, dachte sie. Dieser Gedanke brachte ihr jedoch keine Stärkung.

Sie sehnte sich nach zu Hause.

»Wie geht es Ihrem Herrn Sohn?« fragte Velsmann.

»Er ist krank. Er wird einige Tage das Haus nicht verlassen

können«, erwiderte der alte Arzt. Seine Stimme am Telefon klang so, als befände er sich in einem langen, leeren Gang. Etwas hallte. »Das Treffen mit Ihrem Herrn Freygang müssen wir vorerst verschieben.«

»Sagen Sie das bitte meinem Assistenten persönlich«, bat Velsmann. »Ich werde erst morgen entlassen und brauche im Moment noch Ruhe.«

»Herr Velsmann? Darf ich Ihnen noch was anvertrauen?«

»Bitte.«

»Diese rechtsradikalen Grüppchen sind gefährlich. Das sind keine ordentlichen Nationalen, sondern Chaoten. Die bereiten durchaus Attentate vor, nach denen unser Land anders aussehen wird.«

»Wollen Sie andeuten, diese Leute könnten das Attentat auf mich begangen haben?«

»Fähig wären sie jedenfalls dazu. Wenn ich mir auch keinen rechten Reim darauf machen kann. Mein Sohn befaßt sich leider mit diesen Leuten.«

»Wollen Sie Ihren Sohn anzeigen?«

»Ich habe daran gedacht, ja. Aber jetzt komme ich zu einem anderen Schluß. Nein. Ich vertraue Ihnen das an. Ziehen Sie selbst Ihre Schlüsse daraus! Ich schätze Sie. Sie scheinen mir ein Mensch zu sein, der moralische Prinzipien besitzt. Ein Mann, der nicht auf jeder Woge mitschwimmt. Was sind Ihre Grundsätze?«

»Wie meinen Sie das?«

»Im politischen Bereich.«

»Herr Professor, nehmen Sie es mir nicht übel, aber ich bin nicht in der Verfassung, mit Ihnen darüber zu reden. Warten Sie ein paar Tage ab, und dann können wir uns durchaus darüber unterhalten. Im Moment nicht. Ich bitte Sie um etwas anderes. Versuchen Sie, der Polizei einen Hinweis zu geben, wer der Attentäter vom Schloßpark gewesen sein könnte. Irgendwas müssen Sie doch wahrgenommen haben.«

»Ich sagte doch schon …«

»Ja, aber das genügt mir nicht. Wie Sie sich vorstellen können, wäre ich dankbar für den allerkleinsten Hinweis!«

»Er kam aus dem Dunkel, Büsche verdeckten ihn. Ein großer, kräftiger Schatten, weit ausholende Bewegungen. Wie ich schon sagte, trug er eine Maske.«

»Was noch!«

»Ich sah nur seine Augen. Dunkel, haßerfüllt.«

»Überlegen Sie! Erinnern Sie sich!«

»Ich überlege schon die ganze Zeit, aber ich weiß nicht mehr.«

»Wo – war Ihr Sohn zur Tatzeit?«

»Richard? Er war unterwegs, ich weiß nicht, wo.«

»In der Klinik im Rheingau?«

»Dort nun gerade nicht. Er hatte sich ein paar Tage frei genommen. Und jetzt ist er, wie gesagt, krank geworden, krank im Urlaub, das ist nicht gerade das, was man sich wünscht …«

»Herr Professor! Sie sprachen kritisch über Richard. Was trauen Sie ihm zu?«

Schweigen. In der Muschel rauschte es, ein hohler, metallischer Klang.

»Herr Professor?«

»Richard ist außer Kontrolle«, sagte Kubik dann dumpf. »Ich weiß nicht mehr, was er denkt oder tut. Ich habe mich immer angestrengt, das zu verhindern. Ich wollte ihm ein guter Vater sein, aber jetzt ist irgendwas mit ihm passiert. Ich erkenne ihn kaum wieder.«

»In welcher Hinsicht denn?«

»Er – ist unbeherrscht. Das darf ja nicht sein, daß ein Arzt sich so gehenläßt. Ich wollte ihn immer davor bewahren. Doch jetzt habe ich meinen Einfluß auf ihn verloren. Das ist bitter.«

»Rufen Sie bitte in der Dienststelle an, und geben Sie dort die Anschrift Ihres Sohnes durch.«

»Er besitzt zwei. Eine in Kiedrich. Eine in Fulda.«

»Okay. Also beide. Ich denke, mein Assistent Inspektor Freygang wird sich mit ihm befassen – wenn er wieder gesund ist.«

»Es könnte durchaus sein, daß sich Richard in einer schweren Krise befindet. Er versucht, sich selbst zu therapieren. Ich fürchte, er hat die Talsohle noch nicht erreicht.«

»Liegen seine Probleme eher im psychischen oder im physischen Bereich?«

»Er ist psychiatrischer Arzt. In diesem Bereich betreffen die Krankheiten immer beide Aspekte. Die meisten Ärzte von solchen Kliniken wie Hohen Eichen leiden unter bestimmten Symptomen. So auch Richard.«

»Ist er verheiratet? Kinder?«

»Seine Frau verstarb jung an Krebs. Seitdem lebt er allein. Keine Kinder.«

»Sie kümmern sich also um ihn?«

»So gut ich kann. Er ist ja mein einziger Sohn. Seine beiden älteren Brüder sind im Krieg gefallen, auf dem Rückzug aus Prag.«

»Herr Kubik, was für ein Verhältnis haben Sie zu Richard? Wie würden Sie es beschreiben?«

»Er – entgleitet mir. Ich sagte es. Ich habe das Gefühl, er will nicht mehr mein Sohn sein. Das kann ich aber nicht akzeptieren.«

»Verständlich.«

»Er ist nicht in dem Alter, in dem man gegen seinen leiblichen Vater rebelliert. Bei ihm spielt die normale Entwicklungszeit keine Rolle, er neigt dazu zu regredieren.«

»Hm.«

»Wollen Sie nicht wissen, wie sich das auswirkt?«

»Sagen Sie es mir, wenn es Ihnen wichtig ist.«

»Es – ist nur so, daß ich in Sorge bin. Ich will Sie aber damit nicht belästigen. Sie sind verletzt. Mit Richard muß ich allein zurechtkommen.«

Velsmann beendete das Gespräch mit einem mulmigen Gefühl. Er rief Freygang an. Bevor er etwas sagen konnte, sprudelte der hervor: »Sie haben noch ein Skelett in Eberbach gefunden! Ich hörte es von dem Verwalter, der gerade im Präsidium anrief. Ich sagte ihm, Sie dürften im Hospital nicht gestört werden. Er wünscht Ihnen baldige Besserung.«

»Noch ein Skelett?«

»An derselben Stelle in dieser verdammten Röhre. In irgendeiner Kammer. Es steckte da fest, ich kenne ja die Örtlichkeit nicht. Ein Skelett mit einem zerschlagenen Schädel und zerbrochenen Knochen.«

»Mord?«

»Diese Verletzungen können natürlich auch nach dem Tod eingetreten sein, durch die Wellen in diesem Kisselbach, die gegen die Steinkammer schlagen. Ich habe mit Kommissar Montag in Wiesbaden telefoniert. Der erklärte mir, daß man auch bei dem ersten Skelett auf eine Verletzung des Schädels gestoßen sei. Öffentliche Verlautbarungen darüber gibt es jedoch nicht. Man hält sich bei der Kripo sehr bedeckt.«

»Vermutungen, woher die Skelette stammen?«

»Montag deutete an, es könnte sich dort um Opfer der letzten Kriegsereignisse handeln. Eberbach ist zwar nicht bombardiert worden, aber SS-Schergen lieferten sich offenbar in den letzten Hitlertagen Gefechte mit Amerikanern. – Andrerseits spricht die Tatsache dagegen, daß es sich um weibliche Leichen handelt.«

»Die sterblichen Überreste stammen in beiden Fällen von Frauen?«

»Offenbar.«

»Werner Kubik wird Sie anrufen. Sein Sohn ist erkrankt, eine Begegnung mit ihm ist vorerst nicht möglich. Notieren Sie sich die Anschriften, und vielleicht ist Kubik noch etwas anderes eingefallen.«

»Ist klar.«

»Und Freygang? Suchen Sie mal möglichst komplette Unterlagen über Vater und Sohn Kubik heraus. Ich habe so ein Gefühl, daß es da ein paar Schatten gibt.«

»Okay. Ein konkreter Verdacht?«

»Eher eine fixe Idee. Kann eingebildet sein. – Übrigens: Suchen Sie mal im Internet nach einer Gruppierung, die sich ›Die Freunde Thules‹ nennt.«

»›Die Freunde Thules‹? Ein Reiseunternehmen?«

»Eher nicht. Irgendwas politisch Obskures. Kubik machte eine entsprechende Andeutung. Sein Sohn mischt da angeblich mit.«

»Ach? Zeigt der Vater ihn an?«

»Nein. Es war angeblich ein vertraulicher Hinweis.«

»Seltsamer Vater!«

»Freygang? Was Neues von Tosca?«

»Sie ruft brav an. Bisher gibt sie aber nur Landschaftsbeschreibungen. Sie ist aber auf ein Manuskript gestoßen. Übrigens hat sie ein Tagebuch begonnen!«

»Warum nicht! Bleiben Sie dicht an dem Mädchen dran! Rufen Sie sie selbst öfter an.«

»Mache ich schon.«

»Was tun Müller und Baumann?«

»Werten aus, was wir bisher haben. Es gehen inzwischen jede Menge Hinweise ein.«

»Besteht Gell noch auf Profiler?«

»Er faselt jeden Tag davon, daß Persönlichkeit ein psychologischer Fingerabdruck ist und wir deshalb eine Täteranalyse brauchen. Aber er soll sich hüten, jemanden einzufliegen! Sonst kriegt er es mit Hauptkommissar Martin Velsmann zu tun.«

»Denke ich auch. – Halten Sie mir bitte Anrufe und Besuche vom Leib. Morgen bin ich wieder im Präsidium.«

Velsmann beendete das Gespräch.

In seinem Kopf schwirrte es. Ein Rauschen saß in seinen Ohren, und pochende Kopfschmerzen begannen, die mit jedem Herzschlag von innen gegen seine Augen drückten. Er überlegte einen Moment lang, ob er Andrea anrufen sollte. Dann legte er erschöpft seinen Kopf in die Kissen.

Skelette. Zerbrochene Schädel und Gliedmaßen. Frauen.

Was tobte sich da aus?

War es damals, in den Kriegszeiten, um Mord gegangen? Kriegsopfer? Vielleicht waren die Überreste auch älter. Es konnte sich um Selbstmörder handeln. Oder um Kranke, die man aus irgendwelchen Gründen auf diese Weise verscharrt hatte. Die Grabsteine hinter der Klostermauer fielen ihm ein.

Clara Falker. Die in Hohen Eichen gestorben war.

Velsmann beschloß, das alles gar nicht wissen zu wollen. Er blieb bewegungslos liegen und überließ sich seinen Kopfschmerzen.

»›Die Freunde Thules‹? Was ist das für ein Quatsch?«

»Sehen Sie im Internet nach, Baumann. Vielleicht haben die Freunde eine Homepage. Wenn wir Glück haben, gibt es Kontaktadressen, Mitgliederlisten.«

»Na, soweit werden die uns nicht entgegenkommen, wenn sie am Rand der Legalität operieren.«

»Das behauptet zumindest dieser Werner Kubik.«

»Ich kann ja mal surfen.«

»Versuchen Sie es! Ich werde inzwischen versuchen, eine Biografie von Werner und Richard Kubik zu bekommen.«

Freygang begann, in den Polizeidateien zu suchen. Nach und nach gingen Lebensdaten ein, die es in sich hatten. Freygang begann zu schwitzen. Er hatte sich niemals vorgestellt, daß ein einziges Menschenleben ausreichte, um derartig Dinge aufzuhäufen. Professor Werner Kubik, Hirnchirurg und Psychiater, hatte Dreck am Stecken. Er schien jedoch dafür gebüßt zu haben. Man hatte ihn für seine Taten lange lahmgelegt. Und es schien so, als habe er es unter allen Umständen wiedergutmachen wollen.

Vielleicht an seinem Sohn Richard, dachte Freygang. Was war zwischen den beiden geschehen?

Dann suchte er sich die Daten über den Sohn zusammen. Richard Kubik. Vom LKA kamen detaillierte Hinweise auf rechtsradikale Tätigkeiten Richards. Er wurde überwacht, ebenso seine ganze Gruppe. Aber er war niemals straffällig geworden. Ein Psychiater, der seinen Dienst tat und radikale politische Neigungen besaß. Das war nicht strafbar. Als Freygang sich einige Unterlagen ausdrucken wollte, stürmte Baumann in sein Büro. Er schwenkte Papiere.

»Das ist ja ein ganz übler Haufen! Die haben Attentate auf Schwule verübt, in Kiel, in Wolgast, in Göttingen. Einige Kerle sitzen in Haft. Und dieser Kubik soll dazugehören? Es gibt im Internet natürlich keine Mitgliederlisten, die müssen vorsichtig sein.«

»Der Reihe nach, Baumann. Setzen Sie sich. Erzählen Sie in Ruhe. Und versuchen Sie, nicht so schrecklich zu wienern.«

»Ich bin eben aus Wien!«

»Und ich aus dem Sauerland, doch das lasse ich nicht dauernd raushängen.«

Baumann blickte beleidigt, seine Lippen wurden noch schmaler. Er setzte sich vorsichtig auf die Stuhlkante und ging seine Papiere durch.

»›Die Freunde Thules‹. Ein übler Haufen.«

»Das bemerkten Sie schon. Sie haben Attentate auf Schwule begangen. Weiter.«

»Gründungsjahr 1917 aus dem Germanenorden – wenn Sie wissen, was ich meine.«

»Nein.«

»Wieso, Sie sind doch Deutscher, Inspektor!«

»Baumann! Berichten Sie nur, möglichst sachlich. Ich habe noch zu tun.«

Beleidigt referierte Baumann, wobei seine Lippen sich säuerlich spitzten: »Zuständig für nationalistische Agitation. Nach außen hin eine Studiengruppe für das Altertum …«

»Und nach innen hin?«

»Eine Tarnorganisation des Germanischen, organisiert im Stile einer freimaurerischen Loge.«

»Geheimgesellschaft, hm? Sind jetzt doch wieder die Deutschpfaffen am Werk, gemeinsam mit den Deutschkriegern?«

Baumann zuckte die Schultern. »Diese Freunde waren eine konspirative Geheimverbindung mit rassistischer, speziell antisemitischer Gesinnung. Sie besaßen reiche und einflußreiche Mitglieder.«

»Nennen Sie ein paar Namen.«

»Alles Edelnazis! Da haben wir …« Baumann beugte sich dicht über das Blatt, weil er ablesen mußte, »Alfred Rosenberg, Julius Streicher, Hans Frank, Rudolf Heß, Josef Goebbels, Baldur von Schirach. Sagen Ihnen die Namen was?«

»Nicht die Leute, die ich zum Sauerbrauten einladen würde.«

Baumann blickte irritiert. »Das waren also die ›Freunde Thules‹. Auch Industrielle gehörten zum Kern.«

»Sie sprechen im Imperfekt. Gibt es ›Die Freunde Thules‹ nicht mehr?«

»Offiziell nicht mehr, aber nun halten Sie sich fest. Unterirdisch, ich meine, im geheimen besteht die Verbindung noch – oder soll man sagen, der Orden? Dem Innenministerium liegen Fakten vor. Und einer ihrer Mitglieder ist tatsächlich Ihr Richard Kubik?«

»Das ist nicht *mein* Richard Kubik, Gott bewahre. Reden Sie weiter.«

»Wissen Sie, was Ariosophie ist?«

»Ein Musikstil, in Richtung Oper?«

»Unsinn! Es ist eine rassistische Ideologie, die das Ariertum vergöttlicht. Das Emblem der Freunde ist eine Swastika mit Strahlenkranz hinter einem blanken Schwert. Das sagt wohl alles.«

»Was ist mit dem Orden heute noch los? Lassen Sie sich nicht alles aus der Nase ziehen, Kollege Baumann!«

Baumann wurde langsam nervös, er stand auf und tänzelte auf der Stelle, als studiere er eine Schrittfolge nach einer unhörbaren Musik ein.

»Die Freunde bereiteten damals das Dritte Reich vor, Hitler war ihr Fan – gewissermaßen. Er war seit 1919 Mitglied mit der Nummer 33. Fast lachhaft, was? Um diese ›Freunde Thules‹ ranken sich heute Legenden, viele stammen von Verschwörungstheoretikern ...«

»Brown, Lincoln, Baigent, Leigh!«

»Falsch. Ich meine Jan van Helsing.«

»Der Vampirjäger aus diesen Filmen?«

»Herr Inspektor! Seien Sie doch mal ernst!«

Alfons Freygang blickte seinen Aspiranten ernst an. Er überlegte, ob er lachen sollte oder Baumann mit einem einzigen Faustschlag zu Boden strecken.

»Fahren Sie fort, Herr Kollege. Ich lausche!«

»Es wird immer wieder behauptet, die Freunde hätten intern

eine mystische und okkulte Ausrichtung besessen, es sei zu Ritualmorden gekommen. Aber bis auf eine gewisse Runen-Mystik konnte man ihnen nichts nachweisen. Vielleicht hat es auch niemand ernsthaft versucht. Es soll in der Mitte dieses Geheimordens noch einen inneren Orden, der absolut geheim war, gegeben haben. Man reiste damals in alle Welt, auf der Suche nach uraltem Wissen. Na ja …«

»Weiter!«

»Den Unterlagen entnehme ich, daß ›Die Freunde Thules‹ 1937 aufgelöst und verboten wurden. Ausgerechnet von den Nazis! Wer soll das glauben? Jedenfalls verboten die Nazis in diesem Jahr alle Logen und logenähnliche Organisationen. Aber der Orden existiert noch heute! Denn es gibt ja diese Homepage. Warum die Sicherheitsorgane nicht zugreifen, ist mir ein Rätsel. Sie agieren allerdings auch nur auf den entsprechenden Seiten im Internet. Offiziell trauen sie sich nicht an die Öffentlichkeit, wahrscheinlich aus Angst vor Verbot durch das Innenministerium.«

»Sehr gute Arbeit, Baumann!« lobte Freygang.

Dem Aspiranten blieb vor Überraschung der Mund offenstehen. Seine Wangen begannen zu glühen.

»Und ich dachte schon, Sie haben was gegen mich!«

»Ach was! Wir müssen doch zusammenhalten, wir sind ein Team!«

»Das hoffte ich so sehr, Chef!«

»Dann werde ich mir mal diesen Richard Kubik zur Brust nehmen, denn den Unterlagen entnehme ich, daß diese Familie Kubik nicht ganz sauber ist.«

»Darf ich Sie begleiten, Chef?«

»Wohin denn?«

»Zu Richard Kubik.«

»Warum nicht? Ich gebe Ihnen Bescheid, wenn es soweit ist.«

»Da bin ich froh, Chef!«

Als Baumann gegangen war, lehnte sich Freygang in seinem Schwingstuhl zurück. In diese Richtung läuft das also, dachte er bei sich. Das wird Velsmann interessieren. Vielleicht auch ängstigen. Denn mit solchen Kalibern wollte der noch nie zu tun haben. Die hat er gefressen. Und er hat doch immer wieder mit ihnen zu tun gehabt.

Verdammtes deutsches Gesocks, dachte Freygang. Was machen die da dauernd! Warum können die nicht einfach Ruhe geben! Dann wandte er sich wieder der Akte Richard Kubik zu.

Tosca Poppe war in aller Herrgottsfrühe aufgestanden. Sie fuhr nach Vlissingen. Nach den Fakten, die Jan den Dirken ihr aufgeblättert hatte, erhielt sie von dem geschiedenen Ehemann Jannes vielleicht brauchbare Hinweise zur persönlichen Seite dieses ganzen erbärmlichen Falles. Karl van Lent besaß angeblich ein Manuskript Jannes, in dem auch Namen genannt wurden. Die Geschäfte der Mörder würden Tosca vielleicht noch deutlicher werden.

Aber wer war ihr Opfer wirklich gewesen?

Tosca verspürte den Wunsch, Janne van Lent so nahe wie möglich zu kommen.

Sie erreichte die Hafenstadt gut eine Stunde später. Tosca suchte die Polizeistation in der Breestraat am Bellamypark auf, ein Ensemble von roten Klinkerbauten, vor dem weiße Polizeiwagen mit aufgespritzten, blauen Wellenstreifen standen. Der für sie zuständige Konstabel, ein jüngerer Polizist mit kurz geschnittenem Borstenhaar und roten Wangen, wies sie zurecht, weil sie sich nicht gleich bei Dienstbeginn gemeldet hatte. Tosca kündigte an, am nächsten Tag ihre Gesprächsnotizen vorzulegen, und verließ die Station bald wieder.

Sie setzte sich in der Wallstraat in das *Café 't Hart* und frühstückte. Das Café besaß einen erhöhten Thekenbereich, der von einer Art Lettner gegen den Gastraum und eine Galerie gesichert wurde. Tosca setzte sich ans Fenster, der Blick ging zum Markt. Die Eingangstür scharrte über die abgewetzten Holzdielen, Arbeiter kamen vom Hafen und gingen wieder. Tosca rief in Deutschland an und beruhigte den besorgten Alfons Freygang. Alles war in Ordnung. Der Wirt, dem ein mächtiger, schlaffer Bauch über den Gürtel der Lederhose hing, brachte ihr das Gewünschte.

Als die Sonne herauskam, zog es Tosca auf die Straße.

Am Boulevard Blankert, der Promenade am Meer mit Kanonen und Resten von Wehrtürmen, schien die Sonne wie im Sommer. Tosca genoß die trockene Wärme, sie ließ den Blick über die niedrigen Häuserreihen wandern, die nur von einem einzigen, häßlichen Hochhaus unterbrochen wurden, das in der Verzweiflung beim Wiederaufbau nach dem Krieg errichtet worden sein mochte. In einer ruhigen Sackgasse, der Coosje Buskenstraat, nahm sie ein Zimmer im *Boulevard Hotel*, das nur vier Zimmer besaß. Es lag dem Wohnsitz Karl van Lents direkt gegenüber.

Tosca wartete. Karl van Lent würde erst am Nachmittag zur Verfügung stehen. Tosca rief erneut in Deutschland an. Sie sprach mit Martin Velsmann. Er schien die Attacke gut überstanden zu haben. Tosca ließ den Tag verstreichen und dachte über das bisher Erfahrene nach.

Gegen drei erhielt sie den erwarteten Anruf von Karl van Lent. Tosca verließ sofort das Hotel und ging zu dem weiß gestrichenen, zweistöckigen Haus hinüber, vor dem sich ein wogendes Palmengärtchen befand. Sie blickte an der Fassade empor. Rot umrandete Fenster, ein Dachgarten, fünf Stufen zum Hauseingang, eine Holztür, eingerahmt von bunten Mosaiken. Das Haus mit der Nummer 61 war schön und gediegen, in einer

Gegend des Kahlschlags und der mißlungenen Neubauten. Sie drückte auf die Messingklingel, und die Tür sprang sofort auf.

Karl van Lent stand im Türrahmen des Hochparterres. Er war mittelgroß. Helle, wäßrige Augen sahen ihr neugierig entgegen, in einem gebräunten Gesicht mit weichen Zügen, fleischigen Lippen und einem weißen Schnurrbart. Er besaß graues, gewelltes Haar, das mit Pomade nach hinten gekämmt war. Sein Körper verriet den Genießer. Als er in die Wohnung voranging, sah Tosca, daß er hinkte.

»Was wollen Sie wissen?« fragte er, als sie sich gegenübersaßen.

»Zunächst mal mein herzliches Beileid, zum Verlust Ihrer Frau«, sagte Tosca.

»Es ist schrecklich«, sagte er. »Ich bitte Sie, stellen Sie den Täter. Es ist mir unerträglich, daß jemand frei herumläuft, der das getan hat.«

»Erzählen Sie mir von Janne«, bat Tosca.

»Sie trug bunte Freundschaftsbänder so wie Sie«, sagte Karl überraschenderweise. »Und sonst? Mein Gott, sie war meine Frau. Als wir uns vor sieben Jahren trennten, hatten wir uns auseinandergelebt. Janne führte schon in dieser Zeit ihr eigenes Leben. Es gelang mir nicht, darin einzudringen. Sie hatte diesen furchtbaren Schuldkomplex, sie glaubte am Tod ihrer Eltern schuldig zu sein. Sie hatte sie nicht beschützen können. Sie konnte sich einfach nicht damit abfinden, daß ihre Eltern schutzlos waren und zu Opfern wurden. So als sei sie dafür verantwortlich gewesen, auf sie aufzupassen – obwohl sie damals, in dieser schrecklichen Zeit noch ein Kind war. Sie vermengte es in ihrer Vorstellung wohl damit, daß sie selbst von den Eltern allein gelassen wurde. Es war ein Wahngebilde, in das sie immer tiefer eintauchte, ohne daß ihre Umgebung es bemerkte.«

»Das ist schwer verständlich«, wandte Tosca ein. »Sie war doch eine erwachsene Frau.«

»Nicht wahr? Auch ich konnte es nicht verstehen. Ich versuchte, auf sie einzuwirken. Aber wenn ich es ihr vorhielt, fing sie an zu weinen. Dann tat sie mir so leid!«

»Sie hat nie versucht, das Schicksal ihrer Eltern früher aufzuklären?«

»Nein. Sie war unfähig dazu. Sie müssen wissen, die sterblichen Überreste wurden ja nie gefunden. Es existiert von der Lagerhaft nur ein mündlicher Zeugenbericht, der Mann ist aber inzwischen verstorben. Es war ein Lager im deutschen Land Hessen …«

»Hohen Eichen?«

»Nein, ich glaube, so hieß es nicht.«

»Egal, wir werden es herausfinden. Liegt dieser Zeugenbericht schriftlich vor?«

»Meines Wissens, ja. Bei der Staatsanwaltschaft in Deutschland. Ich glaube, in Bad Brückenau, so heißt die Stadt.«

Tosca notierte sich das.

»Später kamen die Winters – so hießen die Eltern, so hieß Janne mit Mädchennamen – nach Ostdeutschland. Dann nach Nordhessen. Sie starben wahrscheinlich in einem Moorlager in der hessischen Rhön, ein einsames, kaltes Mittelgebirge. Janne fühlte sich ihr Leben lang als Verräterin. Sie hätte die menschlichen Überreste, das Grab, finden und die Eltern nach Hause bringen müssen. Ich versuchte vergeblich, ihr das auszureden. Sie war eine tiefgläubige Protestantin, verlor dann aber völlig ihren Glauben. Sie kehrte sich ab. Später arbeitete sie an ihrer Karriere und verdrängte die Schuldgefühle. Aber vor sieben Jahren brach alles mächtig hervor. Janne wurde krank. Dann begann sie mit einer Therapie und kurz darauf mit diesem Buchprojekt. Sie glaubte, die Deutschen seien Nazis bis heute, und sie hatte die Leichen ihrer Eltern in ihrer Gewalt gelassen, ohne Seelenfrieden, bewacht von Bestien. – So drückte sie sich aus.«

»Janne van Lent, Ihre Frau, muß trotzdem eine starke Person gewesen sein.«

»Nach ihrer Therapie schaffte sie es – die sie aber mittendrin abbrach.«

»Aus welchem Grund?«

»Ich weiß es nicht. Sie sprach nicht darüber. Sie reiste umher und recherchierte. Ich schenkte ihr das Auto. Dann verlor ich sie völlig aus den Augen. Eigentlich die ganzen letzten Jahre lang. In Hamburg sah ich sie kurz wieder – ich erkannte sie kaum, so sehr hatte sie sich verändert.«

»In welcher Hinsicht?«

»Sie war verstummt. Erfüllt von irgendwas, über das sie nicht sprach. Sie war völlig abweisend. Dann verschwand sie wieder. Bis ich durch die Polizei von ihrem Tod hörte.«

»Versuchen Sie bitte, mehr von Janne zu erzählen. Ich möchte alles wissen – aber ich weiß, meine Fragen sind unvollkommen. Wie war sie als Mensch?«

»Sie war tatsächlich eine starke Frau, bis hin zur Aggressivität und Grobheit, aber in ihrem Inneren schwach wie ein Kind. Sie war immer einsam, dagegen konnte auch ich nichts tun. Sie weinte viel. Und begann zu trinken. Sie hatte ihr Leben nicht im Griff, es fehlte etwas, sie konnte es nicht ersetzen. Auch ich vermochte es nicht. Es fehlte das Fundament, Liebe, Urvertrauen, Schutz. Sie beging Fehler, war fahrig und ungeduldig. Sie hatte immer diese Vorstellung, durch das Dunkle gehen zu müssen, um es eines Tages endlich zu schaffen. Eines Tages, sagte sie immer zu mir, wird alles besser, dahin muß ich unbedingt. – Schrecklich!«

»Was ist von ihrer Familie geblieben?«

»Sie hat einen zwei Jahre älteren Bruder. Ruud lebt mit Frau und Kindern in den USA. Ihn wollte sie immer besuchen, er war für sie das große Ideal!«

»Ist er informiert?«

»Natürlich, er wird zur Beisetzung anreisen. Jannes Urne wird in den nächsten Tagen hierher überführt.«

»Wo lebte Janne nach ihrer Scheidung?«

»Sie mietete sich in eine Wohnung am Hafen ein, für die sie noch immer zahlt. Hin und wieder war sie wohl dort. Dann zog sie auf die andere Seite von Seeland, jedenfalls eine Zeitlang.«

»In Yerseke, wo Jan den Dirken lebt?«

»Sie haben mit ihm gesprochen?«

»Ja.«

»Jan war ihr letzter Vertrauter. Nicht ich – er. Er war damals dabei, als die Eltern abtransportiert wurden. Irgendwie wollte Janne in seinen Augen lesen, wie es geschah. Aber Jan setzte ihr auch neue Hirngespinste in den Kopf. Er behauptete, die Kirche sei in die Machenschaften der Nazis verstrickt gewesen. Und daß es eine kirchliche Weltverschwörung gebe, die schon im frühen 14. Jahrhundert begann. Er hatte dafür sogar ein Datum, das Jahr 1326, als das sogenannte Grabtuch Christi auftauchte und die Papstkirche ein autoritäres Jesusbild in die Welt setzte, um ihre eigene Macht zu stärken. Nun gut, mich hat das nie interessiert.«

»Wir fanden heraus, daß Janne in Deutschland entsprechende Schriften studierte.«

»Ich werde Ihnen einige Seiten des Manuskriptes geben. Janne hinterließ es bei mir. Es sind aber nur rund vierzig Seiten. Vielleicht können Sie damit etwas anfangen.«

»Ich wäre Ihnen sehr verbunden, Herr van Lent!«

»Es ist traurig«, sagte Jannes Ex Mann versonnen. »Ein vergebliches, verpfuschtes Leben. Und dann stelle ich mir das

Leben der Täter vor – erfüllt, erfolgreich, befriedigend. Ist das nicht furchtbar?«

»Ja.«

Tosca ließ sich die Aufzeichnungen geben. Sie beschloß in diesem Augenblick, mehr in ihr eigenes Tagebuch zu schreiben.

Sie stellte sich dabei eine Art Deich gegen die andrängende Flut vor. Was war besser, um nicht in den bedrückenden Wahrheiten zu ertrinken?

Martin Velsmann erhielt am Abend einen Anruf von Alfons Freygang. Er hatte gerade, im Nachthemd auf der Bettkante sitzend, sein Abendessen verzehrt, das aus zwei belegten Broten und einem Delikateßgürkchen bestand, dazu Pfefferminztee, als sein Handy vibrierte.

Freygang erzählte ihm in Kurzfassung, was er inzwischen von den Kubiks wußte. Er begann mit dem Sohn. Velsmann lauschte und versuchte, sich alles zu merken. Was für ein Früchtchen, dieser Richard Kubik! Konnte man ihn festsetzen, um ihn zu verhören? Es lag nichts Strafbares gegen ihn vor.

Velsmann schoß der Gedanke durch den Kopf, den er bisher vermieden hatte, obwohl er nahelag. Konnte Richard Kubik den Angriff auf ihn verübt haben?

Aber mit welchem Motiv?

Sosehr er auch darüber nachdachte, es fiel ihm keines ein.

Sie kannten sich nicht.

Aber es hatte schon Mord und Totschlag ohne jedes Tatmotiv gegeben. Sosehr der Gedanke auch weh tat, es gab sie, die reine, nackte Lust an der Gewalt! Und am Töten!

Dann berichtete Freygang von Werner Kubik. Velsmann schüttelte immer wieder den Kopf. Was für ein Lebenslauf! Was für ein Register! Aber Werner Kubik hatte aufrichtig gebüßt. Seine Sühneopfer in der Nachkriegszeit waren aktenkundig.

Und seine Karriere als Mediziner und Wissenschaftler war auch in positiver Hinsicht bedeutsam.

Aber ließ ein solcher Mann wirklich von seinen fundamentalen Ansichten ab?

Konnte sich jemand derart selbst verraten und verleugnen?

»Wenn ich morgen entlassen werde, gehen wir gemeinsam zu Richard Kubik«, schlug Velsmann vor. »Vereinbaren Sie einen Termin mit dem Mann! Wenn er untertaucht, besorgen wir uns einen Haftbefehl und auf jeden Fall schon mal einen Durchsuchungsbefehl. Beantragen Sie den gleich bei Keuper!«

Als sie das Gespräch beendeten, schloß Velsmann erschöpft die Augen. Ging das nie zu Ende? Tauchten die Schatten der Ungeheuer immer wieder aufs neue auf? Ging das Böse nie zugrunde?

Er schwang die Beine auf das Krankenlager, legte den Kopf auf das aufgeschüttelte Kopfkissen, deckte sich zu und dachte nach.

Konnte das alles wahr sein?

Werner Kubik. Geboren 1922 im bayerischen Oberstaufen. Vater Mediziner, Mutter Hausfrau, sie nahm sich wegen einer unheilbaren Hautkrankheit das Leben, als der Junge acht war. Die Behörden verscharrten sie namenlos, weil Selbstmörder in der Stadt nicht begraben werden durften. Wohl der erste Knacks in Kubiks Leben. Schule und Lehre in Oberstaufen während der Nazidiktatur. Hitlerjunge, freiwillige Propagandastunden und Sonderlager mit Körperertüchtigung. Studium in Bregenz, frühes Parteimitglied. Schon im Jahr 1942 Assistenz in der klinischen Psychiatrie. Da war er also zwanzig Jahre alt.

Soweit die äußerlichen Fakten einer schnellen Karriere. Die sich immer mehr beschleunigte, unfaßbar schnell. Seit 1942 in Zwiefalten, 1943 auf Empfehlung des NS-Ärztebundes in Hadamar, seitdem mit Euthanasieprojekten befaßt, einer ihrer glühendsten Theoretiker, Einsatz in Hohen Eichen, Kloster Haina und Hadamar, auch im St.-Valentinus-Haus in Kiedrich. Ende 1944 ist der hochbegabte und fanatisierte Kubik Beisitzer beim Erbgesundheitsgericht, erstellt unentwegt Gutachten. Da ist er vierundzwanzig Jahre alt. In einer farbigen Wochenschau sieht man ihn in diesem Jahr, noch mitten im Sommer, bei einem Empfang auf Hitlers Obersalzberg. Er ist blond und blauäugig und steht zwischen anderen wissenschaftlichen Nachwuchshoffnungen wie ein Gardesoldat. Beim Tee flirtet er mit Eva Braun, aber sein Gesichtsausdruck ist kalt und beherrscht.

Nach dem Krieg ist dieser Mann sechs Jahre lang arbeitslos. Er lebt offenbar von den Erbschaften seiner Frau Ruth, einer Industriellentochter aus dem Allgäu, die jedoch bei Antritt seiner Nachkriegstätigkeit verstirbt. Sie hinterläßt den ein Jahr zuvor geborenen Sohn Richard – der ein Jahr ältere Kurt verstarb gleich nach der Geburt an einer Infektion.

Velsmanns Gedanken kreisten weiter um diesen Mann. Er hatte Freygangs Bericht so gefressen, daß er die weiteren Fakten aufsagen konnte.

Es war das Äußerliche. Wie es in dem Mann drinnen ausgesehen haben mochte, wußte Velsmann nicht.

Hatte seine Seele all das mitgetragen?

Irgendwann hat er abgeschworen, dachte Velsmann. Er muß eingesehen haben, daß er in eine falsche Richtung lief. Seine Ideale zerbrachen. Kubik hatte sich nach dem Krieg absolut verdient gemacht, hatte gesühnt, Geld gespendet. Trat in der Öffentlichkeit dafür ein, die Verbrechen der Nazi-Medizin anzuprangern. Er bekam das Bundesverdienstkreuz. War es seine eigene Einsicht gewesen, oder beugte er sich dem Druck der Vernunft und der Verhältnisse?

Vielleicht war Werner Kubik einfach nur lernfähig – im Gegensatz zu vielen anderen alten Kameraden. Deshalb durfte er dann auch wieder arbeiten.

Kubik stellte dem Max-Planck-Institut seine Hirnsammlung zur Verfügung, das mußte für ihn ein entscheidender Schritt gewesen sein. Damit verabschiedete er sich endgültig von der völkischen Ideologie. Jedenfalls konnte Velsmann diesen Akt psychologisch nachvollziehen. Kubik wurde Arzt und später Oberarzt in Hohen Eichen, reiste weiter als Vortragender durch ganz Europa, galt als Kapazität in Sachen Gehirnchirurgie zur Beseitigung von psychischen Krankheiten. Er wurde aber auch angefeindet. Die klinische Psychiatrie mit ihrer Fixierung der seelischen Erkrankung auf Körperprozesse war nicht überall gut angesehen. Werner Kubik schien jedoch seinen Fachbereich überall gut vertreten zu haben, er gewann an Ansehen. Heute war dieses Metier unbestritten.

Wenn Velsmann sich den alten Professor vorstellte, sah er ihn nicht als den berühmten Gehirnpathologen und chirurgischen Experten. Er sah ein anderes Bild. Ein alter, gebrechlicher Mann mit fleckigem Haar, seine Frisur eine Insellandschaft, Büschel von filzigem braungrauem Haar auf kahlem Schädel. Wäßrige, aber wache Augen hinter einer dicken Hornbrille. Jemand, der geht, als müsse er dem Untergrund mißtrauen, dann wieder, als schritte er eine Ehrengarde ab. Hing das von seinen Stimmungen ab? Waren sie so wechselhaft?

Werner Kubik, so wie Velsmann ihn kennengelernt hatte, besaß jedenfalls ein ausgleichendes, altersweises Wesen, ein freundlicher alter Herr, der seine Fehler eingestanden hatte. Und der aus tiefsitzender Scham ein Helfersyndrom ausgebildet hatte. So kam er Velsmann vor.

Sein Sohn Richard, soviel Fakten Freygang auch über ihn herausgefunden hatte, schien dagegen eine Leerstelle zu sein. Oder versteckte er sich ganz bewußt hinter seinem Vater?

Neben einem solchen Vater wird jeder Sohn klein, dachte Martin Velsmann.

Wie war es mit ihm selbst und seinem Verhältnis zu seinem Sohn Tibor? Er war ein hundsmiserabler Vater. Denn er kümmerte sich nicht um die Entwicklung des Sohnes. Er telefonierte nur ein- oder zweimal in der Woche mit ihm. Und mit der Tochter Laila.

Das reichte nicht. Wenn Velsmann ehrlich war, wußte er immer weniger von seinen Kindern. Und er wollte seinem Sohn doch ein gutes Vorbild sein.

Vor den Vätern sterben die Söhne, dachte Velsmann. Ist es so, daß Richard Kubik keine eigenständige Persönlichkeit ist, weil sein Vater so übermächtig ist?

Wie müssen Söhne sein, um ihren Vätern gerecht zu werden? fragte er sich. Und dann dachte er an Tibor.

Wie müssen Väter sein, um ihren Söhnen gerecht zu werden?

Es war kein Problem gewesen, eine Hausdurchsuchung bei Richard Kubik in Fulda zu erwirken. Kubik selbst reagierte auf die Anrufe Freygangs nicht. Er schien verreist zu sein. Für den nächsten Tag war eine Razzia angesetzt. Freygang würde Martin Velsmann im Krankenhaus abholen. Dann wollte man zu Kubiks Wohnung in Bronnzell fahren.

Am Abend regnete es wieder heftiger. Ein dichter, feuchter Vorhang ging nieder. In den Straßen sprudelte das Wasser, schoß aus den Regenrinnen, spritzte auf die Steine, gurgelnd verschwand es in den Gullys. Immer häufiger aber geschah es, daß die Wassermassen nicht abfließen konnten. Freygang fragte sich, ob es bald unterirdische Staus geben würde, die den Wasserspiegel überall steigen lassen könnten. Dann würden – wie im Kloster Eberbach – vielleicht lang verschüttete Geheimnisse heraufgeschwemmt werden. Die Leichen in jedermanns Keller.

Die klammheimlich Entsorgten. Oder die Tiere kämen herauf, die in der Kanalisation hausten, um sich im Angesicht der Menschen zu ersaufen. Ratten, Schaben, Kakerlaken. Oder sie würden damit beginnen, den Menschen das Territorium streitig zu machen.

Bis es dahin kam, kaufte sich Freygang im Karstadt am Jesuitenplatz einen Regenmantel. Grün, luftig, wasserabweisend. Als er aus dem Kaufhaus auf die Straße trat, mußte er durch Pfützen waten. Der ganze Vorplatz war inzwischen übersät davon. Die Menschen vollführten groteske Sprünge und hüpften wie im Tollhaus über die Regenlachen hinweg. Wenn sie das rettende Ufer verfehlten, platschten sie ins Wasser, krümmten sich schimpfend zusammen, balancierten auf Zehenspitzen und mit den Armen rudernd weiter, sprangen schließlich wie Tiere davon, um das Trockene zu erreichen.

Der Regen jedoch blieb.

12.
Donnerstag, 5. Mai 2005

Alfons Freygang war pünktlich. Um acht stand Velsmann am Ausgang, sein Kopf war noch immer mit einer Tonsur versehen, auf der Schädelhaut saß ein dickes Pflaster. Freygang schüttelte ihm erfreut die Hand.

»Wenn ich es recht bedenke«, sagte er, »sehe ich Sie schon das drittemal aus einem Krankenhaus wanken. Es ist ein undankbarer Job.«

»Mein Schädel bekommt allmählich eine Hornhaut«, meinte Velsmann. »Eigentlich bin ich auch zu alt, um solche Spiele mitzumachen. Wie wäre es, wenn Sie zukünftig den Kopf für Attacken hinhielten?«

»Ist okay«, erwiderte Freygang mit jugendlichem Ernst. »Müssen wir dafür einen Antrag einreichen oder genügt meine Einverständniserklärung?«

»Es reicht, wenn Sie es mir in die Hand versprechen, Alfons! Und nun lassen Sie uns fahren. Ich bin ganz wild darauf, in die Wohnung dieses Freundes Thules zu gelangen.«

»Was erwarten Sie eigentlich? Devotionalien? Hitlers Zahnbürste, Eva Brauns BH oder den Leibstuhl von Göring, der fetten Kröte?«

»Das kann man vorher immer schlecht sagen«, erklärte Velsmann. »Aber vor Ort findet man immer was. Oder man kommt auf eine Idee. Wohnungen von Verdächtigen erzählen so manche Geschichte.«

Das Haus in Bronnzell war bereits abgesperrt. Drei Polizeifahrzeuge parkten mit Blaulicht vor dem Eingang. Ein knappes Dutzend Wachtmeister sicherte den Einsatzbereich. Freygang hatte ein bewaffnetes Sondereinsatzkommando angeregt, um die Sache – auch falls es Zwischenfälle geben sollte – schneller zu beenden. Aber zu diesem Zeitpunkt kam ein SEK nicht in Frage, denn einen Haftbefehl für Richard Kubik besaßen sie noch immer nicht, der Untersuchungsrichter hatte ihn verweigert. Velsmann verstand das nicht und war wütend darüber.

Sie ließen die Wohnungstür nach langem Klingeln von einem Experten öffnen. Dann traten sie ein.

Das erste, was sie hörten, war Musik. Sie lauschten. War Kubik doch anwesend?

Velsmann rief Kubiks Namen.

Keine Antwort.

»Beethoven, Eroica, zweiter Satz, der Trauermarsch«, flüsterte Baumann in ihrem Rücken.

»Hier erwartet man eher die Musik des Teufels«, flüsterte Freygang. »Und der Leibhaftige wird zum Freund.«

Sie gingen langsam über den Flur.

Ein seltsamer Geruch drang aus dem Zimmer, in dem auch die Musik zu hören war. Es war das Wohnzimmer. Sie gingen an Küche und Bad vorbei, ein Schlafzimmer mit zerwühltem Bett und Schmutzwäsche auf den Dielen lag zur Linken. Die Wohnzimmertür mit Milchglaseinsatz war nur halb geöffnet.

»Herr Kubik? Sind Sie hier?«

Freygang stieß die Wohnzimmertür auf.

»Hallo?«

Das Zimmer war leer. Niemand anwesend. Dennoch war es übervoll. Überall standen Dinge herum, die normalerweise nicht in ein Wohnzimmer gehörten. Und an den Wänden hingen Bilder, die nicht in ein gewöhnliches Wohnzimmer gehörten. Die Musik kam vom Band. Es mußte präpariert worden sein, denn die Musik wiederholte sich immer wieder in einer Endlosschleife.

»Soll ich abschalten?« fragte Baumann.

»Nein«, entschied Velsmann. »Lassen wir es laufen. Es paßt ja zur Stimmung, es erzählt uns die besondere Geschichte dieses Ortes. – Was hat das hier zu bedeuten?«

Er blickte mit Freygang, Baumann und Müller auf die Einrichtung. Dunkle Möbel, dunkle Teppiche, gelbe Tapeten. Im offenen Schrankregal hingen schwarze Hemden und Hosen, schwarze Binden, schwarze Gürtel mit versilberten Schnallen, darunter, neben glänzenden Stiefeln, stand ein Schlagzeug.

»Da, schauen Sie«, sagte Müller und deutete auf eine Pappschachtel, die an der Garderobe stand. »Wenn das keine Totschläger sind, fresse ich einen Besen.«

Velsmann beugte sich über die Kiste. Es waren Totschläger. Auf einem sah er dunkle Flecken. War es Blut? Velsmann winkte einen Wachtmeister heran.

»Nehmen Sie die Kiste mit! Im Präsidium sollen die Waffen

untersucht werden. Ich würde mich nicht wundern, wenn auf einer davon kostbares Blut von meinem Schädel klebt.«

Sie ließen ihre Blicke über den Raum wandern. Messer auf dem Tisch, ein Hammer und Nägel, ein mit Blut beschmiertes Bild des letzten Abendmahls, eine Nachbildung eines Taufbeckens, ein auf dem Kopf stehendes Altarkreuz, kleine irdene Schüsseln auf dem Fußboden, darin dunkle Flüssigkeiten. Auf einen Computerbildschirm war ein Hakenkreuz geschmiert.

»Sie verletzen sich und lassen Blut fließen, daher der üble Geruch, alles abgestanden«, vermutete Freygang und hielt sich die Nase zu.

»Ekelhaft«, entfuhr es Baumann.

»Nur die Ruhe«, sagte Martin Velsmann und ging zur gegenüberliegenden Wand. »Das wirkt mir alles ein bißchen inszeniert, so als wollte Richard Kubik uns einen Gruß ausrichten.«

»Wer hier wohnt, muß ein lebender Toter sein«, sagte Baumann in Velsmanns Rücken.

An der Wand hing in langer Reihe eine Art Ahnentafel. Jemand hatte mit einer dunklen Flüssigkeit unter ein Bild Hitlers die Zahl 23 geschmiert.

Velsmann suchte vergeblich nach etwas Persönlichem. Auf einer kleinen Anrichte sah er dann doch ein Bild, daß Richard Kubik mit seinem Vater zeigte. Ein Brustbild vor irgendeiner Landschaft. Beide im Profil nebeneinander. Velsmann sah es sich näher an.

Plötzlich endete die Musik.

Die Polizisten erstarrten.

Ein Kreischen begann. Vom Band lösten sich brutale Klangwelten, Geräuschorgien, die schmerzten, eine Stimme brüllte im Stakkato ein kurzes Gedicht von Georg Trakl, *Schlaf und Tod, die düstern Adler, umrauschen nachtlang dieses Haupt …* Und immer wieder den Namen einer Band, die Dimmu Borgir hieß, die heisere Stimme überschlug sich, dann begann ein häßlich wummerndes Gabba-Techno-Geräusch. Als es plötzlich abbrach, folgte eine düster schwebende Klangfläche, die ein anderes Opus vorbereitete. Die Polizisten standen einfach da und hörten zu.

»Wo Musik war, soll Geräusch werden«, murmelte Freygang.

Velsmann sagte zu Baumann: »Jetzt stellen Sie es ab! Wir werten das Band im Präsidium aus.«

»Big Entertainment«, erklärte Freygang seufzend. »Wenn man keinen Geschmack hat, dann soll es wenigstens laut sein.«

»Ich dachte immer, Sie sind Heavy-Metal-Freak, Freygang?« sagte Velsmann.

»Das hier ist mir zu schwarz«, erwiderte der Inspektor. »Zuviel Blutgesinnung und Blutgerinnung, wenn Sie verstehen.«

Bilder. Geräusche. Getrocknetes Blut.

Wie ein mittelmäßig inszeniertes Stück auf einer häßlichen Bühne.

Die Polizisten ließen ihre Blicke durch den Raum wandern.

An der Wand eine ausgebreitete Schwinge, darauf der Aufdruck: *AMORC*. Ein Kreuz in einem Dreieck, dessen Spitze nach unten zeigte. Daneben der Spruch: *Welcher Art ist das zweite Ich? Ist es sterblich oder lebt es weiter?* Amulette, ein Pentagramm, ein Hexagramm, Trisekel, Ankh und Om. Das Rad der Arianrod, einer Glücksgöttin, ein keltischer Drache aus Sterling-Silber, eine nackte Lilith, von einer Schlange umwunden. Das Rad Cagliostros aus Kupfer. Ein tantrisches Symbol. Immer wieder Trisekeln, als stilisierte Hakenkreuze.

Das Bild des Führers. Die Reichskriegsflagge.

Velsmann hätte sich nicht gewundert, in dieser Wohnung auf den Satz zu stoßen, der bei den beiden Ermordeten gefunden worden war.

»Wohin mit dem Plunder?« wollte Freygang wissen.

»Nirgendwohin«, sagte Velsmann nachdenklich. »Wenn Kubik die Miete bezahlt hat, bleibt alles hier. Unsere Techniker sollen es vor Ort untersuchen. Das gibt viel Arbeit.«

»Schauen Sie, dort!« Müller wies auf eine Ecke.

Sie traten näher und erblickten in einem niedrigen Regal Bücher. Freygang ließ die Finger über die Buchrücken wandern. Bücher über die arische Herrenrasse, über Judenvergasung, über hermetische Orden. Romane wie »Der Golem« und »Das grüne Gesicht«, Alfred Rosenbergs Rassenlehre. Ein Buch über die »Theosophische Gesellschaft« und eines von Freiherr Rudolf von Sebottendorf über den »Germanen-Orden«, Aleister Crowleys »Thelema-Kirche«.

»Wenn der das alles gelesen hat, muß es in seinem Kopf ein ziemliches Durcheinander geben«, konstatierte Müller.

»Etwa so wie in einer Senkgrube«, sagte Freygang.

»Ein solcher Leser kann gefährlich werden«, meinte Velsmann.

»Ich denke, der Mann ist Psychiater?« wollte Baumann wissen.

»Manchmal brauchen eben auch Psychiater einen Irrenarzt«, erklärte Velsmann.

Baumann entdeckte Schriften über »Die Freunde Thules«. Mitgliederlisten, Abrechnungen, Propagandamaterial auf billigem Papier. Baumann überflog Blätter.

»Sie glauben an eine sogenannte Isais-Offenbarung«, referierte er. »An einen kommenden Messias, den Dritten Sargon, der Deutschland zu Ruhm und einer neuen arischen Kultur verhelfen wird. Donnerwetter! Da stehen einige interessante Namen im Gästebuch!«

»Das nehmen wir gleich mit«, erklärte Velsmann.

Baumann griff sich den Karton und trug ihn hinaus.

Freygang schüttelte stumm den Kopf und machte eine allumfassende Geste.

»Verfassungsfeindliche Symbole und Schriften. Ich denke, das alles reicht aus, um einen Haftbefehl gegen Richard Kubik zu beantragen«, entschied Velsmann. »Jedenfalls wird das alles konfisziert, wenn die Techniker damit durch sind. Die Wohnung versiegeln wir.«

Freygang griff zum Handy und rief Dr. Keuper an. Er erklärte ihm auch den Fund der Totschläger. Der Staatsanwalt zeigte sich bereit, beim zuständigen Untersuchungsrichter einen Haftbefehl zu beantragen, stellte ihn aber erst für den kommenden Tag in Aussicht.

Bevor Freygang Velsmann informieren konnte, vibrierte sein Mobiltelefon. Günter Herrman aus Haina war auf der anderen Seite. Freygang lauschte. Dann sagte er: »Wir kommen!«

»Was ist los?« fragte Martin Velsmann.

»Richard Kubik ist in Haina gesehen worden. Dieser Herrman war dran.«

»Tatsächlich? Dann fahren wir sofort hin. Wie steht es mit dem Haftbefehl?«

Freygang berichtete kurz.

»Schade. Es wäre ein Aufwasch. – Kollege Müller, übernehmen Sie das hier! Baumann bleibt am besten auch hier. Freygang, Sie kommen mit mir! Wir halten Kontakt.«

Als Velsmann und Freygang die Treppe hinunterrannten und auf die Straße traten, regnete es so heftig, daß sie die Köpfe einzogen und noch schneller liefen. Die Wassermenge schlug auf sie ein. Als sie endlich im Fahrzeug saßen, waren sie tropfnaß.

Freygang fluchte laut. Velsmann zog aus dem Handschuhfach ein kleines, grobes Handtuch und reichte es Freygang. Der rieb Kopf und Gesicht trocken, danach machte es Martin Velsmann ihm nach. Er ging vorsichtig zu Werke. Sein Kopf schmerzte noch.

Velsmann startete den Wagen, wendete und ließ sich von

Freygang eine Wegbeschreibung geben. Sie folgten der Karte, verließen den Großraum Fulda und schlugen den Weg nach Nordwesten ein.

Er benutzte die Kellergänge. Er fürchtete den Regen, der oben niederging. Er hatte Sorge um die Feuchtigkeit. Er betrat die ehemalige Klosterkirche. Um hier zu beten, war er zu verbittert. Man hatte ihn mit Haß gegen ihren Gott und ihre Rituale infiziert. Er interessierte sich fortwährend für Knochenbrüche und Gehirnschäden, seine ganzen Gedanken kreisten unentwegt darum. Er kannte Martin Velsmann.

Richard Kubik ging durch die hohe Hallenkirche. Zur Rechten, in Chornähe, befand sich an der Wand ein Gedenkstein. Es war der Philippsstein für die Umwandlung des Klosters Haina durch den Landgrafen Philipp im Jahr 1527. Richard Kubik wußte, daß während der Reformation in Hessen alle Klöster aufgelöst worden waren. Der Landgraf, der drei Hoden besessen hatte, wandelte das Kloster Haina in ein Hospital für geisteskranke Männer aus der ländlichen Bevölkerung um.

Damals, im 16. Jahrhundert, mußte der Gedanke mächtig aufgekommen sein, dachte Kubik, daß man Geisteskranke nicht dem Ungeist von Klöstern überlassen durfte. Er spürte ein Glucksen in sich aufsteigen. Aber es war kein Lachen. *Lachen tötet die Furcht*, dachte er. Ich muß mit Vater darüber sprechen, dachte er. Der Alte hält sich ja für einen großartigen Experten.

Dann dachte er: Jetzt wird es eng. Sie kriechen auf mich zu.

Als er das Museum betrat, blickte ihn die Ausstellungskreatur furchtsam an. Der Kleine glotzt, dachte er. In seinem Blick las Richard Kubik, daß er ihn bloßstellen wollte. Ein Behinderter, dachte Kubik, ein Geduckter, der keine Anerkennung findet, der weiß, daß er in der Gesellschaft nichts taugt. Deshalb verwendet er alle seine kraftlose Kraft darauf, mir ins Herz und hinter die Stirn zu schauen.

Wie hasse ich solche impertinenten Augen!

Ich muß solche Blicke beenden. Ich muß solche Augen brechen.

Richard Kubik durchquerte den Raum und verschwand durch eine Seitentür. Es ging einen Treppenabsatz empor. In dem Raum, den er betrat, wartete sein Vater.

»Warum kommst du erst jetzt!« empfing ihn Werner Kubik. »Du weißt genau, ich kann es nicht leiden, warten zu müssen.«

»Entschuldige, Vater ...«

»Setz dich! Ich muß mit dir reden!«

Richard Kubik ließ ein Wimmern hören. Es geschah unbewußt. Eigentlich wollte er ein Thema aus Beethovens »Eroica« summen, den Schutzschild aus Geräuschen. Er setzte sich und steckte die Hände zwischen seine Knie. Er blickte den Vater erwartungsvoll an.

»Du mußt dein Treiben in diesen Gruppen von Schwachsinnigen beenden, Richard! Ich verlange es von dir! Wenn du mir nicht folgst, entmündige ich dich!«

Richard blickte seinen Vater fassungslos an. Er schüttelte den Kopf.

»Hast du verstanden?«

»Ich kann nicht, Vater. Du weißt es. Ich stecke zu tief drin. Die Kameraden brauchen mich!«

»Ach, Unsinn! Die brauchen niemanden! Verblödete Irre, die sich für Rechtsradikale halten! Was für krauses Zeug freßt ihr dauernd in euch hinein, daß solcher Müll dabei rauskommt! Dieser Mumpitz von verklemmten Sonderschülern mit Blut und Trisekeln und orgiastischen Geräuschen! Du hörst auf damit! Verstehst du mich?«

»Ich verstehe dich, aber ich höre nicht damit auf.« Richards Stimme flatterte. »Ich will mich dir nicht mehr beugen.«

Werner Kubik erstarrte. »Du bist ein primitiver Idiot, Richard! Dein Haß ist absurd. Er bringt dich noch um. Begreife das! Du bist genauso wie deine Kumpane, gewöhnliche, phantasielose Rechte, die sich mit einem Mäntelchen umgeben. Ihr habt kein Format. Ihr besitzt doch überhaupt kein einziges festes Ideal, das euch antreibt! Und mit diesem Pakt mit der Dopingmafia hörst du auf! Es ist unter deiner Würde! Man benutzt euch! Begreife doch, daß die andere Seite nur darauf wartet, euch da festzunageln! Das ist ihr empfindlichster Bereich!«

»Aber es steckt viel Geld drin. Geld spielt natürlich für dich keine Rolle! Aber für mich!«

»Geld bringt dir keinen Seelenfrieden, Richard! Du mußt zu dir kommen! Verlasse diese verwirrten, pubertären Gruppen!«

»Es ist meine Familie!«

»Das kann nicht dein Ernst sein! – Richard! Ich will doch nur dein Bestes, Richard! Du hast diese Vereine nicht nötig! Nicht du!«

»Was bietest du mir denn, Vater! Mutlosigkeit, Vergessen, Sühne, Besserungen! Das ganze Gewinsel von ewiger Schuld kotzt mich an! Du hast mir vorgelebt, woran ich jetzt glaube! Und jetzt kriechst du herum und willst nur noch ein Ende machen. Es ist abscheulich!«

»Halt das Maul!«

»Jetzt spreche ich! Ich lasse mir nicht …«

»Du sollst das Maul halten! Du aberwitziger Narr!«

»Schreie mich nicht an! Ich kann es nicht mehr ertragen! Ich werde dir beweisen …«

»Du sollst das Maul halten und mir zuhören!« Werner Kubiks laute, atemlos gewordene Stimme glich am Ende des Satzes einem Kratzen über Metall. »Du hast kein Recht, mir zu widersprechen! Du bist nur mein Fleisch und Blut! Gehorche! – Du stürzt dich ins Unglück, Richard! Merkst du das wirklich nicht! Anscheinend nicht, also muß ich es dir sagen!«

»Ich lasse mir nichts mehr sagen. Ich ertrage das alles nicht mehr. Wenn ich weitermachen will, muß ich einen Schlußstrich ziehen.«

»Richard!«

»Ich verlasse dich. Ich bin nicht mehr dein Sohn.«

»Was? Das wagst du, mir ins Gesicht zu sagen!« Werner Kubiks Stimme stieg weiter empor. Richard hielt sich die Ohren zu. »Du nichtsnutziger, elender Nazi! Du widerlicher kleiner Wicht und wild herumpissender Radikaler! Du bist doch ...«

Der Rest seiner Worte ging in ein aberwitziges Keuchen über.

»Ich höre dir nicht mehr zu, Vater!«

Werner Kubik verstummte. Er richtete sich langsam auf. Sein Gesicht war grauweiß. Eine schmutzige Färbung. Seine Lippen zitterten. Er griff sich ans Herz.

»Du elende Brut«, sagte er leise. »Du undankbare, egoistische Fehlgeburt einer armen Mutter. Ich verachte dich! Gehe mir aus den Augen!«

»Geh du doch!«

»Man sucht bereits nach dir, Richard«, sagte Kubik, mühsam beherrscht. »Die Polizei ist dir auf den Fersen. Und bei Gott, ich werde dich nicht decken.«

»Das verlange ich auch nicht von dir. Du Verräter!«

Werner Kubik blickte seinen Sohn ungläubig an. Dann schüttelte er den Kopf.

»Sage mir, wie ich dir helfen kann, Richard«, sagte er beinahe flehend. »Ich tue alles. Du bist mein einziges lebendes Kind, das dieser verfluchte Krieg mir gelassen hat. Was kann ich für dich tun!«

»Laß mich zufrieden, ich will dich nie mehr sehen«, sagte Richard Kubik. »Verschwinde aus meinem Leben! Und krepiere endlich!«

»Richard!«

Der Sohn bebte vor Erregung. »Bei dem, was ich vorhabe, kann ich keinen Vater brauchen, der um Vergebung seiner Sünden winselt.«

Dann stand er auf und ging hinaus.

Die Kühe standen an den Zäunen und gafften die Polizisten an. Eine warf den schweren Kopf, als wolle sie etwas verneinen. Inspektor Müller orientierte sich. Er ging einem Hinweis aus einem Nachbardorf nach. In der Gemeinde Rodenthal lebte eine alte Bauersfamilie, die angeblich den Ermordeten gekannt hatte.

Müllers Blick schweifte über die grünen Hügel der Rhön. Er hatte sein Fahrzeug auf einer schmalen Straße bewegt und bog auf ein Grundstück ein. Ein Knecht wies ihm stumm den Weg. Müller parkte, stieg aus und klingelte.

Ein alter Mann machte auf, dessen Gesicht von Falten übersät war. Ein Geruch von Vergorenem drang heraus. Müller sagte, wer er sei, was er wolle, und wurde eingelassen.

In der Stube tummelte sich ein halbes Dutzend Katzen. Eine Tür war offen, sie führte geradewegs in den Stall. Früher hatten alle Landleute mit ihren Tieren zusammen unter einem Dach gelebt. Heute, in Zeiten eines anderen Energiehaushalts, war das eher unüblich.

»Ich gebe Ihnen eine Adresse, Herr Oberinspektor«, knorzte der Alte. »Da wohnen Leute, mit denen wir früher einen Austausch hatten. Das sind die Knittels. Der Sohn arbeitete in dem Moorlager oben in Richtung Heimatblick. Das war ja nach dem Krieg auch noch geöffnet. Er stach da Torf.«

»Der Sohn?« versuchte Müller zu sortieren. »Ist das der ...?«

»Es ist der, den man in Sandhof abgestochen hat.«

»Wie heißt der Mann?«

»Julius Knittel. Moorarbeiter.«

»Hier wird noch Torf – abgestochen?«

Der Alte schüttelte so heftig und lange den Kopf, daß Müller befürchtete, seine Falten würden sich verhaken.

»Nur bis in die siebziger Jahre rein. Danach haben sie es zum Naturreservat ernannt. Und die Leute verloren ihre Arbeit. Bis dahin arbeiteten im Moor dreißig Leute. Eben auch der Julius. Und ganz früher war das Moor ein Straflager. Dahin kamen alle möglichen Gefangenen.«

»Ein Moorlager?«

»Das Gefangenenlager Schwarzes Moor. Die Braunen haben das eingerichtet. Für Juden und für Politische. Die armen Schweine mußten so lange arbeiten, bis sie tot waren. Tod durch Arbeit.«

»Geben Sie mir bitte die Adresse?«

»Vom Lager?«

»Von diesem Julius Knittel.«

»Martha!« Der Alte schrie mit asthmatischer Stimme quer durch den Raum. Seine Frau kam in einer Kittelschürze und streckte einen Zettel vor sich hin. Müller nahm ihn.

»Danke. Sie hören wahrscheinlich noch von uns.«

Er ging hinaus. Draußen war die Luft klar, Wind ging. Müller konnte von der Höhe bis in die Mainebene nach Westen blicken, das mußten gut hundert Kilometer sein. Heimatblick, dachte er. Er fuhr los.

In Rodenthal das gleiche Bild. Die gleichen Häuser. Die gleichen Menschen. Die gleichen Tiere. Ihm wurde aufgemacht.

Die Knittels verkauften früher Heizöl. Damit hatten sie es zu einem gewissen Reichtum gebracht. Ein alter Mann, eine alte

Frau. Ein Sohn von etwa fünfzig Jahren im Arbeitskittel, spitzer Piefke-Hut aus Filz auf flachem Schädel. Müller fragte sich, wann die Norm für diese Art von Leben herausgekommen war.

Der Inspektor streckte den Leuten ein Polizeifoto des Ermordeten hin. Sie nahmen es und betrachteten es der Reihe nach.

»Ja«, sagte schließlich der Sohn. »Das ist Julius.«

»Aber wieso haben Sie sich nicht früher gemeldet? Sie wußten doch wohl von dem Mordfall in Sandhof!«

Der Sohn nickte. »Der Julius gehörte nicht mehr zu uns.«

»Wie verstehe ich das?«

»Er – war ein Spinner. Zuerst hat er sich mit Schlägern eingelassen. Dann mit Chaoten.«

»Können Sie mir das etwas genauer schildern?«

»Er arbeitete nicht mehr. Zog mit üblen Kerlen herum. Soff. Prügelte sich mit Ausländern. Tagsüber schlief er. Dann plötzlich machte er bei Demonstrationen mit. Sie lungerten vor Amikasernen rum und schrien. Sie waren gegen die Atomraketen in der Rhön. Er zog bei uns aus, wohnte mit irgendwelchen Jungen zusammen. Schließlich verteilte er Flugblätter, auf denen zu lesen war, daß in diesem verdammten Lager Schwarzes Moor Menschen umgebracht worden waren und daß die Mörder noch lebten. Oder sogar noch in Ämtern waren.«

»In der Nazizeit wurden dort Menschen getötet, nicht wahr?«

»Und Julius behauptete plötzlich, die Mörder zu kennen.«

»Konnte das denn stimmen? Er war doch wohl nicht alt genug, um dabeigewesen zu sein?«

»Nein, doch er behauptete, sie zu kennen. Er hat es herausgekriegt.«

Müller blickte auf die beiden Alten. Sie saßen auf dem Sofa, als wären sie eingeschlafen.

»Der Julius«, sagte der alte Vater plötzlich, »ist nicht mehr mein Sohn.«

»Deshalb haben Sie sich nicht bei der Polizei gemeldet?«

»Er ist nicht mehr mein Sohn.«

»Hm.« Müller wandte sich wieder an den jungen Knittel. »Ich muß Sie bitten, nach Fulda zu kommen und Ihre Aussagen zu Protokoll zu geben.«

Knittel nickte. Müller schlug einen Termin vor. Knittel nickte erneut, dann lächelte er. Müller glaubte zu begreifen, daß er es nicht mit gefühllosen Menschen zu tun hatte. Es waren Menschen, die in ihrem Leben zu oft getäuscht und gekränkt worden waren. Mißtrauische Menschen, die manche Dinge einfach nicht mehr verstehen wollten. In ihrem Jahrhundert war zu viel geschehen.

Als er gehen wollte, hob die Frau plötzlich die Hand. Sie meldete sich wie in einer Schulklasse.

»Er hat uns immer was sagen wollen, aber dann sagte er es doch nicht. Dann wollte er zur Polizei gehen. Er schrieb sogar was. Im Lager gibt es eine Baracke, es ist kalt da drinnen. Aber sie heben unter Glas auf, was Julius schrieb. Und was andere schrieben. Und sonst so Sachen. Sehen Sie sich das an!«

Müller ließ sich den Weg beschreiben und bedankte sich.

Martin Velsmann erblickte Richard Kubik auf dem Gang, der in die hinteren Behandlungsräume führte. Freygang sprach im Museum mit Günter Herrman.

»Herr Kubik? Ich möchte Sie sprechen!«

Kubik blieb stehen wie ein Wild, das nicht weiß, ob es angreifen oder flüchten sollte. Velsmann ging auf ihn zu und gab ihm die Hand. Sie war kalt und regennaß. Martin Velsmann zog seine Hand schnell zurück und blickte Richard Kubik, der stumm blieb, lange an.

Er versuchte, sich selbst eine Einschätzung von seinem Gegenüber zu geben. Richard Kubik besaß zwei Gesichtshälften. Die obere zeigte einen gewissen intellektuellen Adel. Die untere zeigte Angst, Schwäche, ein Mann, der seine Neigungen unter allen Umständen im Zaum halten möchte. Sein Mund zuckte. Er war empfindlich. Sicher auch konfliktscheu. Arroganz aus Schwäche? fragte sich Velsmann. Gewiß ist er aus diesem Grund auch diktatorisch. Ein Mann, der nicht gern übersehen werden wollte, aber ständig Angst davor hat. Einer, der sich seiner äußeren Wirkung auf Menschen niemals sicher ist und seine Fähigkeiten nicht kennt.

Wie gefährlich war ein solcher Mensch?

Hatte er den Überfall auf ihn ausgeführt?

»Sie wollen mit mir reden?« fragte Kubik. Er klang erschöpft.

»Sicher doch. Die Akten kann ich auch später noch sortieren, das ist sowieso nichts für mich.«

»Sie sortieren hier in Haina Akten? Was sind das für Akten?«

»Ach, langweiliger Kram. Gehen wir ein Stück!«

Martin Velsmann fiel das Bild in der Wohnung Kubiks ein. Das Bild, das ihn an der Seite seines Vaters zeigte. Etwas auf diesem Bild verstand er nicht. Obwohl es ihn sehr berührt hatte.

Sie überquerten den Flur. In einem Gang, der nur spärlich Licht einfallen ließ, blieb Kubik stehen.

»Also? Was wollen Sie wissen?«

»Wir haben Ihre Wohnung in Bronnzell durchsucht. Das Material, das wir fanden, wird konfisziert. Ein Haftbefehl gegen Sie ist unterwegs.«

Richard Kubik lachte humorlos. »Weswegen wollen Sie mich verhaften? Wegen meiner Gesinnung? Paßt Ihnen die nicht?«

»Wir haben Totschläger gefunden. Mit einem solchen wurde ich in Fulda niedergeschlagen. Wo waren Sie vor zwei Tagen zwischen zwei Uhr und drei Uhr nachmittags?«

»Ich ... müßte nachdenken.«

»Tun Sie es.«

»In Hohen Eichen.«

»Kann das dort jemand bezeugen?«

»Fragen Sie doch nach, dann werden Sie eine Antwort erhalten.«

Velsmann nickte. »Ich verdächtige Sie, den Überfall auf mich begangen zu haben. Wenn die Indizien sich als richtig erweisen, klagt der Staatsanwalt Sie wegen versuchten Totschlags an.«

»Tun Sie das? Verdächtigen Sie Unschuldige? Ist das ein Sport von Ihnen? Sie müßten mir das Motiv nachweisen.«

»Das ist nur zum Teil richtig. Das Motiv ergibt sich irgendwann von selbst. Die Spuren an einem der Totschläger werden Sie überführen.«

Kubik starrte Velsmann an. Seine fleischigen Lippen waren schmal und hell geworden. »Dann verhaften Sie mich doch!«

»Erst muß ich den Haftbefehl in Händen halten. Ich sage Ihnen was, Herr Kubik! Sie kommen morgen früh um neun Uhr in die Fuldaer Polizeidirektion an der Dalbergstraße zu einem Verhör. Wir machen ein umfangreiches Protokoll. Wenn Sie nicht kommen, leite ich eine Großfahndung ein. Dann ist die ganze hessische Polizei hinter Ihnen her. Haben Sie mich verstanden?«

Kubik deutete höhnisch auf seine Ohren.

»Sehr gut!«

»Was sagen Sie dazu?«

»Was soll ich zu einem solchen Schwachsinn sagen? Ich kann die Tat nicht verübt haben, denn ich war zu der Zeit in Hohen Eichen.«

»Das überprüfen wir.«

Richard Kubik zog die Augenbrauen hoch. »Sonst noch was?«

»Wo hält sich Ihr Vater zur Zeit auf?«

»Woher soll ich das wissen? Wir wohnen nicht zusammen.«

»Nun gut. Herr Kubik, machen Sie keine Dummheiten! Versuchen Sie nicht unterzutauchen! Das wird gefährlich für Sie. Wir sehen uns morgen früh in der Dienststelle!«

»Was suchen Sie und Ihr Inspektor Freygang eigentlich in Haina?«

»Spuren eines bestialischen Verbrechens.«

»Aha. Die kann ich Ihnen zeigen.«

»Wie bitte?«

»Ich zeige Ihnen alles, was Sie wissen wollen. Kommen Sie mit mir!«

»Was wollen Sie mir zeigen?«

»Alles! Ich kenne die Taten.«

Velsmann wollte Freygang informieren, doch dann sagte er sich, daß er mit Kubik allein klarkam – wenn er vorsichtig genug war.

Konnte es gefährlich werden? Was führte Richard Kubik im Schilde? Velsmann war froh, seine Dienstwaffe an der Seite zu spüren.

»Gehen Sie voraus!« sagte Martin Velsmann.

»Aber sicher doch«, erwiderte Kubik und setzte sich in Bewegung. »Sie müssen allerdings den Kopf einziehen. Es wird niedrig. Wir gehen in die Keller.«

Tosca Poppe sah weiße Schaumkronen auf einem bleigrauen Meer, das immer stärker auf sie zuflutete. Sie hätte zurückweichen müssen, war aber unfähig, sich zu bewegen. Nach dem Gespräch mit Karl van Lent fühlte sie eine innere Lähmung. Sinnlos, dachte sie. Bald würde das Meer sie erreichen und überschwemmen.

Am Horizont fuhr ein Schiff mit weißen Aufbauten die gerade Linie des Horizontes ab. Gerade Linie des Horizontes?

Welch kindische Vorstellung, schoß es Tosca durch den Kopf. Die gerade Linie war rund, das hatte sie schon im Erdkundeunterricht gelernt. Außerdem gab es sie gar nicht, das Schiff fuhr mitten im Wasser entlang. Keine Linie weit und breit.

Die Dinge weichen immer mehr vor uns zurück, je näher wir ihnen kommen, dachte die junge Polizistin. Sie fuhr sich mit einer zeitlupenhaften Bewegung durch das widerspenstige Haar. Alles strengte sie an. Alles, dachte sie, ist irgendwie – relativ. Nichts stimmt wirklich. Nichts ist so, wie es scheint.

Verdammt noch mal!

Sie hatte immer geglaubt, die Vergangenheit reiche nicht weiter als bis zu ihrer Geburt. Nein, sie hatte das nicht wirklich geglaubt. Aber es entsprach ihrem Gefühl. Sie hatte nicht darüber nachgedacht.

Und nun tat sich hinter ihr ein Abgrund auf. Unter ihr.

Der Riesenschatten eines Schiffes glitt an ihr vorbei, dem offenen Meer zu.

Als sie endlich langsam weiterging, sah sie im hellen Sand Zeichen. Eine Pfeilspitze, deren untere Schenkelpunkte mit einer abgeschwächten Winkellinie verbunden waren. Was bedeutete das? Tosca bückte sich, dann blickte sie sich unwillkürlich um. Sie sah, wie sich rechts und links von ihrem Standpunkt die Spuren mehrten. Sie stammten von Vögeln, die aus dem Wasser gekommen sein mußten.

Janne van Lent, dachte Tosca. Beruf: ängstliche Aufklärerin. Motiv: Rache. Zahl der Opfer: null. Ergebnis: null.

Wie schrecklich.

Dünengras und Sanddornsträucher im Wind, der blecherne Klang einer Kirchenglocke. Das Meer rauschte. Die weißen Wellen trafen das Ufer. Der Horizont versank im Dunst. Es war eine Freude, den Ritt der Möwen auf den Luftströmen zu verfolgen. Die einzige Freude.

Nahe Strände, ferne Küsten, grünes Meer, blaues Meer, gelber Sand, weißblauer Himmel, grüne Dünen. Die Erde, dachte Tosca, ist zugänglich für jeden. Oder sollte es jedenfalls sein.

Oder doch nicht?

Wenn die Sonne hinter Regenwolken hervorkam, schossen Vögel in den Himmel empor.

Sind die Menschen irre geworden? dachte Tosca.

Warum vertragen sie sich nicht mit der Natur und mit ihresgleichen? Gehörten sie nicht hierher? Auf diese Erde?

Tosca merkte nicht, daß sie die Fäuste ballte.

Himmel, Erde, Vögel, Meer, Wind!

Gab es sonst noch was?

Tosca Poppe hätte in Deutschland anrufen müssen. Statt dessen setzte sie sich in den Sand und stützte ihren Kopf in die Hände. Sie begann zu weinen.

Altes brach auf. Etwas Unerlaubtes suchte sich seinen Weg. Richard Kubik ging in den Kellern umher wie ein gefangenes Tier im Käfig. Martin Velsmann hatte Mühe, ihn immer im Blickfeld zu haben. Er war auf der Hut vor diesem Mann. Immer mehr brach aus diesem heraus, Worte, Geräusche, ein Stammeln. Dann summte Richard Kubik plötzlich eine Melodie, die Velsmann zu kennen glaubte. Besser gesagt, war es einmal eine Melodie gewesen, jetzt gab es nur noch verstümmelte Reste, sie glichen häßlichen Geräuschen. Diese Geräusche hatte Velsmann in Kubiks Wohnung vernommen.

Er ist nicht bei Verstand, dachte Velsmann. Ich sollte ihm jetzt gleich Handfesseln anlegen, wir ziehen ihn aus dem Verkehr.

Aber er hatte keinen Haftbefehl.

Richard Kubik deutete auf die Gegenstände in den dunklen, von Wandlampen notdürftig erhellten Kellerräumen. Er faßte sie an. Einmal trat er gegen etwas. Seine Stimme überschlug sich manchmal.

»Hier, hier! Sehen Sie? Stühle, Schüsseln, Käfige, Peitschen, das ganze Spritzenarsenal. Wozu ist das gut? Kann man das wirklich gebrauchen? Und warum hebt man es auf? Was sind das für Menschen, die sich mit so was behandeln lassen? Sind das alles Behinderte? Oder ist einer darunter, der einfach gequält werden will? Einer, der beseitigt werden will?«

Velsmann hatte beschlossen, nichts zu sagen. Schweigen ist manchmal die beste Verhörmethode, wußte er. Vielleicht verriet sich Kubik. Vielleicht beging er einen Fehler. Jetzt konnte er jedoch eine Bemerkung nicht vermeiden.

»Sehen Sie das aus der Sicht der Täter! Warum taten die das?«

Richard Kubik trat so dicht an Velsmann heran, daß der unwillkürlich einen Schritt zurückwich. Kubiks Augen waren weit aufgerissen.

»Die Täter? In Haina gab es nur Opfer, das glauben Sie mir! Alle waren Opfer! Sie verstümmelten sich selbst, egal, was sie taten. Hinterher waren sie nicht mehr dieselben.«

»Was sind die ›Freunde Thules‹?« fragte Velsmann. Er wollte Kubik aus der Reserve locken. Er wollte seine Fehler sehen.

Kubik starrte ihn entgeistert an. »Wollen Sie mich verarschen? Was für ein Spielchen soll das sein?«

»Ich will nur wissen, ob Sie die ›Freunde Thules‹ kennen!«

Kubik machte eine Handbewegung, als wolle er Velsmann am Hals packen. »Wenn Sie in meine Wohnung eingedrungen sind, wissen Sie, daß ich den Bund kenne. Warum fragen Sie so blöd?«

Velsmann blieb auf der Hut. Richard Kubik war tatsächlich gefährlich.

Er fragte: »Was ist das für ein Club?«

Kubik ging umher. »Darauf antworte ich nicht. Ich sage nur:

Mit solchen Dingen wie hier geben wir uns nicht ab. Hier hausten Sadisten. Bestien. Sie wühlten in Blut und Eingeweide. Und sie amputierten sich selbst. Sie töteten sich selbst.«

»Welche – gesellschaftlichen Ziele hat Ihre Gruppierung, Herr Kubik?«

»Die edelsten, mein Herr Kommissar! Das können Sie gar nicht begreifen. Wir werden mit kalter Vernunft regieren.«

»Ist Ihr Vater Mitglied in dieser Gruppe?«

Kubik lachte mit hoher Stimme und wandte sich ab. »Sind Sie irre? Mein Vater ist längst gestorben. Der ist fertig. Dem kann ich damit nicht kommen! Der macht sich die Hände nicht schmutzig.«

Velsmann hatte das Gefühl, Richard Kubik sei stärker geworden. Seit ihrem letzten Zusammentreffen hatte er ein eigenständiges Innenleben gewonnen. Er schien nicht mehr nur eine Hülle zu sein. Jetzt nahm er seine Wanderung durch den Keller wieder auf.

»Erklären Sie mir, was hier in Haina geschah!«

Und Richard Kubik erklärte es ihm. Er sprach über den grausamen Tod. Nicht über den schönen, leichten Tod. Über den gewaltsamen, viehischen Tod. Es sprudelte geradezu aus ihm heraus. Velsmann war so gebannt, daß er nicht hörte, daß Alfons Freygang in den Keller trat. Und auch Kubik bemerkte es nicht. Er redete sich in Rage.

Aber plötzlich, nach einem langen Redestrom, hielt er inne. Er starrte zu Boden. Als würde jemand in seinem Inneren ihm Einhalt befehlen, lauschte er.

Dann versicherte er sich, daß sein weißer Kittel geschlossen war, der über einem grauen Anzug saß. Er nestelte an den Knöpfen herum, zog den Kittel zurecht.

Er versuchte zu lächeln, doch sein Gesicht spielte nicht mit. Dann ging er kerzengerade hinaus.

Die beiden Polizisten ließen ihn gehen. Freygang heftete sich jedoch, auf einen Wink Velsmanns hin, an seine Fersen. Jemand mußte von jetzt an Richard Kubik auf Schritt und Tritt verfolgen.

Die Spurensicherung der Fuldaer Polizei stellte Kubiks Wohnung auf den Kopf. Computer und Laptop wurden beschlagnahmt. Alle Materialien, die ›Freunde Thules‹ betreffend, verdächtige Schriften und Bücher werteten die Beamten im Präsidium aus. Am Abend kam das Laborergebnis. Es war eindeutig nachweisbar: Das Blut auf dem Totschläger stammte von Hauptkommissar Martin Velsmann, Blutgruppe 0 mit einem A-Faktor, von beiden Elternteilen ererbt. Dr. Keuper stellte umgehend einen Haftbefehl gegen Kubik aus.

»Ich wußte es«, entfuhr es Velsmann. »Wir hätten ihn nicht gehen lassen dürfen.«

»Er entkommt uns nicht, sie überwachen ihn«, beruhigte Freygang.

Freygang wurde noch während der Rückfahrt nach Fulda von Inspektor Müller über den ermordeten Julius Knittel informiert. Müller hatte sich im ehemaligen Lager »Schwarzes Moor« umgesehen. Im kleinen Barackenmuseum befanden sich zwei Leserbriefe, die Knittel an Zeitungen geschrieben hatte, er klagte die Untaten an, nannte Namen. Seinen Hinweisen war jedoch anscheinend nie nachgegangen worden. Auch im Mordfall Knittel wurde jetzt gegen Richard Kubik ermittelt. In Kubiks Wohnung hatte man im hinteren Bereich eines Regals tatsächlich ein Exemplar des Romans von Umberto Eco »Der Name der Rose« entdeckt. Man fand das fragliche Zitat rot umrandet.

Eine Viertelstunde später erreichte sie ein Anruf des Beamten, der auf Anweisung Freygangs die Observierung Kubiks übernommen hatte. Er hatte mit einem Kollegen kurz hinter dem Ortsrand von Haina die Verfolgung von Kubiks Fahrzeug aufgenommen, ihn hinter Jesberg am Übergang einer Betriebsbahn aber aus den Augen verloren.

»Verdammt!« schrie Velsmann in den Hörer. »Und jetzt?«

Der Beamte entschuldigte sich. Die Fahndung mußte ausgeweitet werden.

Als Martin Velsmann und Alfons Freygang am frühen Abend in Fulda eintrafen, erwartete sie ein Bündel von Erkenntnissen und Informationen. Velsmann ordnete eine Nachtschicht an, an der sich auch Hubert Gell beteiligte. Velsmann rief Werner Kubik an und berichtete ihm von den Ermittlungen gegen seinen Sohn.

»Ich wußte, daß es so enden würde«, sagte Kubik. »Er ist nicht mehr mein Sohn.«

»Wissen Sie, wohin er untergetaucht sein könnte?«

»Ich müßte überlegen.«

»Helfen Sie uns, Richard schnell dingfest zu machen, Herr Kubik«, bat Velsmann. »Wir ersparen ihm und uns vieles.«

»Liebend gern«, erwiderte Kubik. »Aber ich weiß nicht, wohin er sich verkrochen hat. Es gibt einige Möglichkeiten. Überwachen Sie seine Wohnung in Kiedrich?«

»Das haben die Kollegen aus Wiesbaden veranlaßt.«

»Wahrscheinlich ist er bei einem seiner Kumpane untergetaucht. Die sind über ganz Hessen verstreut.«

»Kennen Sie die Adressen?«

»Leider nein.«

»Wenn Sie etwas hören oder Ihnen etwas einfällt, informieren Sie uns bitte.«

»Selbstverständlich«, sagte Kubik. Dann wiederholte er noch einmal: » Es ist todtraurig. Ich habe vorausgesehen, daß es so kommt. Ich habe es ihm auch immer wieder gesagt. Früher tat

Richard alles, um sich seines Vaters würdig zu erweisen. Heute läuft er nur noch Amok. Er gehört nicht mehr zu uns.«

Velsmann dachte einen Moment über diese Äußerung nach. Dann verabschiedete er sich.

Er gehört nicht mehr zu uns?

Sprach Werner Kubik von einer Verbindung, der er selbst einstmals angehört hatte? Oder meinte er nur seine eigene Familie, die unselig verstrickten Kubiks?

Freygang unterbrach seinen Gedankengang. Er kam ins Büro mit Ergebnissen. Auf dem Buch von Eco befanden sich nur Richards Fingerabdrücke. Auf anderen Gegenständen hatte man Dutzende unterschiedlicher Abdrücke gefunden.

»Wenn Richard Kubik der Mörder ist«, überlegte Velsmann, »warum tötete er? Wo ist das Motiv? Was verbindet Janne van Lent und Julius Knittel?«

»Liefert dieses ehemalige Moorlager den Schlüssel? Vermutlich ist Janne van Lent dort gewesen. Stieß sie auf die Spuren ihrer Eltern? Traf sie vielleicht auch mit Knittel zusammen? Hat er sie auf die Spur gebracht?«

»Gut möglich. Wir werden jedenfalls die Briefe auswerten, die Knittel schrieb. Müller soll sie aus diesem Moormuseum ausleihen.«

Baumann hatte im Hintergrund zugehört. Jetzt schnippte er mit den Fingern.

»Es wurden doch die Reifen des Fahrzeugs von Janne van Lent untersucht, Bodenspuren gefunden. Vielleicht kann man nachweisen, daß sich Erdproben finden, die es in diesem Moor gibt. Und vielleicht nur dort, jedenfalls nicht in der Stadt oder im Rheingau oder sonstwo.«

»Und was bringt uns das?« fragte Freygang.

»Wir würden den Weg deutlicher vor Augen haben, den Janne van Lent nahm.«

»Das wäre die Mühe immerhin wert. Nehmen Sie das in Angriff, Baumann!«

Der junge Aspirant ging.

Velsmann fragte nach dem Stand der Großfahndung. Jetzt wurde hessenweit nach Richard Kubik gesucht. Freygang studierte weiter die Unterlagen. Wachtmeister Brett Galgur kam einmal herein und holte für sich und Müller Kaffee. Dann riß Baumann die Tür auf. Er schwenkte ein Papier.

»Bingo! Die Technik hat einwandfrei festgestellt, daß sich an den Hinterreifen des Fahrzeugs Samen befanden, die es nur in Hochmooren gibt.«

»Gute Arbeit, Baumann! Dann wissen wir jetzt also was?«

Baumann erwiderte: »Daß Janne van Lent mit ihrem Auto zu einem Hochmoor gefahren ist. Wie viele Hochmoore gibt es in Hessen? Soweit ich weiß, nur die zwei oder drei in der Hochrhön – das müßten wir noch klären. Und wenn sie im Schwarzen Moor aufkreuzte, dort, wo Julius Knittel jahrelang gearbeitet hat, dort, wo sich früher ein Straflager für Juden und Politische befunden hat, dann scheint mir der Zusammenhang klar.«

»Nämlich?« fragte Velsmann.

»Dort müssen in der Vergangenheit menschenverachtende Dinge geschehen sein. Vielleicht brachte Janne van Lent sie ans Tageslicht. Oder sie arbeitete daran, die Öffentlichkeit damit bekannt zu machen. Und Knittel? Er scheint nicht der Typ gewesen zu sein, der ein Buch schreiben wollte. Er scheint eher eine Art spontaner Empörer gewesen zu sein, der wütende Leserbriefe schreibt. Vielleicht wußte er nur einiges vom Hörensagen. Und vielleicht wollte er auspacken?«

»Seine Briefe werden ihn nicht gefährlich gemacht haben, die sind ja bekannt«, überlegte Velsmann. »Aber vielleicht besaß er noch andere Kenntnisse, die gewissen Kreisen nicht passen konnten.«

»Das könnte sein«, meinte Freygang. »Und wenn Richard hinter diesem Mord steckt, dann wendet sich der Verdacht gegen die Kreise, in denen er mitmischt.«

»›Die Freunde Thules‹!« sagte Baumann.

»Vielleicht. Oder auch ganz andere Kaliber.«

»Das Straflager wurde bei Kriegsende 1945 aufgehoben«, erklärte Velsmann. »Wir besorgen uns die Unterlagen der Lagerverwaltung. Falls es nicht ein wildes Lager war, was es auch gab. Dann wird es schwierig sein. Aber die damaligen Buchhalter des Todes listeten ja bekanntermaßen alles penibel auf. Vielleicht haben wir Glück und finden die Namen der Opfer.«

»Und auch der Täter«, meinte Freygang. »Es wird Archivmaterial darüber geben, wer dieses Lager kommandierte, wer dort Dienst tat. Vielleicht weiß der Verein, der die Museumsbaracke betreut, mehr, vielleicht treiben wir einen Hobbyhistoriker, einen pensionierten Geschichtslehrer auf, der sich damit beschäftigt hat.«

»Und was tat Janne van Lent im Rheingau?« fragte Velsmann. »Gab es dort auch solche Lager?«

»Ich weiß darüber nichts«, bekannte Freygang. »Ich muß gestehen, ich habe bisher immer vermieden, mich mit diesen Dingen zu beschäftigen. Das werde ich jetzt nachholen.«

»Tun Sie das, Freygang! Und Sie helfen ihm dabei, Baumann! Wir müssen die Puzzleteile jetzt schnell zusammenlegen. Unter den gegebenen Umständen können wir natürlich nicht mehr damit rechnen, daß Richard Kubik morgen früh pünktlich und frisch rasiert auf der Matte steht.«

»Sollen wir neben den Wohnungen auch die beiden Tatorte bewachen lassen?«

»Schaden kann es nichts.«

»Überwachen wir auch die Wohnung von Werner Kubik in Fulda? Vielleicht ist das Söhnchen da untergetaucht.«

»Glaube ich nicht«, erwiderte Velsmann nachdenklich. »Der Alte will mit seinem Sohn nicht in einen Topf geworfen werden.«

»Aber er bleibt dessen Vater!«

»Gut. Schaden kann auch das nichts. Veranlassen Sie das, Freygang!«

»Und Haina? Hohen Eichen?«

»Nach Hohen Eichen fahre ich morgen, wenn Kubik nicht auftaucht. Ich werde mich bei den Kollegen Kubiks umhören. Irgendwas werden sie wissen. Und ich beantrage, daß die Kripo Wiesbaden seinen Arbeitsplatz untersucht. In Haina können Wachtmeister vor Ort die Augen offenhalten. Und auch am dritten Punkt der unheiligen Dreifaltigkeit, in Hadamar. Auch dorthin kann es unseren Mann ziehen, denn er scheint mir psychisch auf Orte des Unheils fixiert zu sein.«

»Ich rufe Tosca schon die ganze Zeit an. Sie hat sich heute abend merkwürdigerweise noch nicht gemeldet. Irgendwas muß da passiert sein!«

»Beruhigen Sie sich, Alfons. Sie hat einfach zu tun! Bestellen Sie meine Grüße!«

Ich stehe am Rand dieses Ozeans, sagten die eng beschriebenen Blätter. *Das Wasser brandet ungehindert gegen Felsen, die von Beton und Teer begraben sind. Schwarze Küste. Autos stehen schräg zum Meer, das sieht unglücklich aus; Möwen segeln im Aufwind dicht über den Köpfen von Menschen dahin. Basalt, Beton, Teer. Selbst das Meer ist schwarzgrau, mit schneeweißer Gischt. Der Lichtfinger des Leuchtturmes tastet über diese Begegnungsstätte der Elemente. Am Horizont Schiffe auf dem Weg nach Vlissingen. Ich habe mit Menschen gesprochen, die in der Vergangenheit leben. Ich habe in die Vergangenheit geblickt. Nie habe ich gedacht, daß es soviel Grauen gab. Was da auf uns einstürmt, kommt aus einem vergangenen Jahrhundert. Die Täter stehen außerhalb unseres Jahr-*

hunderts, das mir bisher immer sicher schien. Wirken sie deshalb so bedrohlich? Man sollte meinen, das Gegenteil sei der Fall, die Bedrohung sei veraltet, höchstens bizarr, Teil der alten Bilder in Schwarzweiß, die uns Filme und alte Wochenschauen liefern. Aber es ist nicht so. So veraltet die Geschehnisse sind, gerade dadurch wecken sie diese Ängste. Wie kann das sein? Sie sind aufgeladen. Es sind historische Ängste, wie ich jetzt verstehe. Ich glaube plötzlich zutiefst an die Gegenwart dieser Geschehnisse, an die Gegenwart dieses Grauens. Und das macht mir zu schaffen. Wenn ich zur anderen Seite hinsehe, sagten die eng beschriebenen Blätter, *gibt es dort hinter dem begrünten Deich Feriensiedlungen, dort wohnen Familien, gegen den weiten Himmel Windmühlen, Windräder, Kirchtürme. So harmlos! Je weiter die Betonwälle ins Meer hinaus gebaut worden sind, desto mehr sind sie von weißer Gischt bedeckt. Auf einem Steinsockel ein Panzer. Ich habe nicht gewußt, wie ein Panzer wirklich aussieht. Es ist ein Tank der 79. Division, ein Sherman-V. Hier ist ein Eckpfeiler der bewaffneten Welt, vom Meer umtost, vom Sturm durchgeschüttelt. Westkapelle, so heißt der Ort, durch eine Bombenhölle am 3. November 1944 verwüstet, er brannte bis auf die Grundmauern nieder. Als der Deich unter den Bomben brach, löschte das tosende Wasser zuerst die Feuer und verschlang danach die Stadt. Alle Bewohner starben. Dann landete die Vierte Kommandobrigade der Briten mit holländischen und belgischen Divisionen auf Walcheren und befreite die Küste. Befreite die Toten. Ich stehe als Deutsche auf dem Beton gewordenen Grauen. Unter den Steinen verbrannter Strand. Verbrannte Menschen. Verbrannte Erde. Es ist seltsam. Wenn ich alles aufschreibe, wird es leichter, es ist leichter zu ertragen, daß man Deutscher ist.*

Ich habe nie darüber nachgedacht.

Ich bin fünfundzwanzig.

Ich schäme mich.

13.
Freitag, 6. Mai 2005

Richard Kubik ließ sich erwartungsgemäß zum verabredeten Zeitpunkt nicht blicken. Velsmann wartete noch eine Stunde. Dann überprüfte er, ob die Großfahndung reibungslos lief.

Hubert Gell rückte ihm auf den Pelz, er brachte den Revierleiter Friedrich mit, der aus einem Kurzurlaub zurückgerufen worden war.

»Jetzt haben wir den Salat«, schimpfte Gell. »Warum haben Sie diesen Kubik nicht gleich aus dem Verkehr gezogen, Martin? Die Boulevardpresse wird uns zerreißen!«

»Die Boulevardpresse kann mich mal«, sagte Velsmann ungerührt. »Ich hatte in Haina noch keine Handhabe gegen Kubik, und Keuper zögerte mit dem Haftbefehl, das wissen Sie doch genau. Auf einen bloßen Verdacht hin kann ich niemanden inhaftieren. Wir sind nicht in Mississippi.«

Gell gab sofort klein bei, weil er wußte, daß Velsmann recht hatte. Er beschwor Velsmann aber dranzubleiben. Eine weitere Pressekonferenz am späten Vormittag sollte die Medien beruhigen. Das Fernsehen brachte die Fahndungsmeldung schon in den Mittagsnachrichten. Werner Kubik rief Velsmann an und bat um Milde für seinen Sohn. Er flehte geradezu darum, ihn lebend wiedersehen zu dürfen. Velsmann spürte, daß Kubik sein ganzes Vertrauen in ihn setzte. Er selbst hatte Mitleid mit dem alten Mann. Aber er konnte ihm nichts versprechen.

Nach diesem Telefonat hielt es Velsmann für unsinnig, Werner Kubiks Wohnung zu überwachen, doch er nahm die Anweisung nicht zurück.

Richard Kubiks Wohnungen in Fulda und Kiedrich wurden observiert. In Kiedrich hatte die Wiesbadener Polizei ähnliche Funde gemacht wie in Fulda. Kubik war untergetaucht.

Velsmann fuhr nach Hohen Eichen.

Auf der Fahrt dorthin fischte er sein Handy aus der Brusttasche und rief seine Frau an. Er hatte vermieden, ihr von dem Angriff auf sich zu berichten. Nach mehrmaligem Klingeln meldete sie sich.

»Andrea Velsmann!«

Sie sprach so energisch, laut und schnell, daß Velsmann unwillkürlich zusammenzuckte. Bei Gott, Andrea war seine Frau. Er vergaß das manchmal, dann kam sie ihm vor wie eine ferne Geliebte, eine Art Schimäre, wie eine Meerjungfrau, die ihm durch die Macht der Umstände langsam entglitt und auf den Meeresgrund abtauchte.

»Andrea! Wie geht es dir?«

»Ich vermisse dich! Wann kommst du nach Barth?«

»Die Dinge spitzen sich zu. Ich hoffe, wir sind in ein paar Tagen soweit, den Fall abschließen zu können.«

»Ostern ist vorbei, die Ferien auch, Tibor und Laila sind wieder fleißig. Wir beide könnten im Mai ein paar Tage Urlaub machen.«

»Was ist mit deiner Arbeit?«

»Wir suchen und suchen! Manche Dinge blicken desto ferner zurück, je näher man ihnen zu kommen scheint.«

»Das heißt, du hast keine Erfolge?«

»Meeresarchäologie ist auch eine Tatortsuche, aber unsere Umstände sind schwieriger als deine. Unser Fall ist nicht mit der Verhaftung eines Täters abgeschlossen. Unser Täter ist die Geschichte, und die verhält sich noch unberechenbarer als Menschen.«

»Tja, ich kann dir wohl keine Tips geben?«

»Wohl nicht! Aber es ist schön, daß du anrufst. Ich melde mich bald bei dir!«

Nach dem kurzen Gespräch stellte sich Velsmann noch eine

Weile seine Frau vor. Ihr Bild stand nahe vor ihm. Er glaubte, ihren Duft wahrnehmen zu können. Velsmann seufzte. Dann gab er Gas.

In Kiedrich angekommen, fuhr er durch die Straße, in der Kubiks kleine Wohnung lag. Er sah die Zivilfahnder der Polizei in unauffälligen Fahrzeugen, gab sich aber nicht zu erkennen und fuhr weiter. Die letzten Kilometer über die gewundene Straße hinter Kiedrich fuhr er schneller als erlaubt. Er nahm die Einfahrt nach Hohen Eichen mit Schwung, der Kies knirschte und spritzte davon. Ein Arzt im weißen Kittel mit einem Aktenkoffer in der Hand drehte sich mißbilligend zu ihm um und torkelte einen Schritt zur Seite. Velsmann hob entschuldigend die Hand.

Dr. Büchner empfing ihn nach einer kurzen Wartezeit. Auch der junge Arzt Markus Henstein war zugegen. Die Nachricht von der Großfahndung war noch nicht bis zu ihnen gedrungen. Richard Kubik war nicht zum Dienst erschienen. Und ihren besorgten Anruf hatte er nicht entgegengenommen.

»Vielleicht hält er sich in seiner Wohnung auf«, vermutete Dr. Büchner.

»Seine Wohnung in Kiedrich wird observiert, die Wohnung in Fulda ist ohnehin längst unter Polizeiaufsicht. Ich bin eigentlich in der Hoffnung hergefahren, Sie könnten mir was über Ihren Kollegen erzählen«, erklärte Velsmann.

»Was wollen Sie denn wissen?«

Martin Velsmann mußte überlegen. Das war tatsächlich die Frage – was wollte er über Richard Kubik wissen, das über die Tatsachen hinausging, die er schon kannte? Was konnte man über eine solche Persönlichkeit erfahren, deren Kern kaum zu erkennen war? Aber Kubik war Psychiater, deshalb fragte er: »Wie verhielt sich Richard Kubik als Kollege, in seinem Beruf?«

Dr. Büchner sagte nach kurzer Überlegung: »Es gab nie Probleme. Dr. Kubik ist eingebunden in die Klinikarbeit und betreut mehrere Patienten. In Hohen Eichen arbeitet kein Arzt allein, wir haben ein Modell entwickelt, das integrativ ist. Niemand entscheidet allein. Es sind nie Beschwerden über Dr. Kubik eingegangen.«

»Allerdings ...«, sagte Dr. Henstein und verstummte wieder.

»Ja?« hakte Velsmann nach.

»Gewisse persönliche Dispositionen fielen mir schon auf. Ich habe als Assistenz bei Dr. Kubik gearbeitet, als ich hier vor drei Jahren anfing. Er verhielt sich anders, wenn sein Vater dazukam. Dann verstummte er. Wenn der alte Mentor wieder gegangen war, erschien ein verwandelter Richard Kubik.«

»In welcher Weise verwandelt?«

»Es war, als erwache er aus einer Erstarrung. Als würde ein – Eingefrorener wieder aufgetaut.«

»Sehr blumig, Henstein«, murmelte Büchner.

»Verzeihung, vielleicht ist das unangemessen.«

»Nein, nein«, konstatierte Martin Velsmann. »Das entspricht durchaus meinen eigenen Beobachtungen. Führten diese persönlichen Eigenheiten dazu, daß Dr. Kubiks Arbeit beeinträchtigt wurde?«

»Niemals, das muß ich ausdrücklich betonen«, sagte Henstein. »Er war ein vorbildlicher Arzt.«

»Ich würde gern die Personalakte einsehen«, bat Velsmann.

»Benötigen Sie dazu nicht die Einwilligung der Kripo Wiesbaden?« wollte Büchner wissen.

»Ich will die Akte nicht konfiszieren, nur einsehen, dafür bin ich als Ermittler in zwei Mordfällen berechtigt, auch wenn der Rheingau das Territorium der Wiesbadener Polizei ist.«

Büchner gab eine Anweisung ins Telefon. Während sie warteten, schaute sich Velsmann die beiden ihm gegenübersitzenden Ärzte an. Sie wirkten neugierig, wach, aber zurückhaltend.

Von ihnen würde er sicher nichts Nachteiliges über ihren Kollegen erfahren. Es gab einen Korpsgeist unter Medizinern.

Er wollte dennoch wissen: »Was können Sie mir über Behandlungsmethoden sagen, die in früheren Zeiten in Hohen Eichen angewendet wurden? Sind Ihnen Praktiken bekannt, die im Ethos der Medizin eigentlich keinen Platz haben?«

Die beiden Ärzte blickten sich an. Sie verständigten sich mit einem Kopfschütteln. Büchner sagte: »Damit beschäftigen wir uns tunlichst nicht, Herr Hauptkommissar. Das waren andere Zeiten – wenn Sie die gleiche dunkle Epoche meinen, an die ich gerade denke. Unser Selbstverständnis als verantwortungsbewußte Nervenärzte beginnt in den fünfziger Jahren.«

»Damals war Dr. Werner Kubik Mentor dieser Klinik.«

»Ein tadelloser Mediziner und Forscher! Natürlich auch von der Persönlichkeit her ein anderes Kaliber als sein Sohn – aber das haben Sie besser gar nicht gehört! Damit will ich nichts gegen Richard Kubik gesagt haben!«

Mach dir nicht ins Hemd, dachte Martin Velsmann. Er murmelte: »Ich verstehe.«

Eine Sekretärin brachte die Personalakte. Dr. Büchner schaute darauf und händigte sie Velsmann aus.

»Sie entschuldigen uns dann wohl. Die Patienten warten! Wenn Sie mit der Lektüre durch sind, sagen Sie mir bitte kurz Bescheid!«

Velsmann nickte. Bereits während die beiden Weißkittel hinausgingen, war er in die Akte vertieft.

Tosca war verschwunden. Ihr Tagebuch lag auf dem Tisch eines Cafés, durch dessen Fenster man auf den einbetonierten Strand blickte. Sie hatte es nicht weitergeführt. Eine Serviererin fand es und brachte es zur Polizei nach Westkapelle. Dort nahm man Kontakt mit der Polizei in Vlissingen auf. Der zuständige Konstabel machte sich Vorwürfe, die deutsche Polizistin mit dem hübschen Gesicht und der geschmacklosen Kleidung nicht begleitet zu haben. Er informierte seine Vorgesetzten.

Man rief in Breda an und auch noch in Den Haag und erfuhr von den Ereignissen in Deutschland. Karl van Lent wurde in Vlissingen aufgesucht. Jan den Dirken in Yerseke. Maarten Stam in Veere. Keiner von ihnen wußte etwas über den Verbleib Toscas. Die Behörden in Deutschland wurden verständigt. Die holländische Polizei übermittelte Kopien jeder Seite des Tagebuches an die Dienststelle in Fulda.

Der Konstabel in Vlissingen las in den Eintragungen des Tagebuches, daß eine deutsche Polizistin mitten in den Ermittlungen ihr Handy ausgeschaltet hatte. Daß sie erschüttert war über das, was sie erfahren hatte. Daß sie um Janne van Lent trauerte. Daß sie zum erstenmal in ihrem Leben gründlich verzweifelt war und nicht mehr ermitteln wollte.

Daß sie sich schämte, Deutsche zu sein.

»Wir müssen die Kollegen in Deutschland unterstützen«, sagte der Konstabel aus Vlissingen. »Die machen sich echt Sorgen um das Mädchen.«

»Und was machen wir?«

»Wir suchen nach dieser Kollegin. Sie ist mir sympathisch.«

Martin Velsmann hatte in ein Leben geblickt, das von fachlichen Erfolgen gekennzeichnet war. Richard Kubiks Karriere als Forscher der medizinischen Psychiatrie war steil nach oben gegangen. Am Anfang gefördert von seinem Vater, hatte er sich schnell einen eigenen Namen gemacht. Er hatte in den siebziger Jahren durchgesetzt, daß die Operation am Schädellappen bei Schizophrenen geächtet wurde. Richard Kubik war in Fachkreisen bekannt für eine moderne Medizin, die sich von den Traditionen löste.

Das war die eine Seite. Die andere, noch nicht aktenkundige war, daß gegen ihn ein Mordverdacht in zwei Fällen bestand. Und mindestens der Tatverdacht eines Totschlagversuchs auf einen ermittelnden Polizisten.

Es gab also eine persönliche Seite. Eine niederträchtige, haßerfüllte. Jemand schlug um sich.

Velsmann legte die Akte aufgeschlagen zur Seite. Wie paßten diese beiden Bilder zusammen? War es möglich, daß ein Mensch in zwei so unterschiedliche Hälften zerfiel? Er trat ans Fenster. Nachdenklich blickte er über den Park, dessen Bäume regenschwer standen, tropfend unter einem tiefen, grauen Himmel.

Auf den Kieswegen gingen Patienten entlang, manche Arm in Arm, andere einzeln, begleitet von Pflegern. Jemand rief etwas Unartikuliertes, es war mehr ein Aufschrei. Zwei Menschengruppen blieben stehen. Ein junger, gebeugt gehender Mann mit einer tief in die Stirn gezogenen Wollmütze setzte sich mitten auf den Kiesweg. Vögel flogen von einer Birke zu einer anderen, in den Kronen flirrten die jungen Blätter. Jenseits der Mauern lag das Rheintal mit seinen hellen, spiegelnden Wassern.

Wenn es nach dem Atmosphärischen ging, war Hohen Eichen freundlicher als die Anstalt in Haina und ganz und gar als die Anstalt in Hadamar. Auch wenn die Patienten dort wohl auch in guten Händen waren, so ließen sich doch die Schrecken der Vergangenheit nicht verdrängen. Sie lagen als dünner, zäher Film auf allem.

Martin Velsmann wollte sich gerade wieder abwenden, da erblickte er eine Gestalt, deren Anblick ihn erstarren ließ. Er mußte zweimal hinsehen. Unwillkürlich stieß er einen ungläubigen Laut aus. War das möglich? Seine Augen täuschten ihn nicht.

Er ist nicht bei Verstand, dachte Velsmann.

Denkt er nicht mehr nach? Er macht Fehler. Sogar einen nach dem anderen.

Er wendete sich vom Fenster ab und rannte mit langen Schritten aus dem Büroraum hinaus. Auf dem Gang kam Dr. Büchner hinter ihm her und rief ihm zu: »Er ist hier! Kubik ist hier! Er wollte einen Kollegen bestechen, ihm ein Alibi zu liefern!«

Velsmann rannte ins Freie.

Als er vor dem Gebäude ankam, sah er Richard Kubik zum Parkplatz gehen.

Martin Velsmann nahm die Beine in die Hand. Er erreichte das Fahrzeug, einen silbergrauen Audi, in dem Moment, als Kubik den Motor anließ.

Velsmann riß die Fahrertür auf. Er beugte sich ins Innere.

»Herr Kubik! Sie sind verhaftet! Steigen Sie aus!«

Richard Kubik blickte Velsmann mit panischem Blick an. Dann legte er krachend den Rückwärtsgang ein und versuchte, Gas zu geben. Martin Velsmann sprang in den Wagen, griff blitzschnell zum Zündschloß und riß den Schlüssel heraus. Der Motor soff ab.

Richard Kubik fing an zu kreischen. Er schlug um sich wie ein Berserker. Er traf Martin Velsmann mitten im Gesicht und auf der Brust.

Velsmann schrie ihn an: »Machen Sie keinen Unsinn, Kubik! Sie verschlimmern nur Ihre Lage!«

Kubiks Arme flogen wie Windmühlenflügel. Martin Velsmann griff kurzerhand an ihm vorbei und öffnete den Sicherheitsgurt. Er spürte den Körper des anderen und einen Geruch von kaltem Schweiß. Dann zerrte er Kubik aus dem Wagen.

Der Arzt fiel zu Boden. Velsmann drückte sein Gesicht in den Kies. Dann drehte er ihm die Arme auf den Rücken und zog Handschellen aus der Jacke.

Richard Kubik kreischte noch immer. Aus seiner Kehle löste sich etwas, das ein abgrundtiefes Elend und seelischen Schmerz ausdrückte.

Martin Velsmann verspürte aber kein Mitleid. Er drückte seine Knie auf den Rücken des Liegenden, legte die Handfesseln an und ließ sie einklicken. Dann stand er auf.

Kubik beruhigte sich langsam. Schließlich verstummte er. Er drehte den Kopf weg, so daß Velsmann ihm nicht mehr ins Gesicht sehen konnte. Velsmann stand schwer atmend über ihm und zitierte die Rechte des Verhafteten.

Hinter ihm entstand Lärm. Ein Kranker weinte und deutete auf ihn. Zwei Krankenpfleger kamen herübergerannt. Dann folgte Dr. Büchner mit einem Handy.

In diesem Moment sagte Richard Kubik etwas in den feuchten Sandbodens hinein, auf dem er mit dem Gesicht lag. Seine Stimme klang gefaßt, beinahe erstarrt: »Ich wollte mich doch nur würdig erweisen.«

Auf dem Kommissariat in Fulda herrschte Panik. Was war mit Tosca? Die holländische Polizei suchte sie. Freygang war in Aufruhr. Er setzte Himmel und Hölle in Bewegung. Gegen Mittag war er entschlossen, selbst nach Holland zu reisen. Er verstand nicht, warum Tosca das Handy ausgeschaltet hatte. Was war mit ihr geschehen!

Plötzlich trafen mehrere Faxe ein. Die holländische Polizei fragte an. Kopien des Tagebuches, das Tosca Poppe begonnen hatte, wurden gesendet. Seite für Seite. Freygang war kurz davor durchzudrehen. Er rief die Kollegen in Holland an und ließ sich alles haarklein berichten. Man hatte noch keine Spur von Tosca.

Nach dem Mittagessen rief Tosca Poppe an. Sie weinte am Telefon. Freygang schrie sie an. Dann tröstete er sie.

»Ich möchte zurückkommen«, sagte Tosca. »Ich weiß jetzt viel über Janne. Aber es reicht nicht aus, um den Mörder zu finden. Hier in Holland ist er nicht. Ich erfahre hier nichts mehr.«

»Komm zurück, Tosca! Ich warte auf dich, Herrgott! Es ist mir egal, was du rausgekriegt hast. Wenn dir nur nichts passiert ist!«

»Es ist furchtbar, Deutsche zu sein und an diesen Orten zu stehen«, sagte Tosca. »Ich habe das Tagebuch abgebrochen. Selbst diese Mühe ist umsonst. Alles ist vergeblich. Man sollte Deutschland in die Steinzeit zurückbomben.«

»Nun komm mal her zu Onkel Alfons«, sagte Freygang tröstend. »Und laß dich verwöhnen. Dann sieht die Welt anders aus.«

»Weit war Janne nicht gekommen, aber in dem Manuskript, das ich habe, werden ein paar Namen genannt. Allein im Rheingau, rund um dieses Kloster Eberbach, muß es private Firmen gegeben haben, die sich Zwangsarbeiter wie Vieh hielten. Janne führte ein paar auf. Eine Zahnradfabrik Wilde aus Walluf, die Frauen einsperrte, die Firma Moeller in Bad Schwalbach, die Maschinenfabrik Johannisberg, die Idsteiner Lederwerke, die Landauer-Donner AG, die ...«

»Tosca, komm nach Hause!« unterbrach Freygang ihre erregte Stimme.

»... und in Kiedrich existierte eine Anstalt für psychisch Kranke, die dort zwangssterilisiert wurden. In Aulhausen gab es ein Lager. In Geisenheim ein KZ-Außenlager. Es gab sogenannte Kinderfachabteilungen, es gab Sonderpädagogische Zentren. Weißt du, was sich da tat? Ich könnte kotzen. Es gab einen Kreisarzt namens Nordmann, der pausenlos Todesurteile unterschrieb, zu was anderem kam der gar nicht mehr.«

»Beruhige dich, Tosca. Das ist lange her.«

»Man müßte in den Archiven weitere Anhaltspunkte finden.

Wir müssen das aufklären, Alfons! Ich weiß jetzt zumindest, wo man zu suchen hat.«

»Komm zurück nach Fulda! Wir sind hier einen gewaltigen Schritt weiter«, drängte Freygang. »Du wirst sehen.«

»Ich steige sofort ins Auto«, sagte Tosca, jetzt ruhiger. »Wenn ich bei der Polizei in Breda war und mich entschuldigt habe, fahre ich nach Deutschland zurück.«

Inspektor Müller sagte: »Richard Kubik hat ein volles Geständnis abgelegt. Er scheint froh zu sein, reden zu dürfen. Der Mann steht unter einem ungeheuren Druck.«

»Kurzfassung?«

»Er tötete Janne van Lent, weil ihre Recherchen sie auf die Spur der Verbrecher brachte, die ihre Eltern in diesem Moorlager zu Kriegsende ermordeten. Sie bekam Namen heraus, stellte Listen auf. Angeblich sind einige Täter noch immer in Amt und Würden. Träger von Bundesverdienstkreuzen. Warum die Journalistin erst in den letzten Jahren mit ihren Nachforschungen begann, begreife ich allerdings nicht. Die Ereignisse liegen ja sechzig Jahre zurück. Kubik tötete auch Julius Knittel. Der Mann wußte angeblich alles über die damaligen Untaten. Als niemand seine Erkenntnisse hören wollte, beschloß er, zur Polizei zu gehen, um Namen Lebender zu nennen. Kubik kam ihm zuvor. Er behauptet allerdings trotzdem, alles sei Verleumdung – ein Widerspruch. Er behauptet außerdem, sein Vater habe ihm die Morde befohlen.«

»Und glauben Sie das, Müller?«

»Möglich wäre es. Obwohl der Alte auf uns doch den Eindruck macht, als wolle er mit der Ideenwelt und den rechtsradikalen Dogmen Richards nicht das geringste zu tun haben.«

»Hat Richard etwas über seine Tatmotive gestanden? Er ist doch in die damaligen Verbrechen nicht verwickelt gewesen.«

»Auch hier wieder – sein Vater habe ihm die beiden Morde befohlen. Wie übrigens schon einmal einen Mord in Nastätten, der allerdings zehn Jahre zurückliegt. Das müssen wir noch untersuchen. Richard sagte etwas Merkwürdiges, nämlich, es zeichne seinen Vater nicht aus, daß er seine Menschenverachtung tarnen könne, sondern daß er sie unbedingt für notwendig halte. Sie sei Teil seines Wesens.«

»Richard Kubik ist ein gewöhnlicher Rechtsradikaler«, konstatierte Velsmann. »Solche Leute suchen immer die Schuld bei anderen. Sündenbocktheorie. In seinem Fall aber kann der Vater durchaus eine Rolle gespielt haben. Nur welche? War er in diesem Moorlager tätig? In welcher Funktion? Hat er noch nach Kriegsende Schuld auf sich geladen? Die Dokumente, die wir gesehen haben, sprachen doch dagegen.«

»Jedenfalls wandert Richard Kubik für den Rest seines Lebens hinter Gitter«, sagte Müller befriedigt.

»Was für ein verpfuschtes Leben!« erklärte Velsmann. »Lassen Sie mir das Verhörprotokoll hier. Ich schaue es mir an.«

Martin Velsmann holte sich eine Tasse Kaffee. Einen Moment lang wünschte er sich Musik. Vielleicht die wunderbare Marienvesper. Er mußte an das Konzert in Eberbach denken. Diese Musik würde er nie mehr vergessen. Dann dachte er an Andrea. Bevor er in seine Gefühle abgleiten konnte, trank er Kaffee und machte sich über die Blätter her, die der Stenograf ausgedruckt hatte. Die Kassette vom Tonband lag daneben. Velsmann wollte Richards Stimme nicht hören.

Aus jedem Satz sprach das Gefühlschaos. Stärke, Kraft, Überheblichkeit und gleich darauf Bitterkeit, Angst, Gebrechlichkeit. Velsmann kam es beinahe so vor, als versuchte der Sohn so zu sein wie der Vater. Ständig wechselnde Verhaltensweisen. Imitationen. Selbsteinschätzungen, die nicht stimmen konnten. Richard flüchtete sich in das Wesen seines Vaters, versuchte, dessen Identität anzunehmen. Wieder fiel Velsmann jenes seltsame Foto ein, welches er in Richards Wohnung gesehen hatte – zwei Profile, die ineinander überzugehen schienen. Dann wieder beschimpfte Richard seinen Vater als Schlappschwanz, verleumdete ihn.

Velsmann beschloß, ein psychiatrisches Gutachten erstellen zu lassen. Wenn Richard Kubik nicht geistig zurechnungsfähig war, würde er statt im Gefängnis in der Klapsmühle enden.

Vielleicht in Hohen Eichen!

Vielleicht in Haina!

Vielleicht in Hadamar!

Velsmann folgte einem Impuls und rief Werner Kubik an. Er erreichte ihn nicht, man legte ihn in der Mobilbox ab.

Er las weiter. Das Protokoll strotzte von Fehleinschätzungen eines Charakters, der seiner nicht sicher war. Konnte jemand mit diesen Dispositionen wirklich ein guter Psychiater sein? Gehörte dazu nicht, den eigenen Spiegel zu verlassen, um ein anderes Ich vorurteilslos sehen zu können?

Es schien so, als sei Richard Kubik nicht auf der Welt gewesen. Als sei er nicht anwesend. Ein anderer flüsterte ihm die Mordbefehle zu und wachte über seine Ängste.

Aber konnte es unter diesen Umständen wirklich sein, daß er allein für alles verantwortlich war? Reichte seine rechtsradikale Gesinnung aus, um solche Taten zu begehen? War dafür genug Haß in ihm? Gebildet genug schien Richard Kubik zu sein, er hatte mit den Eco-Zitaten geschickt falsche Fährten ausgelegt.

Dennoch wurde Velsmann den Verdacht nicht los, Kubik schütze jemanden. Wen wollte er vor der Aufklärung bewahren?

Seinen Vater?

Martin Velsmann war sich nicht sicher, aber er glaubte nicht daran. Werner Kubik war alt und verbraucht. Wenn er in einer aktiven, politischen Bewegung agieren würde und mit den Morden zu tun hätte, dann hätte es diese demonstrativen Tathinweise nicht gegeben.

Werner Kubik war hochintelligent, er würde nicht so plump sein, die Verfolger auf seine Fährte zu locken. Er hatte alle Möglichkeiten, sich zu tarnen.

Oder übersah Martin Velsmann dabei etwas?

Eines jedoch war sicher, Werner Kubik konnte den Überfall auf ihn selbst nicht begangen haben. Sein ganzes Verhalten im Moment der Tat und danach ließ diesen Verdacht nicht zu.

Und dieser Angriff stand doch wohl in Zusammenhang mit den beiden Morden!

Velsmann hoffte, die Recherchen des LKA würden Ergebnisse erzielen, was die Mitglieder dieses Thuleordens betraf. Der Laden mußte trockengelegt werden, das war klar.

Velsmann blickte auf. Regenschauer schlugen gegen die Fenster. Es prasselte. An den Scheiben liefen die Wassertropfen hinunter. Es war ein trauriger Anblick.

Während in Fulda die Ermittlungen weitergingen und ein Ende abzusehen war, während Tosca Poppe sich aus Holland auf den Weg gemacht hatte und Hubert Gell eine abschließende Pressekonferenz vorbereitete, hatte Martin Velsmann beschlossen, nach Kloster Eberbach zu fahren.

Wenn die beiden Mordfälle jetzt tatsächlich durch das Geständnis Kubiks aufgeklärt waren, konnte er sich zurücklehnen. Er konnte überlegen, wie es mit ihm weiterging. Sollte er die Sondergenehmigung, für die Fuldaer Kripo zu ermitteln, verlängern, vielleicht sogar wieder in das alte Dienstverhältnis zurückkehren – oder machte er endgültig Schluß? Hubert Gell schien es seiner Entscheidung überlassen zu wollen.

Velsmann bekam Lust, sich einen letzten Eindruck von den Aufräumungsarbeiten zu machen. Dann würde er zumindest für ein paar Tage nach Barth zu Andrea und den Kindern reisen. Er rief Reinhard an und kündigte sich nach dem Mittagessen an.

Martin Velsmann fuhr ins Kloster und parkte auf dem oberen Parkplatz. Eine Karawane von Nobelkarossen stand bis zum Ende des Platzes, und er mußte wieder zurückfahren und sich am Eingangstor quer stellen. Er ging in die Klosterschänke und ließ sich das Tagesmenü servieren – Hochzeitssuppe, Rinderbraten, Früchte. Diesmal trank er einen 98er Assmannshäuser Rotwein dazu. Die Insassen der Nobelkarossen saßen in einem Nebenraum und tafelten. Beim Essen ließ Velsmann noch einmal die letzten Ereignisse Revue passieren.

Danach machte er einen Spaziergang durch den Park. Die letzten Aufräumungsarbeiten waren im Gange. Noch lagen die Bypässe, aber das Wasser war abgesaugt. Auch wenn es jetzt weiterregnete, bestand offenbar keine Überschwemmungsgefahr mehr. Über den noch schlammigen Untergrund hatte man weitere Gehwege aus Planken gelegt.

Martin Velsmann betrat das Verwaltungsgebäude. Er warf einen Blick durch eine Glastür in das renovierte Refektorium. In den weitläufigen, alten Räumen herrschte Halbdunkel.

»Ich habe auf Sie gewartet«, sagte eine Stimme hinter ihm.

Martin Velsmann fuhr herum. Er blickte in die Dunkelheit eines Ganges, der aus dem Keller heraufführte.

Werner Kubik trat aus dem Schatten. Er lächelte. Martin Velsmann hatte ihn bisher noch nicht lächeln gesehen.

»Lassen Sie uns zusammen einen Gang machen.«

»Einen Gang? Wohin?«

»Das sehen Sie dann schon. Ich möchte Ihnen etwas zeigen. Es wird Sie interessieren, letztlich werden Sie mir dankbar sein. Vertrauen Sie mir!«

»Ihr Kubiks seid nicht übermäßig vertraueneinflößend«, bekannte Velsmann.

»Nur noch dieses eine Mal. Dann bleiben Sie von mir verschont. Ich verspreche es.«

Jetzt begriff Velsmann ganz und gar, was ihn an dem Bild von Vater und Sohn in Richard Kubiks Wohnung gestört hatte. Ihrer beiden Profile ähnelten sich nicht nur, sie schienen ineinander überzufließen. So war das Bild jedenfalls aufgenommen worden. Dahinter stand eine folgenschwere Absicht. Es war die Genealogie, der Gedanke an das Weitergeben eines Erbes, das dieses Bild ausdrückte. Der Vater gab alles an den Sohn weiter. Der Sohn führte das Werk seines Vaters fort.

Natürlich. Dieser Wunsch steckte dahinter.

Was für ein Werk war das? Blinde Ideologie?

Hatte Richard Kubik recht damit, daß sein Vater ihm die Mordaufträge gegeben hatte?

Velsmann ahnte, daß Werner Kubik zu mehr imstande war, als ein paar verwirrte Gedanken zu denken.

Vielleicht wollte er jetzt davon erzählen?

Sie durchquerten den Vorraum und fuhren mit dem Fahrstuhl in das Obergeschoß. Was wollte der Alte ihm zeigen? Velsmann fragte ihn nicht.

Werner Kubik ging voraus, an den Büroräumen vorbei bis zum Ende des Ganges. Reinhards Büro blieb zurück. Eine schmale Stiege führte ins Dachgewölbe.

Velsmann folgte dem Alten. Es gab einen Ausstieg.

Werner Kubik wirkte plötzlich lebendiger denn je. Von seinen arthritischen Knochen war nichts zu spüren. Er stieß die hohe Dachluke auf, stellte einen Stuhl darunter und stieg hinaus.

Velsmann schnaufte. Dieser Mann ist weit über achtzig, dachte er.

»Warten Sie doch! Das ist gefährlich! Das Dach ist vom Regen naß und glitschig!«

»Ich weiß.« Kubik lachte. »Das ist es ja, was ich Ihnen zeigen will!«

War der Alte verrückt geworden? Verrückt wie sein Sohn?

Velsmann folgte ihm zögernd. Kubik stand jetzt auf dem schräg abfallenden Dach, gegen einen der Schornsteine gelehnt. Dreißig Meter unter ihnen lag das Klostergelände.

»Kommen Sie wieder rein, Herr Professor! Sie könnten ausrutschen!«

Wieder lachte Kubik. Es schien ihm zu gefallen. Er wischte sich die Feuchtigkeit aus dem Gesicht, dann winkte er Velsmann heraus. Als Velsmann vorsichtig hinauskletterte und auf dem Dach stand, trieb ihm der Wind Regen in die Augen. Kubik wies über die Klosteranlage.

»Von hier aus sieht man alles.«

»Das ist es wohl kaum, das Sie mir zeigen wollten!«

»Allerdings nicht. Ich will Ihnen etwas sagen. Suchen Sie festen Halt, mein lieber Herr Hauptkommissar.«

»Nun fangen Sie schon an. Ich finde es ungemütlich.«

»Wissen Sie, was eine Therapie mit Cardiazol bewirkt?«

»Was soll das sein?«

»Es erzeugt eine Krampfdetonation. Dadurch wird beim Patienten eine Art Vernichtungsgefühl hinterlassen. Die Persönlichkeit zerfällt.«

»Was hat das mit uns, mit dieser Situation zu tun?«

»Ich habe Versuchsprogramme mit Drehsesseln geleitet, mit kalten Wasserkuren, mit Peitschen, mit Insulinschockbehandlung. Torturen dieser Art sicherten die Ruhigstellung der Opfer, die Behinderten durften nur noch atmen. Und sie konnten auch nur noch atmen. Calcophysin, zusammengesetzt aus Hypophysen-Calzium, Oophorin, ein Eierstockstoff, und Tetraphorin, ein Extrakt aus Uterus und Nebenniere – wir waren erfinderisch. Und wir erlangten dadurch ungeheure Kenntnisse. Statt mit Meerschweinchen und Hasen zu experimentieren, war es für mich erregender, die Versuche an Menschen zu machen. Verstehen Sie, was ich sage? Ich operierte am lebenden Opfer Rückenmark heraus, entfernte das Mark der Beine und anderer Knochen, schnitt Genitalapparate ab, schnitt in junge Frauenbrüste, entfernte Eierstöcke ohne Anästhesie. Wir zerdrückten Augen, brachen Genicke, sägten Gliedmaßen ab, verformten Gelenke, schnitten Kehlen durch, rissen Bäuche auf. Wir verbrachten männliche Probanten unter Röntgenstrahlen, bis sie verbrannt waren, wir spritzten Giftgas, wir führten Kurbeln aus Messing in den Mastdarm ein und reizten damit so lange die Drüsen, bis es zu einer Ejakulation kam. Wußten Sie von solchen Dingen? Nein, sagen Sie nichts! Es ist nicht nötig. Und dennoch taten wir dies alles. Wir machten es in Anstalten, in Krankenhäusern, in Gefängnissen, in Arbeitslagern, an Instituten und in Laboren, an verschwiegenen Orten. Zuerst kamen geistige Krüppel dran, dann politische Häftlinge, dann Kriegsgefangene, dann Wehrdienstverweigerer, dann Bombengeschädigte. Wir entwickelten Versuche zur Huntingtonschen Chorea, und wir trugen die Belastung dieser Experimente mit vornehmer Würde.«

Velsmann blickte zum grauen und ahnungslosen Himmel auf. Die Regenwolken schienen ihm bis zum Platzen gefüllt.

»Sie sind Hirnpathologe, Herr Kubik, kein Metzger.«

»Wir wurden zu Metzgern, Sie kennen nicht den Beitrag der deutschen Psychiatrie.«

»Um mir das zu erzählen, Herr Kubik, mußten wir uns hier hoch begeben?«

»Natürlich nicht. Ich werde Ihnen etwas zeigen, das Sie nie vergessen werden! Aber gedulden Sie sich noch. Und hören Sie mir bitte zu!«

»Wir haben Ihren Sohn. Er ist in Gewahrsam.«

»Ich weiß. Es konnte nicht anders kommen, ein paar Tage früher oder später. Aber Richard ist bereits tot. Er hat sich dem rechtsradikalen Schwachsinn verschrieben, mit Runen, Sprüchen, Trommeln und gewalttätigen Aufmärschen. Unsere Ideale interessieren ihn nicht. Er ist auf eine niederträchtige Art unschuldig, doch ich habe einen Fehler gemacht. Ich habe mich seiner bedient.«

»Sie haben die Mordaufträge gegeben?«

»Ja.«

»Janne van Lent und Julius Knittel gehen auf Ihr Konto?«

»Ja.«

»Warum?«

»Ich war seit 1942 Assistenzarzt in der Psychiatrie, schon ein Jahr später in Hadamar mit Euthanasieprojekten befaßt. Ich arbeitete auch in Haina und Hohen Eichen, wo wir am lebenden Material experimentierten. Als man mich ins Lager Schwarzes Moor in die Rhön schickte, forschten wir an Menschen, die man lange ins Moor steckte, bis sie endlich starben. Dann sezierten wir ihr Gehirn. Darunter wird auch dieses holländische Ehepaar gewesen sein. Das weiß kein Mensch, denn es waren so viele. Erst diese Tochter kam darauf.«

»Janne van Lent gab sich Ihnen zu erkennen?«

»Sie rief mich an, sie schrieb mir Briefe, in denen sie mich bedrohte. Sie kündigte an, meinen Namen in der Öffentlichkeit zu nennen.«

»Und Knittel?«

»Er bekam zufällig Wind von der Sache, erst wollte er Geld, dann drohte er mit der Polizei. – Doch darum geht es jetzt gar nicht.«

Werner Kubik wirkte gelassener, als Velsmann ihn je erlebt hatte. Er lehnte sich mit überkreuzten Beinen gegen einen

Schornstein, sein Körper war gestrafft, aber der alte Kubik schien völlig entspannt.

»Was Sie bisher nicht begriffen haben, Herr Velsmann, das ist – ich habe meine Spuren nicht verwischen wollen.«

»Nein?«

»Ich habe sie ausgelegt.«

Martin Velsmann dachte nach.

»Ich habe sie so gelegt, daß Sie diese Spuren sehen konnten.«

Ja, dachte Velsmann, das konnte wahr sein. Deshalb hatte er Werner Kubik nicht verdächtigt. Es war so einfach! Und er schämte sich dafür, daß er das nicht erkannt hatte. Er hatte es einfach nicht gesehen! Der Untergrund war ihm verborgen geblieben. Velsmann stöhnte auf. Er hatte die Lektion, die Kommissar Montag aus Wiesbaden ihm erteilt hatte, doch nicht gründlich genug gelernt.

»Um die Spuren auszulegen, dienten auch diese beiden Eco-Sprüche?«

»Natürlich. Ich wußte …«

Kubik griff sich plötzlich an den Kopf. Er stöhnte. Er rieb sich die Schläfen.

»Jetzt geht das wieder los«, sagte er. »Bitte nicht jetzt.«

»Was haben Sie? Lassen Sie uns gehen! Wenn Sie ein Geständnis ablegen wollen, protokollieren wir es.«

»Seit damals«, sagte Werner Kubik leise, »rauscht in meinem Kopf ein unerträglicher Ton. Es ist so, als sei die Zeit noch da, aber die Verbindung gestört. Es rauscht – wie Regen. Vielleicht, weil es bei Regen geschah …«

»Lassen Sie uns von dem verdammten Dach heruntergehen!«

»Ich bedauere nicht, was ich getan habe. Wie könnte ich, wo es doch so wichtig und bedeutend war! Ich will nur vermeiden, dafür verfolgt und überführt zu werden. Ich will nicht von unfähigen Individuen und liberalen Instanzen gerichtet werden. Ich decke meine Taten selbst auf, das gibt ihnen einen tiefen Sinn. Meine Stimmen raten mir dazu. Ich akzeptiere Sie, Herr Velsmann, als Gleichberechtigten, als meinen Richter. Sie sind mir ebenbürtig.«

»Na, ich weiß nicht …«

»Deshalb war ich auch entsetzt, als Richard mir in die Quere kam. Auch diesen Zweikampf mußte ich gewinnen. Er wollte den Verdacht auf eine krude Dopingmafia lenken, die Ermittlungen sollten sich endlos hinziehen und in eine falsche Richtung gehen. Er akzeptierte nicht, daß ich einen Schlußstrich ziehen will, daß ich abtreten will. Er hält das für Schwäche. Aber genau das ist es nicht! Nicht wahr? Sagen Sie, daß es keine Schwäche ist!«

Velsmann zuckte nur die Schultern. Er wollte nichts dazu beitragen.

»In Richards verblendetem, kleingeistigen Haß gab es nur kleine Gefechte, niederträchtige Rache. Er schlug Sie im Schloßpark nieder. Können Sie sich vorstellen, daß Richard Sie als Konkurrenten sah? Er haßt Sie. Vielleicht sprach ich zu oft von Ihnen. Und ich? Ich wollte Ihnen wirklich nur den Weg zu mir weisen. Ich wollte sagen: Hier bin ich, richten Sie mich! Sie allein!«

»Woher kannten Sie mich denn?«

»Ich wohne in Fulda. Sie arbeiten in Fulda. Sie sind berühmt. Spätestens seitdem Sie diese Mordserie in Stahlau aufklärten, habe ich Sie beobachtet. Mein Plan bildete sich langsam heraus. Als Sie aufhörten, war ich enttäuscht. Aber ich setzte auf Sie. Beinahe wäre mein Plan nicht aufgegangen.«

»Sie hätten sich dann einen anderen Ebenbürtigen suchen müssen«, sagte Velsmann sarkastisch.

»So viel Zeit habe ich nicht mehr.«

»Lassen Sie uns gehen!«

»Es kommt mir heute schrecklich vor, damals war es nur banal. Ich experimentierte mit Behinderten – körperlich und geistig Abschaum. Es geschah systematisch. Ein wissenschaftliches Projekt. Danach untersuchte ich die Probanden ganz gewissenhaft. Ich wollte ja keinen Fehler begehen. So viele starben noch in den letzten Kriegstagen. An einem regnerischen Tag tat ich, was man in der Klinik Hohen Eichen jahrzehntelang gemacht hatte, schon im 19. Jahrhundert, zum ersten Mal 1865. Sie haben in Eberbach sogar einen Grabstein für die erste Tote errichtet, die Experimenten zum Opfer fiel. Er steht immer noch.«

»Clara Falker«, entfuhr es Velsmann. »Ich habe den Grabstein gesehen.«

»Ganz recht. So wie diese Person behandelte man damals Geisteskranke. Ich kopierte diese Praxis. Ich führte psychisch Kranke auf das Dach des neuen Krankenbaus. Hierher, wo wir jetzt stehen. An derselben Stelle. Hier beobachtete mich niemand, ich konnte schalten und walten. Ich stand dort, wo Sie jetzt stehen. Die Patienten standen, wo ich jetzt bin. Dies hier ist das Dach des früheren Irrenhauses von Kloster Eberbach.«

»Das weiß ich.«

»Ich zwang die Kranken – und von denen saß keiner zu Unrecht in Hohen Eichen, das waren Schielende und Verwachsene, Verbrecher, Wesen mit Wasserköpfen – ich zwang sie hinunterzuspringen.«

»Sie zwangen sie …«

»Hinunterzuspringen. Wie gesagt, das war schon vor mehr als einem Jahrhundert in Hohen Eichen gang und gäbe. Sie sprangen, und hinterher untersuchte man ihre zertrümmerten Körper. Aus dieser Praxis lernte ich. Ich tat es ein einziges Mal. Es war ein verregneter Tag, der 28. Februar. Hier in Eberbach.

Ich wollte sehen, ob es funktionierte. Ich suchte mir ganz bewußt einen Regentag aus. Sie rutschten auf dem Dach irgendwann, wenn ich nur laut genug brüllte, von selbst in den Tod. Sie hatten ja Angst. Ich brauchte mir nicht die Hände schmutzig zu machen.«

»Es waren Menschen, auch wenn sie behindert oder geisteskrank waren«, sagte Velsmann hilflos.

»Seien Sie still! Sie müssen doch das Originelle, das Große dieses Experimentes sehen! Oder habe ich mich doch in Ihnen getäuscht?«

Kubik sprach plötzlich mit stark bayerischem Akzent, der Velsmann bisher nicht aufgefallen war.

»Warum hier? Warum in Eberbach?«

»Hohen Eichen war überfüllt. Dort konnte man keinen einzigen Schritt machen, ohne daß jemand ihn überwachte und Aufzeichnungen machte. Es wurde alles protokolliert, jede kleine Untat. Wir Buchhalter des Todes waren ja so gewissenhaft! In Eberbach hingegen war ich mit meinen Opfern allein, ich konnte mir Zeit lassen. Außerdem bestanden ja hier schon seit langem die Räume der Irrenanstalt.«

»Dann stammen wohl die beiden Skelettfunde auf dem Gelände aus Ihrer Zeit«, konstatierte Velsmann. »Zwei weibliche Skelette.«

»Zwei schwachsinnige Frauen! Ist das wichtig?«

»Wie kamen die Kranken aus der Klinik hierher?«

»Es gibt einen unterirdischen Verbindungsgang. Ich gehe ihn oft, noch heute.«

»Sie bereuen es nicht?«

»Es ging uns um Reinheit. Wir wollten das Erstarken der Gattung aus ihren Schwächen und genetisch bedingten Krankheiten. Heute ist dieser Gedanke überall präsent. Wir sind ja die Begründer der biogenetischen Forschung und der Gentechnik.

Wir haben letztlich gewonnen! Der hinfällige Mensch muß ausgemerzt werden.«

»Und wir dachten eine Zeitlang, es ginge um Dopingverbrechen!« sagte Velsmann.

»Richard versuchte, diese Dinge auf ein solches Niveau herabzuziehen.«

Velsmann überlegte, ob er versuchen sollte, sich Kubik zu nähern. Ein Verdacht schoß in ihm auf. Er ahnte, was der Alte vorhatte.

»Furchtbar war die Nachkriegszeit«, fuhr Kubik selbstvergessen fort. »Ich konnte nicht mehr handeln, wie ich es aus Überzeugung für richtig hielt, ich bildete sogar Schuldkomplexe aus. Allerdings machte ich bürgerliche Karriere, wie man so sagt, ich stieg vom Notaufnahmearzt zum Oberarzt auf, und in den sechziger Jahren operierte ich schon wieder am offenen Gehirn. Aber ich blieb unruhig und gereizt, ich träumte schwer, meine Unruhe übertrug sich dann auf Richard, ich konnte es nicht vermeiden. Er fühlte es. Es schwächte ihn, und er beging nur noch Fehler. Seitdem macht er einen verfluchten Fehler nach dem anderen. Er kommt nicht auf die Beine. Es tut mir so unendlich leid um den Jungen ...«

»Kommen Sie, erzählen Sie mir das Weitere auf dem Präsidium.«

»Nein! Warten Sie! Ich habe Sie doch nicht umsonst hier heraufgeführt. Ich will nicht von Schwachköpfen auf einer Polizeiwache überführt werden, nicht von einer frechen Assistentin, nicht von einem blödsinnigen Inspektor. Ich habe meine Bloßstellung für Sie inszeniert. Nur für Sie! Und mit Erfolg, wie wir sehen. Schauen Sie mich an! Ich habe Sie, Herr Hauptkommissar, der Sie in Deckung lauerten, ganz gezielt auf meine Spur gebracht. Erinnern Sie sich? *Lachen tötet die Furcht. Aber ...«*

»... ohne Furcht gibt es keinen Glauben und keine Reue. Das

hat uns allerdings eine Zeitlang auf eine falsche Spur geführt. Wir hatten Kirchenkreise im Auge.«

»Es hat Sie genau hierher geführt«, beharrte der Alte. »Das sehen Sie doch. Umwege sind dazu da, das wahre Ziel irgendwann desto genauer zu sehen, nicht wahr? Ich lenkte Ihren Blick einen Moment lang in eine andere Richtung, um ihn dann um so genauer auf mich zu richten. Ich setzte auf Ihre Bildung, Ihren Spürsinn, Ihren Verstand. Natürlich wollte ich auch dieser verräterischen Kirche eins auswischen, die sich damals ergab und heute aufklärerisch zu sein vorgibt. Sie hat mitgemacht, das können Sie mir glauben! Fragen Sie mal bei den katholischen Krankenanstalten im Rheingau nach!«

»Wo genau? Was meinen Sie?«

»Darauf kommt es jetzt nicht an, Herr Hauptkommissar. Die Intelligenz, die Sie bei meiner Entlarvung zeigen mußten, ist mir Genugtuung für meine eigene Intelligenz. Ich habe mich nicht getäuscht! Sie haben mich gefunden! Ich kann mir keinen besseren Abgang wünschen, als von einem Würdigen, Gleichberechtigten ausgeschaltet zu werden. Glauben Sie mir, keine Instanz außer Ihnen hätte mich je gefaßt. Aber ich bin müde, sterbensmüde. Der letzte Zweikampf ist ausgestanden. Und wir haben ihn beide gewonnen. Ist das nicht großartig?«

»Ich möchte nicht mit Ihnen auf einer Stufe stehen, Herr Professor Kubik!«

»Sie tun es! Den letzten Schritt behalte ich in meiner Hand.«

Velsmann bemerkte, daß sich die Hände des Alten so fest um den Eisenring des Schornsteins klammerten, daß sie weiß wurden. Plötzlich senkte er den Kopf. Der Regen, der in diesem Moment wieder einsetzte, rann über seine fleckigen Haare hinunter. Fäden von Wasser liefen seine ausgemergelten Wangen hinab auf seine Kleidung.

Im selben Moment, als Velsmann beschloß, auf Kubik zuzuspringen, ihn zu packen, hob der Professor den Kopf und blickte Velsmann müde an.

»Geben Sie acht! Schauen Sie jetzt auf mich! Und glauben Sie mir, von meinen Zielen bin ich durch nichts in der Welt abzubringen.«

Velsmann wollte etwas erwidern, doch in diesem Moment kroch Werner Kubik behende zum Ende des Daches. Bevor Velsmann eingreifen konnte, sprang er.

Velsmann blieb mehrere Herzschläge lang stehen, wo er war. Er wußte nicht, ob er dem alten Mann wirklich Einhalt geboten hätte, wenn er schnell genug gewesen wäre.

Er beugte sich vor und sah, wie Werner Kubik auf die Steinplatten der kleinen Brücke gefallen war, die den Graben der ehemaligen Irrenanstalt überspannte. Zwanzig Meter freier Fall, kopfunter. Von der Brücke aus war er auf eine darunterliegende Treppe gerutscht, die in den Keller führte. Dort lag er bewegungslos, mit verschränkten Gliedern, auf dem Grund des Grabens.

Auf feuchter Erde.

Er hatte den Weg seiner Opfer genommen.

Martin Velsmann löste sich von dem Anblick. Er nahm mit einem Seitenblick wahr, daß ein junges Paar aus dem *Hotel Superior* mit drei Sternen, direkt gegenüber, in den Hof trat. Er erkannte sie, er hatte sie am Tag des Konzertes auf der Wiese vor der Orangerie gesehen. Ein unscheinbares, lebendiges Paar. Normale, junge Leute, ohne Arg. Sie blickten verwundert zu ihm empor. Velsmann mußte sich Schritt für Schritt zu der Dachluke bahnen, er rutschte aus, fand aber den Halt wieder.

An der Luke klammerte er sich fest. Er zog sich in das Innere des Daches hinein.

Velsmann stand einen Moment lang da und holte tief Luft. Dann lief er die Treppen hinunter.

»Endlich ein Fall, der abgeschlossen werden kann«, resümierte Martin Velsmann, als die Nacht in Fulda angebrochen war. »Das habe ich gebraucht. Die Soko van Lent ist aufgelöst. Die Vergangenheit verliert ihren Schrecken, sie kommt zu einem Ende. Ein Verbrechen wird gesühnt. Die Verantwortlichen sind zur Strecke gebracht. Die Akten werden zugeklappt. Nur wenn es so ist, kann ich Polizist sein. Anders ist es unerträglich.«

»Leider ist es nicht immer so«, meinte Freygang.

»Die Menschen haben geradezu ein Anrecht darauf, daß alles gut ausgeht. Im Leben muß es so sein. Nur in Romanen gewisser Autoren kann es umgekehrt sein …«

»Brown, Lincoln, Baigent, Leigh!« sagte Tosca Poppe, die in diesem Augenblick in das Zimmer trat.

Freygang sprang auf. »Tosca! Warum hast du nicht gesagt, wann du ankommst?«

»Ich wollte dich überraschen. Ich wollte dir sagen, daß ich mich von dir scheiden lasse, wenn du mich nicht sofort küßt.«

Freygang umarmte Poppe, beugte sich zu ihr und hielt ihr den Mund zu. Dann lüftete er die Hand wieder. Als er sah, daß Tosca nichts mehr sagen wollte, zog er sie ganz fort. Er küßte sie auf den Mund.

»Das war gute Arbeit, Tosca«, sagte Martin Velsmann anerkennend und gab ihr die Hand. »Dadurch ist unser Vorgehen hier sauber untermauert worden. Wir werden die Archive gezielt durchforsten können.«

»Ich sage ja, aus der Kleinen wird noch was«, bestätigte Freygang stolz.

Tosca sagte: »Ich kann nicht erkennen, daß ich etwas geleistet habe. Bei diesen Nachforschungen hat es mich höllisch erwischt. Ich hätte beinahe alles hingeschmissen. Ich fühlte mich derart mies! Irgendwie bin ich nicht clever genug.«

»Zum Glück sind Sie das nicht«, meinte Velsmann. »Bleiben Sie genau so, wie Sie sind!«

»Dieser ganze Fall geht mir an die Nieren«, meinte Tosca. »Es ist so was Schäbiges um diese Dinge. So was unendlich und grauenhaft Banales, Spießiges und Schäbiges. Die Nazis hatten den Anspruch von Heroen und die Gesinnung von Klempnern. Und dabei haben so viele Menschen gelitten. Wenn ich könnte, würde ich dieses ganze braune Pack in die Tiefkühltruhe stecken und dann mit Flammenwerfern auftauen.«

»Mensch, Tosca! Nun mal langsam!«

»Tja, Alfons! In jeder Frau steckt auch ein Killer.«

»Ich verstehe nur nicht, warum die Eltern Jannes in die Mühlen dieser verrückt gewordenen Psychiater kamen«, sagte Velsmann. »Sie waren gesund, jedenfalls nicht geistig behindert. Normalerweise experimentierten die NS-Mediziner mit Geisteskranken.«

»Es kam offenbar vor, daß falsche Angaben zu Personen zu Verwechslungen führten«, sagte Tosca. »In Yerseke hat mir das jemand gesagt. Oder aber, diese Ärzte nahmen ganz bewußt Gesunde, das erhöhte ihren Spaßfaktor. Es gab Tausende, die gesund eingeliefert wurden und die dann systematisch mit Krankheiten infiziert wurden. Wußtet ihr das?«

»Grauenvoll!« Freygang schüttelte sich. »Genau das muß Jannes Eltern passiert sein. Man mag nicht darüber nachdenken, was diese Menschen wirklich durchgemacht haben. Und niemand in der Nähe, der ihnen half.«

Freygang trat zu Poppe und legte ihr zärtlich die Hand auf den nackten Bauch.

»Wie geht es meinem Kinde?«

»Es fürchtet sich«, sagte Tosca.

»Wie wäre es, wenn wir zusammen essen gehen, Kinder?« schlug Martin Velsmann vor. »Ich kenne ein gutes Restaurant, wo wir ein paar leckere Karotten knabbern könnten.«

»Sie meinen unsere Kantine, Chef?«

»Nein, Tosca. Ich spreche von meiner Wohnung in der Sebastianstraße. Ich kann was aufwärmen, obwohl es schon spät ist. Ein brauchbares Restaurant hat leider in der Stadt nicht mehr auf.«

»Wir nehmen an!« sagte Freygang.

Später, als sie Velsmanns Spezialrezept von »Johannsons Versuchung« verspeist hatten, ein schwedisches Gericht aus Fisch, Kartoffeln, Zwiebeln und Schmand, das er am Vortag zubereitet hatte, tranken sie Cognac. Tosca rauchte und erzählte stockend von ihren Erfahrungen in Holland.

Als sie geendet hatte, faßte Velsmann den Fall noch einmal zusammen.

Er sprach von den Verbrechen, die weit zurücklagen. Und den Verstrickungen Werner Kubiks.

Es war deutsche Geschichte.

Sosehr man sich auch davon befreien wollte, sie lag auf dem Grund wie grauer Morast, durch den man watete.

Lange hatte auch Martin Velsmann geglaubt, sich nicht mehr damit beschäftigen zu müssen. Aber dann lüftete jemand einen Spalt, öffnete eine Kellertür, und der Gestank drang wieder herauf. Die Schreie. Die unerträglichen Grausamkeiten.

Das blieb für alle Zeiten. Und doch wußten immer weniger Menschen davon.

»Verdammt«, sagte Martin Velsmann »Dieser Werner Kubik wird mich noch eine Weile beschäftigen. Der hat nichts ausgelassen. Ein deutscher Arzt in schwerer Zeit – wie dieses Pack selbst immer sagte. Und sie hatten nicht mal ein Schuldgefühl bei allem, was sie anrichteten. Keinen einzigen Selbstzweifel!«

»Kaum vorstellbar, bei dem, was sie taten«, sagte Freygang. »Da wird einem doch schon schlecht, wenn man nur davon hört.«

»Werner Kubik war ein richtig übler Hund. Deshalb verstehe ich auch, daß Janne van Lent ihn verfolgte. Ich glaube heute, daß sie ihn tatsächlich töten wollte. Das Messer, das man bei ihr fand, war eine Mordwaffe. Aber er kam ihr zuvor.«

»Die Dateien in ihrem Laptop, die wir in Werner Kubiks Fuldaer Wohnung fanden und die man gerade auswertet, werden es uns vielleicht sagen«, meinte Freygang.

»Warum ließ sie soviel Zeit vergehen, bevor sie tätig wurde?« fragte Velsmann.

Tosca erwiderte: »Ihr Ex-Mann hat versucht, es mir zu erklären. Ich denke, es hat mit ihrem Schuldgefühl zu tun. Eine zerstörte Familie, der Verlust der beiden Eltern, das allumfassende Gefühl des Verlassenwerdens, des Zurückgelassenseins, mit einem Wort – eine überwältigende Ohnmachtserfahrung. Janne hat sich lange vor der Familienwahrheit geduckt, sie war absolut nicht imstande zu kämpfen. Dann plötzlich, vielleicht durch die Therapie, sah die Sache jedoch ganz anders aus. Der furchtbare negative Mythos dieser Familie – sie hat daraus plötzlich Stärke bezogen. Sie wurde ihre Quelle der Kraft. Ein überwältigender Rachegedanke. – Und der Anlaß für ihren Tod.«

»Werner Kubik kann nicht mehr zur Verantwortung gezogen werden«, sagte Velsmann. »Letztlich wird es keinen hundertprozentigen Beweis dafür geben, daß er am Tod von Jannes Eltern Schuld trägt. Aber sie schien davon überzeugt gewesen zu sein. Denn sie verfolgte ja nur ihn. Vielleicht finden wir auch in irgendeiner Kartei einen Beweis. Ich habe über das

Barackenmuseum im Schwarzen Moor Kontakt zu einem Autor aufgenommen, der über Stätten der Verfolgung in Hessen schreibt. Für Janne würde ich wünschen, wir fänden die Gräber ihrer Eltern oder zumindest ihre identifizierbaren Überreste – obwohl es ihr nicht mehr hilft.«

»Jedenfalls erzählte mir Jan den Dirken, daß Janne sehr viel herausbekommen hat. Ihre Eltern waren in Hohen Eichen, das ist nachweisbar. Und dort wurden schon hundert Jahre vor Hitler Menschen von Dächern gestürzt, um aus ihren zersplitterten Knochen herauszulesen, wie sehr sie litten. Die Nazis haben diese Praxis nur übernommen.«

»Sie haben andere Originaltaten begangen«, erklärte Velsmann. »Das reicht aus für ein definitives Register der Hölle. Vor allem die Euthanasie ist ihr Ruhmesblatt – wie sie es verstanden. Sie nannten es das Kampfmittel der Sterilisation, das Kampfmittel der Kastration. – Wenn sie nicht gleich behinderte Patienten in die Verbrennungsöfen warfen. Sie begriffen sich als biologische Soldaten, die das deutsche Volk gegen *Überrassung* verteidigten. Da wird noch einiges ans Licht kommen. Ich werde mich eine Weile damit beschäftigen, an welchen Orten die katholische Kirche in solche mörderischen Versuche verstrickt war, vor allem in ihren christlichen Krankenanstalten. Kubik machte da eine Bemerkung. Und dank Toscas Erkenntnissen haben wir ja schon ein paar Namen und Adressen in Geisenheim, in Eltville, in Aulhausen, in Rauenthal. Wenn allein Hohen Eichen seine Archive öffnet, werden die schlimmsten Dinge ans Licht kommen. Im Moment glaube ich, daß viele Dreck am Stecken haben, die heute ehrbar auftreten. Würdenträger, Bedenkenträger, Abzeichenträger.«

»Allein ihre Sprache war schon barbarisch«, meinte Freygang mit allen Anzeichen von Ekel in der Miene. »Rassisch Minderwertiges, Rheingau-Bastarden, Arbeitsbummler, Gesetz zum Schutz der Erbgesundheit. Alles in diesem Behördendeutsch.«

»Jedenfalls weiß ich jetzt«, sagte Tosca Poppe, »in welchem Land ich lebe. Und daß es eine Zeit vor meiner Zeit gab.«

»Wenn es nur diese verfluchte Pest nie gegeben hätte«, sagte Freygang. »Das Lachen vergeht einem, wenn man daran denkt, daß wir die Erben sind.«

»Aber Lachen ist so wichtig!« meinte Tosca. »Lachen tötet die Furcht!«

»Lacht sie aus«, sagte Martin Velsmann. »Und paßt gut auf euer Kind auf!«

14.
Sonntag, 26. Juni 2005

In der Basilika gab es keinen freien Stuhl mehr. Nach den wochenlangen Regengüssen, der Sintflut über Hessen, war der Juni mit Sonnenschein eingezogen. Ein paar Sekunden bevor die Musik begann, dachte Martin Velsman an Werner Kubik. Unwillkürlich wandte er den Kopf und blickte durch die dicken Mauern in den Hof, dorthin, wo der neue Krankenbau stand. Aber er wollte nicht den Fehler wiederholen, den er schon einmal gemacht hatte.

Er wollte nichts weiter tun, als an der Seite seiner Frau zu sitzen und zu genießen.

Auf der anderen Seite neben ihm saß hoch aufgerichtet, mit gerecktem Hals ein glücklicher Dr. Reinhard. Er hatte den Velsmanns Freikarten für die neunte Reihe geschenkt, dort, wo die Akustik am schönsten war. Reinhard hoffte nur, die reichlich anwesenden Sponsoren großer Konzerne würden nicht wieder nach jedem einzelnen Satz in polterndes Klatschen ausbrechen.

Joshua Bell betrat die Bühne. Die *Academy of St. Martin in the Fields* spielte Bachs a-Moll-Violinkonzert. Schon die ersten Töne ließen Martin Velsmann unwillkürlich erbeben. Ja, er war wieder Polizist, aber er konnte sich auch erlauben, tief in die Musik einzutauchen. Beides schien vereinbar. Der Fall Janne van Lent war jedenfalls abgeschlossen.

»Die Freunde Thules« waren vom Innenminister verboten, ihr Besitz konfisziert worden. Ein von allen im Bundestag vertretenen Parteien eilig eingesetzter Ausschuß beschäftigte sich mit den Verbrechen der Medizin in deutschen Anstalten, Krankenhäusern und Lagern und der Verantwortung deutscher Firmen, die Verbrechen vor Ort erst möglich machten. Es ging um irgendeine Form von Wiedergutmachung. Im Park der Klinik Hohen Eichen war ein Mahnmal in Vorbereitung. Es sollte an die unzähligen und größtenteils namenlosen Opfer bis Kriegsende erinnern. An Hunderte von Jugendlichen, Frauen und Männern, die unter Zwang sterilisiert worden waren; an Tausende Patientinnen und Patienten, die man von diesem Ort aus in die Tötungsanstalt Hadamar und damit in die Verbrennungsöfen deportierte; an Hunderte behinderter Kinder, die *zu wissenschaftlichen Zwecken* beobachtet und dann ermordet wurden; an die Ungezählten, die durch Unterernährung und überdosierte Medikamente gewaltsam zu Tode kamen.

Janne van Lents Asche war von ihrem Ex-Mann nach Vlissingen heimgeholt und bestattet worden. Tosca Poppe und Alfons Freygang wohnten der bewegenden Feier in Holland bei. Im Lager Schwarzes Moor waren nach umfangreichen Grabungen menschliche Überreste entdeckt worden, die man jetzt identifizierte.

Und das Kloster Eberbach erstrahlte im neuen Glanz. Das Weltkulturerbe war gerettet. Ein Weinverkauf der Staatsdomäne hatte vor Tagen mit großem Erfolg stattgefunden. Der

Ministerpräsident und der Verteidigungsminister hatten mehrere Kisten Riesling Spätlese abgeschleppt. Der Verteidigungsminister legte einen solitären Eiswein von 1926 drauf.

Kloster Eberbach, hatte Martin Velsmann beim Rundgang vor einer Stunde denken müssen, ist wirklich der Ort, der am weitesten von einem Tatort entfernt ist.

Wir leben in einer glücklichen Zeit, dachte er.

Als das englische Orchester das zweite Stück intonierte, die Mahlersche Orchesterfassung von Franz Schuberts Streichquartett »Der Tod und das Mädchen«, breitete sich in den alten Mauern ein reiner Wohlklang aus, der alles andere auslöschte. Das Draußen versank so, wie die Sintflut versiegt war. Neben Andrea brach ein Zuhörer hemmungslos in Tränen aus und schlug die Hände vor das Gesicht.

Ein wunderschönes Konzert, darüber waren sich in der Pause alle einig. Die Besucher genossen das milde, trockene Klima der längsten Tage des Jahres im einzigartigen Klosterpark. Dr. Reinhard, Martin Velsmann und Andrea Velsmann stießen mit Sekt an. Die Gläser klangen im alten Kapitelsaal lange nach. Alle waren einer Meinung. Es war ein verzauberter Abend.

Ende

Bernhard Jaumann:

Der Krimistar »bezaubert immer wieder«

Die Zeit

Bernhard Jaumann ist Gewinner des renommierten Friedrich-Glauser-Preises.
»Poetische Präzision, die man im deutschsprachigen Krimi selten antrifft. Eine Entdeckung!« ABENDZEITUNG
»Jaumann bezaubert durch kluge, feinsinnige Erzählweise und beobachtungsgenaue Sprache.« ZEIT

Duftfallen
Trotz Wirtschaftskrise boomt die Metropole Tokio. Der Aromaexperte Takeo Takamura hat jedoch von Konsumrausch und künstlichen Düften die Nase voll, als er als Hauptverdächtiger eines Massenmordes untertauchen muß. Gehen die mysteriösen Giftgasanschläge tatsächlich auf die Endzeitvisionen einer Sekte zurück? Handelt es sich um uralte Räucherzeremonien oder hypermoderne Manipulationstechniken?
Roman. 271 Seiten. AtV 1508-9

Handstreich
In Mexiko-City übt ein unbekannter Mörder blutige Vergeltung. In der unbarmherzigen Manier der alten Azteken sühnt der mysteriöse »Vengador« jene Verbrechen, bei denen die Polizei versagt hat. In einer der größten Städte der Welt ist Kommissar García auf der Spur des mitleidlosen Rächers.
Roman. 268 Seiten. AtV 1507-0

Hörsturz
Ausgerechnet in Wien, der Stadt Schuberts und Mozarts, geschehen mysteriöse Anschläge auf Musikveranstaltungen. Am spektakulärsten ist der Brand der Kammeroper während einer Aufführung der »Zauberflöte«. Der Polizei immer eine Spur voraus ist eine junge Radiomoderatorin, die ihre seit dem Brand verschwundene Schwester sucht. Eine geheimnisvolle Stimme bringt sie auf die Fährte der Terroristen.
Roman. 316 Seiten. AtV 1506-2

Sehschlachten
In Sydney fliegt ein ganzes Haus in die Luft, ein Mann kommt zu Tode, ein anderer verliert sein Augenlicht. Auf den Spuren von Gewalt und Voyeurismus begegnet Detective Sam Cicchetta Blicken, die töten können. Jaumann schreibt einmalige Kriminalromane, die nicht nur packend erzählt sind – sie zeigen die Abgründe der menschlichen Seele.
Roman. 313 Seiten. AtV 1505-4

Mehr unter
www.aufbau-verlag.de
oder bei Ihrem Buchhändler

aufbau taschenbuch